럭셔리걸

국립중앙도서관 출판시도서목록(CIP)

럭셔리 걸 / 이문환 지음. ― 서울 : 문학동네, 2003
    p. ;   cm

ISBN 89-8281-744-1 03810 : ₩8500

813.6-KDC4
895.735-DDC21   CIP2003001500

럭셔리걸

이문환 소설

문학동네

차례

럭셔리 걸 Luxury girl

장방형으로 넓게 펼쳐진 마루. 벽걸이 텔레비전을 중심으로 JBL의 홈시어터가 꾸며져 있었고, 난초가 놓인 장식장과 잉어가 유유히 헤엄쳐다니는 어항도 집 안의 운치를 돋우었다. 커다란 강아지만한 기계가 이탈리아산 원목을 깐 바닥을 웅웅거리며 그녀 발치로 다가와 그녀는 움찔하며 물러났다. 일렉트로룩스에서 나온 청소 로봇이었다. 그녀는 조금씩 정신을 차렸다. 자기가 꿈꾸던 동화 속의 집에 와 있다는 사실을 깨닫기 시작한 것이었다. 명품 옷으로 꽉 찬 드레스룸이 있고 가재도구를 수입품으로 도배한 거실. 아마 침실에는 거위털 베개와 최고급 면으로 만든 랄프 로렌이나 캘빈 클라인의 침구가 있으리라.

혜정은 허우적거리고 있었다. 하얗게 성에가 낀 시체들이 그녀 주위를 느릿느릿 맴돌고 있었다. 검푸른 하늘에 걸린 둥근 달이 빙점에 가까운 바다 위에서 벌어지는 죽음의 무도를 냉정히 바라보고 있었다.

불과 삼십 초 전까지만 해도 그녀는 자신이 참극에서 살아남은 유일한 생존자라고 믿고 있었던 터였다. 네 시간 전에 그녀가 타고 있던 호화 유람선은 빙산에 충돌해 두 조각이 났고, 그로부터 두 시간 뒤에는 약간의 잔해와 수천 구의 시체를 남기고 심연으로 자취를 감추었다. 만약 레오나르도 디카프리오처럼 잘생긴 금발의 미남이 나타나지 않았더라면 혜정이 지금까지 목숨을 부지하기는 어려웠을 것이다. 그 남자는 그녀를 널따란 나무 문짝에 태운 뒤 자신은 차가운 바닷물 속에서 창백하고 아름다운 모습으로 얼어죽었다.

홀로 바다에 남은 그녀는 날카로운 북대서양의 해풍에 몸서리를 치다 그만 몸을 잘못 움직여 물 속으로 풍덩 빠지고 말았다. 목까지 얼어붙는 냉랭함에 비명을 지를 수도 없었다. 평소 수영으로 몸매 관리를 해왔지만 이런 상황에서는 어떤 버둥거림도 쓸모가 없었다. 곧 얼굴이 수면 아래로 잠겼다. 코로 물이 들어왔다. 눈이 탁 떠졌다. 천장에 달린 백색 할로겐 등의 불빛을 받아 벽에 붙은 새하얀 타일들이 더욱 하얗게 빛나고 있었다. 코가 매워 기침을 했다. 팔다리가 두들겨맞은 것처럼 저릿저릿했다.

혜정은 욕조 안에 벌거벗은 채로 누워 있었다. 따뜻한 물에 잠시만 몸을 담그고 있는다는 것이 깜빡 잠이 들어버렸다. 물은 이미 차갑게 식어 있었다. 그래도 꿈에 나왔던 북대서양의 바닷물만큼 차갑지는 않았다. 요즘 감기가 지독하다던데, 라고 생각하며 그녀는 일어났다. 한기가 몸을 한 겹 감쌌다. 겨울은 점점 따뜻해지고 있는데 감기는 반대로 지독해지기만 한다. 그녀는 커다란 목욕 수건으로 몸에 묻은 물방울을 닦아냈다. 욕실 안에 술냄새가 진동했다. 어제 많이 마시긴 했다. 좌변기 주위에는 누런 토사물이 묻어 있었다. 변기에 대고 토했는데 겨냥을 잘못 한 모양이었다.

이제 술은 다 깼다. 그녀는 욕실에서 나왔다. 욕실과 거실 사이에 남자의 옷이 차례로 내팽개쳐져 있었다. 코트, 양복저고리와 바지, 셔츠, 넥타이, 마지막으로 양말. 비싼 옷들인데, 하며 그녀는 옷가지를 주섬주섬 챙겼다. 현관문 바깥에서 발소리가 들렸다. 옆집 남자가 집에 돌아온 모양이었다. 저녁에 나갔다 새벽에 들어오는 남자. 옆집에는 젊은 남녀가 사는데, 이십대 초반으로 보이는 남자는 머리를 길게 묶었고, 슈퍼마켓이나 비디오 대여점에 갈 때에는 겨울철에도 반바지를 입고 다녔다. 꽤 잘 단련된 종아리 근육을 과시하려는 것인지도 몰랐다. 여자는 남자와 나이가 비슷해 보이는데 통 집 밖으로 나오지 않았다. 뭘 하는지는 몰라도 월세 이백만원짜리 집에 사는 것을 보면 돈은 많은 것 같았다. 윗집에 살고 있는 다섯 식구 가족은 캐나다 이민을 앞두고 아파트를 비롯한 모든 재산을 처분해놓고 떠날 날만을 기다리고 있었다. 그들은 삼 개월 뒤에 밴쿠버 행 비행기를 탈 예정이었다.

방 하나에 넓은 거실과 욕실, 부엌이 딸린 역삼동의 투룸 주택. 저금리 시대에 정기예금 이자만으로는 살 수 없다며 오륙십대 은퇴생활자들이 저축을 털어서 지은 강남의 즐비한 단기임대주택 사이에서도, 혜정이 살고 있는 집은 매우 비싼 축에 들었다. 장판과 벽지, 욕실 타일 등은 모두 국산 중에서도 최고급을 썼으며 냉장고, 에어컨, 세탁기를 제외한 기본적인 세간은 모두 외제로 꾸며져 있었다. 소니의 베가 TV, 코끼리 밥통, 던롭의 베개와 이불 등등.

원래 그녀는 같은 동네에 있는 월세 백삼십만원짜리 원룸에서 친구와 함께 살았다. 그녀가 무리를 하면서까지 집세가 거의 두 배가 더 비싼 집으로 옮긴 것은 다름아닌 남자 때문이었다. 그는 지금 하나뿐인 침대에서 벌거벗은 채 코를 골며 자고 있었다. 혜정은 방 안으로 들어가자마자 피식 웃었다. 구겨진 이불 사이로 그의 두 다리 사이에 돋아난 살덩어리가 힘없이 옆으로 누워 있는 것이 보였다. 어젯밤 그와 그녀는 방에 들어오자마자 섹스를 했다. 그는 사정하자마자 그대로 필름이 끊겼고 혜정은 욕실로 가서 악몽을 꾸었다.

옷장에서 자리를 가장 많이 차지하고 있는 것은 그가 사준 블루아이리스 밍크코트였다. 그녀는 요즘 거의 입지 않는 DKNY의 정장을 접어서 서랍에 넣고, 빈 자리에 그가 입고 온 아르마니의 블랙 수트를 걸었다. 옷장을 하나 더 사야 할까. 그는 혜정에게 옷을 많이 사줬다. 물론 그녀가 가장 아끼는 옷은 그 동안 감히 살 엄두도 내지 못했던 밍크코트였다.

그 부들부들한 감촉을 몸으로 처음 맛보았을 때는 얼마나 황홀했던지. 그녀는 자신의 팔자를 고쳐줄 남자의 관자놀이에 입을 맞추고 조용히 방을 나갔다. 아침 여섯시였다. 이제 동이 틀 것이다. 그녀는 식욕을 전혀 느끼지 못했다. 속이 불편했다. 하지만 저이가 일어나면 아침을 찾겠지. 그래서 어설픈 손놀림으로 쌀을 씻어 밥을 안쳤다. 냉장고에 콩나물이 좀 남아 있을까. 그녀는 국거리 재료를 찾아 냉장고를 뒤적였다. 술독으로 퉁퉁 부은 얼굴도 가라앉히고 콘택트렌즈도 껴야 했다. 가볍게 화장을 할 필요도 있었다. 그녀는 할 일이 많았다. 식사도 준비하고 예쁘게도 보여야 했다.

*

혜정은 '메이저리그'의 간판 타자였다.

마담이 워낙 박찬호의 팬이다보니 룸살롱 이름도 '메이저리그'라고 지었다. 마담 자신이 한때 큰물에서 논 적이 있기 때문이기도 할 것이다. 그녀는 열 살 때 텔레비전에 데뷔한 아역 탤런트 출신 연예인으로, 누구나 직접 만나면 '아!' 하며 알아볼 수 있을 정도로 널리 알려진 얼굴이었다. 하지만 그게 다였다. 십대 후반에 청춘스타로 발돋움할 수 있는 기회가 왔지만 반짝 인기로 끝났다. 이혼을 두 번 하고 나니 신세가 초라해졌다. 그녀가 난생 처음 스포츠신문 1면에 얼굴을 올리며 명성을 떨친 것은, 히로뽕 복용 혐의로 검찰에 구속되었을 때였다. 초범이라는 점이 참작되어 집행유예 선고를 받고 난 뒤 그녀의 신세는 더욱 초라해졌다. 방송계에서 퇴출. '빅리그'에서 밀려난 셈이었다.

그 동안 모아둔 돈과 내연관계에 있는 남자들에게서 빌린 돈으로 그녀는 강남에 룸살롱을 개업했다. 혜정을 대형 타자로 키워낸 것도 바로 그녀였다. 화려한 연예계의 삶을 박탈당한 것에 한이 쌓였는지 마담은 자기 업소에서 전속으로 일하는 아가씨들의 얼굴을 인기 여자 연예인들의 얼굴과 닮은꼴로 고쳐놓고 흡족해했다. 확실히 그녀에게는 눈썰미가 있었다. 오랜 세월 동안의 연예인 생활로 화장법과 성형수술에 정통한 그녀는 젊은 여자를 척 보는 것만으로 어떤 '가능성'이 잠재해 있는지를 발견해낼 수 있었다. 어떻게 하면 저애를 예쁘게 만들까를 넘어서, 어떤 방법을 쓰면 저애를 이상형에 가깝게 만들 수 있을지를 파악하는 재주였다. 그녀는 1종(룸살롱)과 2종(단란주점) 사이에서 방황하던 혜정에게서 김남주의 상(相)을 발견하고는 혜정에게 '마이킹'으로 삼천만원을 쥐어주고 자기 가게로 들어앉혔다.

혜정의 키는 김남주와 비슷한 백칠십 센티미터. 허리는 김남주보다 이 인치 더 굵은 이십육 인치. 하지만 가슴은 훨씬 더 컸다. 남자들의 욕망에 더 가깝게 디자인된 몸매였다. 코를 좀더 높이고 눈가를 찢고 하늘색 컬러 렌즈를 끼자 혜정은 김남주와 흡사한 얼굴이 되었다. 혜정도 한때 연예인이 되는 것이 꿈이었다. 현재 그녀 나이 스물하나. 십대 후반에 몇몇 기획사의 문을 두드려보기는 했지만 카메라 테스트를 통과하지 못했다. 조그맣고 갸름한 얼굴이 무슨 조화인지 화면에서는 펑퍼짐하게 나왔다.

이따금 마담이 농담처럼 말하는 '타순'에 혜정은 현대 야구에서 4번 타자보다 훨씬 더 중요한 자리로 꼽히는 3번에 올라 있었다. 김남주가 CF 등에서 장수하며 남자들 사이에서 '한번 따먹고 싶은 연예인' 중 한 사람으로 자리매김되자 혜정의 인기와 수입도 덩달아 올라갔다. 그 대신 혜정은 연예인이 되어 성공해보겠다는 꿈을 완전히 접을 수밖에 없었다.

얼굴을 깎고 다듬어 '짝퉁' 김남주가 되어버린 그녀를 필요로 하는 곳은 '너훈아'가 있는 밤무대밖에 없었다. 때때로 그녀는 자신은 그저 아류일 뿐이라는 생각이 들어 우울해지곤 했다. '밤의 김남주'라는 별명도 마음에 들지 않았다. 심지어 대학 시절에 시를 썼다는 모 건설회사의 과장은, 그녀와 동명이인이 쓴 것이라며 시인 김남주의 시를 읊었다.

　　열 개나 되는 발가락으로
　　열 개나 되는 손가락으로
　　날뛰고 허우적거리다
　　허구한 날 술병과 함께 쓰러지고 마는
　　그 주정인지도 몰라
　　누군가 말하듯
　　병신 같은 놈 그 투정인지도 몰라

　낭송이 끝나자 짝퉁 고소영이 박수를 쳤다. 그녀는 시가 아주 근사하다면서 시인 김남주의 프로필을 물었다. 이에 대한 대답 : 1980년대를 풍미했던 아주 유명한 시인인데 병으로 마흔아홉에 죽었어. 고소영의 추가 질문은 "그 사람 잘생겼어요?"였다. 대답 : 시 쓰는 사람은 다 미남이라고. 모두가 내린 결론 : 아, 과장님이 그래서 시인이 못 되었구나.
　연예인의 꿈을 포기하고 나서 혜정은 미래가 없는 삶을 살았다. 돈을 버는 족족 다 써버렸다. 지난해 술과 웃음을 파는 일에 뛰어들었을 당시 그녀의 목표는 오백만원이 넘는 카드빚을 갚겠다는 것 하나뿐이었다. 돈 벌 능력은 없으면서 이른바 명품 브랜드와 화장품에 욕심 많은 대학 2학년생에게는 버거운 액수였다. 하지만 월수입이 천만원대를 넘어선 지금도 카드빚에 시달리기는 마찬가지였다. 빚 불변의 법칙이라도 있는 모양이었다. 그것도 카드 네다섯 장을 돌리며 결제대금을 막아야 가까스로 유지되는 법칙이었다.

2002년 하반기에 그녀에게 '재앙'이 닥쳤다. 신용불량자 숫자가 연일 사상 최고기록을 경신하자 정부가 가계대출 억제책을 펼치기 시작한 것이었다. 신용카드사들은 혜정처럼 현금서비스 사용액이 많은 '악성' 고객들의 카드 한도를 축소하고 나섰다. 그녀는 위기상황에 빠졌다. 신문을 거의 읽지 않는 그녀로서는 자신이 대체 왜 위기에 처한 것인지 이해하기가 힘들었다. 갑자기 홍수나 태풍과 같은 자연재해가 닥쳐왔다고 여길 뿐이었다.

그렇게 빚에 허덕이던 혜정에게 구원자가 나타났다. 젊고 돈 많은 스폰서가 등장한 것이다. 꽤 유명한 사채업자 어머니를 둔 덕분에 갓 서른이 넘은 나이에도 서울 시내에만 빌딩을 십여 채 갖고 있는 남자였다. 그녀에게 가게 하나쯤은 너끈히 차려줄 능력이 있었다. 무엇보다 혜정을 기쁘게 만든 점은, 그가 그녀에게 반한 이유가 김남주를 빼닮은 외모뿐만은 아니라는 것이었다. 그와 이차를 처음 나갔을 때 혜정은 그를 자기 집으로 데리고 왔고, 다음날 아침에 라면을 대접했다. 그날따라 그녀도 뜨뜻한 라면 국물을 마시고 싶었으니까. 계란도 파도 넣지 않고 끓인 신라면을 편의점에서 사온 포장김치와 함께 내놓으니 그는 게눈 감추듯 해치워버렸다. 혜정은 배고픔도 잊고 천연기념물 구경하듯 그를 바라보았다. 라면을 저렇게 잘 먹는 사람은 처음 보았다. 찬장에 하나 남아 있던 햇반을 전자레인지에 데워서 주자 그는 감동한 눈빛이었다. 그는 플라스틱 용기에서 밥알 한 톨까지 모조리 긁어 국물에 말아 먹었다.

식사를 다 끝내자 그는 애정이 깃들인 목소리로 말했다. "오후에 나랑 나갈래?" 그는 갤러리아 백화점 이층의 페레 모피에 가서 그녀에게 이천만원이 넘는 밍크코트를 사줬다. 그날 저녁 가게로 출근한 그녀는 입을 다물지 못하고 다른 아가씨들에게 마구 자랑을 늘어놓았다. 모두가 경악했다. 거짓말 같은 이야기였다. 고작 라면 한 그릇과 햇반 하나로 그렇게 횡재할 수 있다니. 다들 부러움과 함께 시샘을 감추지 못했다. 짝퉁 고소영은 "나도 라면 잘 끓이는데. 파랑 마늘도 넣어서 끓이면 더 맛있는데……"라고 투덜거렸다.

하지만 그 자리에 있는 어떤 아가씨도 손님에게 라면을 끓여 내놓을 정도로 다정함을 발휘해본 적은 없었다. 교태스러움만으로도 남자를 끌기에는 충분했다. 배가 고프면 그냥 24시간 야식집에서 시켜다 먹으면 된다. 그러나 혜정의 스폰서가 된 그 남자가 필요로 하는 것은 다정함이었다. 어린 시절 그는 어머니가 만들어준 음식을 먹어본 적이 거의 없었다. 그의 어머니는 사채업에 바빠 집안 살림을 모조리 가정부에게 맡겨왔다. 그리고 부모님과 따로 떨어져 사는 독신남이 되고 나서 그가 먹은 음식 대부분은 고급 레스토랑에서 파는 비싸고 화려하고 가식적인 요리였다.

그가 혜정이 무심코 내놓은 라면에서 '어머니의 손맛'을 느낀 것은 지나친 반응이었는지도 모른다. 그러나 태초에 생명이 탄생할 때 그러했듯이 인간의 감정도 여러 이질적인 요소가 우연한 조합과 충돌을 거듭하며 부풀어오르는 법. 그는 그녀에게서 집안일에 충실하고 남편에게 다정다감한 전통적 여인상을 발견했다. 여태껏 누구도 해내지 못한 발견이었다. 그날 이후로 그는 혜정의 스폰서가 되었다. 애정의 표시로 청담동의 고급 의상실에서 옷을 사다가 선물했다. 마음에 들지 않으면 바꿔도 좋다고 했기 때문에 혜정은 청담동 의상실을 여러 차례 왕복했다. 의상실

직원이 그녀에게 "혹시 김남주씨 아니세요?"라고 물어오면 그녀는 아니라고 대답하며 KTF 광고에서 보았던 김남주의 미소를 베낀 표절 미소를 짓곤 했다.

든든한 스폰서 덕분에 혜정은 가게 전속 아가씨들 중에서 '넘버 원'이 되는 영광을 차지하기도 했다. 그가 '가오'를 세워준다면서 지난해 12월에만 혜정 이름으로 오천만원에 달하는 매상을 올려준 것이었다. 그에 대한 보답으로 그녀는 슈퍼우먼이 되었다. 바깥에서 그녀는 유능한 커리어우먼으로 활약했다. 도도한 지적 매력으로 상대를 긴장시키다가도 의외의 털털한 웃음으로 손님들을 휘어잡았다. 더블을 뛰면서도 손님에게 싫은 소리 하나 듣지 않도록 여우처럼 처신했다. 그러면서도 집에서는 잔소리 한 번 할 줄 모르는 사근사근한 주부가 되었다. 서점에서 요리책을 사와서 음식 만드는 법을 배우고, 냉장고를 먹거리로 가득 채웠다. 프라이팬과 식기도 새로 샀다. 남자는 혜정의 집에 들르면 언제든 따뜻한 밥과 국을 먹을 수 있었다. 아직 요리에 미숙하다보니 레토르트 식품으로 나온 된장찌개나 콩나물국 등을 내놓는 경우가 잦았지만, 그는 '안정적인 가정'을 하나 두고 있는 것만으로도 만족하는 것 같았다. 조강지처가 있으면서도 그러한 사실에 구속되지 않는 삶. 그것이 남자로서는 가장 편한 삶일지도 모른다.

동이 트고 있었다. 부엌 창문으로 아침 햇살이 기웃거렸다. 혜정은 밥통에 쌀을 안치고 '즉석 3분 된장찌개'라고 씌어진 알루미늄 봉지를 뜯어 내용물을 뚝배기에 붓고 가스레인지에 올렸다. 눈대중으로 뚝배기 안에 물을 좀더 붓고 두부와 호박을 썰어 넣었다. 냉장고에는 백화점에서 사온 명란젓과 장조림, 그리고 그녀가 손수 만든 김치볶음이 있었다. 그녀는 자기 자신이 자랑스러웠다. 밥과 찌개에 반찬이 세 가지니 이 정도면 진수성찬이라고 할 수 있겠지, 라고 생각했던 것이다.

　방문 열리는 소리, 그리고 발소리. 그녀의 스폰서가 팬티만 입고 나타났다. 그가 그녀의 등을 껴안고 귓불에 키스를 할 때 술냄새가 훅 하고 닿았다. 그는 물을 찾았다. 혜정은 팩으로 파는 보리차를 데워두었다. 그는 식탁 의자에 앉아 리모컨을 찾았다. 그녀는 식탁에 따뜻한 물이 담긴 잔을 내려놓은 뒤 다섯 걸음 떨어진 텔레비전 위에 놓인 리모컨을 집어 그에게 건넸다. 그는 텔레비전을 틀었다. 아침 뉴스가 방송중이었다.

　"오늘은 주가가 좀 올라야 할 텐데 말야."

　"요즘 너무 빠지더라."

　"큰일이야, 큰일. 대통령이 바뀌어도 소용이 없네."

　그는 대선에서 노무현 불가론을 외치며 이회창을 찍었다. '내 재산은 내가 지킨다'면서 국방의 의무를 수행하듯 숭고히 투표권을 행사했다. 강남을 중심으로 서울에 상당한 부동산을 갖고 있는 그로서는 행정수도 이전 공약은 반갑지 않았다. 선거가 끝난 뒤 강남의 집값이 조금 내려갔고, 북한 핵 문제가 터지면서 종합주가지수도 출렁여서 그의 재산은 아주 조금, 병아리 눈물만큼 축났다. 그래도 그의 재산이 줄어든다는 것은 혜정에게 좋지 않은 소식이었다. 그녀는 그가 충청도에 땅을 사둬야겠다며 중얼거리고 있을 때 마음이 편해졌다. 그가 가난해질 일은 없을 것 같았으니까. 어쩌면 더 부자가 될지도 모르니까.

　그는 혜정이 차려준 음식들을 게걸스럽게 먹었다. 자신이 만든 요리를 맛있게 먹어주는 누군가가 있다는 사실이 그녀로 하여금 보람을 느끼게 했다. 이럴 줄 알았으면 요리 공부나 열심히 해둘걸. 스폰서가 생긴 뒤부터 그녀는 종종 후회하곤 했다. 하지만 성질 나쁜 아버지에게 수시로 구타를 당하면서도 묵묵히 참고 사는 새어머니를 보면서 밥 하고 청소하고 빨래하는 일을 얼마나 경멸하게 되었던지. 그런 것은 비참한 여자들이나 하는 허드렛일로 보였다. 외간 남자와 바람이 나서 가정을 내팽개치고 달아난 친어머니는 차라리 위대했다. 자기 삶을 찾아 떠났으니까. 혜정도 아버지의 손아귀에서 벗어나 자유를 누리기 위해 집을 나왔다. 별다른 비전도 없어 보이는 대학교는 때려치웠다. 하지만 그녀가 새로운 삶을 살기 시작한 지 이 년이 지난 지금도, 새어머니가 끓여주던 콩나물국과 미역국의 맛이 혀에 생생하게 남아 있었다. 콩나물과 가지무침도 일품이었다. 백화점에서 파는 장조림은 새어머니가 해준 것에 비하면 개먹이로나 주고 싶었다.

"이리 좀 와봐."

밥을 다 먹은 그가 혜정에게 손짓했다. 그의 무릎 위에 올라가 앉으며 입술에 키스. 그러자 남자가 말했다. "너 입에서 술냄새 난다." 혜정은 부끄러움을 과장하기 위해 손사래를 치며 펄쩍 뛰었다. "이빨 닦아줄까?" 남자가 혜정을 욕실로 데려가며 말했다. 그는 혜정을 뒤에서 껴안고 그녀의 분홍색 칫솔로 양치질을 해줬다. 그러다가 남자의 성기가 불쑥 솟아올랐다. 두 사람은 그 자리에서 한 번 짧은 성교를 나눴다. 그는 만족스러운 표정으로 뺨과 턱에 면도거품을 묻히고 수염을 깎아냈다.

아침 드라마가 시작할 즈음에 인터폰이 울렸다. 차를 좀 빼달라는 말이었다. 어제 대리운전을 해준 사람이 차를 이상하게 주차해둔 모양이었다. 그녀는 알겠다고 대답했다. 그는 시계를 보더니, 이제 가봐야겠다고 말했다.

"차만 빼고 좀더 있다가 가면 안 돼?"

"알잖아, 요 이쁜 것아."

역시 오늘이 그녀가 쉬는 날이라는 것은 모르고 있었다. 무심한 남자

같으니라고. 하지만 그녀는 내색하지 않았다. 남성잡지에서 본 대로 그에게 넥타이를 매주고 양복저고리를 입힌 뒤 어깨를 쓱쓱 털어주기만 했다. 그리고 집 지키는 강아지처럼 문 밖까지 따라나와서 꼬리를 흔들었다—정확히 말하면, 엉덩이를 귀엽게 살랑거렸다. 언제 또 올 거냐고 물을 필요는 없었다. 아마 하루나 이틀이 지나면 밥 먹고 섹스하기 위해 또 찾아올 것이다.

남자가 사라지자 스물다섯 평 공간은 금세 쓸쓸해졌다. 예전에 친구와 함께 원룸에서 살 때에는 사람 사는 맛이 있었다. 같은 유흥업 종사자이다보니 한 사람이 남자를 데려오면 다른 사람은 반드시 집을 비워야 한다는 묵계가 불편하긴 했지만, 평상시에는 함께 텔레비전을 보며 수다를 떨거나 청소 내기 고스톱을 치고, 기분이 꿀꿀한 날에는 손잡고 나이트에 가는 등 심심할 틈이 없었다.

하지만 '사실상 가정주부'가 된 뒤부터 삶은 꽤나 지루하고 권태로워졌다. 할 일은 많았지만 그중에 하고 싶은 일은 없었다. 세탁물 대부분은 세탁소에 맡기는 것으로 해결했으나 설거지와 청소는 피할 수 없었다. 두어 달가량 결혼생활 아닌 결혼생활을 하면서 그녀가 깨달은 점은, 결혼은 미친 짓이라는 것이었다. 그녀가 바라는 것은 누구도 구속할 수 없는 '나 홀로 삶'이었다. 열심히 일해 재산을 모은다는 낡은 세계의 규칙에서 벗어나 마음껏 돈을 쓰며 가고 싶은 곳에 마음대로 가고, 사고 싶은 것을 다 사고, 그녀에 대한 무한한 사랑으로 하루 종일 시중을 들어줄 멋진 남자를 만나 봄날의 낮잠처럼 달콤하고 나른한 사랑을 나누고…… 그러기 위해서는 지금의 스폰서를 잘 구슬러 가게 하나쯤은 얻어내야 했다.

혜정은 개수대에서 고무장갑을 찾았다. 이틀 전 그가 찾아와서 점심을 먹고 갔던 날, 설거지를 하고서 뒤도 돌아보지 않고 내팽개쳤던 빨간 고무장갑이 구석에서 반쯤 뒤집어진 채 누런 속살을 드러내고 있었다. 그녀는 장갑 주둥아리에 입을 대고 바람을 불어넣어 원상태로 만들었다. 장갑을 끼니 불쾌한 느낌이 왔다. 아무렇게나 둔 탓에 안쪽에 물이 들어가 축축해져 있었다. 그녀는 쌍시옷 발음으로 시작하는 욕설을 내뱉으며 설거지를 시작했다. 밥공기와 접시와 은수저가 부딪치며 신경질적인 소리를 냈다. 그녀는 다 씻은 그릇을 건조대에 올려놓았다. 방금 포장을 뜯은 새 행주로 개수대와 식탁을 닦아내고는 손에 더러운 것이라도 쥐고 있었다는 듯 얼른 쓰레기통에 버렸다.

그녀는 세면대에서 깨끗이 손을 씻고 핸드크림을 발랐다. 한 뼘 거리에 있는 거울 속의 그녀 얼굴은 여전히 부어 있었다. 얼굴을 좀더 깎아야 할까. 남자들이야 지금이 제일 좋다고 말하지만…… 하지만 지금은 그보다 현실적인 고민을 해야 했다. 하루 종일 시간을 때울 방법을 찾아야 했다. 비디오나 빌려다 볼까? 새로 나온 비디오는 이미 다 봤다. 그럼 친구네 집에 전화를 걸어 같이 쇼핑이나 가자고 할까? 그러나 살 만한 것은 다 사버렸다. 그렇다면 영화나 보러 가자고 할까? 그에게 전화를 걸어 상냥한 아내의 목소리로 오늘 밤에 한가하니까 빨리 들어오라고 말하는 것이 가장 좋을지도 몰랐다.

오른편 손목 위쪽이 간질거렸다. 처음에는 살갗 위 솜털에 날벌레가 살짝 앉은 느낌이었다. 그녀는 무심코 간지러운 부분을 긁었다. 욕실에서 나온 뒤에 간질거림은 더 심해졌다. 무엇인가 스멀거리며 살갗 아래로 파고든 것 같았다. 그녀는 긁고 또 긁었다. 손가락 끝에서 따가움과 화끈거림이 느껴지자 그녀는 동작을 멈추었다. 손톱에 피가 묻어 있었다. 그녀는 어머나! 하고 외쳤다. 오른쪽 손등과 손목에 시골 밤하늘의 별무리처럼 자그마한 붉은 두드러기가 세기 어려울 정도로 돋아 있었다.

그 위로 손톱 자국과 핏자국이 길게 꼬리를 그리고 있었다. 표피가 벗겨진 부분에서 피와 진물이 번들거렸다. 바보 같은 짓을 했다. 그녀는 후회했다. 긁어 부스럼이라는데. 왼쪽 손등과 손목에도 역시 붉은 두드러기가 나 있었지만 그쪽에는 손을 대지 않았다. 오늘이 쉬는 날이라는 것이 그녀에겐 다행이었다. 손목은 소매가 긴 옷을 입으면 어느 정도 감출 수 있지만 손등은 장갑을 끼기 전에는 어려웠다.

지하철로 한 정거장 떨어진 곳에 피부과 겸 비뇨기과가 있었다. 여의사가 원장으로 있어 비뇨기에 문제가 있는 여자 환자들이 특히 많이 찾는 병원이었다. 혜정도 지난해 봄에 한 번 간 적이 있었다. 임질이나 헤르페스 때문은 아니었다. 칸디다증(症). 질에 곰팡이균이 들러붙어 생기는 병으로, 이것에 걸리면 질에서 누런 액체가 흐르고 허연 이끼 같은 백태가 끼며 외음부에 심한 가려움을 느끼게 된다. 원인은 여러 가지가 있지만 체력이 떨어져 면역력이 심하게 약해졌을 때에도 걸릴 수 있는 병이었다. 하지만 자존심 강한 그녀에게는 성병만큼이나 수치스러운 병이었다. 그녀는 자신과 마지막으로 섹스를 한 손님에게 원한을 품고는, 단골인 그에게 '갈갈이'라는 별명을 붙여서 그뒤로 가게 아가씨들의 '기피 대상 1호'가 되게끔 했다.

크고 둥글둥글한 얼굴에 네모난 금테 안경을 쓴 중년의 여의사는, 혜정의 손을 보고는 언제부터 이랬냐고 물었다. 혹시나 평소에 먹지 않던 것을 먹었는지도 확인했다. 혜정은 고개를 가로저었다. 새로운 화장품을 쓴 것도 아니었고 약을 잘못 먹은 것도 아니었다. 뚜렷한 원인을 발견해내지는 못했지만 의사는 표정 하나 변하지 않고 혜정의 손에 난 두드러기는 건드리지만 않았으면 금방 가라앉았을 것이라고 단언했다. 긁어 부스럼이라는 말도 있지 않냐고 하면서 의사는 항히스타민 연고를 처방해췄다. 그리고 이삼 일 지나면 깨끗이 나을 것이라고 단언했다.

하지만 진료실에서 나오자마자 혜정은 두드러기를 긁고 싶어 미칠 지경이었다. 그녀는 어금니를 깨물며 겨우 참았다. 긁을 수 없다면 칼로 도려내버리고 싶었다. 손등과 손목에서 열기가 달아오르고 있었다. 빨리 집에 가서 얼음물에라도 담그고 싶었다. 대기실 소파에는 모자를 푹 눌러쓴 젊은 여자 세 사람이 있었다. 그녀들은 간호사의 부름을 기다리며 혜정과 서로를 힐끔힐끔 쳐다보고 있었다. 나이는 많아봤자 이십대 중반으로 보였지만 닳고닳은 얼굴이 2종(단란주점)에서나 일하는 애들 같은데, 어쩌면 3종(사창가)일지도 몰랐다. 혜정은 그녀들의 마음을 읽을 수 있었다. 쟤는 어디서 일하는 애일까, 무슨 병으로 왔을까, 그런 생각을 하고 있겠지. 화가 치밀었다. 난 성병 같은 걸로 온 게 아니야! 혜정도 김남주로 변모하기 전에는 술 마시고 손님과 이차를 나가 몸을 파는 것으로 돈을 벌었지만, 이제는 든든한 스폰서가 있으니 창녀 짓을 할 필요가 없었다―과거는 사라지고 순결한 여인으로 재탄생한 것이다.

혜정은 점퍼 주머니에 손을 찔러넣고는 고개를 푹 숙이고 빠른 걸음으로 걸었다. 약국에서 약을 받고, 택시를 잡아타고 집으로 갔다. 벌겋게 부풀고 상처투성이인 손등과 손목에 연고를 두껍게 발랐다. 간지러움도 그럭저럭 참을 만했다. 그녀는 책 대여점으로 가서 만화책과 패션지를 한 아름 빌려왔다. 근처 식당에 점심으로 제육볶음을 시키면서 배달 오는 길에 편의점에 들러 생수, 오렌지주스, 과자, 담배를 사다달라고 주문했다. 그렇게 하루 종일 빈둥거릴 채비를 했다.

*

이튿날 잠에서 깨어나자 악몽이 그녀를 기다리고 있었다. 밥알만한 두드러기가 팔뚝을 타고 다닥다닥 돋아 있었다. 손목 언저리에서 팔꿈치를 향해 퍼져나가는 것처럼 보였다. 흰 피부는 불그스름한 얼룩에 덮여 본래의 색깔을 찾을 수 없었다. 어떤 것은 봉우리 부분이 손톱에 긁혀나가 진득하고 투명한 액체를 흘리고 있었다. 잠들기 전까지는 손을 대지 않아 말짱했던 왼팔에도 갈퀴로 긁힌 것처럼 길고 깊은 손톱 자국이 나 있었다. 밤새 긁어댄 모양이었다. 세탁한 지 사흘밖에 지나지 않은 침대 시트와 이불에도 군데군데 피칠을 했다. 그녀는 아직 몽롱한 기운에 자신도 모르게 팔을 긁적였다. 손끝의 움직임이 집요해지고 간지러움이 쓰라림으로 바뀌고서야 정신을 차렸다. 피투성이가 된 두 팔을 내려다보며 그녀는 부들부들 떨었다. 그녀의 무의식은 간지러우면 하던 일을 계속하라고 충동질하고 있었다. 두 손이 꿈틀거렸다. 시뻘건 혈관과 뼈가 드러날 때까지 살을 헤집고 싶었다.

그녀는 담배를 찾았다. 한 모금 빨자 마음이 가라앉는 것 같았다. 주홍색으로 타오르는 담배를 보자 그것으로 자기 팔뚝을 지지고 싶어졌다. 두드러기가 난 곳을 한 곳씩 차근차근 지지면 간지러움을 영원히 멈추게할 수 있을 것 같았다. 그녀는 가까스로 자신을 억제했다. 하지만 두려웠다. 그녀의 몸은 자해의 쾌감을 한번 맛보았다. 마약 중독 초기 환자처럼, 잠깐은 참을 수 있지만 얼마 지나면 다시 손대기 시작하리라는 것을 그녀는 알고 있었다.

이대로는 가게에 나갈 수 없었다. 그녀가 원룸에서 살 때 룸메이트였던 친구에게 전화를 걸었다가 신호음 한 번에 끊어버렸다. 그녀와 같은 업계에서 일하는, 세상에서 믿고 의지할 수 있는 유일한 친구였지만 지금 상태는 어느 누구에게도 보여주고 싶지 않았다. 그녀는 휴대폰 벨소리에 깜짝 놀랐다. 친구에게서 온 전화였다. 발신번호 표시 서비스가 원망스러웠다. 혜정은 전화를 받았다. 굿 모닝—이라고 첫마디를 꺼내고서 안부가 궁금해 연락해봤다며 둘러댔다. 하지만 그녀와 마지막으로 통화를 한 것은 불과 이틀 전이었다.

친구에게 실없는 소리를 지껄이면서 혜정은 냉동실에서 얼음통을 꺼내 조리대에 대고 탁탁 쳤다. "무슨 소리야?" 수화기 저편에서 물었다. 얼음 꺼내고 있어. "왜?" 아이스커피를 좀 타려고. "한겨울에?" 혜정은 친구의 말을 무시하고, 욕실에서 수건 한 장을 가져와 얼음을 넣고 돌돌 말아서, 평소보다 1.2배는 더 부풀어오른 것 같은 팔뚝에 가져다댔다. 냉찜질을 하니까 좀 살 것 같았다. 하지만 상대방의 말을 제대로 들을 수가 없었다. 팔을 바꿔서 찜질을 하다가 휴대폰을 떨어뜨렸다. 배터리가 본체에서 튕겨나갔다. 빌어먹을. 그러나 전화를 다시 걸기에는 상황이 다급했다. 그녀는 욕실 세면대로 달려가 물을 강하게 틀고, 얼음과 젖은 수건을 처넣은 다음 두 팔을 담갔다. 울음이 터질 지경이었다. 중고등학교에 다니는 동안 여드름 한 번 안 났던 그녀로서는 상상해본 적도 없는 수모였다.

휴대폰에 다시 배터리를 끼우자 문자 메시지가 와 있었다. 그에게서 온 것이었다. 내용은 뻔했다. 왜 전화를 받지 않냐, 낮에 잠깐 들르겠다. 혜정은 텔레비전 옆 케이블 TV 컨버터에 출력되고 있는 현재 시각을 보았다. 열한시가 안 되었다. 아직 시간이 있다. 혜정은 서둘러 그에게 전화를 걸었다. 익숙한 목소리가 반갑게 맞았다. 그녀는 조심스럽게, 반찬이 다 떨어졌으니 오늘은 오지 않는 게 좋겠다고 말했다.

"김치찌개나 끓여줘."

"김치도 다 떨어졌는데. 아 참, 쌀도 다 떨어졌다."

"그럼 백화점에나 갈까?"

그는 일 주일 전에 그녀와 백화점 슈퍼에 처음으로 가보았다. 그뒤로 자신이 직접 먹을 것을 사는 데 재미가 들린 것 같았다.

"자긴 바쁘잖아. 내가 알아서 할게."

"왜 그래?"

상대방의 목소리가 거북스럽게 변했다. 그녀는 잠시 숨을 가다듬고 오늘의 두번째 거짓말을 토해냈다.

"저번에 본 내 친구 있잖아. 걔가 큰일났어. 독감에 걸렸대. 남들 다 걸릴 때는 잘 피해가더니…… 데리고 병원에 좀 가려구."

"알았어."

혜정은 전화를 끊자마자 어제 갔던 병원으로 달려갔다. 여의사는 차가운 손으로 환부를 만져보고는 주사실로 가는 쪽에 있는 세면대에서 손을 씻었다. 더러운 것이라도 만졌다는 듯이―적어도 혜정의 눈에는 그랬다. 그녀는 약을 발랐는데 어떻게 더 심해질 수 있냐고 목소리를 높였다. 의사는 꿈쩍도 하지 않았다. 두드러기가 덧난 것은 순전히 그녀가 환부를 긁었기 때문이며, 알레르기는 원인을 정확히 알고 치료할 필요가 있는데 그러려면 정밀검사가 필요하다. 큰 병원에 가서 검사를 받아보는 것이 좋을 것 같다. 숨 한 번 참지 않고 계속되는 의사의 말에 혜정은 벌떡 일어나 상대방의 머리채를 붙잡고 늘어지고 싶었지만 꾹 참았다. 이런 의사에게 돈을 줘야 한다는 생각을 하자 돌아버릴 것 같았다. 그녀는 씩씩거리며, 대기실 바닥을 쾅쾅 소리내어 밟으며 나갔다. 차례를 기다리던 사람들이 깜짝 놀랐다. 혜정은 거리로 나와 병원 간판을 노려보았다. 그 앞에 하루 종일 진을 치고서 들어가려는 사람이 있으면 여긴 돌팔이밖에 없으니까 다른 병원으로 가보라며 엉덩이를 차내고 싶었다.

택시비 칠천원 거리에 있는 종합병원의 접수창구에서는 예약하지 않으면 진료를 받을 수 없다고 했다. 창구 여직원의 상냥한 말씨를 들으니 애기가 잘 통할 것 같아서, 혜정은 그녀에게 상처투성이가 된 두 손을 내밀었다. 직원은 움찔 몸을 젖혔다. 혜정은 매우 급하다고 덧붙였다. 직원은 오후 늦게까지라도 기다릴 수 있겠냐고 물으며 오후 다섯시 삼십분 진료를 예약해주었다. 앞으로 네 시간을 더 기다려야 했다. 혜정은 부리나케 집으로 돌아갔다. 차가운 물에 손을 담그고 빨리 시간이 흐르기만을 빌었다.

종합병원의 의사 역시 알레르기 진단을 내렸다. 일단 무엇에 대한 알레르기 반응인지 알아야 치료를 할 수 있으니 검사를 받으라고 했다. 혜정은 검사실에서 피를 뽑고 주사를 맞았다. 검사 결과는 이틀 뒤에야 나온다고 했다. 병원비를 내려고 수납창구에서 기다리고 있는데 휴대폰이 울렸다. 오늘 몇시에 나올 거냐는 마담의 전화였다. 혜정은 기운이 한껏 빠진 목소리로, 몸 상태가 너무 나빠서 나가지 못할 것 같다고 말했다. 감기에 걸렸는데 열이 삼십구 도까지 올라갔고 지금은 병원에 와 있다고 하자 마담은 알았다고 대답했다. 그리 달가워하지 않는 눈치였다. 혜정이 스폰서를 잡은 뒤부터는 '본업'에 너무 소홀하다고 생각하는 것 같았다. 기껏 때 빼고 광내서 키워놨더니 뻔질거린다고 생각하고 있을 것이다. 그래도 혜정은 전혀 미안해하지 않았다. 쉬기로 한 날이 아니면 하루 나가지 않을 때마다 이유를 불문하고 결근비를 물게 된다. 감기 핑계를 대고 싶지도 않은 것이 솔직한 심정이었다.

그가 밤에 불쑥 집에 나타났을 때 혜정은 처음엔 당혹스러웠지만 이내 감동받았다. 그녀를 진심으로 사랑해서건 아니면 단순한 질투 때문이건 간에, 그녀가 가게에 없다면서 찾아온 것은 그만큼 관심을 기울이고 있다는 증거일 테니까. 그리고 그는 그녀의 흉한 손을 보고는 심각한 표정으로 걱정해주었다. 화류계 생활 이 년 동안 혜정은 상대의 행동에 얼마나 진심이 담겨 있는지를 가늠하는 법을 익혔다. 그가 그녀 손에 연고를 발라주고 좋은 피부과 의사를 알고 있으니 함께 가보자고 말하는 것, 전부가 진심이었다. 오늘 하루만큼은 그녀를 위해 어떤 고생이라도 감수할 수 있는 남자처럼 행동했다.

혜정은 평소답지 않게 감상에 빠졌다. 그에게 자신이 할 수 있는 모든 것을 해주고 싶었다. 식사를 준비했고, 그가 맥주를 마시며 텔레비전을 보고 있는 동안 설거지를 했다. 빨간 고무장갑을 끼고, 차가운 물에 그릇을 비볐다. 그릇들이 부딪치면서 그녀의 두 팔을 부드럽게 애무했다. 한 가지 일에 열중하니까 간질거림과 쓰라림을 잊을 수 있었다. 그녀는 빨간 장갑과 분홍색 앞치마 차림으로 그에게 다가가, 무릎을 꿇고 최대한 정성을 기울여 그의 성기를 입으로 빨았다. 그리고 그곳에서 나오는 것을 모조리 들이마셨다. "어때? 입으로만 하는 것도 괜찮지? 이렇게 잘하는 여자 만난 적 없지? 내가 최고지? 더 쌀 수 있으면 싸봐. 내가 전부 다 먹어줄게……" 아니, 그녀는 아무 말도 하지 않고 점점 작아져가는 남자의 성기를 밑둥부터 귀두까지 잘근잘근 씹어올라가며 아직 요도에 남아 있는 그의 씨앗을 깨끗이 뽑아냈다. 앞으로 나올 것까지 뽑을 수 있다면 그렇게 했을 것이다. 다른 여자에게 돌아갈 것은 하나도 남기지 않기 위해서라도.

*

검사 결과는 좋지 않았다. 아무 이상이 없었다.

알레르기란 거부반응이다. '나'의 몸 속에 나 아닌 다른 것이 침투했을 때, 신체가 그것에 지나치게 병적으로 반응하는 상태를 가리킨다(알레르기의 어원은 '엉뚱하다'는 뜻의 그리스어 'atopos'다). 이론적으로는 알레르기는 어떤 물질에 대해서도 일어날 수 있다. 의약품이나 화장품 같은 인공물부터 과일이나 곤충 같은 자연물까지. 심지어는 햇빛이나 더위, 추위에도 발생하는 경우가 있다. 이를 치료하려면 일단 환자의 몸이 어떤 물질을 거부하고 있는지 알아내는 것이 중요한데, 혜정은 적어도 잘 알려진 알레르기 물질 450여 종에는 전혀 반응을 나타내지 않았다. 일반적인 치료약은 효험이 없었다. 항히스타민 연고를 발라도 두드러기는 계속되었고 스테로이드 연고를 발라도 간지러움은 그치지 않았다. 그래서 그녀는 '증상'이 시작된 지 열이틀 만에 만성 알레르기 환자로 분류되었다.

두 손의 절반은 나무껍질처럼 거뭇한 딱지투성이였다. 잠이 든 동안 그녀도 모르게 긁는 바람에 상처가 덧나 허옇고 붉은 자국이 딱지 사이사이에 거친 고랑을 이루고 있었다. 팔꿈치가 구부러지는 안쪽 부드러운 부분에는 담뱃불로 지진 자국이 있었다. 부들부들 떨리는 손으로 담뱃불을 환부에 가져다댔을 때, 간지러움은 사라지고 강한 쾌감이 중추신경을 타고 올라와 그녀 뇌 속 시상하부까지 밀려들어왔다. 그 자리에서 오줌을 지리고 싶을 만큼 기분이 좋았다. 하지만 의사가 상처를 보고 어리둥절해하자, 나쁜 짓을 하다가 들킨 어린애처럼 가슴이 덜컥 내려앉았다.

의사는 무덤덤한 목소리로 상태가 그리 심각한 것은 아니라고 말했다. 그는 혜정을 한 사람의 인간이라기보다는 곰팡이가 슨 마네킹처럼 대하는 것 같았다. 신뢰감을 주려고 하지도 않았고, 먹물이 잘못 들어 머리가 돌아버린 사람처럼 거드름을 피우지도 않았다. 그녀에게는 오히려 마음에 들지 않는 태도였다. 의사라면 세상의 모든 병은 자기 손으로 치료할 수 있다는 식으로 허풍이라도 떨어야 하는 것 아닌가. 게다가 그는 그녀의 손이 그렇게 된 것은 그녀 탓이 크다고 말했다. 모든 것이 혜정의 잘못 때문이라고 차갑게 지적했다. 자신은 아무런 책임이 없다는 양.

그는 "알레르기는 병인(病因)이 여러 가집니다. 복숭아만 먹어도 온몸이 시뻘겋게 변하는 사람이 있잖아요? 일본에서는 부부관계에 알레르기를 일으킨 부인도 있었어요. 너무 신경 쓰면 해롭습니다"라고 말했다. 지나친 스트레스는 알레르기를 더 악화시킬 수 있으니 마음을 편하게 가지라는 충고였다. 그녀는 이해할 수가 없었다. 이제 여러 남자와 자는 것도 아니고, 내 낭군님 한 사람만을 바라보며 살고 있다. 미래에 대한 불안과 궁핍에 시달릴 일도 없다. 이만큼 안정적인 환경에서 지내본 적이 없었다. 하루 걸러 한 번씩 술에 취해 울부짖는 아버지와 함께 살 적에는 하루하루가 지옥이었다.

그래도 그때는 집에서 뛰쳐나가느냐 마느냐를 선택할 자유라도 있었지만, 이제는 더이상 도망갈 곳이 없었다. 그녀는 자기 자신과 사투를 벌여야 했다. 자신의 피부를 불태우고 도려내고 싶은 충동과 싸워야 했다. 잠을 자지 않으려고 했지만 잠시라도 긴장이 풀리면 스르르 잠들었고, 악몽에서 깨어나면 두 손은 핏물과 진물 범벅이 되어 있었다. 잠을 쫓으려고 텔레비전 볼륨을 잔뜩 높여놓은 가운데, 때때로 그녀는 심장 고동을 들을 수 있었다. 왼쪽 유방 아래에 있는 그녀 심장이 아니라 무엇인가 다른 생명체가 내는 것이었다. 쿵, 쿵, 쿠웅, 쿵, 쿠웅, 쿵, 쿵, 쿠쿵. 그녀는 손톱을 깨물며 불규칙한 그 소리에 주의를 기울였다. 케이블 텔레비전에서 재방영되는 〈X파일〉 생각이 났다. 그 드라마 속에서는 동공이 텅 빈 초록색 생명체들이 인간의 몸에 괴이한 물질을 삽입하는 대목이 나오곤 한다. 혜정은 자기 몸에도 마찬가지 일이 벌어진 것이 아닌가 두려워했다. 불그죽죽해진 두 손을 보면, 그녀에게 온 외계인은 붉은 종족일지도 모른다……

*

　설거지를 할 때면 설거지를 제외한 모든 일을 잊을 수 있었다. 잠시나마 고통을 느끼지 않는 것만으로도 행복감이 밀려왔다. 담뱃불로 살을 지질 때의 쾌감과는 종류가 달랐다. 수세미로 그릇의 겉과 속을 열심히 문지르고 세제 거품이 부글거리는 찬물에 손을 담그고 있으면, 그녀의 손이 제자리를 잡는 듯한 느낌이었다. 그녀는 요리책을 뒤지며 설거짓거리를 많이 만드는 음식을 찾아냈다. 그녀는 돼지불고기를 사랑했다. 얇은 비닐로 된 위생장갑을 끼고 살코기를 주물럭거릴 때는 잔뜩 사정한 뒤 말랑말랑해진 남자의 성기를 만지작거리며 노는 것 같은 즐거움도 있었다. 그녀 몸에는 없는 부드러움. 자신의 힘으로 남자를 탈진시켰을 때의 통쾌함. 한바탕 지지고 볶으며 요리를 만들고 난 뒤에는 기다리고 기다리던 설거지 시간이 왔다. 그녀는 고무장갑을 팔꿈치까지 끌어올리고 마늘 냄새가 밴 프라이팬을 박박 문질러 닦아냈다. 그렇게 닦으면 프라이팬 수명이 줄어든다는 상식은 그냥 무시했다.

동네 슈퍼에 나가 요리 재료를 사오는 것은 고역이었다. 상처로 너덜너덜해진 손등을 감춰야 했다. 지난 겨울에 선물받은 캐시미어 장갑은 맞지 않았다. 섬세한 양모 한 올 한 올마다 두드러기가 일어나 손등이 벌겋게 달아올랐다. 흰 면장갑이나 목장갑은 비교적 참고 낄 수 있었다. 그러나 그녀가 가장 편안함을 느낀 것은 설거지와 빨래를 할 때 떼어놓을 수 없는 동반자, 손과 팔뚝 전체를 감싸는 43×12 사이즈의, 갑갑할 정도로 두껍고 투박한 빨간색 고무장갑이었다. 안에 면을 덧댄 제품이면 더욱 좋았다. 그것을 끼면 두드러기들은 죽은 듯 조용해졌다. 이따금 그것들 중 한두 개가 일어나 간지럼증을 일으키긴 했지만 지금까지 겪은 고통에 비하면 새 발의 피였다. 두터운 라텍스 껍질의 보호막은 두드러기와 상처를 완전히 감싸서, 그녀가 혹시라도 잠결에 긁적거린다고 해도 상처가 도지는 것을 막아주었다.

그녀는 고무장갑을 끼고 생활하는 데 익숙해졌다. 장갑은 제2의 피부였다. 상처에서 나온 진물이 장갑의 안쪽 면에 접착제처럼 들러붙었다. 슈퍼마켓에 갈 때에는 얇은 면장갑으로 바꿔 끼려 했지만 그럴 수가 없었다. 장갑을 벗는 것은 살껍질을 벗기는 일처럼 고통스러웠다. 딱지가 떨어진 부분은 바람에 스치기만 해도 쓰라렸다. 공기에 대한 알레르기라도 있는 것처럼. 그래서 그녀는 사람들의 시선에도 불구하고 외출할 때에도 고무장갑을 끼고 나갔다.

한정식집을 연상시키는 풍성하고 가짓수 많은 요리와 반찬들. 김치만 해도 생김치, 묵은김치, 갓김치 세 가지였다. 접시에는 굴비와 돼지고기 수육과 불고기가 있었고, 큰 뚝배기에는 갓 끓인 된장찌개가, 작은 뚝배기에는 잘게 썬 파로 고명을 얹은 계란찜이 있었다. 혜정의 스폰서는 배가 터지도록 먹을 수 있었다. 식사를 다 끝내면 화끈한 서비스가 기다리고 있었다. 혜정은 창녀들이나 한다고 들었던 다양한 기술을 시도했다. 가그린(내지 포카리스웨트)을 입에 머금고 막 사정한 남자의 성기를 빨아주는 '가그린'이나 항문을 집중적으로 핥아주는 '똥까시' 같은 것이 대표적인 예. 하지만 이에 반비례해서 그의 마음은 혜정에게서 점점 멀어지고 있었다—그녀는 눈치챌 수 있었다. 그녀는 인격체가 아닌 하나의 그릇, 정액받이였다. 하지만 남자가 원하는 것은 그 이상이었다. 늘 고무장갑을 끼고 음식 냄새가 몸에 밴, 일상에 찌든 여자와는 섹스하기를 바라지 않았다. 그는 식사를 마치고는 재빨리 일어나 재킷을 입었다. 혜정은 간절하게, 더 해줄까? 라고 물었지만 그는 괜찮다고 건성으로 대답했다. 분명히 어디서 다른 누구와 섹스를 하겠지. 야속했지만 이해할 수 있었다. 혜정이라도 남자가 알 수 없는 병에 시달린다면 피곤해하면서 그를 버리고 싶어질 테니까.

그녀는 슬픔에 빠질 겨를이 없었다. 가게에서 전화가 왔다. 마담이 성난 목소리로 대체 일을 할 생각이 있는 거냐며 다그쳤다. 하루하루 결근비를 무는 날이 계속되다보니 혜정이 가게에 진 빚은 점점 불어나고 있었다. 하지만 그녀는 가게에 나갈 수 없는 이유를 솔직히 털어놓지 않고 되려 화를 냈다. 열심히 일해서 조금씩 갚아나가면 되지 않느냐, 돈 천만원 이천만원이 그렇게 대수냐고 맞받아쳤다. 마담이 혜정의 말에 어이가 없어 잠시 머뭇거리는 동안에 혜정은 전화를 끊어버렸다. 그리고 곧 후회했다. 전화가 다시 왔지만 받지 않았다.

계속 연락받기를 피할 수는 없었다. 조만간 마담이 집으로 사람을 보낼 것이 분명했다. 카드 결제일과 집세 내는 날도 다가오고 있었다. 그녀는 카드 명세서를 보며 한숨을 내쉬었다. 그것은 그녀의 바보짓을 담은 일지였다. 디올의 새들백은 왜 사고, 테크노마린에서 다이아몬드로 테두리를 두른 시계는 왜 샀나. 그것들이 자신을 사달라며 그녀를 유혹적으로 바라보았던 것도 아니었다. 그냥 손님을 맞기 전에 대기실에서 다른 아가씨들과 잡담하다가 얘기가 나와서 산 것에 불과했다. 시계 같은 거야 손목에 아무것도 걸치지 않고 있으면 돈 있는 손님들이 알아서 사주기까지 하는 것인데. 그녀는 최후의 방법으로, 그가 찾아왔을 때 넌지시 돈 얘기를 꺼냈다.

"얼마가 필요한데?"

그는 냉담하게 대꾸하며 뒷주머니에서 지갑을 꺼냈다. 혜정이 언뜻 보니 수표가 열 장 넘게 들어 있었다. 그녀는 전부 다, 전부 다, 그렇게 속으로 외쳤다. 남자는 겨우 두 장을 꺼냈다. 두 장 다 동그라미 여섯 개짜리 수표였지만 그녀가 곤경에서 벗어나기에는 턱없이 적은 액수였다. 게다가 남자의 태도는 마치 화대를 건네는 것 같았다. 그녀는 화를 냈다. 내가 빠순이야? 그러자 그는 '씨발'이라는 한마디를 남기고 기다렸다는 듯이 뛰쳐나갔다. 그뒤로는 연락이 없었다.

그녀는 자구책을 세워야 했다. 우선 방을 내놓았다. 그리고 예전 룸메이트였던 친구에게, 사정이 생겨 집을 비우게 되었다며 삼사 일 재워줄 수 있겠냐고 물었다. 친구는 반가워했다. 혼자 사는 것이 어지간히 지겨웠던 모양이었다. 새 거처를 마련하자 혜정은 짐을 챙기고 원룸 임대회사에 전화를 걸어 방을 빼겠다고 통보했다. 이튿날 임대회사 직원이 와서 수도요금, 전기요금, 가스요금을 정산했다. 직원은 고무장갑을 낀 혜정의 손을 자꾸 힐끔거려서 그녀를 불편하게 했다.

친구는 지난해 혜정과 함께 살던 곳보다 더 널찍한 원룸으로 이사를 해 살고 있었다. 강남에 신축 임대주택이 워낙 많이 생긴 덕분에 같은 값으로 더 좋은 집을 구할 수 있었다고 했다. 예전 집만 해도 당시에는 막

지어서 세를 놓기 시작한 집이었는데 이제는 퇴물 취급을 받았다. 집주인은 가슴이 아플 것이다. 남편이 공무원이었다는 부부가 이십오 년 동안 모은 돈으로 지은 것인데, 얼마나 자주 와서 보살피던지. 관리회사에서 청소를 맡고 있었지만, 그들이 직접 와서 청소도 하고 세입자들에게 불편한 게 없냐고 묻기도 했다. 나란히 골목에 서서 삼층짜리 원룸 건물을 마치 그들 보금자리인 양 흐뭇하게 바라보기도 했었다.

"주인 아저씨네만 불쌍하게 되었지. 그 집 이젠 잘 안 나가나보더라."

친구는 그렇게 말하며 혜정이 고무장갑을 끼고 있는 것을 보고 웃었다. "설거지하다 온 거야?" 친구는 혜정에게 무슨 일이 벌어졌는지 사정을 전혀 몰랐다. 그리고 여행가방 세 개, 커다란 쇼핑백 네 개에 달하는 이삿짐을 보고 놀라워했다. 대부분이 옷가지였다. 두 아가씨는 택시 트렁크에서 짐을 꺼내 끙끙거리며 날랐다. 그런 와중에도 혜정은 코를 킁킁거리며 냄새를 맡았다. 그녀는 반사적으로 부엌에 묵은 설거짓거리가 있음을 알아차렸다.

"설거지 안 했니?"

혜정이 묻자 친구는 오랫동안 잊고 있었던 기억이 막 떠올랐다는 듯이, 짧게 감탄사를 내며 "좀 지났어"라고 대답했다. 혜정은 두근거리는 가슴을 안고 부엌으로 갔다. 개수대에 씻지 않은 접시와 냄비, 그리고 쓰레기통에 가 있어야 할 플라스틱 용기와 나무젓가락 등이 층층이 쌓여 있었다. 혜정에게는 먹음직스러운 무엇처럼 보였다.

이른 아침에 잠들어서 오후에 부스스 일어난다. 고객관리차 단골 손님들에게 전화연락 — "자기야, 나 지금 다 벗었다!" 등등의 말로 슬쩍 애간장 태우기. 물론 그렇게 말하면서도 실지로 벌거벗고 있는 일은 전혀 없다. 종종 미용실에 가서 머리 손질. 저녁이 되면 모범택시를 불러 일터로 나간다. 친구의 '나가요' 식 생활 패턴은 혜정에게도 익숙한 것이었다. 걸림돌이 하나 있다면 친구가 손님을 데려올 때가 있다는 것이었다. 자주는 아니었다. 모텔이나 급수 낮은 호텔을 이용하는 경우가 대부분이었지만 집으로 '모시는' 경우가 이따금 생겼다. 그럴 때면 미리 전화가 왔다. "나야, 지금 어딨니?" 하고 친구가 떠들썩한 목소리로 물으면 혜정은 외출 준비를 해야 했다. 고무장갑을 끼고서는 마땅히 갈 만한 데가 없었다. 그녀는 동네 PC방 중에서 어둑하고 칸막이가 쳐 있는 곳을 주로 이용했는데, 그곳에 있으면 그녀의 두 손에서 아우성치는 소리가 들릴 지경이었다. 두드러기들이 정말로 지하의 갑갑한 공기에 거부반응을 일으키는 것인지, 아니면 사람이 많고 시끄러운 장소 속에서 신경이 날카로워진 것인지는 불분명했다. 어쨌든 그녀는 친구가 남자를 데려오는 횟수가 늘어날수록 매우 도덕적인 인간으로 변했다. 돈에 웃음을 파는 것은 그래도 참을 만하지만, 저렇게까지 몸을 던져서 돈을 벌어야 하나. 나도 한때 저런 적이 있었지만, 깨끗한 사람이라면 할 짓이 아냐, 등등. 하지만 얹혀 사는 신세인 그녀가 집주인에게 대놓고 도덕을 설교할 수는 없었다. 그녀는 다른 PC방 손님들의 눈총을 살 정도로 음악을 크게 틀어 놓고 '포트리스2'를 하며 분을 삭였다.

친구를 위해서, 그리고 설거짓거리를 생산하기 위해서 혜정은 열심히 요리를 만들었다. 일 주일 동안은 친구도 혜정이 차려주는 점심과 저녁을 맛있게 먹는 것 같았다. 하지만 그뒤부터는 점점 질려하는 모습이었다. 원룸에서 요리를 한번 하면 집 안 구석까지 냄새가 배게 마련이었다. 냄비에서 오래 끓여 국물을 우려내는 요리라도 만들면 한여름 장마철처럼 습도가 치솟았다. 부엌과 정반대 위치에 있는 화장대의 거울에 김이 서릴 정도였다. 창문을 열어 환기를 시키지 않으면 몸이 끈적거렸다. 재료를 다듬고 조리를 할 때 나는 소리도 친구의 귀에 거슬렸다. 그녀는 혜정이 손빨래를 하는 것도 불만이었다. 빨래를 너무 거칠게 비벼댄 나머지 자신이 아끼는 캘빈 클라인의 속옷—성현아가 누드 사진 속에서 입고 있는 것으로 유명해진—에 보풀이 일게 한 적도 있었다. 혜정이 와서 나아진 것이 하나 있기는 했다. 집 안이 깨끗해졌다. 혜정이 걸레를 빨기 위해 열심히 청소를 했기 때문이었다.

설이 지난 2월의 어느 날 오전, 혜정의 친구는 곤히 잠들었다가 몸서리를 치며 일어났다. 집 안에 찬바람이 들어오고 있었다. 부엌에서는 지지고 볶는 소리가 들렸다. 냄새로 보아 김치볶음을 만드는 것 같았다. 친구는 짜증을 겨우 감추고 부엌으로 갔다. 안녕? 요리의 열기로 얼굴이 벌겋게 된 혜정이 아침 인사를 했다. 웃는 얼굴에 침을 뱉을 수는 없어 친구는 이렇게 말하고 말았다.

"이제는 그냥 시켜다 먹자. 우리집 와서 고생만 시키는 것 같아 미안하네."

"아니야. 사먹는 거 몸에 나쁘잖니. 너랑 나랑 둘 다를 위해서지 뭐. 올라오면서 야식집 봤어? 정말 더럽고 지저분하더라. 바퀴벌레가 우글거릴 거야. 어떻게 그런 데서 음식을 만들어 파는지 몰라."

"네가 힘들 것 같아서 그러는 거야."

"아니야. 나야 집에서 노는데 뭐가 힘드니."

"병원에선 뭐래?"

"그냥……."

"제대로 좀 말해봐."

"낫고 있대."

그것은 절반의 진실에 불과했다. 차도는 없었다. 그렇다고 더 심해지지도 않았다. 종합병원의 의사는 자기 처방 덕분인 줄 착각하고서 꾸준히 치료받으면 나을 것이라고 장담했다. 하지만 잠시라도 고무장갑을 벗고 집안일에서 한숨을 돌리고 있으면, 간지러움이 그녀 뼛속 깊은 곳에서부터 슬금슬금 기어나왔다. 그래서 혜정은 쫓기듯 서두르며 요리를 하고 설거지를 해야 했다. 하루 종일 음식을 만들어 냉장고를 채우고, 상한 음식으로는 쓰레기통을 가득 채웠다. 바닥을 하루에 두 번씩 쓸고 닦아서 청소가 끝난 뒤에도 걸레는 전혀 때가 타지 않았다. 그녀의 몸에는 점점 피로가 쌓였다. 얼굴은 거칠어졌고 몸매는 탄력을 잃었다. 그래서 그녀는 친구가 없을 때면 여성지가 소개하는 몸매 관리법에 따라 벽에 대고 팔굽혀펴기, 앉았다 일어나기, 옆으로 다리를 모으고 누워 상체 일으키기 등의 운동을 했다. 온몸의 근육이 팽팽해지며 가슴과 엉덩이에 탄력이 돌아온 기분이 들면 자기 만족에 빠져 다시 일을 시작했다. 그러나 거울은 두려워서 보지 않았다. 세면대에서 세수를 할 때에도 정면의 거울을 보지 않도록 죄인처럼 눈을 내리깔았다.

하지만 친구는 혜정의 행동을 이해하지 못했다. 혜정은 자신의 상태에 대해 거의 말한 적이 없었다. 알레르기로 추정되는 질병에 걸려 치료를 받아야 한다는 이야기가 고작이었다. 왜 쉬지 않고 요리를 만들고 빨래를 해야 하는지는 전혀 설명하지 않았다. 그것은 누구에게도 숨기고 싶은 비밀이었다. 최후의 자존심이었달까.

초봄이 오기 전에 두 사람은 드디어 충돌했다. 전날 술을 많이 마시고 온 친구는 일어나자마자 커피를 찾았다. 풍성한 상차림에는 손을 대는 둥 마는 둥 했다. 평소에 그녀가 자신의 음식을 건성으로 대하는 것에 불만이 많았던 혜정은, 참지 못하고 잔소리를 했다.

"아침부터 무슨 커피니. 밥 먹어. 내가 다 차려놨잖아. 먹는 것도 힘드니?"

상대 역시 그 말에 발끈했다.

"네가 내 시어머니야? 내 집에서 내 마음대로 먹으면 안 돼?"

"그렇게 술 잔뜩 먹은 다음날 커피부터 마시면 속이 어떻게 되겠니. 몸 망치고 싶어? 앞으로 살 날이 창창한데 어떻게 되려고 그래? 앞길이 뻔히 보이는데 어떻게 내가 가만히 있니?"

"너 때문에 좀 망쳐도 되겠다. 매일 두 끼 세 끼 잘 차려먹는데 한 번 이렇게 먹는다고 내가 죽기라도 하겠니?"

"그래 너 잘났다. 내가 나가면 될 거 아냐!"

"나가려면 니 옷이랑 다 갖고 나가!"

그건 좀 어려웠다. 두 달 전 이사할 때 가지고 온 혜정의 짐은 아직 풀지도 못한 채 방 한켠에 고이 모셔져 있었고, 당장 들고 나가기에는 양이 너무 많았다. 혜정은 조리대 서랍에서 쓰레기봉투를 꺼내 쇼핑백에 들어 있는 옷가지를 하나하나 처박았다. 눈물 방울을 툭툭 떨어뜨리다가, 이윽고 소리를 내어 엉엉 울기 시작했다. 머쓱해진 친구가 곁으로 다가와 어깨를 쓰다듬으며 사과했다.

"커피 끓여줘?"

혜정이 고무장갑을 낀 손으로 눈물을 닦으며 물었다.

"내가 끓일게."

"기다려. 식탁 치우고 내가 끓여줄게."

"괜찮아. 내가 끓일 테니 넌 설거지해."

그렇게 잠시 평화가 왔다.

*

자정이 좀 넘어서, 초인종도 울리지 않고 현관문이 열렸다. 친구가 돌아오기엔 이른 시각이었다. 혜정이 급하게 뛰어나가자 열린 문 사이로 얼굴 두 개가 쓱 나타났다. 하나는 친구, 다른 하나는 중년 남자의 길쭉한 얼굴이었다. 낯이 익었다. 어느 대기업의 홍보팀 차장이라고 했던가. 원래 그녀가 일하던 가게의 단골 손님이었다. 술이 잘 받지 않는 체질이면서도 기자들 데려다놓고 양주를 퍼마시며 물수건을 머리에 뒤집어쓰고 열심히 노래를 부르던 사람. 새끼마담 하나와 내연관계였는데, 깨졌나? 자신을 알아볼 만한 사람이 나타나니 일단 부끄러웠지만 잊고 있던 화류계 생활에 대한 그리움도 들었다. 도무지 이해할 수 없는 병에 걸리지 않았더라면 그녀는 여왕이 될 수도 있었다.

어이구 안녕하십니까, 집주인이 계셨네. 남자는 중얼거리며 신발을 반쯤 벗은 채 혜정이 깨끗이 청소해놓은 장판 위로 발을 디뎠다. 그는 혜정을 전혀 알아보지 못했다. 친구는 하이힐을 벗어던진 뒤 남자를 부축해 방 안으로 이끌었다. 그리고 그에게 큰 소리로 말했다. "뭐 해줄까? 먹고 싶은 거 다 해줄 거야." 친구의 손가락이 혜정을 향하는 것을 보고는, 그는 술 취한 사람 특유의 과장된 말투로 지껄였다. "아아, 요리사시구나." 혜정은 그 말에 곤혹스러워하며 옷장 옆면에 붙은 거울로 고개를 돌렸다. 그녀는 꽃무늬가 새겨진 흰 앞치마에, 팔을 걷어붙이고 고무장갑을 끼고 있었다. 초췌한 얼굴에 뒤로 질끈 묶은 머리 위로 삐죽삐죽 솟아오른 머리카락. 펑퍼짐한 바지 속에서 탄력을 잃은 엉덩이. 그녀가 기억하고 있던 화사했던 시절은 사라지고 없었다.

텔레비전에서 김남주의 CF를 볼 때마다 그녀는 '저 자리엔 내가 들어가도 잘 어울릴 거야'라고 생각하며 그것으로 만족을 했었다. 하지만 혜정은 더이상 김남주가 아니었다. 남이 벗어놓은 옷이나 치워야 하는 식모에 불과했다. 침대 쪽에서 친구의 목소리가 들렸다. "물 좀 가져다줄래? 고맙다." 아직 하지도 않은 일에 고맙다고 했다. 혜정의 마지막 남은 자존심이 고개를 들었다. 이제 박차고 나갈 때였다. 하지만 그 동안 깨끗이 쓸고 닦으며 정을 붙인 집이었다. 봄철이 되면 베란다를 장식하려고 이웃에 있는 꽃집에서 제라늄도 사왔다. 발길이 쉽게 떨어지지 않았다. 다시 친구의 목소리가 그녀를 재촉했다. "나, 물 콜—" 뛰쳐나갈 또 한번의 기회였지만 그녀는 그냥 제자리에 있었다. 마치 그녀만이 들을 수 있는 소리가 있어서 숨을 죽이고 듣는 것처럼. 실지로도 뭔가 들렸다. 그녀는 살금살금 침대로 갔다. 환한 형광등 불빛을 받으며 친구가 엎드려서 일명 '빠떼루 자세'를 잡고 있었고, 바지를 벗은 남자가 그 뒤에 바싹 붙어 허리를 움직이고 있었다. 그들은 사람이 지켜보고 있어도 상관하지 않았다. 아침에 일어나면 필름이 끊겼거나 끊긴 척하겠지. 혜정은 커다란 맥주잔에 물을 가득 담아 침대 옆 장식장에 일부러 쿵 소리를 내며 내려놓았다. "자, 여기 물." 그래도 두 사람은 무아지경에서 벗어나지 못했다.

그녀는 구역질을 참고 부엌으로 돌아갔다. 벽에 등을 기대고 앉아 무릎을 끌어안았다. 침대가 삐걱거리는 소리가 들렸다. 더럽다, 더러워. 짐승들이나 하는 짓거리야. 그러나 그녀 몸을 탐하던 추잡한 시선과 손길이 그립기도 했다. 집에 사람이 두 명이나 있는데도 외로웠다. 저편에서 감탄사와 한숨, 그리고 크리넥스를 뽑는 서걱거리는 소리가 이어졌다. 친구가 휴지 조각을 움켜쥐고 혜정 앞을 지나갔다. 샤워기에서 타일 바닥으로 물 떨어지는 소리가 들렸다. 혜정은 조용히 일어나 앞치마를 벗었다. 집을 완전히 떠나려는 생각은 아니었다. 산보를 하든 PC방에 가든, 나갔다가 동트기 전에 돌아오려고 했다. 짐도 하나 챙기지 않고 고무장갑을 낀 채, 주머니에는 약간의 돈과 현금카드를 넣고서.

오전 한시가 좀 넘은 시각. 새벽의 시작이었다. 술집과 일식집, 그리고 안마시술소가 뒤섞인 르네상스 호텔 뒤편 거리는 고급 자동차들의 행렬이 끊이지 않았다. 에쿠우스, 체어맨, BMW, 벤츠 등등. 곳곳에서 삼삼오오 어깨동무를 하고 술 취한 걸음으로 걷는 양복쟁이들이 보였다. 골목과 골목이 교차하는 지점에서 삐끼 두 명이 지나가는 남자들에게 호객을 하고 있었다. 아가씨랑 자고 가세요— 백마 한번 타고 가세요— 러시아 여자와 섹스할 수 있다는 말에 솔깃하는 남자 하나.

혜정이 그들을 막 지나칠 때, 온몸이 휴대폰 진동하듯 부르르 떨렸다. 잠자코 있던 두드러기들이 일어나 아우성을 치고 있었다. 그녀는 오랜만에 느끼는 지독한 간지러움에 몸을 움츠렸다. 뼈와 핏줄과 근육이 자기를 물어뜯어달라고 요동쳤다. 혜정은 몽둥이에 등허리를 맞은 것처럼 숨이 턱 막혀 앞으로 고꾸라질 뻔했다. 서너 걸음 떨어져 있는 분식점에서 김밥을 먹던 젊은 남녀가 그녀를 쳐다봤다. 혜정은 입술을 깨물며 몸을 세웠다. 커다란 설렁탕 전문점이 저 앞에 있었다. 24시간 영업하는 식당이었다. 유리창 안으로 종업원들이 분주하게 움직이는 모습이 보였다. 한밤중인데도 테이블이 삼분의 이는 차 있었다. 들어가는 입구에는 굵은 매직

펜으로 '주방(女), 홀서빙(女) 구함'이라고 쓴 쪽지가 붙어 있었다.

안으로 들어가자 손바닥만한 원룸과는 비교할 수 없는 웅장한 세계가 펼쳐졌다. 그녀가 일하던 부엌보다 스무 배는 더 넓은 조리실에서는 커다란 솥에서 하루 종일 육수를 끓이고 있었다. 자욱한 수증기와 고기 국물 냄새 속에서 미사중인 수녀처럼 딱딱하게 굳은 표정의 조리사 두 명이 바쁘게 고기를 썰고 밑반찬을 준비하고 있었다. 굶주린 손님들과 주방 사이를 자그마한 아가씨가 바쁘게 오갔다. 커다란 쟁반에 설렁탕 그릇을 서너 개씩 담고 뛰었다. 삼겹살이 담긴 접시를 들고 집게로 고기를 집어 불판에 올려놓았다. 사람들은 미친 듯이 먹고 마시며 고기를 주문하고, 술을 더 시켰다. 빈 병으로 테이블을 두들겼고 걸쭉한 목소리로 소리를 지르며 종업원을 불렀다. 보다 못한 주인이 나가서 주문을 대신 받아 주방에 전달해주기도 했다. 만들고 먹고 마시고 계산하는 순환의 고리는 딱 한 사람만 더 있으면 완벽하게 돌아갈 것만 같았다. 그녀의 두 손이 주인에게서 먹을 것을 기다리는 강아지처럼 펄쩍펄쩍 뛰어올랐다. 고작 한 사람만을 상대로 음식을 만들고 설거지를 해왔던 그녀였다. 수십 명분의 음식을 만들고 설거지를 하는 광경을 보고 있으니, 간지러움은 잊혀지고 아직까지 느껴보지 못했던 쾌감에 대한 기대로 가슴이 터질 것처럼 쿵쾅거렸다. 지금 저 일에 끼어들 수만 있다면 혜정은 어떠한 대가도 치를 용의가 있었다.

그녀는 일할 준비가 되어 있었다. 손님에게 주문을 받고 막 카운터로 돌아온 남자 주인이 그녀를 위아래로 훑어보고 손에 낀 고무장갑에 눈길을 한번 더 주었다. 예사 손님이 아니라는 것을 알아차린 것 같았다.

"무슨 일로 오셨수?"

그녀는 주방일을 하러 왔다고 대답했다. 그 동안 부엌일을 하며 초췌해진 그녀였지만, 주인의 눈에는 아직 젊고 싱싱한 아가씨로 보이는 모양이었다. 그는 주방에서 일하겠다는 그녀를 신기한 듯 바라보더니, 오늘부터 일할 수 있냐고 물었다. 혜정은 고개를 끄덕이며 짧게 긍정의 대답을 했다. 주인은 그녀를 데리고 테이블을 가로질러 주방으로 갔다. 주인은 그녀를 간단히 소개한 뒤에 설거지를 맡아달라고 부탁했다. 더이상 이야기할 틈은 없었다.

원룸 부엌의 개수대가 세숫대야만했다면, 이곳 식당의 것은 욕조였다. 불판과 플라스틱 그릇이 거품에 싸여 기우뚱하게 누워 있었다. 주문을 받는 아가씨가 커다란 쟁반에 손님들이 먹다 남긴 반찬이 든 그릇들을 힘겹게 들고 왔다. 좀처럼 기름때가 닦이지 않는 불판도 두 장이나 더 가져왔다. 혜정은 벌건 김치 국물이 둥둥 흘러다니고 기름때로 폐수처럼 탁해진 미지근한 설거짓물에 손을 푹 집어넣었다. 아랫배에서부터 따뜻한 기운이 뭉클, 하고 올라와 그녀를 노곤하게 만들었다. 그 기운이 목을 타고 두개골까지 닿자 그녀는 몽롱함에 빠졌다. 분명히 굵고 탁한 남자 목소리가 몸 속을 메아리치는 것을 들었다. 오오오오우우우우우위위이 이예에. 제정신을 차리고 있는 것은 두 손뿐이었다. 평소보다 갑절은 빠른 속도로 닦고 씻었다. 바깥의 손님들보다 더 탐욕스러운 모습으로 설거지를 해치우고 있었다. 삼겹살을 썰던 땅딸보 여인네가 그 속도에 혀를 내두르며 한마디했다. "장난이 아니네."

*

2002년 월드컵 당시 히딩크의 명언 중 하나. "나는 아직도 배가 고프

44

다." 혜정도 그렇게 말하고픈 심정이었다. 늦은 새벽이 되면서 손님들이 끊기자 설거짓거리도 떨어졌다. 테이블이 텅 비자 주인을 비롯한 식당 식구들은 기지개를 켜고 숨을 돌렸지만, 혜정은 여태껏 경험해본 적 없는 설거지의 여운으로 몽롱한 상태였다. 아쉬움도 컸다. 오르가슴까지 마지막 한 고개만을 남겨두고 있었는데 끝나버렸다. 불판 하나만 더 닦았더라면. 지금은 식당 식구들이 먹을 아침식사를 준비하고 있는 여편네가 막바지에 괜히 도와주겠다고 나서지만 않았더라면, 혜정의 몸 속에 들어앉은 굵고 탁한 목소리의 주인공도 새끼양을 막 포식한 보아뱀처럼 죽은 듯 얌전히 있었을 것이다. 배가고파배가고파. 음절과 음절의 경계가 애매한 중얼거림이 그녀의 신경을 타고 흘렀다. 머리가 지끈거렸다. 식당 사람들이 식사를 마치고 나면 설거짓감은 또 생길 것이다. '목소리'는 그때까지 기다릴 것을 요구하고 있었다. 하지만 혜정은 그러고 싶지 않았다. 이 동네가 그녀의 홈그라운드임을, 그녀 친구를 비롯해 그녀의 얼굴을 알아볼 사람들이 허다한 지역에 있음을 뒤늦게 깨달았기 때문이었다. 그녀의 친구가 자신을 찾으려고 돌아다니는 상상을 하니 몸서리가 쳐졌다. 혹시라도 친구가 창 밖에서 식당 안을 들여다보기라도 한다면, 혜정은 꼼짝없이 주방 아줌마가 되어버린 자신의 모습을 드러내야 했다.

혜정은 대걸레로 바닥을 닦고 있는 주인에게 이만 가보겠다고 말했다. 주인은 그녀가 계속 식당에 출근할 것을 기대하고 있었다. 일솜씨에 만족한 것 같았다. 하지만 혜정은 고개를 푹 숙이며 얌전히 "아니요, 일 잘 했습니다"라고 말하며 거부하는 뜻을 밝혔다. 돈을 달라는 얘기는 꺼내지도 않았다. 주인은 혀를 차면서 밥이라도 먹고 가라고 했다. 혜정은 거절했고 주인은 더이상 권하지 않았다. 대신 주머니에서 만원짜리 석 장을 꺼내어 그녀에게 건넸다. 일이 필요하면 언제든 오라고 하면서.

*

　　빨간 장갑의 혜정이 쌀쌀한 봄바람을 타고 거리를 방황한다. 제대로 감지 못해 기름기가 질질 흐르는 머리카락이 이따금 한 올 두 올 흘러내려와 이마를 간질인다. 카키색 후드 점퍼에 헐렁한 회색 운동복을 입고 강남에서부터 명동을 지나 종로로 북상하는 그녀. 점퍼 주머니는 그녀의 부르튼 주먹이 겨우 들어갈 정도의 크기로, 팔뚝까지 올라오는 고무장갑을 가리기에는 턱없이 작다. 차림새만으로는 근처 식당에서 일하다 손님 담배 심부름이라도 나온 것 같은데, 눈은 오아시스의 신기루에 홀린 여행자처럼 게슴츠레 풀려 있고 입가에는 허연 백태가 껴 있다. 발걸음은 무거운 짐이라도 진 듯 질질 끈다. 도시 미관에 예민한 행인들이 그녀에게 눈총을 보낸다 : 미친년이다. 그녀가 어떤 '목소리'의 부름을 받고 있는지를 알게 된다면 귀신 들린 여자라고 생각할 것이다.

　　배고파배고파배고파. '목소리'의 내용은 언제나 단순했지만 높낮이와 장단은 무작위로 바뀐다. 마치 룰렛을 돌려 결정하는 것 같다. 기관지에 가래가 끓는 소리가 나기도 하고, 더이상 높이 올라가지 않는 목소리를 억지로 짜낼 때의 갈라지는 소리가 나기도 한다. 비가 온 다음날 지붕에서 물방울이 떨어지듯 또박또박 천천히 한 음절 한 음절 발음되기도 한다. 그녀 아버지가 "배고파, 어서 밥 줘" 하고 요구하는 말에서 따온 것 같은 '배고파'가 나올 때도 있다. 가끔씩 목소리는 웃는다. 케케케케케. 몸은 어른이되 영혼은 아직 악의에 찬 장난꾸러기 아이 같다.

　　혜정은 그 목소리의 이미지를 구체화하기 위해 무의식의 지층에 파묻어놓았던 기억을 끄집어낸다. 마음속에서 사형에 처한 혐오. 혜정이 김 남주로 변모하기 전, 남자들이 '얼굴은 중상 몸매는 상'으로 분류하는 아가씨 중 하나에 불과했을 때, 처음으로 이차를 나갔을 때의 경험. 당시 그녀의 파트너는 서른이 갓 넘은 직장인이었다. 점심시간에 직장인들로 북새통인 거리에 내다놓으면 누군지 찾아내기 힘들 정도로 평범하게 생긴 남자였다. 혜정은 그냥 눈을 딱 감고 있으면 금방 끝나리라고 생각했다. 모텔에 들어가서 샤워를 하고 다리를 벌리고 누웠다. 남자의 혀가 몸에 닿았을 때 그녀는 이차를 나온 것을 후회했다. 초이스하는 것과 초이스당하는 것은 차이가 크다는 것을 깨달았다. 마음에 드는 남자와 섹스할 때는 몸이 촉촉히 젖어드는 느낌이었다. 하지만 사지선다형 문제의 보기 중 하나로 선택된 것은 달랐다. 감정과 육체를 메마르게 하는 섹스였다. 음부에 윤활액을 충분히 바른 줄 알았는데 남자가 삽입하자 통증이 왔다. 그녀가 얼굴을 찡그리며 고개를 돌리자 남자는 다시 자신을 쳐다보도록 했다. 그녀가 아픔을 호소하자 남자는 돈 받고 딴소리를 한다며 짜증을 냈다. 룸살롱 아가씨들에게 속아본 적이 많은 모양이었다. 아프다, 피곤하다는 핑계로 돈만 챙기고 손님을 소홀히 대하는 여자들도 많다. 혜정은 빨리 끝내려고 선배들이 가르쳐준 대로 엎드렸는데 남자는 뒤에 붙어 움직이지는 않고 그녀 가슴을 주물럭거리며 시간을 끌었다. 그날 이후 혜정은 세상이 돌아가는 법칙, 남자를 지배하고 다스리는 방법을 체득하기 시작했다.

'목소리'는 혜정보다 한 발 앞서 냄새를 맡는다. 목소리의 옥타브가 올라가면 어김없이 큰 식당이 나타난다. 여기로 가, 저기로 가. 목소리가 직접 그렇게 말하는 법은 없다. 하지만 같은 '배고파'라는 말도 조성(調聲)에 따라 각기 다른 의미가 있다. 비음이 섞인 속삭임은 요구하는 소리다. 그녀는 거부권을 행사할 때도 있지만 대개는 끌려간다. 장어집, 갈비집, 안동찜닭집, 칼국수집, 솥밥집, 생선구이집…… '프리랜서 설거지 스페셜리스트'인 그녀는 일손이 부족한 식당에서 설거지를 도와준다. 인심이 좋은 곳은 하루치 일당을 주었으나 그렇지 않고 그냥 밥 한 끼로 때우는 곳도 많다. 밤은 여관에서 보내는데, 돈은 점점 줄어들어간다. 이대로 계속 간다면 이가 들끓는 쪽방으로 가야 한다. 친구에게 돌아가고 싶다. 심지어는 뛰쳐나온 집이 그립기도 하다. 눈을 뜨면 적들로 둘러싸인 바깥세상에서 그녀를 보호해줄 방패막이가 필요하다. 소박한 안락함과 다정함이 그립다. 하지만 돌아갈 수가 없다. 자존심 문제가 아니다. 지칠 대로 지친 그녀는 혼자 힘만으로는 걸을 수가 없었다. 그리고 이미 대량의 설거짓거리에 익숙해진 목소리는, 그녀의 두 손은, 검소한 예전 생활로 돌아가고 싶어하지 않는다.

혜정과 '목소리'는 타협할 수도 있었다. 그녀는 홍제동에 있는 한 갈비집에 한 달 남짓 자리를 잡은 적이 있었다. 부부가 오층짜리 주상복합 건물을 지어놓고 일층에 자린 테이블 열 개(룸 두 개) 규모의 식당이었다. 종업원은 세 명. 주인 부부는 오층에서 살았고, 일층 가게에 딸린 자그마한 방에는 주방장인 '영이네 엄마'가 살고 있었다. 삼십대 중반의 이혼녀인 그녀는 혜정을 동거인으로 흔쾌히 맞아들였다. 이렇게 해서 일단 거처는 확보. 식당에도 손님이 많이 들었다. 주위 식당들은 음식 종류를 가릴 것 없이 파리를 날리고 있는데, 혜정이 일하는 곳은 주말 저녁은 물론이거니와 평일 저녁에도 자리가 없어 손님을 받지 못할 때가 있었다. 영이네 엄마는 갈비를 재우고 밑반찬의 간을 맞추는 솜씨가 보통이 아니었다. 혜정의 설거지 솜씨도 달인의 경지에 이르렀다. 그릇들이야 대충 세제 섞인 물로 헹구면 되지만, 불판 닦는 일은 힘과 기술이 필요했다.

혜정 같은 전문가가 없었더라면, 아무리 음식맛이 좋다고 해도 장사를 제대로 할 수가 없었을 것이다.

영이네 엄마가 방을 비운 날이었다. 일요일, 가게가 쉬는 틈을 타서 아이를 만나러 간다고 했다. 코를 고는 사람이 없어졌지만 혜정은 편하게 잘 수가 없었다. 그녀 안에 들어앉은 목소리가 굶주린 늑대처럼 그르렁거렸다. 휴일인 내일 하루를 종일 굶주린 상태로 지내야 한다는 것에 불평을 터뜨리는 것이었다. 그녀가 잠을 이루지 못하고 뒤척이고 있는데, 바깥에서 인기척이 느껴졌다. 문고리 열쇠구멍에 열쇠를 집어넣고 돌리는 금속음이 났다. 방문이 삐걱거리며 열렸다. 몸에 전류가 통하는 느낌. 그녀는 문지방 위에 도사리고 있는 커다란 그림자가 누구의 것인지 짐작하고 있었다. 눈을 딱 감고 자는 척했다. 플래시 불빛이 그녀 얼굴을 비췄다. 군침을 삼키는 소리가 들렸다. 그녀 안에서 중얼거리던 목소리는, 나직해지다가 완전히 잦아들었다. 극장에서 농도 짙은 베드신이 시작될 때 관객들이 숨을 멈추고 긴장하듯이.

그녀가 덮고 있던 이불이 옆으로 치워졌다. 땀이 배어 축축한 남자의 손바닥이 그녀의 가슴을 셔츠 위에서 만지다가, 곧 안으로 파고들었다. 손바닥은 브래지어를 하지 않은 그녀의 맨가슴을 마구 주물렀다. 그녀는 초조해졌다. 남자의 손길이 좀처럼 그녀 몸에서 떨어지려고 하지 않았다. 하고 가려면 빨리 하고 가지. 멀쩡한 정신으로는 받아들이기가 쉽지 않았다. 남자가 강제적으로 주도하는 섹스를 해본 지가 너무 오래되었다. 처음 이차를 나갔을 때의 괴로웠던 시간을 떠올리며 혜정은 꾹 참았다. 그때와 상황은 다르지 않았다. 지금은 공짜로 대주는 것이며, 음부에 바를 윤활유 같은 것은 없다는 점을 제외하고는. 혜정은 알코올이 간절했다. 폭탄주를 대여섯 잔 마시면 자신도 음란한 여자가 되어 오랜만에 몸 속으로 침입해들어올 남근을 기쁘게 맞이할 수 있을 것 같았다.

　남자의 손이 그녀의 운동복을 벗기고 팬티를 내렸다. 그리고 그녀의 두 다리를 벌리고, 그 사이의 갈라진 틈을 좌우로 열었다. 뭉툭한 코끝이 그녀 음부 앞에 바싹 다가와 킁킁거리며 냄새를 맡았다. 저질이구나. 그녀는 남자가 눈치채지 못하게 소리 없이 탄식했다. 남자의 혀가 들어와 그녀의 질 안에 침을 발랐다. 그리고 그녀의 얼마 남지 않은 젊음을 모조리 흡수하려는 것인지 그 주위의 연약한 살을 세게 빨아들였다. 혜정은 통증을 느꼈다. 얼굴을 들어 가랑이 사이를 뒤덮고 있는 남자의 머리통을 노려보았다. 두 허벅지로 목을 졸라 죽여버리고 싶었다. 하지만 혜정의 심정을 모르는 남자는, 그녀의 두 다리를 앞으로 밀어 음부가 천장을 향해 입을 쩍 벌리게 했다. 그가 본격적으로 그녀의 속살에 탐닉하려는 순간 문이 벌컥 열렸다. 혜정과 남자 두 사람 다 놀라서 몸을 일으켰다. 주인 아주머니가 씩씩거리며 서 있었다. 그 뒤에서 쏟아져들어오는 불빛에 제자리에서 꼼짝하지 못하고 있는 주인 남자의 모습이 고스란히 드러났다. 그는 입가에 흐르는 침을 닦을 엄두도 내지 못했다. 혜정은 통쾌했다. 이제 주인 아주머니가 남자에게 달려들어 한바탕 육박전을 벌일 것이었다.

　혜정의 생각은 틀렸다. 여자는 욕설을 내뱉으며 남편을 내치고 그녀에게 달려들었다. 망할년, 네년이 언젠가 이럴 줄 알았어, 라고 고래고래 소리지르며 주먹을 마구 휘둘렀다. 혜정은 예상치 못한 습격에 당황해하면서 손을 내저었다. 그녀의 집게손가락에 뭉클한 것이 닿았다. 여자가 한쪽 눈을 감싸쥐며 뒤로 자빠졌다. 여자는 다시 달려들지는 않고 동네방네 다 들릴 만큼 크게 고함쳤다. 남의 남편에게 꼬리를 치더니, 이년이 이젠 사람을 죽이네. 여자의 남편은 그제서야 움직였다. "미친년." 그 한

마디와 함께 남자는 혜정의 멱살을 잡고 시원스럽게 따귀를 날렸다. 그리고 표정만으로는 울고 있는지 웃고 있는지 알 수가 없는 자신의 아내를 추슬러 방에서 데리고 나갔다. 혜정은 한동안 잊고 있었던 삶의 진리를 새삼스레 돌이킬 수 있었다 : 세상에 정의란 없구나. 케케케, 그런 건 원래부터 없었지.

*

다닥다닥 붙은 먼지에 회색빛으로 변해가는 흰 아크릴 간판. 돋을새김한 청색 글자가 있지만 무어라 씌어져 있는지는 중요하지 않다. 편의상이름을 붙여야 한다면 '개미식당' 이라고 해두자. 무수히 많은 분식점 중에서도 장사가 잘 안 되어 바퀴벌레가 단골 손님인 집. 비좁은 홀에 테이블 네 개가 사람 하나 겨우 빠져나갈 정도로 붙어 있고, 테이블마다 역시 네 개씩 배치된 쇠의자는 쿠션이 빈약해서 라면 한 그릇을 먹고 나면 엉덩이가 아프다. 한쪽 벽에는 전지 크기의 종이가 붙어 있다. 메뉴판이다. 손으로 삐뚤삐뚤하게 쓴 글씨로 라면, 비빔밥, 볶음밥, 떡만두국 등의 가격이 표시되어 있다. 주방은 두 사람이 서 있기에도 버거울 정도로 좁다. 벽에는 기름때가 진득하고 바닥에는 구정물이 줄줄 흐른다. 손님들이 이런 광경을 본다면 주문을 취소하고 당장 달아나버릴 것이다.

일요일에 문을 연 식당은 그곳 하나뿐이었다. 인근 고등학교에서 토익 시험을 치르고 온 남자 직장인 한 떼가 굶주린 배를 움켜쥐고 점심을 먹으러 왔다. 그들은 그날 시험문제 난이도가 어땠는지를 이야기하며 시끌벅적하게 굴었다. 진급 대상에 들려면 토익 점수가 일정 이상이 넘어야 하기 때문에 시험을 잘 보지 못한 몇몇은 걱정스러운 표정을 지었다. 삼십대 중반으로 보이는 한 남자가 주문을 받을 계산서를 들고 말없이 다가와 섰다. 주방에서 일하고 있는, 허리가 사십오 도로 구부러진 자그마한 할머니의 아들뻘로 보였다. 테이블에 앉은 사람들 사이에서 잠시 메뉴를 둘러싸고 실랑이가 일었다. 결론은 김치찌개 넷, 된장찌개 넷. 남자가 주문을 받아 주방으로 사라지자, 그의 얼굴을 정면으로 바라보았던 두 사람이 고개를 갸웃했다. 생김새가 이상했다. 슬쩍 지나쳐갈 때는 잘 모르지만 가만히 바라보고 있으면 어색함이 느껴졌다. 오른쪽 눈동자는 왼쪽 눈과 비교해 거북함이 느껴질 정도로 거의 움직임이 없었고 흰자위는 너무 맑았다. 턱과 입술은 세게 얻어맞은 듯 왼쪽으로 삐뚤어져 있었다.

케케케케케케. 생선가게를 기웃거리는 고양이처럼 식당 문간에 서서 안을 들여다보고 있는 혜정을 비웃는 내부의 목소리. 주방의 할머니는 그처럼 많은 주문을 한꺼번에 받아본 적이 없는지 허둥대고 있었다. 손님들은 왜 이렇게 식사가 늦냐고 주방을 향해 소리쳤다. 다른 데로 갈까? 테이블 사이에서 일어나는 투덜거림들. 문 연 데가 없잖아. 마지못해 앉아 있는 그들이 이쑤시개를 씹어물고 재촉하듯 젓가락으로 테이블을 두들기는 것을 보면서 혜정은 강한 허기를 느꼈다. 목소리가 아닌, 공복에서 나오는 그녀 자신만의 허기였다. 갈비집에서 한밤중에 쫓겨난 뒤로 아무것도 먹지 못했다. 일을 좀 도와주면 한 끼 얻어먹을 수 있을 것 같았다. 케케케케케케케케. '목소리'가 다시 한번 길고 걸쭉한 웃음을 뽑았다. 혜정은 그 뜻을 읽어낼 수 있었다 : 저렇게 손바닥만한 주방으로 만족할 수 있겠어? 내 굶주림은 네 굶주림이고, 네 굶주림은 내 굶주림이야. 좀더 큰, 훨씬 더 큰 쾌락을 찾아 어서 떠나. 돌이켜보면 혜정은 이와 비슷한 내면의 목소리를 들었던 적이 있었다. 술집에 나가 돈을 벌까 말까를 고민할 당시였던 것 같았다.

혜정은 '목소리'의 비웃음을 무시하고 순간의 굶주림을 해결하기로 했다. 그녀는 설거지만 잘하는 것이 아니었다. 설거지는 뛰어난 요리사가 되기 위한 수행 과정에서 가장 먼저 밟는 단계이고, 그녀는 이미 도제 수준은 졸업한 상태였다. 일단 그녀가 두 팔의 고무장갑을 더욱 단단히 끼고 부엌에 들어오자 음식은 순식간에 완성되었다. 손님들이 계산을 치르고 나간 뒤 한숨 돌릴 틈도 주지 않고 또다른 손님들이 밀어닥쳤다. 이번에는 어린아이가 딸린 젊은 부인네들이었다. 주문도 제각각이었다. 비빔밥, 떡만두국, 치즈라면, 제육볶음, 떡볶이…… 어린애들은 메뉴에 있지도 않은 돈가스를 먹고 싶다고 징징거렸다. 주문이 늘어나면 늘어날수록 혜정의 허기는 사라졌다. 배가 고팠다는 사실이 기억 속에서 지워졌다. 개수대에 설거짓거리가 마구 쌓이자 목소리는 비웃음을 그치고 탐욕스럽게 입맛을 다셨다.

오후 내내 손님들로 바글거렸던 식당은 땅거미가 질 무렵에야 한가해졌다. 주인 할머니는 혜정의 일솜씨에 감탄하는 눈치였다. 만약 그녀가 없었더라면 손님 대부분을 되돌려보내야 했을 것이다. 할머니는 혜정에게 고무장갑을 벗고 좀 쉬라고 하면서 청문회를 하듯 질문을 하나둘 꺼내기 시작했다.

"살림은 어디서 배웠는감?"

"아는 있는가?"

"고향은 어디여?"

설거지를 다 마치고 공허감에 빠진 혜정은 머뭇거리며 대답을 잘 하지 못했다. 한쪽에서 그녀를 지켜보고 있는 남자의 눈에는 그녀가 수줍음을 타는 소녀처럼 보였다. 할머니가 자기 아들이라고 소개한 그는, 혜정이 지금껏 받아본 적 없는 구슬프고도 성욕에 가득 찬 시선으로 그녀를 뚫어지게 쳐다보았다. 그러면서도 그녀와 눈길이 마주치는 것은 피했다. 혜정은 한나절 식당에 있으면서도 그가 입을 연 적은 단 한 번도 없었다는 사실을 생각해냈다. 장애인이구나. 벙어리는 아닌 것 같았지만 발음을 제대로 할 수 있는 것처럼 보이지도 않았다. 혜정은 평생 장애인과 대면한 일이 없었다. 지하철이나 버스에서 구걸하는 거지들을 제외하면 그녀에게 장애인은 텔레비전에나 나오는 비현실적인 존재였다.

할머니는 혜정이 집도 절도 없는 떠돌이라는 것을 알아차리고는, 갈데가 없으면 당분간 자기네 집에서 머무르라며 크게 인심 쓰듯 말했다. 가게에서 걸어서 십 분 거리에 그들 모자가 사는 단칸방이 있었다. 13인치 텔레비전 외에 이렇다 할 가구는 없었다. 화장실과 욕실은 다른 단칸방 사람들과 공동으로 써야 했다. 하나 딸린 부엌은 식당의 부엌만큼이나 지저분했는데, 혜정에게는 기쁜 사실이었다. 그녀는 새 거처에 도착하자마자 쓸고 닦았다. 할머니는 그녀가 너무 부리는 게 아닌가 싶어 걱정스러운 표정이었다. 혜정의 내부에 도사리고 있는 목소리는 잠자코 즐기고 있었다. 일에 열중하자 그녀 이마에 땀방울이 배었고, 고무장갑 안에도 후덥지근한 기운이 돌았다. 잠시 통풍을 시키려고 그녀가 장갑을 벗었을 때, 뒤에서 혀를 차는 소리가 들렸다. 혜정은 아차 싶었다. 나병 환자의 몸처럼 흉물스러운 상처로 뒤덮인 자신의 손과 팔뚝을 노인네가 똑똑히 보고 말았다. 그녀는 알몸을 들킨 것처럼 장갑으로 황급히 부끄러운 부분을 가렸다. 옮는 거여? 할머니가 물었다. 혜정은 고개를 도리도리 저었다. 그럼 괜않다. 할머니는 오히려 그러한 증상을 반가워하는 것 같았다.

남자가 화장실에 가 있는 동안 할머니는 손잡이가 떨어져나간 고물 서랍장에서 흑백사진을 한 장 꺼내 보여주었다. 머리털이 얼추 자란, 천진하게 웃고 있는 아기의 얼굴이 그 안에 담겨 있었다. "내 아들이여. 잘생겼재? 우리집 삼대 독자여." 아기는 한쪽 눈이 의안인 것도 아니었고 얼굴이 삐뚤어지지도 않았다. 한때는 그도 혜정처럼 정상인이었던 것이다. 할머니는 아들의 현재 모습에 어떤 사연이 있는지는 말하지 않았다. 혜정이 자신의 손에 대해 더이상 해명하지 않는 것처럼. 아들이 돌아오자, 할머니는 불을 끄고 혜정과 아들 사이에 누웠다.

노인네가 코고는 소리에 혜정은 잠에 완전히 빠질 수가 없었다. 피곤한 몸에 의식은 반쯤 수면(睡眠) 아래에 잠겨 사슬 끊긴 부표처럼 떠돌아다니고 있었다. 그녀의 손에서 일감이 떨어지면 늘 그렇듯, '목소리'도 부스스 잠에서 깨어났다.

배

　고

　　파

속삭거림은 아주 낮고 느리게 시작한다. 시간이 흐를수록 높고 빨라진다. 혜정의 맞은편에서도 부스럭거리는 소리가 들렸다. 혜정과는 이유가 전혀 달랐지만 남자 역시 잠을 잘 이루지 못했다. 어머니보다 젊은 여자를 이처럼 가까이 두어본 적이 없는 그였다. 어린 시절부터 여자애들은 그의 얼굴을 보고는 마치 삼재(三災)와 마주치기라도 한 것처럼 질린 표정으로 줄행랑을 놓았다. 서른이 넘어서까지 그가 만져본 여자 몸은 어머니 것이 유일했다. 스포츠신문에 종종 실리곤 하는 반라의 모델 사진만 봐도 발기할 정도로 성욕으로 충만한 그는, 마른 곶감처럼 생기를 잃은 어머니 가슴을 만지작거리며 자위하는 것으로 욕구를 풀곤 했다.

혜정의 몸 위로 남자의 몸이 올라왔다. 혜정은 섹스를 하고 싶지도 않았지만 거부할 마음도 없었다. 그가 윗옷을 벗겨 묵은때와 땀에 전 그녀의 알몸을 드러냈을 때는 조금 창피하긴 했다. 하지만 그는 그녀의 살갗에 달콤한 피막이 입혀져 있기라도 한 것처럼 혀를 낼름거리며 구석구석 남김없이 핥았다. 텔레비전과 신문은 여체가 이루는 가슴과 허리와 엉덩이의 육감적인 곡선을 직간접적으로 보여주며 그를 유혹했을 뿐, 여체에서 어떤 냄새가 나고 그것을 만지면 어떤 느낌이 드는지는 가르쳐준 적이 없었다. 그래서 그는 자신에게 처음으로 주어진 여자에게서 나는 구린내와 끈적끈적한 촉감을 '진짜 여자'의 것으로 받아들일 수 있었다.

혜정은 그가 팬티를 벗길 때 엉덩이를 슬쩍 들어서 도왔다. 면도를 하지 않은 겨드랑이에 그의 혀가 닿았을 때는 간지러워서 몸을 비틀었다. 그녀의 음부에서 애액이 흐르기 시작했다. 성적 흥분이 아닌 감사의 마음에서 우러나오는 것이었다. 바로 하루 전에 갈비집 주인이 드러냈던 것과는 차원이 다르고 그녀의 가장 화려했던 시절에도 겪어본 적 없는 강력한 욕망이 그녀를 꿰뚫으려 하고 있었다. 성기의 크기로 환원하자면 한국 남성들의 '꿈의 크기'인 이십 센티미터를 넘는 거대한 욕망. 만약 그녀가 반항이라도 한다면 당장 목이 졸려 죽을 것이다. 아직도 자신을 이토록 원하는 사람이 있다는 사실에 그녀는 감동했다. 아직 그녀가 설거지 기계가 아닌 여자라는 증거였다. 그래서 십대 소년의 그것처럼 단단해진 그의 성기가 구멍을 제대로 찾지 못하고 있을 때, 그녀는 손으로 길안내를 해주었다. 삽입이 되자 허리를 들고 다리를 오므려 그가 더 깊숙이 들어오도록 했다. 그가 열심히 허리를 움직이고 있을 때에는 신음

소리를 내어 그를 격려해주었고, 다 끝났을 때에는 그의 등을 두드려주
며 한마디하는 것을 잊지 않았다. "좋았어요."

이튿날부터 주인 할머니는 혜정을 며느리처럼 대했다. 만약 손님이 몰
려들지 않았다면 혜정은 다른 식당을 찾아 떠나야 했을 것이다. 하지만
테이블은 빈자리 없이 꽉 차고 음식을 주문하는 전화도 빗발쳤다. 할머니
는 싱글벙글하면서 손님이 너무 많다고 행복한 비명을 질렀다. 남자는 주
문을 받고 음식 배달을 하러 뛰어다녔다. 저녁시간이 되자 이웃한 김밥집
여인네가 할머니를 찾아왔다. 지어놓은 밥이 다 떨어지자 근처 식당으로
밥을 사러 온 것이었다. 하지만 혜정네 식당도 밥이 없어 가게 문을 일찌
감치 닫아야 할 지경이었다. 김밥집 여인은 놀라움을 감추지 못하면서,
부엌을 청소하고 있는 혜정을 가리키며 어디서 온 색시냐고 물었다. 할머
니는 눈을 찡긋하며 되물었다. 우리 아그 말이여? 케케케케케케.

*

식당은 번창했다. 한번 혜정의 음식을 먹어본 손님들은 중독이라도 되
었는지 출근부에 도장 찍듯 내일도 모레도 글피도 거르지 않고 찾아왔
다. 배달 주문도 폭증했다. 혜정이 오기 전까지 식당 전화로 걸려오는 전
화는 열이면 아홉이 쓸데없는 용건이었다. 전화번호부에서 무작위로 뽑
은 번호로 연락해 아무나 사장님이라고 부르며 "좋은 투자정보가 있는
데……"라는 말을 시작으로 부동산을 사라고 꼬드기는 전화가 특히 많
았다. 하지만 혜정네 식당의 명성이 널리 알려지면서부터 식당 전화기는
배달 주문으로 몸살을 앓았다. 근처 약국, 개인병원 등 매일 거르지 않고

음식을 시키는 단골 고객의 비중이 전체 배달량의 칠십 퍼센트를 넘어섰고, 걸어서 십 분 거리에 떨어져 있는 조그마한 봉제 공장으로부터는 직원들의 점심 저녁을 고정적으로 납품하지 않겠냐는 제의가 들어오기도 했다.

할머니는 가장 바쁜 점심-오후 시간대를 위해 배달 아르바이트를 한 명 채용했다. 곧 배달은 아르바이트생, 요리는 혜정, 그리고 주문전화 받기와 홀서빙 겸 카운터 역할은 할머니가 맡는 삼권분립 체제가 형성되었다. 이 과정에서 남자는 서서히 뒷전으로 물러날 수밖에 없었다. 미관상 좋지 않았다. 한창 대목을 맞이한 백화점처럼 분주한 식당에 삐뚤어진 그의 얼굴이 쓱 나타나면 분위기가 금세 우울해졌다. 손님들은 밥맛이 떨어진다는 표정을 지었고 일부는 속이 답답해지는지 수저를 내려놓고 배를 쓰다듬으며 불편해했다. 그래서 할머니는 아침에 일하러 나가기 전이면 그에게 바깥바람이나 쐬라며 얼마간 용돈을 쥐어주고 집 밖으로 쫓아내는 데까지 이르렀다. 그뒤부터 혜정은 이따금 그의 몸에서 가벼운 술냄새를 맡을 수 있었다.

*

남자는 부인과 잠자리를 가질수록 늙고 여자는 설거지를 할수록 늙는다. '일상성 증가의 법칙'에 따르면 그렇다. 결혼생활에서 부부가 함께 먹고 자는 일이 반복되면 될수록(일상성이 증가할수록) 그만큼 젊음과 활력의 에너지가 소모되며, 일단 소모된 에너지는 이혼이라도 해서 '닫힌 체계'를 깨부순다면 모를까 되돌리는 것이 절대 불가능하다.

이러한 일상성 증가의 법칙은 혜정에게도 적용되었다. 오전 열시부터 밤 아홉시까지 영업, 앞뒤 한 시간씩은 영업 준비 및 식당 정리. 집에 돌아오면 성관계. 쉬는 날은 일요일과 공휴일. 이런 생활 패턴이 굳어지면서 혜정의 날짜 감각은 사라지고 과거 기억은 희미해졌다. 태어나서 줄곧 부엌데기 일만 해온 것 같았다. 눈가와 입가에 잔주름이 고랑을 치고 볼에는 기미가 끼기 시작했다. 피곤함으로 그늘진 얼굴에서 김남주의 자취라고는 갸름한 윤곽선밖에 남지 않았다. 성형수술의 후유증이 이제야 나타나는지 얼굴 피부가 당기고 사랑니를 뽑은 것처럼 턱 주위가 얼얼할 때도 있었다.

말투와 행동거지도 변했다. 입에 확성기를 들이댄 것처럼 우렁찬 목소리에 말꼬리는 시비 걸듯 날카롭게 올라갔다. 그녀가 안에 면을 덧댄 고무장갑만을 낀다는 것을 깜빡 잊고 남자가 일반 고무장갑을 사왔을 때, 그녀는 식당에 손님이 있는 것도 아랑곳하지 않고 굵고 거친 목소리로 화를 냈다. 그녀 몸 속에 살고 있는 '목소리' 가 육신을 갖고 튀어나온 것 같았다. 밖에 쓰레기를 버리러 나갔던 할머니가 깜짝 놀라서 달려들어왔다. 그녀는 '아줌마' 가 되어가고 있었다. 남자와의 성관계는 어떠했던가. 불감증 환자의 표정을 하고 다리를 쩍 벌리고 누워 있기만 했다.

*

식당의 경제학. 하루 매상이 이십만원인 소규모 식당이 있다. 종업원은 부부 두 사람. 남편이 홀서빙 및 배달을 맡고 부인은 음식을 만든다. 이들이 휴일 없이 한 달(삼십 일)을 일한다고 가정하면, 이때 총 매출액은 육백만원. 여기서 재료비가 차지하는 비중이 통상 오십 퍼센트라고 하고 인건비를 따로 계산하지 않으면 이들 부부에게는 수익으로 삼백만원이 돌아간다.

부부가 열심히 마케팅을 해서든 아니면 단순히 운이 좋아서이든, 이 식당의 매출이 하루 삼십만원으로 뛴다고 해보자. 한 달 총 매출액은 구백만원. 단순 계산으로는 총수익이 사백오십만원이 되어야겠지만, 매출이 오십 퍼센트 늘어나면 일도 그만큼 늘어난다. 음식 한 그릇 가격이 평균 삼천원이라고 하자. 삼십만원 매상을 올리려면 손님이 백 사람 들어야 한다. 말이 백 사람이지, 이들이 한 시간에 열 명씩 와준다면 모르겠지만 대개는 점심시간을 전후한 오전 열한시~오후 두시 사이에 몰려들게 마련이다. 두 사람만으로는 감당하기 어려운 수준인 것이다. 주방 보조도 한 사람 구하고, 바쁜 시간에 배달을 맡을 아르바이트도 하나 채용할 필요가 있다.

한나절만 근무할 주방 보조를 쓰려면 매달 육십만원은 든다. 배달 아르바이트는 시급 이천원으로 계산하면 하루 세 시간 부리는 데 십팔만원을 주어야 한다. 이런 점을 모두 감안해 매출액에서 재료비와 인건비를 제하고 나면 주인 부부에게 남는 수익은 삼백칠십이만원이다. 즉, 매출액은 오십 퍼센트가 증가했는데 수익은 이십사 퍼센트밖에 늘지 않았다. 경제학 원리에 따르면 추가되는 수익(한계수익)이 추가되는 비용(한계비용)과 같아질 때 이윤이 극대화한다. 이 경우 한계수익은 칠십이만원이고 한계비용은 칠십팔만원. '경제학적으로는' 손해 보는 장사인 셈이다. 그래서 현명한 선택은 하루 매출을 이십만원 중반대로 유지하거나……

아니면 가게 규모를 늘려 '규모의 경제'를 달성하거나 좀더 이윤이 많이 남는 음식으로 아이템을 전환하는 것이다. 혜정 혼자서는 감당하기 어려울 정도로 식당에 손님이 늘자 할머니는 두 가지 길을 동시에 걷고자 했다. 며칠 동안 한창 바쁠 때에도 어디론가 훌쩍 외출해 혜정의 눈총을 사더니, 갑작스레 식당 하나를 인수했다고 선언했다. 혜정과 자기 아들과는 한번 상의하지도 않고 할머니 혼자 독단적으로 결정을 내린 것이지만 혜정은 기분 나빠하지 않았다. 오히려 일거리가 늘어나니 두 손 들고 환영해야 했다. '목소리'는 기뻐서 숨 넘어가는 소리로 웃어젖혔다. 꺽꺽꺽꺽꺽꺽. 그러나 혜정은 겉으로는 순진하고 인심 좋은 척 구는 할머니가 얼마나 의뭉스러운 인간인지를 깨닫게 되었다. 대체 무슨 돈으로 식당을 인수한 것일까? 할머니 말로는 안 먹고 안 입으며 꾸준히 모은 것이라고 하지만, 혜정이 오기 전만 해도 할머니의 식당은 손님이 없어 파리만 날리던 집 아니었던가? 새로 인수한 식당이 있는 지역은, 아직 개발이 덜 된 상권에 속했지만 주위에 회사들이 여럿 있어 음식맛으로 충분히 승부를 해볼 만한 곳이었다. 자릿값이 만만치 않았을 것이다.

게다가 인테리어를 뜯어고치는 데 든 비용도 상당했으리라. 혜정은 할머니를 따라 새 일터를 찾아가보고서는 입을 다물 수가 없었다. '어머나!'라는 감탄이 저절로 흘러나왔다. 손님을 최대한 많이 받기 위해 테이블과 의자를 다 치우고 바닥을 온돌로 만들어놓았다. 네 명씩 책상다리로 앉을 수 있는 상이 다섯 개씩 모두 네 줄이었다. 그리고 가스 버너가 상마다 하나씩 설치되어 있었다. 할머니의 계획은 칼국수 전문점이었다. 자리에서 직접 칼국수를 끓여먹고 남은 국물에 밥을 비벼먹도록 해 면과 밥에 대한 입맛을 함께 충족시킬 수 있는 곳. 눈먼 돼지새끼들이 어미 젖꼭지에 달라붙듯이 손님들이 상에 바싹 다가앉아 허겁지겁 후루룩 쩝쩝거리며 빈속에 먹을 것들을 집어넣는 상상을 하자 혜정은 흥분하기 시작했다. 그녀가 헐떡거리며 주방 바닥을 솔로 문질러 닦고 있는 것을 보며 할머니는 흐뭇해했다.

새로운 식당의 이름이 중요한 것은 아니지만 굳이 필요하다면 '개미식당2'로 하자. 오픈한 지 얼마 지나지 않아 깔끔하고 맛있는 집이라는 입소문이 나기 시작했다. 혜정 외에도 주방 인력만 두 사람이 더 있었으니 점심시간에 손님들이 아무리 들이닥쳐도 어렵지 않게 소화해낼 수 있었다. 식당이 순조롭게 돌아가자 할머니가 혜정에게 바라는 것이 생겼다. 고무장갑을 벗고 부엌데기에서 안주인이 되길 원했던 것이다. 그리고 '떡두꺼비'를 적어도 한 마리 이상 낳아주면 좋겠다고, 지나가는 말이지만 하루에도 여러 차례 되풀이해 혜정을 세뇌시키려 했다. "갸가 삼대 독자여서……" 대를 이을 손자를 낳아줄 사람이 필요하다는 근거.

할머니가 혜정을 데리고 종합병원 산부인과를 찾았을 때, '목소리'는 그 어느 때보다도 음침하고 교활한 웃음소리로 조롱했다. ㅋㅋㅋㅋㅋㅋ케 케케케에. 할머니 말로는 그냥 건강검진이라지만 혜정은 그것이 무엇을 의미하는지 알고 있었다. 혜정은 점점 늪 속으로 빠져들고 있었다. 그녀가 그토록 진저리치며 거부했던 삶이 피할 수 없는 운명으로 다가오고 있었다. 일단 아이를 배는 것만으로도 그녀의 삶은 정해진 각본에 따라 연출되는 연극으로 전락할 것이다. 유일한 보람은 시어머니와 남편을 모시고 아기를 낳아 기르며 삶에 찌드는 데서 나올 것이며, 자유란 단어는 복종과 예속의 동의어로 쓰이리라. 혜정은 두렵기도 했고 달아나고 싶기도 했다. 진찰대에 다리를 벌리고 누워 의사가 차가운 겸자로 자신의 음부를 벌리는 것을 느끼면서는 눈물을 주루룩 흘릴 뻔했다. 내 인생이 이렇게 가는구나. 새어머니처럼 비참하게 살지 않으려고 그토록 발버둥쳤건만, 여기까지가 내 한계구나. 장갑을 낀 의사의 손가락이 자궁으로 쑥

들어왔다. 그녀는 이미 체념한 상태였다.

　이 짧은 결혼 이야기는 작은 죽음으로 막을 내린다. 임신이 가능한지를 검진받으러 산부인과에 가기 전부터 이미 조짐이 나타나고 있었다. 그녀의 '사실상 남편'인 남자가 자정을 넘겨 귀가하는 횟수가 잦아졌으며 때로는 외박하는 일도 생겼다. 대신 식당에는 거의 나타나지 않았다. 식당이 그의 명의로 되어 있었기 때문에 그는 '社長'이라는 글자가 그럴 듯하게 박힌 명함을 지갑에 넣고 다녔고, 말도 제대로 못 하는 주제에 최신형 컬러 휴대폰도 마련했다. 혜정은 그의 옷에서 싸구려 화장품 냄새를 맡았다. 잊혀졌던 기억이 일깨워졌다. 그녀는 그가 어디서 그런 냄새를 묻혀왔는지 짐작할 수 있었다.

　남자가 자고 있을 때 그녀는 충전기에 꽂혀 있는 그의 휴대폰을 몰래 열어보았다. 문자 메시지가 수십 통 저장되어 있었다.

　"보고 싶당~ ^o^"

　"나 마술에 걸린 날이다...:;:"

　"자기야, 조심해서 들어가~"

　"쿨럭... 아푸다... 와서 긴밤 끊고 같이 있으면 안 돼?"

　메시지를 읽으며 혜정은 그가 사창가 여자로부터 '공사'를 당하고 있음을 직감했다. 어디일까. 청량리? 용산? 아니면 용주골? 그리고 보면 이 남자는 얼마나 잡아먹기 쉬운 먹잇감인가. 그녀는 돈을 주고 여자를 사는 남자의 심리, 창녀에게서 어머니의 따스함을 찾는 그 심리를 훤히 꿰뚫고 있었다. 일단 여자가 사근사근하게 대하면서 장애인의 외로움과 고통을 받아주고 보듬어주는 척하면 그는 금세 넘어올 것이었다. 혜정은 휴대폰을 든 손으로 그를 마구 두들겨 깨웠다. 제대로 공사를 당하면 집 한 채 날리는 것은 우스운 일이다. 다른 여자를 만나는 것이야 그렇다손

치더라도, 자신이 힘들게 일해서 번 돈을 남자가 함부로 날리고 있다는 것만큼은 참을 수가 없었다.

하지만 할머니는 그녀 편을 들어주지 않았다. 그녀에게서 자초지종을 듣고는 아들에게 단 한마디 호통을 치고 오히려 그녀를 향해 역정을 냈다. "시방 그랴서 꼭두새벽부터 지랄을 떤 거여?" 조용히 타이르면 될 일을 가지고 난리를 친다는 것이었다. 할머니가 그녀를 바라보는 시선에는 경멸감이 뚜렷이 묻어 있었다. 새삼스럽지는 않았다. 그녀가 불임 판정을 받고 나서부터는 줄곧 그렇게 쳐다보았으니 말이다. 이전에는 한 번도 묻지 않았던 질문도 던졌다. 자기네 집에 오기 전에는 무엇을 했었느냐고. 과거 따위는 중요하지 않은 것처럼 굴더니 이제는 혜정을 걸레로 취급했다.

혜정은 자신이 곧 '팽' 당하리라는 것을 예감하고 선수를 쳤다. 중신어미로 보이는 여인네가 식당으로 찾아와 할머니와 밀담을 나누는 것을 여러 차례 목격한 그녀였다. 선택의 여지는 없었다. 배신감도 컸다. 그래서 그녀는 이른 아침, 식당에 수방 아주머니들이 출근하기 선에 사무적인 말투로 그만 나가겠다고 선언했다. 할머니는 혜정의 말을 듣고만 있었다. 마침 남자도 한자리에 있었다. 그녀가 어떤 말을 할지 미리 알고 왔다는 표정으로.

그녀가 말을 끝내고 가만히 앉아 있자 할머니는 꼬깃꼬깃해진 봉투 하나를 주머니에서 꺼냈다. "고생 많았제. 어여 넣어두거라." 일 년 가까이 그녀가 노력봉사한 데 대한 대가였다. 봉투는 의외로 얄팍했다. 수표가 들었겠지? 얼마짜리일까 궁금해하면서 그녀는 체면 불구하고 봉투를 열어 내용물을 꺼냈다. 그리고 경악한 나머지 온몸을 부들부들 떨었다. 일 분이 지나서야 겨우 입이 열렸다.

"이게 뭐죠?"

"돈이제."

십만원짜리 수표 열 장. 혜정은 종이쪼가리나 다를 바 없어 보이는 수표를 들고 애써 무표정을 가장하려 했다.

"저기 말이죠, 너무하신 거 아닌가요?"

"뭣이?"

"굳이 말씀드릴 필요는 없는 것 같네요."

"허어…… 재워주고 먹여줬으면 됐지, 이 아그가 뭘 더 바란디여? 순도둑놈 심보라그만."

혜정은 기가 찼다. 앉은자리에서 벌떡 일어나 손에 들고 있는 수표를 박박 찢어버렸다. 할머니를 표독스럽게 째려보면서 그 옆에 다리를 꼬고 앉아 있는 남자를 향해 던졌다. 종잇조각들이 축제에서 뿌리는 꽃가루처럼 팔랑거리며 그녀와 두 모자 사이를 날았다. 그녀는 남자에게 최대한 상처를 줄 수 있는 말들을 재빨리 찾아내 퍼부었다.

"병신 같은 새끼, 어떤 여자가 널 좋아해줄 줄 알아? 착각하지 마. 넌 그냥 봉이야. 너처럼 얼굴 삐뚤어진 놈 좋아하는 여자 없어. 말도 제대로 못 하는 게. 어버버거리는 거밖에는 할 줄 아는 거 없지? 그리고……"

그리고 혜정은 숨이 막혀 더이상 말할 수가 없었다. 분노로 눈동자가 뒤집힌 남자가 힘껏 그녀의 목을 조르고 있었다. 눈앞이 벌겋게 물들며 얼굴 거죽이 불에 덴 것처럼 뜨거워졌다. 살갗 아래 모세혈관이 터져 눈 아래와 뺨에 피꽃이 폈다. 호흡이 곤란했지만 참을 만했다. 머리는 텅 비었고 사지에서 감각이 사라졌다. 몸이 수소풍선처럼 가벼워져서 붕 떠오르는 것 같았다. 죽는 게 이런 거구나. 사람들은 이래서 자살하는 것이구나. 혜정은 반항하지 않고 남자의 두 손이 어서 자기를 끝장내주기를 기다렸다. 너무 오래 끌었다. 진작에 이렇게 되었어야 했다.

단말마의 신음이 축 늘어진 그녀의 몸을 타고 허공을 진동시켰다. 분명 그녀의 입에서 나오는 소리이긴 했지만 그녀가 내는 것이 아니었다. 삶에 대한 집착이 너무나 강해 어떤 대가를 치르고서라도 살아남으려고 하는 의지의 집합체. 사방이 가물거리는 속에서 그녀는 검붉은 원형질 덩어리 같은 것이 솟구쳐오르는 것을 보았다. '목소리'가 달아나고 있다. 의식을 잃기 직전 그녀는 그렇게 생각했다.

*

눈을 떴다. 정육점 소고기처럼 옷가지가 주렁주렁 매달린 옷걸이가 혜정의 양옆으로 몸을 길게 뻗고 있었다. 모두 실크, 새틴, 캐시미어, 담비 가죽 같은, 살갗에 황홀한 감촉으로 와닿지만 겨드랑이에서 배어나오는 땀만으로도 상할 만큼 섬세한 재료로 만들어진 옷들이었다. 그중에는 혜정이 '김남주'로서 상종가를 치던 시절에 입던 것들도 보관되어 있었지만, 그때의 기억을 까마득하게 잊어버린 그녀는 알아보지 못했다. 아직 자신이 살아 있는지 죽어 있는지도 가늠할 수가 없었다. 몸은 죽고 영혼만이 남아 꿈을 꾸고 있는 것일지도 모른다고 생각했다. 그녀가 이미 잊어버린 세계, 그래서 비현실적이라고밖에 느껴지지 않는 세계가 그녀를 에워싸고 있었다. 옷장에서 나는 좀약 냄새마저 생경했다. 그녀는 감히 걸려 있는 옷들을 만져볼 수도 없었다. 그녀는 맹인이 길을 걸을 때처럼 조심스럽게, 그러나 휘청거리며 방에서 나왔다. 두 다리를 지탱해주었던 '목소리'는 이제 완전히 떠나버리고 없었다.

장방형으로 넓게 펼쳐진 마루. 벽걸이 텔레비전을 중심으로 JBL의 홈 시어터가 꾸며져 있었고, 난초가 놓인 장식장과 잉어가 유유히 헤엄쳐 다니는 어항도 집 안의 운치를 돋우었다. 커다란 강아지만한 기계가 이탈리아산 원목을 깐 바닥을 웅웅거리며 그녀 발치로 다가와 그녀는 움찔하며 물러났다. 일렉트로룩스에서 나온 청소 로봇이었다. 주인이 자는 동안 알아서 배터리를 충전하고 집 안을 청소하는 제품. 그녀는 조금씩 정신을 차렸다. 자기가 꿈꾸던 동화 속의 집에 와 있다는 사실을 깨닫기 시작한 것이었다. 명품 옷으로 꽉 찬 드레스룸이 있고 가재도구를 수입품으로 도배한 거실. 아마 침실에는 거위털 베개와 최고급 면으로 만든 랄프 로렌이나 캘빈 클라인의 침구가 있으리라.

그녀의 꿈에 따라 역시 이탈리아산 대리석을 바닥과 벽에 붙인 욕실. 한 사람이 들어가 편히 몸을 담그고 누울 수 있는 우윳빛 저쿠지 옆에는 계단을 두 단 올린 샤워 부스가 설치되어 있었다. 스위치를 넣자 전기를 마구 잡아먹는 천장의 할로겐 등이 너그러운 신이 은총을 베풀듯 빛을 골고루 뿌렸다. 백금을 씌운 것처럼 반짝거리는 수도꼭지가 달린 세면대 위의 커다란 거울에 낯선 얼굴이 비쳤다. 색이 바랜 흰 셔츠를 입은 이십대 초반의 여자. 그녀는 두 눈을 부릅떠보았다. 하지만 그럴수록 거울 속의 그녀는 더 넋을 잃은 표정으로 보였다. 눈가에 거무스름한 기운도 사라지고 피부의 주름과 기미도 희미해져 다시 과거의 모습으로 돌아가는 것 같았다. 그녀는 한 발 다가가 거울을 향해 손을 내밀었다. 허상을 집요하게 쫓는 집게손가락 끝에 무기질의 차가운 감촉이 닿았다. 기억의 파편이 모이기 시작했다. 시간이 거꾸로 흘렀다. 먼저 혜정의 친구가 나타났다. 한때 룸메이트였던 그녀이면서도 그녀가 아니었다. 은수저를 입에 물고 태어난 것처럼 얼굴에는 귀태가 흘렀고, 호리호리한 몸매에는 부잣집 마나님의 품위가 깃들여 있었다. 혜정과는 유전자 자체가 근본적으로 다른 것처럼 보였다. 황송하옵게도 친구는 혜정을 부축해 매캐한 먼지 냄새가 나는 드레스룸으로 데려가 눕혔다. "설거지는 할 필요 없어, 내가 할게." 짐짝처럼 쓰러지면서 죽음보다 깊은 잠에 빠지기에 앞서 혜정의 귀에 들린 말이었다. 그리고 페이드 아웃.

　기억의 영사막에 비친 다음 신은 부엌이 배경이었다. "그이한테 아무거나 먹일 수는 없잖니." 친구가 앞치마를 두르고 서투르게 양파를 다지고 있었다. 자꾸 눈을 깜빡거리며 기침을 했다. "왜 이리 맵니." 친구는 눈가에 고인 눈물을 닦아내지 못하고 어색하게 웃었다. 식탁 의자 등받이에 간신히 몸을 기대고 있던 혜정이 제자리에서 튀어올랐다. 아마도 관성에 의한 행동이었을 것이다. '목소리'가 마지막으로 남긴 기운. 껍데기만 남은 충동. 그녀는 친구에게서 칼을 받아 재빠르게 양파를 다졌다. 그리고 냉장고에 있는 나머지 야채를 산산이 분해하고 새우와 해삼을 손질했다. 친구는 혜정의 솜씨에 탄성을 질렀다. "너 요리사가 다 되었구나." 그렇다. 그녀는 요리사였다. 그래서 진수성찬을 만들기 위해 필요한 재료를 말하자 친구는 백화점 슈퍼에 전화를 걸어 혜정이 주문한 것들을 또박또박 불렀다.

　장면이 바뀌었다. 이번에는 친구가 운전대를 잡고 있는 렉서스 안이었다. 혜정은 조수석에 앉아 있었다. 엔진의 진동과 소음이 느껴지지 않아 묵직한 금고에 실려 가는 느낌이었다. 횡단보도 앞에 멈춰서 신호를 기다리고 있을 때 짧은 소매 와이셔츠를 입은 젊은 직장인들이 바쁜 걸음으로 앞을 지나갔다. 한 손에는 양복저고리를 들고 어깨에는 서류로 터질 듯 부풀어오른 가방을 짊어진 채, 남은 한 손에 든 휴대폰으로 열심히 통화하고 있었다. 회사에 업무 보고를 하거나 거래처 관계자와 약속을 잡는 것이리라. 얼굴이 커다랗고 목살이 두툼한 남자 하나가 운전석 쪽으로 얼굴을 돌렸다. 햇볕에 그을린 이마에는 땀이 줄줄 흐르고 있었다. 매달 받는 쥐꼬리만한 월급에 목을 매달며 사는 저들이 렉서스 같은 자동차를 사려면 로또 복권에 당첨되어 '인생 역전'을 시켜야 할 것이다. 모스키노의 블랙 티셔츠에 얼진의 로 라이즈 팬츠를 입고 외제차를 모는 '럭셔리 걸'은 상상 속에서나 건드려보는, 전혀 다른 세계의 인간일 테다.

직진 신호가 나자 창 밖 풍경이 다시 움직이기 시작했다. 친구는 혜정이 없는 동안 자신에게 있던 일을 이어서 이야기했다. 그녀에게는 든든한 스폰서가 생겼다. 한강이 내려다보이는 아파트 한 채와 그에 어울리는 가구 일체를 애정의 표시로 선물할 만큼 재력이 막강한 남자. 그는 친구에게 가게를 차려주겠다고 약속했다. 그것은 여자에게 물질로부터 자유롭게 해주겠다는, 고단한 삶의 중력에서 해방시켜주겠다는 언약이었다. 혜정은 일말의 질투심도 느끼지 못했다. 얼굴이 삐뚤어진 장애인에게 바람맞고 소박맞은 그녀였다. 자신의 몸을 의지할 단칸방과 세 끼 식사와 여덟 시간 수면이 보장된 삶만으로도 그녀는 영혼을 팔 수 있었다. 사실 이제는 팔 영혼조차 남지 않았다. 그녀는 껍데기였다.

오버랩. 혜정은 무릎을 꿇고 빌 준비가 되어 있었다. 제발 나를 살려줘. 그녀가 간신히 쥐어짜낸 말이었다. 친구가 무어라고 말하는지 잘 들리지 않았다. 그저 목소리를 듣고 자신의 친구가 전화를 받았음을 알게 되자 걷잡을 수 없이 눈물이 터져나왔다. 흙발로 더럽혀진 신문지가 깔린 바닥에 굵은 물방울이 홍수를 이루었다. 수화기에서 삐빗거리는 경고음이 났다. 동전이 다 떨어졌다. 혜정은 주머니를 뒤져 투입구에 정신없이 동전을 집어넣었다. 겨우 잡은 친구의 목소리마저 놓칠까 두려웠다. 버려진 담배꽁초 때문에 재떨이 냄새가 나는 공중전화 부스 안이었다.

그곳에서 흐느끼는 여자는 행인들에게는 진기한 구경거리였다.

페이드 아웃 그리고 페이드 인. 거울 속의 혜정이 손톱으로 손등을 긁고 있었다. 톱밥처럼 자잘하게 부스러진 각질이 세면대와 타일 바닥에 내려앉았다. 각질이 벗겨진 부분이 벌게지긴 했다. 그녀는 따스함과 촉촉함을 되찾은 손등을 볼에 가져다 대어보고는, 손톱을 직각으로 세워 팔뚝에 붙어 있는 묵은 껍질을 벗겨냈다. 수납장에 있는 빨간색 이태리타월이 눈에 들어왔다. 그녀는 훌렁훌렁 옷을 벗었다. 벌거벗은 몸은 잔뜩 긴장해 있었다. 제대로 목욕다운 목욕을 해본 지가 언제였던가? 그녀는 샤워 부스 안으로 들어가 뜨거운 물로 몸을 데우고 때를 불렸다. 남자들의 성욕을 자극하는 바닐라 향기가 나는 록시땅의 바디클린저로 워밍업을 한 뒤 이태리타월로 세월의 찌꺼기를 밀어냈다. 팔이 아파서 더이상 밀 수 없을 지경이 될 때까지 박박 밀었다.

욕실에 가득 찬 수증기로 거울에 김이 짙게 서렸다. 손바닥으로 닦아내는 순간만큼은 맑아졌다가도 금세 흐릿해졌다. 기분좋은 나른함에 취한 눈으로 혜정은 벌거벗은 자신의 거울상을 바라보았다. 예전의 몸매를 거의 되찾은 것처럼 보였다. 아름다움은 자신감의 상징. 그녀는 등을 곧게 펴고 젖가슴을 앞으로 내밀었다. 두 손으로 받쳐보아서 가슴의 무게를 측정했다. 애정결핍에 걸린 중년 남자들이 그녀의 가슴에 미치도록 달라붙었던 것이 떠올랐다. 그녀는 수건으로 몸의 물기를 닦고 로션을 온몸에 발랐다. 가슴과 엉덩이와 허리와 허벅지와 종아리에 고루고루. 그녀에게는 과거를 복원하는 신성한 의식이었다. 어깨에 막 짜낸 로션을 문지르면서 혜정은 겨드랑이 털이 거추장스러움을 의식했다. 수납장에 친구가 쓰는 면도기가 있었다. 그녀는 셰이빙 폼을 짜서 겨드랑이에 바르고 면도기로 꼬불꼬불한 털들을 제거했다. 서걱서걱 소리가 났다. 발목부터 무릎 아래까지도 털이 돋아나 있었다. 그녀는 욕조에 발을 올리고 매끈한 다리를 만드는 데 장애물이 되는 것들을 모두 없앴다. 면도날이 닿은 부분이 화끈거렸지만 혜정은 개의치 않았다. 몸을 아기처럼 새하얗게 만들고 싶었다. 거울 아래쪽에 보이는 수북한 음모도 깎고 싶어졌다. 그래서 그녀는 음모에 거품을 바르고 면도기로 단숨에 오른쪽 절반을 밀어버렸다.

나머지 절반도 막 밀어내려는 찰나에 욕실 문이 열렸다. 낯선 남자가 문고리를 놓는 것도 잊고 동그랗게 커진 눈으로 혜정의 알몸에 초점을 고정하고 있었다. 맙소사, 친구의 스폰서구나. 그는 머리카락이 삐죽 솟고 수염이 듬성듬성 난 부스스한 모습이었지만 잠은 완전히 깬 것 같았다. 그녀는 몸을 가릴 생각도 못하고, 빨리 나가라는 말도 하지 않았다. 한 손에 면도기를 들고 서 있을 뿐이었다. 그래서 그는 앞에 있는 뜻밖의 여체를 찬찬히 훑어볼 수 있었다. 그가 문을 닫고 나서야 혜정은 부끄러움을 느꼈다. 하지만 그것은 오르가슴을 향한 예비 단계에 있는, 그녀를 달아오르게 하고 감정을 고조시키는 최음제 역할을 하는 부끄러움이었다.

그녀는 젖가슴 계곡이 살짝 드러나도록 목욕수건을 몸에 둘렀다. 수건이 짧아서 하반신은 아슬아슬한 미니스커트를 걸친 것 같았다. 그리고 아무 일도 없었던 것처럼 거실로 나왔다. 그녀는 도박을 걸었다. 마음속으로 동전을 던져 앞면이 나올 때와 뒷면이 나올 때 할 행동을 정했다. 부엌 겸 식당으로 가니 식탁을 비추는 갓 달린 등이 켜져 있었다. 그가 유리잔에 발렌타인을 따라 마시고 있었다. 방금 본 여체의 잔상에 동요하고 있는 듯한 모습이었다. 그리고 가까이 다가온 인기척을 일부러 무시하고 있었다. 혜정은 그를 향해 큼지막한 쌍꺼풀을 반쯤 뜨고 나른한 눈길을 던졌다. 이러한 표정을 짓기 위해 그녀는 늘 김남주의 광고 사진을 보며 연습하지 않았던가? 그녀가 남자를 홀리고 애태우는 비결 아니었던가? 그녀와 눈이 마주치자 그는 더이상 참지 못하고 일어섰다. 잘 여미지 않은 실크 가운 사이로 중년 남자치고는 튼튼한 허벅지가 드러났다.

그는 그녀를 벽에 몰아붙이고 그녀가 몸에 두르고 있던 수건을 풀어버렸다. 지렛대 한쪽이 눌린 듯 그녀의 윗입술이 지그시 올라갔다. 그 안으로 남자가 혀를 집어넣었다. 손은 그녀의 허벅지로 파고들어 갈고리처럼 왼쪽 다리를 들어올렸다. 그녀 음부가 삽시간에 젖어들었다. 그녀 내부에 있던 액체를 해면처럼 빨아들였다. 그녀는 갈증을 느끼며 남자의 혀를 통해 전해지는 타액을 빨아 삼켰다. 발기한 남자 성기가 안으로 파고들자 그녀는 공기를 깊게 들이마셨다. 그녀의 녹슨 감각이 시동 소리 없이 재가동을 시작했다. 그녀는 그의 허리에 팔을 감고 몸을 찰싹 붙였다. 폭풍우 속에서 집채만하게 솟아오르는 파도처럼 거대한 오르가슴이 올 것 같았다. 그녀는 조심성을 잃고 신음 소리를 냈다. 남자가 황급히 그녀의 입을 틀어막느라 삽입이 풀렸다.

그는 그녀가 식탁에 손을 짚고 엎드리도록 했다. 그녀는 시키는 대로 따랐다. 막 대학 2학년이 되려던 해였던가, 그녀는 강간당하는 꿈을 꾼 적이 있었다. 쪼그라들 대로 쪼그라든 늙은이 여럿이 손가락만으로 그녀를 흥분시키고 절정에 닿게 하는 내용이었다. 늙은이들의 표정은 가면을 뒤집어쓴 것처럼 태연했으며 그녀는 그들의 그러한 태도에 더욱 흥분했다. 애액으로 시트를 축축히 적시며 잠에서 깨어나보니, 실지로 그녀의 옆에 누운 남자가 그녀의 음부에 커다란 딜도(dildo)를 쑤셔넣고 있었다. 꿈과 현실은 큰 차이가 없었다. 그래서 그녀는 생각했다. 어쩌면 지금 이 순간도 또다른 꿈이며, 그녀가 겪었던 불운은 지금 이 순간의 오르가슴을 극대화하기 위한 또하나의 꿈일지도 모른다고.

그녀에게 중요한 것은 꿈과 현실을 가르는 것이 아니었다. 오르가슴을 향해 끝없이 전진하는 것만이 중요했다. 그녀가 내지르는 신음은 점점 높아져 침대에서 곤히 자고 있는 그녀 친구에게 들릴 정도였고, 그는 더 이상 그녀를 막을 수 없었다. 그가 사정하기 직전에 혜정은 체위를 바꾸었다. 식탁 위에 엉덩이를 올리고 그와 마주 보는 자세를 잡았다. 음부에 힘을 잔뜩 주어 조이며 그녀는 그에게 물었다. 좋아요? 나 잘하죠? 그는 보랏빛으로 경색된 혀를 내밀며 헐떡거리는 것으로 대답을 대신했다.

그녀는 그를 의자에 앉히고 그의 허벅지 위에 올라탔다. 절정에 도달하자 질 근육이 마구 수축하며 그의 성기를 올가미처럼 졸랐다. 남자가 얼굴을 찡그리며 정액을 폭죽처럼 내쏘았다. 정액으로 음부를 적시며 그녀는 거침없이 소리쳤다. 친구의 잠을 깨우고, 윗집과 아랫집에까지 다 들릴 정도로 크게 소리를 질렀다. 그녀는 다시 '김남주'가 되었다. 정기를 빼앗겨 희미해진 그의 눈빛을 보며, 그녀는 만약 이것이 꿈이라면 영원하기를 빌었다. 승리자의 비열한 미소를 계속 지을 수 있도록.

모나드

당신은 핸드폰을 진동으로 해놓고 그녀 몸의 떨림을 느끼기도 한다. 그렇다. 당신과 가연은 섹스를 했다. 하나가 다른 하나의 존재로 틈입해들어가는 그 은밀하고 숭고한 의식. 마치 두 사람이 피우는 담배연기가 섞여 구별 없이 변하듯, 타액을 나누고 성기를 부딪치며 존재를 섞는다. 살아 있음을 느낀다. 정말로 살아 있음을 느낀다. 오르가슴에 이르러 찡그리는 그녀 얼굴을 바라보며, 당신은 그녀 역시 살아 있음을 느끼는 중이라고 생각한다. 삶은 박하사탕을 문 것처럼 상쾌하게 변한다.

그녀의 미소. 농담법을 사용해 붓으로 살짝 그려넣은 듯한 희미한 윤곽의 그녀 얼굴 속에서 갑자기 튀어나와, 바라보고 있는 사람의 마음을 깊게 찌르는 부드러우면서도 예리한 그녀의 미소. 그리고 그 미소의 기호.

:)

그녀의 깔깔거리는 웃음. 아직 남아 있는 감정의 진득함을 일순간에 태워 없애버리는 듯한 유쾌한 힘을 담은 웃음. 그리고 그 웃음의 기호.

):)

조식은 가연의 얼굴을 자신의 첫사랑이었던 소녀의 얼굴 위에 옮겨놓아보았다. 그렇게 현재의 기억에 옛 기억을 덧씌우고 있노라면, 그의 얼굴은 소꿉장난에 진지하게 몰두하는 어린애처럼 변하곤 했다.

가연과 그의 첫사랑의 외양엔 여러모로 닮은 점이 많았다. 그리 크지 않은 키에 가느다란 허리. 좁은 어깨에 이어지는 어린아이 같은 양팔, 팔보다 약간 더 굵은 두께인 두 다리. 몸의 크기가 보통 사람의 절반 정도에 지나지 않는 그녀는, 몸을 모으고 자리에 조용히 앉아 있으면 잘 접어놓은 세탁물처럼, 쉽게 그 모습을 드러내지 않았다. 게다가 그 두 여자의 얼굴은 잊기 쉬운 종류의 것이었다. 작고 희미한 윤곽의 그녀 얼굴은, 눈과 코와 입이 가지런히 정렬되어 있음에도 불구하고 보는 사람에게 '이목구비가 불안정하게 떠다닌다'는 인상을 주었다. 그녀가 무뚝뚝한 표정으로 일단 잠자코 있기로 결심하면, 사람들은 그녀의 존재 자체를 깜빡 잊게 되기도 했다. 하지만 그녀가 일단 마음을 놓고 활짝 웃기라도 하면 사람들은 깜짝 놀라 한참 동안 그녀에게서 시선을 거두지 못했다.

조식은, 그의 첫사랑과 가연이 미소짓거나 웃을 때의 모습을 잘 기억하고 있었다. 그는 그녀들의 미소를 정지 화면으로 나누어 한 장씩 넘겨볼 수도 있었고, 슬로 모션으로 돌려 볼 수도 있었으며, 빠르게 느리게 돌리다가 되감아 볼 수도 있었다. 그는 두 여자의 미소에서 미묘한 차이점을 발견할 줄 알았다. 눈썹이 먼저 움직이느냐, 아니면 눈꼬리가 먼저 움직이느냐 하는 것에서부터, 입꼬리가 올라가는 각도, 이빨이 얼마만큼 드러나는가 하는 문제, ……그리고 미소가 거두어진 직후의 표정까지.

조식의 첫사랑은 그녀가 사는 아파트 옥상에서 떨어져 죽었다. 신문에는 그녀가 자살한 것으로 보도되었다. 대학 입시에 시달리고, 부모님의 이혼 문제까지 겹치자 견디지 못해 스스로 목숨을 끊고 말았다는 것이었다. 하지만 조식은 그녀의 죽음이 그녀 스스로 택한 것인지, 아니면 사고에 의한 것인지 알 수가 없었다. 고등학교에 입학한 이후 내내 불면증에 시달리던 그녀는 수면제를 상습적으로 복용해왔고, 수면제의 약효가 신통치 않을 때에는 옥상에 올라가 산보를 한다고 조식에게 고백한 바 있었다—이때의 '산보'란, 무릎 높이의 아파트 외벽에 올라가 걷는 것을 말했다. 성인 남성의 발바닥 두 개 너비의 그 외벽 위에서, 그녀는 불규칙한 주기로 불어오는 바람에 몸을 위태롭게 기우뚱거리면서, 옥상 내부를 삶의 공간으로, 옥상 외부—텅 빈 어둠의 공간—를 죽음의 공간으로 나누는 놀이를 했던 것이었다. "그렇게 바짝 긴장한 다음엔 잠이 잘 와." 그녀는 말했다. 하지만 조식은 그러면 안 돼, 라고 말할 수 없었다. 말을 해보았자 그녀는 듣지 않으리라고 생각했던 것이었다. "우린 사랑하는 사이야"라고 그녀는 말하곤 했는데, 조식은 과연 연인끼리는 상대의 삶에 간섭할 수 있는지를 확신할 수가 없었다. 그는 다른 사람에게 조언을 구할 수가 없었다. "왜 그런 애랑 사귀는 거야? 여자는 많아." 고작 그런 대답이나 들을 것이 분명했다. 조식은, 자기 주위 사람들 모두가 속물이라고 강하게 확신하고 있었다.

하지만 넌, 그래선 안 된다고 말할 수 있었을 거야.

조식은 스스로를 이인칭으로 부르는 습관이 있었다. 그는 내부의 '자기'와 바깥으로 드러난 '자기'가 자리를 맞바꾸어가며 대화를 나누도록 하곤 했다. 격려하거나 책망하고, 칭찬하기도 하면서. 너는 잘해나가고 있어, 넌 할 수 있을 거야, 바보, 바보 같은 녀석, ……그는 군대에 들어가기 전까지 매일 일기를 썼다. 일기는 서간체로 씌어 있었는데, 수신자는 늘 '너'였다. 조식이 군대를 거치고 대학을 졸업한 뒤 직장을 얻자 새파란 어린아이였던 '너' 역시 나이를 먹어, '당신'이라는 어른으로 성장하게 되었다.

당신은 거절당하는 게 두려웠던 것이다.

이제 조식은 그가 창조해낸 상상의 공간 속에서 일기를 썼다. 무한하게 뻗은 공간으로 사방이 지평선으로 둘러싸여 있고, 서랍이 하나뿐인 조그마한 나무책상 하나에 깃털 펜과 잉크가 그를 위해 준비되어 있다.

글을 쓰기 전, 그는 어린 시절 TV에서 방영해준 영화의 장면을 떠올리며 펜의 깃털 부분으로 코끝을 슬쩍 간질인다. 그의 표정에 잠시 명상의 시간이 흐른다. 그는 일인칭 사용을 피함으로써 자신의 자의식과 육신을 분리시키려고 한다. 분리된 조식의 자의식이 육신의 행동을 묵묵히 내려다본다. 음악을 듣고, 책을 읽는다. 영화를 보고, 비디오를 빌려다 보며 콜라 혹은 간단히 만든 칵테일을 홀짝거린다. 여자를 만나고, 헤어진다. 어떤 여자는 무서운 표정을 하고 화를 내다 끝내는 울먹인다. "사막에서 사는 사람, 상처에 중독된 사람" "감정에 나약한 척하면서 사실은 무모하고 비정한 사람, 터미네이터"…… 그 여자의 말은 그녀가 좋아하는 어떤 소설[1]의 구절을 인용한 것이라는 사실을 뒤늦게야 깨닫는다. 의식적인 인용일까 무의식에서 툭 튀어나온 말일까 잠시 궁금해하던 중에 장면은 뒤로 접혀진다.

……당신은 본다. 아파트의 외벽 위에, 당신의 옛사랑이 서 있다. 전깃줄 위에 올라앉은 작은 새 같다. 그녀는 춤을 추기 시작한다. '앙증맞게 춤을 추시오'라고 지시하는 춤곡의 악보에 따라 춤을 추는 것 같다.

---

1) 윤대녕, 「은어낚시통신」, 『은어낚시통신』, 문학동네, 1995.

앞뒤 스텝, 좌로 회전 우로 회전. 당신은 오락실에서 보았던, 춤을 추는 게임에 첫사랑의 모습을 대입시키고 있다. DDR.[2]

아직 그녀가 살아 있다면 그 게임을 무척 좋아했으리라. 그녀가 잠깐 비틀거린다. 당신은 잠시 눈을 깜빡거린다. 안경을 고쳐쓰는 데 걸리는 만큼의 시간이 흐른다. 줄이 끊어진 마리오네트처럼, 그녀는 비좁은 무대에서 아래로 툭 떨어져내린다. 당신은 텔로니어스 멍크나 찰리 파커의 음악을 듣고, 조지프 콘래드와 피츠제럴드를 읽으며 타르코프스키나 왕가위의 영화를 감상한다. 에곤 실레의 화집과 리처드 에이브던의 사진집을 음미하고, 코카콜라나 닥터페퍼 혹은 하이네켄을 홀짝거리며 혼자 말들을 움직여 체스의 기보를 연구하기도 하면서…… 당신은 병원에 입원한 환자처럼 규칙적인 생활을 한다.

*

거절당한다는 것, 거부당한다는 것. 이것은 조식에게는 상처받는 것과 동일한 의미를 지녔다. 그는 상처받기를 원치 않았기에 아무것도 요구하지 않을 수 있었다. 맑은 눈을 가지고 깨끗한 단색 옷을 즐겨 입으며, 수줍은 듯 활짝 웃지 않는 그는 수도승의 분위기를 풍겼다. 몇 명의 여자들이 그 분위기에 이끌려 다가왔다. 여자들은 그가 원하는 것과 원치 않는

---

2) Dance Dance Revolution의 약자. 일본 코나미(Konami) 사에서 개발한 댄싱 게임으로 국내에서 개발된 펌프(Pump)와 함께 90년대 후반 젊은이들 사이에 '춤바람'을 일으켰다. 바닥에 깔린 네 방향의 화살표 버튼을 음악과 함께 나오는 화면의 지시에 따라 밟으며 진행한다.

것 모두를 가리지 않고 바쳤다. "난 우리가 섹스를 하면 좀더 가까워질 줄 알았어." 그렇게 누군가는 말했다. "당신은 내게 상처를 입혔어." 만약 연애 법정이 있다면 조식을 제소하기라도 할 것 같은 말투로, 또 누군가가 말하기도 했다.

이런 관계는 더이상 견딜 수 없다고 선언한 그녀들에게, 조식이 해줄 말은 단 하나였다. "미안해." 어쩔 수 없다. 더 가까이 다가갈 수가 없어. 언젠가—옛사랑의 죽음—부터, 내 안의 무엇인가가 사라지고, 단절되고 만 거야. '전갈과 개구리' 이야기 알지? 자기를 등에 업고 냇물을 건너는 개구리를, 전갈은 쏘아버리고 말지. 천성은 어쩔 수 없어. 난 원래 그런 인간이고, 사실 우리 모두가 그런 인간이야. 이기심에 따라 서로에게 상처를 주고, 겨우 자기가 관찰한 상대의 일부 모습만을 가지고 "난 너를 이해해"라고 당당하게 이야기하는 어리석은 족속들이지. 조식은 말했다. 아직 삼십 년도 채 안 되는 그의 삶에서 겨우 건져낸, 소중한 인생의 지혜라도 되는 것처럼.

조식은 자신의 연애를 한 재즈곡에 비유하곤 했다. 상처와 상실, 난설감에 에워싸인 고독한 사람들의 이야기를 다룬 한 작가의 소설[3]에서 그는 〈스타 크로스트 러버(Star-Crossed Lover)〉라는 곡을 발견했다. 그 곡은 운명을 잘못 타고난 연인들에 관한 발라드였다. 현세에서는 도저히 맺어질 수 없는 엇갈린 운명. 아무것도 하지 못하고 그저 나란히 걷기만 하다 갈림길에서 헤어지는 운명. "안녕"이라 말하며 손을 흔들어줄 기회조차 잡지 못한 채…… 조식에게 그런 운명의 저주를 내린 것은 그의 첫사랑이었다.

---

3) 무라카미 하루키, 『국경의 남쪽, 태양의 서쪽』, 열림원, 2000.

우직하리만큼 충실하게 그는 저주가 가리키는 방향으로 움직여갔다. 하지만 '모나드'란 모임의 회원이 되어 가연을 만나게 된 이후, 그의 움직임은 점점 느려졌고 나중엔 방향을 잃고 표류하다 마지막엔 아예 멈춰버리고 말았던 것이었다.

'모나드'는 H라는 인터넷 포털의 커뮤니티 중 '작은 모임'에 속해 있는 모임으로, '작은 모임'들 중에선 공식적으로 '별난 모임'이라 분류되고 있었다. '별난 모임'은 스포츠나 문화, 취미, 학술 등 뚜렷한 카테고리 안에 집어넣기 어려운 모임을 분류할 때 사용하는 명칭이었다. '별난 모임'은 문화, 취미, 학술 등의 성격에 친목 도모의 목표까지 덧붙여져서 다른 커뮤니티보다 더 복잡한 성격을 띠고 있었다.

인터넷을 하는 다른 사람들처럼, 조식은 여러 군데의 커뮤니티에 회원으로 등록되어 있었다. 그가 모임 내에서 하는 활동이란 그저 이따금 게시판에 글을 쓰는 것 정도였다. 하지만 그의 글은 꽤 괜찮은 비유를 통해 고독과 우수를 표현하고 있었기에 회원들로부터 적잖은 관심을 사곤 했다.

조식은 가입해 있는 여러 커뮤니티에서 정기적으로 편지를 받았다. '정기 모임에 참석해주세요' '운영진 선거가 시작되었습니다' 등의 내용이 담긴 편지들은 조식에게 타인의 존재를 다시금 일깨워주었으며, 모임엔 거의 참가하지 않음으로써 그는 타인과 자신 사이의 관계를 재확인했다. 그는 인적이 닿지 않는 외딴섬이었다. 타인들은 이따금 해변가를 찾아드는 갈매기였다. 기웃거리기만 하던 갈매기들이 안으로 들어와 쉬는 것을 막는 한편, 조식은 자기 소개의 '하고 싶은 말'을 통해 자신의 존재를 아주 조금씩 누출시켰다 — 병 속에 메시지를 담아 바다로 떠내려보내는 것처럼, '어느 누군가'를 향해서.

가족 crossed(김조식)님을 소개합니다

(1) 최근 사용 : 2003 - ○○ - ○○

(2) 이용자 상태 : 정상이용자

(3) 취미 : 비겁해지기

(4) 하고 싶은 말 : 대로 복판에 우뚝 선 허수아비, 곧이어 차단
될 전원. 막을 내린다. 다시 달아난다.

*

　조식의 옛 애인. "우리 사귀지 않을래요?"라고 말한 것도 그녀였고,
"손 잡지 않을래?"라고 먼저 말을 꺼낸 것도 그녀였다. 그녀는 조식의
눈을 빤히 쳐다보면서 그에게 다가왔다. 조식은 그녀가 싫지 않으면서도
자신의 마음이 제멋대로 읽히고 있다는 느낌이 들어 기분이 나쁘기도 했
다. 실제로 그녀의 행동은 '난 네가 뭘 생각하는지 다 알아'라는 자신감
에서 비롯하는 것처럼 보이기도 했다. 조식이 그녀의 요구를 거부할 때
도 있었지만, 그녀는 수차례 더 끈질기게 몰아붙이며 조식 자신도 조식
이 원하는 바를 잘 모르고 있다는 사실을 끝내 밝혀내고야 말았다. 그래
서 그는, 그녀에게 끌려가는 느낌이 들면서도 어쩔 수 없는 순리에 따른
다는 식으로 자신의 행동을 합리화했던 것이다.
　당신은 텅 빈 거울상에 불과하다.
　조식은 전원이 꺼진 모니터에 반사된 자신의 얼굴을 바라보며 나직이
말했다. 그의 등뒤 방문 옆에는 일 주일치의 먹을거리를 담은 비닐봉지

가 가로로 누워 있었다. 다섯 봉지가 하나인 라면 묶음이 비닐봉지의 입에서 방바닥으로 흘러나와 있었다. 형광등이 깜빡거리길래 조식은 소켓에서 그것을 아예 빼버렸다. 방 안이 탁한 먹물 빛깔의 어둠으로 바뀌었다. 조식은 꼼짝 않고 앉아 담배를 피웠다.

아래층에선 싸우는 소리가 들렸다. 그가 살고 있는 집은 오층짜리 집의 오층인데, 다른 층보다 면적도 훨씬 좁고 방도 하나뿐이어서 조식 혼자 살고 있었다. 일층부터 사층까지는 아버지, 어머니, 자식들로 정상적인 형태를 갖춘 가정이 고루 분포해 있었다. 하지만 아래층 사층의 경우는, 형태만 그럴듯할 뿐이지 늘 싸움만 했다. 아버지와 어머니, 그리고 대학 초년생쯤으로 보이는 딸이 그 중심이었다. 집안에서 어느 정도 발언권을 쥔 것이 분명한 십대 후반의 아들은 집에 거의 들어오지 않았다. 어머니와 딸이 울고불고하는 소리가 들리면, 싸움은 거의 끝난 것이라 봐도 좋았다. 희뿌연 담배연기가 열린 창문 쪽으로 쏠리는 모습을 바라보며 조식은 자기에게서 점점 멀어져가는 여자들의 울음소리를 들었다. 이윽고, 완전한 정적이 찾아왔다.

휴대폰이 소리를 냈다. 문자 메시지가 도착했다는 신호였다. 조식은 무슨 영문인가 싶어 휴대폰을 들어 확인했다. 메시지는 다음과 같은 내용이었다.

From : [Leebanshee]

):D
:)

이모티콘이었다. ':)'가 있는 자리는 원래 전화번호가 있어야 할 곳이었다. 조식 역시 명색이 네티즌이었기에 이에 대해 꽤 지식이 있었다. 이러한 기호들은 대개 옆으로 구십 도 눕혀놓고 보아야 기호가 상징하는 바를 알 수 있는데, '):D'는 입을 벌리고 활짝 웃는 모습을, ':)'는 웃는 모습을 상징했다. 그러나 왜 이런 기호를 담은 메시지가 자기에게 왔는지 조식은 이해할 수 없었다.

다만, Leebanshee라는 아이디는 그리 낯설지 않았다. 밴시(banshee). 집안 사람의 죽음을 예고한다는 아일랜드와 스코틀랜드 지방의 여자 귀신. 조식은 저 아이디의 낯익음이 밴시에 대해 자신이 이미 알고 있기 때문인지 아니면 저 아이디를 정말로 본 적이 있기 때문인지 확실히 분간할 수가 없었다. 그래서, 그는 인터넷에 접속해 정체불명의 아이디를 조회해 보았다. 하고 싶은 말―고양이가 피를 줄줄. 생년월일―그녀의 생일은 다음달이었다. 취미―'모나드'. 이름―이가연. 그리고, '현재 사용중입니다'라는 말. 아이디의 주인 역시 현재 접속중이었다. 조식은 '모나드'의 게시판으로 가 Leebanshee라는 아이디를 찾아보았다.

갑자기 모니터에 메시지가 떴다.

##(from : Leebanshee) 지금 어디세요?

초면인 사이에 건네는 인사말로는 생소한 것이긴 했지만, 조식은 개의치 않고 키보드를 눌러 대답을 보냈다. 집입니다……

##(from : Leebanshee) 메시지는 잘 받으셨겠죠?

네에, 라고 조식은 답신했다. 그는 가연에게서 호기심을 느끼기 시작했다. 죽음을 예고하는 귀신…… 가연이라는 이름. 가연…… 가연…… 가련. 유치한 연상작용이긴 했지만, 서로의 얼굴을 보지 못하는 상태에서 호기심을 불러일으키기엔 충분한 매력을 지니고 있는 이름이었다.

조식은 휴대폰으로 온 메시지에 대해서, 어떻게 된 것이냐고 물었다.

##(from : Leebanshee) 아직 모나드에 대해서 잘 모르시나보군요.

그런 셈이죠, 라고 대답.

##(from : Leebanshee) 하긴. 아는 사람보단 모르는 사람이 더 많겠네요. 혹시 괜찮으시다면 저희 집에 놀러 오시지 않겠어요? 저희 집에서 가까운 동네에 사시는 것 같아서……

이 제안을 어떻게 받아들여야 할지 조식은 잠시 주저했다. 여자로 보이는, 낯선 사람이 겨우 몇 마디의 말을 서로 주고받은 것을 가지고 자기 집에 초대를 한다…… 혼자 살거나 아니면 집 식구들이 며칠간 여행이라도 떠났겠지. 그리고 조식은 속으로 말했다.

당신이 호기심을 느끼는 만큼, 그녀도 호기심을 느끼고 있는 것인지도 모른다……

하지만 그 다음 말이 조식을 당혹스럽게 했다.

##(from : Leebanshee) 전 글쓰는 사람을 좋아하거든요.

이에 뭐라고 대꾸해야 할지 주저하는 조식. '모나드'에 가입한 후 게시판에 올린 자기 소개에 '직업'을 자유기고가라 했던 것 때문일까, 하고 조식은 생각했다. 현재 그의 유일한 수입원이 글쓰기이긴 했다. 일감은 한 백화점 본사의 사보 편집실에 근무하는 친구가 주는 것이었다. 그 친구는 자의식 과잉의 우울한 사내에게 매력을 느끼는 종류의 인간이었다. 조식에게 어느 정도 글쓰기 재능이 있다는 사실을 잘 알고 있었기 때문에, 그는 조식이 직장을 그만두자 기다렸다는 듯이 일감을 건네주었다.

가연의 다음 메시지가 조식을 곤란함에서 벗어나게 해주었다.

##(from : Leebanshee) 사실 집에 모나드의 다른 분들도 와 계세요. 모나드의 운영자도 있고. 우린 새로 가입한 분들에게 관심이 많아요.

다들 재밌고 좋은 분들이니까 와서 함께 어울리자는 이야기. 여지껏 당신이 이런 말에 얼마나 자주 거부 의사를 전달했는지 생각해보라. 당신은 메시지 수신 거부 명령으로 달갑지 않은 상대의 메시지로부터 자신을 감싸려 한 적도 있었다…… 조식의 자의식 내에서 '가야 한다' '가면 안 된다' 등으로 밀고 당김이 벌어지는 동안 시간은 흘렀고, 가연으로부터는 계속해서 메시지가 들어왔다.

##(from : Leebanshee) 낯선 사람에게서 초대를 받아 기분이 상하신 건가요? 하지만 전 꼭 뵙고 싶어서……

그렇게 도발성을 품은 그녀의 직선적 태도에 당신은 가만히 끌려가고 만다…… '모나드'에 가입한 지 삼 일 후의 일이었다.

*

당신, 당신.

당신 말야.

당신은 지금 뭘 하고 있지?

당신은 지금 가연의 아파트 문 앞에 서 있다. 방금 누른 초인종에서 동요 멜로디가 울려퍼지고 있다. 당신이 타고 온 엘리베이터가 아래층으로 내려가는 소리가 들린다.

잠깐만 기다리세요. 가연의 목소리가 단단히 걸어잠긴 철문 저편에서 들려온다. 자물쇠를 따는 철컥거리는 금속음. 문이 열리자, 분홍색 슬리퍼를 신고 몸을 약간 숙여 한 손으로 문이 닫히지 않도록 고정하고 있는 가연의 모습이 나타난다. 당신은, 당신의 옛사랑과 너무나도 닮은 가연을 보며 숨이 턱 막히거나 하지는 않는다. 처음 시작, 당신은 가연의 얼굴을 보며, 옛 애인의 유령이 당신 얼굴을 휙 스쳐 지나가는 듯한 느낌을 받는다.

가연의 집은 십오 평 남짓한 넓이의 방이 하나 딸린 아파트이다. 그녀 혼자 살기엔 다소 넓은 집이라고 당신은 생각한다. 거실 겸 식당으로 사용하는 넓은 방에는 먼저 온 두 남자가 있다. 그들은 당신에게 가볍게 목례한다. 빈 맥주병이 여섯 개 있고, 재떨이에는 삼분의 일쯤 탄 담배꽁초가 열댓 개 정도 있다.

낯선 사람들 틈에 끼어서 당신은 어색해한다. 하지만 마담 역할을 하는 가연이 좌중의 분위기를 부드럽게 이끈다. 술이 돌고, 모여 있는 사람들 자신의 삶과 직접적인 관련이 없는 세상 돌아가는 이야기가 시작된다. 노벨 문학상을 누가 탔는데, 이번만큼은 상이 제대로 돌아간 것 같다는 얘기부터, 어떤 그룹이 새로운 앨범을 냈다, 이번 지방 대도시에서 열리는 국제 영화제의 티켓이 삽시간에 동이 나버렸다더라, ……별다른 주의를 기울이지 않아도 따라갈 수 있는 화제가 계속되자 당신은 자신도 모르게 긴장이 풀어지고 만다. 자꾸 가연에게 눈길이 가는 것을 막을 수가 없다. 가연은 이야기 자체엔 끼어들지 않고, 맞장구를 치거나 감탄사를 집어넣는 등, 이야기의 흐름에 추임새를 넣는 데 열중하고 있다—당신 바로 옆에 앉아서. 그녀가 웃는 모습이 당신의 의식에 쉽게 지워지지 않는 지문을 하나둘 찍어나간다. 그제서야 당신의 숨이 죄어들기 시작한다. 가연과 당신의 옛사랑이 너무나도 닮았음을 의식하니, 당신의 머리가 어지러워진다.

당신은 화장실을 다녀와야겠다며 자리에서 일어난다. 약간 발그레한 당신의 얼굴이 거울에 비친다. 다시 돌아오자 모두가 기다렸다는 듯이 당신을 맞이한다. 처음 온 사람을 너무 그냥 놔두어서 미안하다는 듯이 가연은 당신을 바라본다. 그녀의 물기 어린 눈동자에서 당신은 많은 기억을 읽어낸다―당신의 기억, 당신과 당신의 첫사랑 사이에 있었던 기억들을.

*

함께 있던 남자들이 뒤늦게 자기 소개를 했다. 긴 머리를 뒤로 묶고, 간소한 술자리에 어울리지 않는 흰색 실크 셔츠를 입고 온 남자의 이름은 재섭이었다. 흰 얼굴에 어깨가 약간 구부정해 보이는 남자는 형만이라고 했다. 그는 책상다리를 한 채 한쪽 팔을 바닥에 짚고 기우뚱하게 앉아 있었다. 고개 또한 똑바로 들고 말하는 법이 없어서 마주 보는 상대를 빈정거리는 것처럼 보였다.

조식은 자기 소개를 간단히 했다. 직장에 이 년 몸을 담았었고, 지금은 사보에 글을 쓰면서 조금씩 돈을 벌고 있다는 이야기. 재섭에겐 생계를 위해 하는 일이 없었다. 그는 자신이 '클럽'의 회원이라면서, 가연 역시 같은 '클럽'의 회원이라고 덧붙였다. 대체 무엇을 하는 클럽인지 묻는 눈으로 조식은 가연 쪽을 쳐다보았다. 가연은 형만에게 술을 따라주느라 그의 시선을 받을 수 없었다. 거품이 잘 얹힌 맥주를 형만의 잔에 채운 다음, 가연은 "이분은 소설가세요"라고 말했다. 형만은 대학 재학중 정식으로 등단한 소설가였다. 조식은 책을 꽤 읽는 편임에도, 그의 이름에서 그저 알듯 말듯 한 인상을 받기만 했다. "아직 무명이에요. 책도 한 권 못 낸." 대학교를 졸업한 후―형만은 경영학을 전공했다―줄곧 글만 쓰고 있다고, 그는 이야기했다. 비록 자신은 가난한 무명의 소설가이지만 애인이 연봉 높은 은행에 취직했으니 상관없어요, 라고 말하기까지 했다. 그는 자신의 애인—이름은 혜정이라 했는데—에 대해 상당한 자부심을 느끼고 있는 것 같았다. 돈을 잘 벌기 때문이 아니라 다른 어떤 이유가 있는 것처럼 보였으나 조식은 굳이 캐묻고 싶지 않았다.

가연은, 형만이 '모나드'를 처음 만들었고, 현재까지 운영자 자리를 맡고 있다고 말했다. 그 말에 형만은 가볍게 웃으며, '모나드'에 대해 설명하기 시작했다. "모나드는 정확히 말하면, 인터넷 커뮤니티라고 할 수는 없는 곳이지요. 반은 온라인에 걸쳐 있고 나머지 반은 오프라인에 있으니까요."

형만은 계속 말했다. "'모나드'란 말은, '통일 혹은 하나인 것'을 의미하는 희랍어 모나스(monas)에서 따온 말이죠. '모나드'는 그 자체로 완벽한 개체이며 행위하는 실체로서, 라이프니츠는 실재(實在) 세계가 바로 이 '모나드'들로 구성되어 있다고 생각했습니다."

그러나 라이프니츠는 '모나드'를 공간 위에 존재하지 않는 추상적인 존재라고 정의하기도 했다. "물리학에서의 원자와는 차이가 있죠." 형만은 그렇게 말하며 물리학에서의 원자와 '모나드'의 차이점을 하나 더 지적했다. "원자는 외부의 힘을 받아 더 작은 물질로 깨어질 수 있습니다…… 하지만 모나드는 그 자체로 완벽한 개체로, 외부에서 어떤 영향도 받지 않고 오로지 스스로의 내적 원리에 따라 변화할 뿐입니다. 라이프니츠는 모나드간의 상호작용도 부정했지요. '바깥에서 다른 것이 들어오고 나갈 창문을 가지고 있지 않다'는 게 라이프니츠의 말입니다. 모나드는 철저히 고독한 개체이지요."

"계속 설명해주시죠."

"라이프니츠의 주장에서 재밌는 점은, '실체란 지각 없이는 존재할 수 없다' 는 것이에요. 그는 물질의 실재성을 부정하면서 이런 말을 했습니다. '물질과 운동은 실체이거나 그 자체로 존재하는 사물이 아니다.'"

"무슨 뜻이지요?"

"우리가 보고 만지고 듣고 느끼는 물질이란, 단지 존재가 지각하는 데에서 나오는 '현상' 일 뿐이라는 뜻입니다. 라이프니츠의 표현으로는 '잘 근거지어진 현상' 이라 하지요. 그는 이렇게 말하기도 했습니다. '육체는 실체가 아니고, 단일함과 절대적인 실재성을 갖는 단순한 실체들 — 모나드들 — 에서 결과하는 현상들이다' 라고요."

형만이 '모나드' 를 자신이 만든 모임의 이름으로 정한 것은, '모나드' 론이 현대 정보통신사회에 대한 적절한 비유라고 생각했기 때문이었다. "인터넷을 가지고 예를 들어볼까요. 인터넷에서 중요한 것은 아이디이지 아이디의 소유주 — 육체를 가진 — 가 아닙니다. 육체는 오프라인 활동을 할 때나 중요하죠. 일단 인터넷 내에서는 0과 1의 부호로 전기와 자기망을 흐르는 '실체' 인 아이디만이 유일한 존재로 기능합니다. 그리고, 한 아이디는 다른 아이디에게 영향을 받지 않고 내적인 움직임에 따라 변화해가는 '모나드' 가 되는 것이지요……"

"하지만 '모나드' 는 온라인과 오프라인 사이에 걸쳐 있는 모임이라고 하셨는데요."

"그렇죠. 인터넷은…… 사실 적절한 예가 아니라는 것이 제 생각입니다. 모나드들끼리는 서로 영향을 줄 수 없지만, '다른 모나드' 들이 존재하고 있다는 것은 엄연한 사실입니다. 그러나 인터넷의 경우를 봅시다. 만약 컴퓨터를 켜지 않고, 접속도 하지 않으면 '다른 모나드' 들을 지각할 수도 없고, 그것들로부터 지각될 수도 없죠. '지각' 이 없는 세계는

'모나드'의 세계가 아닙니다. 그건 '모나드'가 아닌 다른 무엇의 세계겠지요."

"그럼 '모나드'는 무엇이라고 생각하십니까?"

조식이 그렇게 묻자, 형만은 조식이 도저히 잊으려야 잊을 수 없는 기묘한 미소를 지으며 대답했다.

"라이프니츠는 영혼을 모나드라고 생각했습니다. 살아 있는 생물은 모두 영혼을 갖고 있다고 그는 보았지요. 인간이나 동물, 그리고 식물까지도…… 하지만 전 이렇게 생각합니다. 진정한 실체, 모나드의 합성물이 아닌 단순한 모나드 그 자체는 바로 휴대폰이라고."

*

당신은 어이없어한다. 술기운이 꽤 도는 상태에서도 형만의 말은 어이없게 들린다. 아니, 술기운 때문일지도 모른다…… 어쨌든 당신은 그의 앉아 있는 모습이 마음에 들지 않았고, 그래서 그의 말도 마음에 들지 않는다. 사람을 놀리기 위해 계획된 유치한 농담을 듣는 것 같기도 하다. '모나드'란 수상쩍은 모임에 괜히 가입했다고도 생각한다. 당신의 옛 기억을 되살리며, 당신의 마음에 흥진 상처를 자극하는 가연의 모습이 눈앞에 실체로 존재하고 있음에도, 당신은 '모나드'의 가입을 시간 낭비라며 후회한다. 가입 자체가 그리 수고스러웠던 것도 아니고, 당신이 시간을 초 단위로 아껴쓰며 촉박하게 사는 것도 아닌데.

형만은 두 팔을 뒤로 짚으며 몸을 젖힌다. 약간 내리까는 눈초리로 당신을 바라보고 있다. 그리 똑똑한 학생은 아니라는 듯, 당신을 비웃는 것 같아 기분이 나빠진다. 형만은 잠시 입가에 웃음을 담고 있다가 또 한번 엉뚱한 소리를 한다. "그럼 증명을 해 보일까요." 그는 자신의 휴대폰을 꺼낸다. 당신은 지루하다는 듯이 형만의 동작을 지켜본다.

형만은 몇 번 버튼을 눌러 휴대폰을 작동시킨다. 이삼 초 정도 흘렀을까. 어디선가 휴대폰 신호음이 들린다. 가연이 벌떡 일어나서, 침대가 있는 방으로 들어간다. 형만이 가연의 휴대폰으로 뭔가를 보냈나보다. 깔깔거리는 웃음소리가 들린다. 형만의 휴대폰이 삑삑거린다. 형만은 액정 화면을 당신의 눈앞에 들이댄다. 화면엔 이런 기호가 표시되어 있다.

):)

가연이 돌아온다. 그녀는 두 팔을 어깨 높이에서 약간 아래로 든 채 형만에게 다가간다. 당신은 무슨 일이 벌어지는 것인가 싶어 가만히 지켜보고만 있다. 가연은 형만의 목에 팔을 감고 입술에나 키스를 한다. 당신의 얼굴이 확 달아오른다. 풋내기처럼 보일까 부끄러워진 당신, 얼굴이 더 확 달아오른다.

긴 키스를 마치고 형만이 가연의 휴대폰을 당신에게 보여준다. 액정 화면에 다음과 같은 기호가 표시되어 있다.

ᄼᅵᄼᅡ

이모티콘은 아니다. 당신은 그 기호의 뜻을 몰라 멍하니 형만을 바라본다. 형만이 설명해준다. "마주 보고 키스하는 사람들의 옆얼굴처럼 보이지 않나요? 이건 키스하자는 뜻입니다. 자주 쓰이는 기호죠. '모나드'의 게시판에선 무엇을 읽었습니까?"

*

'모나드'의 회원들끼리는 서로 휴대폰으로 메시지를 교환한다. 모든 회원들에게 메시지를 보내야만 하는 것은 아니다. 마음에 맞는 사람들 네다섯 명 정도가 하루에 이삼 회씩 서로 메시지를 교환하면서, 상대와 자신의 존재를 지각하는 일. 이것이 '모나드' 회원들의 활동이다. 고독은 현대를 살아가는 사람이라면 누구나 짊어져야 할 삶의 전제 조건이자 일용할 양식이다. 타자의 존재를 인지함으로써 자신의 고독을 깨달을 수 있다. 고독을 깨닫는 과정을 통해 고독에 익숙해진다. 이것이 가연이 생각하는 '모나드'의 설립 취지였다.

"회원들끼리 연애하는 일도 가끔 있죠. 그렇게 연애하는 것을 보고 형만씨는 '존재를 섞는다'라고 말하죠. 형만씨는 회원들간의 연애는 그리 신경 쓰지 않아요. 마음이 맞는 사람이 있다면 잘해보라는 식이에요. 어차피 모나드 내에서의 연애는 잘 깨지게 마련이라서, 골수 모나드 회원들에게 연애란 그냥 일상의 평범한 사건이나 마찬가지예요."

가연네 집에 다녀온 후 일 주일 동안은 하루에 일고여덟 통꼴로 메시지가 도착했다. 재섭과 가연, 그리고 모나드의 다른 회원 두서넛이 메시지를 보냈다. 기쁨과 슬픔, 혼란스러움, 냉담함, 당황스러움, 속았다는 느낌, 화가 남, 미칠 듯이 화가 남, 술에 취함, 놀라움…… 액정 화면에 표시되는 문자 기호를 통해 전달되는 감정의 메시지들. 조식은 가연에게

만 답신을 했기 때문에, 가연을 제외한 다른 이들은 메시지를 거의 보내지 않게 되었다. 형만에게서 온 것은 이틀째에 도착한 딱 한 통뿐으로, 신입회원에게 의례적으로 보내는 메시지 같았다.

'모나드'에선 전화번호가 표시되어야 할 자리에 자신의 구미에 맞게 고른 이모티콘을 입력해 넣도록 권하고 있었다. 일종의 사인인 셈이었다. 가연은 웃는 얼굴인 :)를 사용했고, 재섭은 영화 〈차이나타운〉의 잭 니콜슨 얼굴이라는 (:^(를 사용했다. 형만에게서 온 메시지엔 〈:–) 사인이 있었는데, 그것은 바보 같은 질문을 받았을 때 비웃는 표정, 혹은 마술사를 의미했다. 조식은 외계인을 뜻하는 〉–)를 택했다.

전화번호를 메시지에 포함시키는 일은 부도덕한 행위로 간주되고 있었다. 메시지를 보내는 사람이나 받는 사람이나 상대의 전화번호를 정 알고 싶다면 게시판의 가입 소개란을 뒤지면 그만이었고, 진정한 '모나드'의 회원들끼리는 서로에게 연락할 일이 있으면 거의 이메일이나 휴대폰 문자 메시지 기능을 이용했다. 전화를 걸어 목소리를 건네는 일은 필요한 수준 이상으로 상대에 개입해 '모나드'의 개체성을 부정하는 것으로 간주되었기 때문이었다. 형만에 의하면, '인간의 목소리'는 휴대폰의 본질에 포함되지 않는 것이었다. 형만에게 휴대폰의 본질이란, 인간의 목소리가 아니라 소리 및 문자 기호를 전달하는 기능 그 자체를 가리키는 것이었다.

*

당신은 아파트 옥상에서 노을이 지는 모습을 내려다본다. 위로 삐죽

삐쭉 솟아오른 건물과 전자회로판의 도금된 선처럼 사방으로 얼기설기 뻗은 도로는, 주홍빛의 물결에 잠기어 아득한 과거 속으로 밀려나는 것처럼 보인다…… 마치 종말 이후에 남은 잔존 기억 같다. 당신은, 지금 이 순간만큼은 세상에서 살아 있는 사람이 가연과 당신 둘뿐이라고 생각한다. 원래 옥상으로 올라가는 문의 열쇠는 아파트 경비원만이 갖고 있어야 하지만, 가연은 경비원에게 꾀를 써서 열쇠를 하나 복사해뒀다고 한다.

정말로 그 말을 믿습니까.

당신이 묻는다. 가연은 눈을 가늘게 뜨며, 고개를 약간 든다.

"휴대폰만이 '모나드'라는 얘기 말입니다. 진정으로 존재하는 유일한 개체가 바로 휴대폰이고 우리는 모두 휴대폰에 반영된 현상일 뿐이라는 얘기 말입니다."

가연은 피식 웃는다.

"사실 형만씨도 휴대폰이 '모나드' 그 자체라고 믿는 건 아니랍니다."

당신은 다소 안심한다.

"형만씨는…… 앞으론 팜[4)이 '모나드'가 될 것이라고 확신하고 있죠. 통신 기능이 완벽히 갖춰지고, 지금의 휴대폰처럼 누구나 휴대하는 날이 온다면……"

당신의 눈이 동그랗게 변한다. 가연은 양손의 집게손가락과 엄지손가락을 가지고 팜의 직사각형 모양을 만들어서, 당신의 얼굴에 가까이 가져다댄다.

---

4) 팜(Palm)은 PDA(개인휴대단말기) 중에서 가장 대표적인 기종이다. 특히, 초기 기종인 팜 파일럿은 VCR이나 컬러 TV, 심지어 퍼스널 컴퓨터보다도 더 빠른 속도로 시장에 팔려 나갔다고 한다. 최근에는 휴대폰과 PDA를 결합한 형태인 스마트폰이 각광받고 있다.

"그 사람을 좋아합니까?"

치졸한 질문이라 생각하면서도, 당신은 어쩔 수 없이 묻는다. 형만과 그녀가 키스하던 장면이 당신의 눈에서 지워지지가 않는다.

"조식씨는 언제 자신이 정말 살아 있다고 느끼나요?"

질문의 의미를 생각하고, 답을 하기 위해선 시간이 필요하다.

"내가 살아 있지 않다고 생각한 적은 없어요. 이따금 음악을 듣다가…… 너무나 뼈에 사무쳐 지금 나는 미치도록 살아 있다는 생각이 든 적은 있어도. 전 삶을 규칙적으로 꾸려나가고 있어요. 아침 열시나 열한시쯤에 일어나 밥을 먹죠. 날씨가 좋으면 공원이나 캠퍼스로 나가 책을 읽습니다. CD나 책 구경을 하러 버스를 타고 나가기도 하죠. 날씨가 나쁘면 살 만한 CD가 나왔나 인터넷을 검색하거나…… 체스를 연구하며 시간을 보내요. 전 천구백오십삼년도의 헤이스팅스 체스 대회 결승전[5]의 기보를 무척 좋아해요. 따라 두다보면 그 강렬한 긴장감과 날카로움을 느낄 수 있어요. 일거리가 들어오면 일을 하지요. 꽤 열심히…… 살아 있다고 느끼든 느끼지 않든, 하던 대로 계속 제 나름의 규칙을 지켜나가며 살려고 하지요……"

"여자도 만나나요?"

"이따금……"

"조식씬 댄디로군요. 어머…… 그런 눈으로 쳐다보는 거 처음 봐요. 그냥, 어떤 문학평론가의 얘기가 생각났을 뿐이에요. 아무것도 아닌 것

---

[5] Hastings Chess Congress. 매해 열리는 국제 체스 토너먼트 전으로, 지금 조식이 말하는 결승전이란 1953년 12월 30일부터 1954년 1월 9일까지 계속되었던 러시아 챔피언 데이비드 브론스테인(David Bronstein)과 영국 챔피언 C.H.O'D. 알렉산더(C.H.O'D. Alexander)의 7전 4선승제 시합을 가리키는 것이다.

에 자기만의 가치를 부여하고 거기에 전심전력을 기울이는 것에 댄디의 모럴이 있다더군요.[6] 삶의 진정한 의미를 스스로 만들어나가고 싶어하는…… 창문을 꼭꼭 걸어잠근 채 외부로부터 초연하게, 자신의 내적 원리에 따라서 변화하기만 하는……"

"모나드."

"네, 모나드. 우린 모두 모나드지요."

"그럼, 당신은 그 사람 말을 믿지는 않는군요."

"조식씨에겐 그런 게 중요한가요…… 난 아무 일도 하지 않으면서 잘 먹고 잘살고 있어요. 꽤 괜찮은 아파트도 갖고 있죠. 어떻게 그럴 수 있는지 당신은 모르고 있겠죠. 재섭씨랑 내가 가입해 있다는 '클럽'이란 게 어떤 곳인지 아나요? 자긴 손 하나 까딱하지 않고서, 남이 나 대신 죽어준 덕에 번 돈으로 먹고사는 사람들이 모인 곳이에요…… 왜 내가 혼자 사는지 아나요? 아빠랑 엄마는 다 죽었어요. 오빠도 죽었고, 언니도 죽었죠. 난 막내딸이었어요. 다들 끔찍한 사고로 죽어버린 덕분에 보험금도 타고 보상금도 탔어요. 얼마나 벌었는지 모르죠? 보험금과 보상금을 합치니 십억이 넘었어요. 어디 그뿐인가요? 죽은 사람 수에 비해 내가 돈을 너무 많이 벌기라도 했나봐요. 돈과 상관없이, 제 애인들도 다 죽었답니다. 어떻게들 죽었는지 이젠 기억도 안 나요. 너무 많이들…… 다들 내 곁을 떠나갔죠. 난 내가 어쩌다가 살아남았는지 정말 궁금해요. 지금 난 혹시 죽어 있는 것일지도 모른다는 생각이 들어요. 이렇게 다들 죽다간, 정말 세상엔 나 혼자 남을지도 모르죠. 혹시 몰라요. 나 혼자 죽어서 하늘나라에 온 것일지도. 그럼 당신 또한 하늘나라의 주민이겠죠. 당신

---

6) 평론가 남진우가 무라카미 하루키에 대해 쓴 글 중에서.

역시 죽은 사람인 거예요. 하아…… 하늘이 저기 있는 걸 보니까, 여긴 하늘나라는 아닌 모양이군요. 그럼 지옥일까?"

"제 애인도 제 곁을 떠나갔습니다…… 죽어서."

"어떻게 죽었는지 기억하고 있나요?"

"아파트 옥상에서 떨어졌습니다. 일부러 떨어진 건지, 아니면 실수인지는 몰라요. 그녀랑 전 그때 좀 지쳐 있었고…… 누가 누구에게 잘못했는지도 잘 모르겠지만, 둘 다 어떤 문제에 시달리고 있다는 건 분명했죠…… 그녀는 심각한 불면증에 시달리고 있었어요. 잠이 안 올 때면, 그녀는 옥상으로 올라갔대요. 저 위에서 춤을 추곤 했지요. 딱 한 번 그녀가 춤추는 걸 본 적이 있어요. 균형을 잘 잡아가며 스텝을 맞췄는데, 이따금 발이 엇갈려 비틀거릴 때가 있었죠…… 아주 잠깐, 십육층 아래의 땅바닥이 그녀를 향해 솟구쳐오르는 것 같았을 거예요. 그때 어떤 생각을 했을까…… 떨어질 때에는 어떤 생각을 했을까…… 아직도 궁금하고, 앞으로도 계속 궁금할 겁니다."

"그럼 나도 사랑할 건가요?"

그녀가 일어난다. 태연한 표정으로 당신을 한 번 본 다음, 천천히 옥상 외벽을 향해 걷는다. 당신은 그녀의 뒷모습을 눈으로 따라가기만 한다. 그녀는 무릎 높이의 외벽에 발을 딛고 조심스레 올라간다. 어떤 식으로 스텝을 밟을지 잠시 망설이는 것 같다. 일단은 그냥 걷기만 한다. 밟고 있는 자리가 익숙해지자 그녀의 발걸음이 빨라진다. 리듬감이 붙는다…… 가연이 춤을 추고 있다. 이미 해가 지고 난 뒤라서, 혹시나 그녀가 실수로 외벽 너머의 어둠을 밟거나 할까봐 당신은 두려워한다. 그녀는 살아 있는 사람이 아니다. 과거와 현재와 미래를 길고긴 레이스처럼 두르고 있는, 시공을 초월한 절대적인 추억의 현현이다. 당신의 귀에 아침 햇살에 부서지는 여명(黎明)의 속삭임이 들려온다. "아마 나라면, 아무 생각도 하지 않았을 거예요."

당신은 가연의 말에 따른다. 그녀를 사랑하게 된다.

*

H워얼V

이 메시지는 거꾸로 뒤집은 다음 비스듬하게 읽어야 한다. 1) 'H우'를 180도 회전시켜 '해'로 보이게 한다. 2) 마찬가지 방법으로 'ᅥV'를 뒤집어 '사'로 만든다. 3) 마지막으로, 마찬가지 방법을 사용해 나머지 남은 글자에서 '랑'을 읽어낸다. 이제 동화책의 문장을 읽듯이 당신은 발음해본다. 사랑해. 갓 걸음마를 시작한 아이를 지켜보는 것처럼 당신은 흐뭇해진다. 사랑해. 사랑하는 연인들은 제각각 그들만의 유일무이한 종교를 갖고 있다는 옛사람의 말을 당신은 떠올린다. 사랑의 집착과 맹목, 광신을 모두 이해할 수 있게 하는 말이라고 당신은 생각한다. 가연의 메시지는 하루에도 서너 차례씩 당신의 휴대폰을 작동시킨다. 미소 담긴 메시지가 도착할 때마다, 당신은 그녀의 향기까지 전송된 것처럼 휴대폰을 코앞에 대고, 진귀한 사향 냄새를 음미하는 듯한 표정을 짓는다.

: *

가연이 키스를 보내면 당신은 휴대폰의 송화부 쪽에 입술을 가져다댄다.

:~j

　가연이 미소를 지으며 담배를 피우고 있다고 하면, 당신도 담배를 꺼내 문다.

　당신은 휴대폰을 진동으로 해놓고 그녀 몸의 떨림을 느끼기도 한다. 그렇다. 당신과 가연은 섹스를 했다. 하나가 다른 하나의 존재로 틈입해 들어가는 그 은밀하고 숭고한 의식. 마치 두 사람이 피우는 담배연기가 섞여 구별 없이 변하듯, 타액을 나누고 성기를 부딪치며 존재를 섞는다. 살아 있음을 느낀다. 정말로 살아 있음을 느낀다. 오르가슴에 이르러 찡그리는 그녀 얼굴을 바라보며, 당신은 그녀 역시 살아 있음을 느끼는 중이라고 생각한다. 삶은 박하사탕을 문 것처럼 상쾌하게 변한다.

　연애가(戀愛家)로서 당신의 삶은, 다른 사람들과 마찬가지로 처음엔 귀납법으로 시작했다. 아무것도 모르는 상태에서, 서로 부딪쳐가며 연인에 대해 잘 모르던 여러 가지 사항들을 깨닫기 시작하고, '아 이런 게 연애로구나' 하는 깨달음을 얻고, 현재의 연애가 과거형으로 변하면 다른 이성을 만나며 또다시 새로운 것을 깨닫기도 하고…… 깨달음이 멈췄을 때, 그러니까 당신이 연애의 법칙에 공식까지 곁들인 자세한 보고서를 작성하는 것을 완성했다고 생각할 때, 그때가 연애의 전환점이다. 귀납으로 작성한 보고서에 따라 당신의 연애는 연역법을 따르는 것으로 변한다. 사랑이란 이러이러한 것이므로, 이 이상의 행동 혹은 그 이하의 행동은 해서는 안 된다고 당신은 생각한다. 난 충분히 성숙했어, 난 어른이야, 라고 당신은 생각한다. 어른답게, 당신은 어렸을 때 믿었던 가치에 대해 지독한 회의를 느끼고, 또 그 가치를 열렬히 추종하는 사람들에게 실소를 보내다가도 부러움을 느낀다. 다시는 돌아갈 수 없는 순진무구함의 영역, 그곳은 당신에겐 이상향이나 마찬가지이다.

당신 옛 애인의 죽음은 당신으로 하여금 연애에 대한 탐구를 그치게 만들었다—당신은 험준한 산 중턱에 있는 연애의 도장에서 미련 없이 하산해버렸던 것이다. 당신이 하산하면서 깨달은 법칙은 자의식의 굳건한 껍질이 되어, 타인과의 관계로부터 당신을 보호해왔다. 가연을 만나자 당신은 껍질을 툭툭 쳐내기 시작했다. 가연과 섹스를 하면서, 당신은 당신의 옛사랑과 함께 갈 수 없었던 산 중턱의 은밀한 처소에 들어가는 듯한 느낌을 받았다. 제자리에서 맴도는 것은 여기까지로 충분하다. 예전의 모습으로 돌아가고 싶다. 이번엔 잘할 수 있다고 다짐한다……

다시 한번 연애의 귀납법의 길을 걸으려는 당신은, 대학 시절 '논리의 이해' 시간에 '러셀의 칠면조'에 대해 배운 적이 있다. 버트런드 러셀이 귀납법의 오류를 역설적으로 풀어내며 예로 든 것이다. 아침, 정해진 시간마다 먹이를 받는 칠면조가 있다. 칠면조는 내일 이 시간에 똑같은 먹이가 올 것이라 기대하게 되고, 추수감사절 날까지 그 기대는 계속 이어진다. 하지만 추수감사절의 아침, 칠면조는 먹이를 받는 대신 목이 잘리는 것이다……

*

가연은 조식에게 메시지를 보냈다.

*:)8 O

'난 지금 흥분했어'라는 의미였지만, 조식을 위한 메시지는 아니었다. 곧이어 다음과 같은 메시지가 도착했으니까.

:) :-*8

'섹스를 하고 있다'는 뜻이었다. 조식은, 가연이 웃으면 웃고, 키스를 보내면 키스를 받고, 담배를 피우면 역시 피울 수 있었다. '흥분했다'는 기호가 도착하면 조식의 성기는 그의 턱 아래를 겨냥한 총신처럼 딱딱하게 솟아오르기도 했다. 그러나 섹스를 따라할 수는 없었다. 가연에게서 섹스의 기호가 오기 시작했다는 것은 가연에게 다른 누군가가 생겼음을 암시하고 있었다.

*

&&

'함께 별을 보자'는 메시지는 그녀의 집에 놀러 오라는 뜻이기도 했다. 함께 이야기하고, 몸을 섞자는 기호였다. 하지만, '섹스를 하고 있다'는 메시지가 온 이후로는 더이상 오지 않는 기호이기도 했다. 조식이 같은 메시지를 보내도 응답은 오지 않았다. 그의 마음에서 의문과 질투의 거품이 서서히 끓기 시작했다. 가연의 초대를 받아 형만과 형만의 애인이라는 혜정, 재섭과 함께 모던록 공연을 전문으로 하는 라이브 카페에 가본 후에야 조식은 가연의 옆에 '누군가'가 있다는 현실을 가까스로 받아들이게 되었다.

지호라는 이름의 남자가 가연과 함께 있었다. 마치 (-: | :-)라고 표시하는 샴쌍둥이처럼 가연의 몸에 자신의 몸을 바싹 붙인 채. 그는 아직 얼굴에서 앳된 티가 덜 가신 열아홉 살의 소년이었다. 호리호리한 몸매에 꼭 달라붙는 블랙진을 입고, 거의 코끝까지 닿을 정도로 내려온 붉은 머리카락을 거의 습관처럼 이마 뒤로 쓸어넘기곤 했다. 그러면 쌍꺼풀이 약간 진 그의 눈은 자기 앞에 앉아 있는 사람을 노려보는 듯 보였다. 시선에도 소리가 있다면, 그의 시선은 공기를 가르고 귀청을 찢는 고음에 비교될 만했다. 그의 눈의 흰자위는 시릴 정도로 희고 맑았다. "쟨 눈이 참 이쁘지 않아요?" 테이블로 찾아온 지호가 공연을 위해 무대로 걸어가자 가연은 혜정에게 자랑스럽게 말했고, 혜정은 귀여운 남자애라고 거듭 말하며 신이 나 맞장구를 쳤다. 형만은 아무 말도 하지 않고 가만히 앉아서 지호가 무대에서 노래부르는 것을 감상했다. 그는 자작곡을 부르기 전에 먼저 오아시스[7]의 〈Wonderwall〉이란 곡을 불렀다. "쟤, 저 노래 내가 들은 것만으로도 세 번이나 틀렸어." 형만의 냉정한 평가였다. "사실 쟨 노래 못 불러요, 형만씨." 가연은 활짝 웃으며 아직 미숙한 후배를 예쁘게 잘 봐달라고 부탁했다.

지호는 열렬한 록음악 추종자였다. 그의 스마일리 기호는 ＝:-|였다. "그건 펑크 로커인데." 형만이 지적하자 주로 모던록을 연주하는 밴드의 보컬인 지호는 당당하게 맞받았다. "앞으론 뜻이 바뀔걸요?"

지호는 록을 제외한 다른 모든 음악—댄스, 테크노, 힙합 등등—을

---

7) 펄프(Pulp), 블러(Blur), 스웨이드(Suede)와 함께 모던록/브릿팝의 대표적 밴드로 일컬어지는 그룹이다. 특히 본고장인 영국에서 인기가 높다. 비틀스와 비슷한 의상 및 사운드로 출발해 '제2의 비틀스'란 칭호를 받기도 했다. 혹자는 이에 빈정거리기도 하지만, 리더 노엘은 "내 앨범은 다른 어떤 이의 앨범과도 다르다. 나는 비틀스와 함께니까"라고 자신 있는 발언을 하기도 했다.

상업자본이 대중들을 현혹시키기 위해 만들어낸 '쓰레기'라고 생각하며, 언더그라운드(underground)에서 온더그라운드(on-the-ground)로 진입한 로커들을 더러운 손과 결탁한 천하의 변절자라고 경멸했다. 그는 '저항' 내지 '열정의 분출'로 비유되는 록의 순수성을 믿었고, 주위에 있는 사람들과도 자신의 믿음을 공유하고 싶어했다. 공연이 끝나자 지호는 약간 쉰 목소리로 가연과 가연의 친구들 ─ 형만, 재섭, 조식 등등 ─ 에게 '진짜' 음악을 하는 사람들의 고충과 고뇌를 한 시간 삼십 분가량 토로했다. 조식은 얘기 중간에 집으로 돌아갔다. 아무도 조식을 붙잡지 않았다.

*

귀납법은 '다음에도 같은 일이 일어날 거야'라는 기대에 의존한다. 기대가 깨지면 귀납을 통해 이룩한 가설에서 벗어나, 더 유효한 가설을 찾아내기 위해 연구 방향을 수정해야 한다. 연애의 경우, 기대가 깨져 인간관계란 자기 생각대로 돌아가지 않는다는 점을 통렬하게 깨닫게 되더라도, 그건 단지 머리에 해당하는 이야기일 뿐이다. 머리는 재빨리 자신이 처한 상황을 인지하고 그에 맞춰 어떻게 해야 할지를 잘난 척하며 지시한다. 하지만 몸은 둔하게 움직인다. 상대의 체취와 체온, 목소리와 표정, 몸짓을 그대로 새겨놓고 있는 감정의 기억 창고인 몸은, 한동안 혹은 아주 오랫동안 머리의 지시를 쉽게 따르지 못한다. 기대는 알코올 중독자의 환각처럼 몸 주위를 떠돈다 ─ 전화벨이 한두 번 울리다가 뚝 끊기면 가슴이 두근거리고, 혹시 상대의 전화를 놓칠까 싶어 휴대폰의 배터리를 잘 충전시켜둔다. 인터넷에 접속을 하면서는 상대의 편지나 메모가 도착해 있길 바란다. 상대의 아이디를 조회해서 혹시나 상대의 '하고 싶은 말'에 자신을 향한 그리움이 담겨 있는지를 살피고, 상대가 현재 접속 중인지를 확인한다. 그러나 상대가 온라인에 있다고 해도, 그저 삽자루 하나로 커다란 산을 여기서 저기로 옮기는 것처럼, 아무 기대도 할 수 없는 사용자 정보 보기만 되풀이한다.

다시 같은 자리에 돌아온 것뿐이야. 조식은 '당신'에게 말을 걸며 스스로를 위로했다. 그는 목록표를 작성해 새로운 CD와 책을 사들일 계획을 세웠다. 이어폰을 꽂고 거리를 산책했다. 카페에 앉아 맥주 한 병을 시켜놓고 책을 읽었다. 인터넷에서 의미 없는 서핑과 채팅을 하거나 체스를 두었다. 게시판에는 상실의 아픔에 관한 글을 끄적거렸다.

새로 들어온 일거리는 그에게 많은 도움이 되었다. 그에게 늘 일거리를 주는 사보 편집실의 친구는 회사의 분사(分社) 정책의 결과로 회사의 사보/홍보지 발간 업무를 도맡아 하는 조그마한 법인에서 파견 근무를 하게 되었는데, 다루는 일의 양과 범위가 예전보다 두세 배는 더 늘어났다. 그래서 그는 조식에게 새로운 일을 줄 수 있었다. 백화점 각 지점의 매장마다 특색 있는 인물들을 하나씩 뽑아 인터뷰를 해서, 원고지 스무 장 정도의 분량으로 그들의 삶을 압축하는 것이 조식의 새 임무였다. 일을 하는 동안, 조식은 여성 의류 매장의 숍 마스터 하나와 친해져서…… 잠까지 함께 자는 사이가 되었다. 조식은 자신의 일과에 그녀와의 섹스 항목을 추가했다. 주기적으로 몸을 움직이며 에너지를 발산한다는 것은 등산이나 수영만큼이나 그의 몸과 마음에 이로웠다.

'당신'에게 조식은 말한다…… 당신의 삶은, 심전도계가 삐이— 하며 평평한 직선만을 그리는 것과 마찬가지다. 죽은 사람의 심전도처럼. 당신의 삶은 다시 빈틈없는 껍데기가 되어버렸다. 당신 자신마저 사랑할 수 없는 차가운 얼음덩어리. 언제 심장이 있었는지조차 기억할 수 없는, 뱀처럼 감정이 거세된 두뇌를 가진 얼음덩어리로 말이다.

불에 달군 인두로 신경을 지지는 듯한 아픔에 밤잠을 제대로 이루지 못한다는 것 외에는 일상의 평온함을 거의 완전히 되찾은 조식에게, 어느 날 형만의 연락이 왔다. "시간 있으면, 만날까요." '모나드' 답지 않게 전화로 만나자는 얘길 하다니, 하며 조식은 잠시 의외라는 듯 생각했다. '바보 같은 생각. 난 이미 모나드의 회원이 아냐.' 그는 탈퇴 신청을 한 상태였다.

형만의 용건은 가연에 관한 것이었다. 좀더 구체적으로 말하자면, 가연과 지호에 관한 것이었다. 그는 조식의 도움이 필요하다고 했다.

"조식씨도 아시다시피 가연씨는 그애와 잠깐 놀았죠…… 그런데 문제는, 그 어린애가 가연씨에게서 떨어지려고 하지 않는다는 겁니다. 자길 만나주지 않으면 자살해버리겠다고 소동을 벌이기도 했죠. 정말 죽어버리면 좋겠는데 그것도 아니고. 술 처먹고 집에 전화를 마구 걸기도 하고…… 막무가내로 집으로 밀고 들어와 노래 같지도 않은 노래를 부르고, 가연에게 강제로 섹스를 하려고 하고…… '난 네가 싫어'라고 가연씨가 말해도 그애는 받아들이지 않는답니다. '그렇다면 나에게 그 동안 했던 모든 말, 행동은 다 거짓이었단 말야? 내게 거짓말을 한 거야?' 뭐, 그애는 가연씨에게 반말을 쓰죠. 그애가 어떻게 해도 가연씨는 도망치기가 어려워요. 가연씨에겐 가족도 없고…… 자기 집을 놔두고 도망치긴 정말 어렵죠. 사실 그애에겐 가연씨네 집 열쇠가 있답니다. 가연씨가 한번 열쇠를 맡긴 적이 있는데 그때 슬쩍 복사해뒀다는군요."

"그건 가연씨가 져야 할 짐이로군요."

"가연씨는 물론 무책임한 사람입니다. 사실 자기 자신을 내팽개치듯이 살고 있지요…… 잘 아시겠지만 가연씨는 정신적으로 상당히 불안정한 상태입니다. 심한 성격장애자죠. 요즘 가연씨 일과는 정신과 치료를 중심으로 돌아가고 있어요. 신경안정제를 매일 한 알씩 먹고, 일 주일에 한 번씩 의사와 상담한다고 합니다."

형만의 말 중 '내팽개친다'는 단어가 조식의 신경에 거슬렸다.

"형만씨는 가연씨를 위해 대체 뭘 했죠?"

"그애도 '모나드'의 회원이지요…… 사실 그애만큼 문자 메시지를 잘 이용했던 사람도 없어요. 키스와 데이트…… 섹스…… 이 모든 과정을 다 문자 메시지로 해결했답니다."

형만의 말엔 자랑스러움이 깃들여 있었다. 순간, 조식에게 강력한 의심 하나가 들었다. 그는 형만에게 다그치듯 물었다.

"설마 당신이 가르쳐준 겁니까."

"그렇죠. 하지만 일단 가연씨와 사귀게 되자, 녀석은 모든 걸 다 무시해버렸습니다. 정말 그애는 가연씨를 소유하려고 들었어요. '내 것'이라고 생각했던 겁니다. 그래서…… 그애를 좀 진정시키기 위해 전 이런 말을 해줬죠. '네가 여태까지 해온 것처럼 해. 가연씨를 완전히 네 것으로 만들 수 있는 이모티콘이 있어. 넌 그걸 찾아야 해. 찾기 전까진 좀 얌전히 있도록 하고.' 하지만 그애는 배은망덕하게 굴었습니다…… '네 덕분이라고? 웃기고 있네. 가연이가 사랑하는 건 나야. 가연인 날 미치도록 사랑한다고 말했어. 난 그 말을 똑똑하게 기억해. 당신 같은 꼰대가 뭘 알아?' 이렇게 말이죠."

조식은 형만이 한심해 보이기 시작했다. 그는 형만에게 이죽거렸다.

"정말 그런 기호가 있긴 있는 겁니까? 당신은 당신이 하는 말들을 정말 다 믿는 겁니까? 만약 당신이 실체가 아닌 현상일 뿐이라면, 내가 지금 이 주먹으로 당신을 때려도 당신은 아프지 않겠군요. 한번 그렇게 해볼까요? 내기해봅시다. 만약 내가 진다면, 뭔진 잘 모르겠지만 당신의 말대로 가연씨를 도울 테니까……"

"당신이 이기면 난 뭘 줘야 할지 잘 모르겠는데요. 나와 가연씨는 모임 운영자와 회원의 관계일 뿐이에요. 당신은 가연씨를 달라고 할 수는 없어요…… 다른 원하는 게 있다면 말해보시죠. 궁금합니다. 없죠? 없는 것 같군요. 당신은 내 말을 하나도 믿지 않고 있어요. 이미 충분히 많은 것을 봤음에도 불구하고 말입니다…… 나 역시 증명을 위해 더이상의 노력을 하고 싶진 않군요."

"난 이만 나가볼 테니까 혼자 잘 놀고 계시길."

조식이 막 일어나는 틈을 놓치지 않고 형만은 자신의 말을 마무리했다.

"리얼리티는 하나의 종교입니다. 믿음으로 해결할 수 없는 문제는 없어요. 그럼 잘 가요. 다음에 보죠."

'다음번엔 정말로 네 얼굴을 부숴주지.'

그렇게 생각하며, 조식은 카페의 출입문을 주먹으로 힘껏 밀었다.

*

당신의 일기장 마지막 장은, 가연에게서 온 메시지로부터 시작한다. 가연은 지호와 어울리기 시작한 뒤에도 당신에게 메시지 보내는 것을 멈추지 않았다. 다만 집에 와달라든가, 함께 자고 싶다든가 하는 메시지만 오지 않았지, 기뻐하고 슬퍼하고 놀라워하고 화를 내고 술에 취하고……

'모나드'의 일원으로서 통상적으로 보내는 감정의 기호들은 여전히 보내고 있었다. 단지 당신이 그에 응답하지 않았을 뿐이다.

당신이 형만과 헤어지고 난 뒤 열흘쯤 지나서, 가연으로부터 온 메시지는 다음과 같다.

X-(

당신은 '모나드'의 게시판을 뒤져 X-(라는 기호의 의미를 찾아본다. '죽은 사람' 혹은 '뇌사자' '자살' 등의 불길한 내용밖에 없는 기호였다. 당신은 심상치 않은 느낌이 들어, 가연에게 연락해볼까 말까 고민하다가, 괜히 그녀에게 말려들 필요는 없다고 생각한다. 가연은 당신을 배신한 사람이다.

휴대폰 벨이 울린다. 누구에게서 온 전화인지 당신은 즉시 짐작한다. 전화를 받으니 역시 짐작대로이다.

"나…… 도와줘요."

당신은 침묵한다. 무슨 일이냐고 묻고 싶지만, 그녀 스스로 말하게 하고 싶어한다.

"그애…… 내가 방금 죽였어요. 메시지 받았으니까 알겠지만…… 제발 와줘요."

당신은 놀란다. 심상찮은 일이 생긴 것 같아도 설마 살인사건일 것이라고는 미처 상상할 수가 없었던 것이다. 소름이 바짝 돋아 당신의 몸 위아래를 훑는다. 믿을 수 없어. 당신은 중얼거린다. 가연은 그 중얼거림을 잘못 듣고서 뭐라 말하는지 잘 들리지 않는다, 다시 한번 말해달라고 간절히 애원한다.

"제발…… 당신밖에 생각나는 사람이 없어서…… 어떻게 해야 하는지……"

당신은 마치 벼랑 끝으로 몰리는 느낌이다. 하지만 당신은 겨우 힘을 내 냉정함과 초연함을 유지한다.

"나…… 옥상에서 뛰어내릴 거야…… 죽기 전에 당신이 보고 싶어서……"

쿵. 당신의 마음이 무너지는 소리. 택시비를 챙겨 서둘러 신발을 신고 택시를 잡는다. 가는 길에, 여러 복잡한 생각이 떠올라 당신을 어쩔 줄 모르게 만든다. 정말 죽였을까. 그녀는 거짓말을 한 적이 없다. 아니, 다시 당신에게 돌아오고 싶은데 당신은 그녀에게 메시지 하나 보내지 않으며 돌부처처럼 가만히 있기만 하므로, 그녀 쪽에서 일부러 거짓말을 할 수도 있다. 당신의 결론은 방금 막 해낸 추측 쪽을 향한다. 눈으로 직접 보기 전엔 가연이 사람을 죽였다는 말을 믿을 수 없다고 당신은 생각한다.

가연의 아파트 앞에 택시가 선다. 요금을 치르고 아파트 입구로 종종걸음으로 들어간다. 수위는 꾸벅꾸벅 졸고 있다. 당신이 그의 앞을 지나가도 쳐다볼 줄을 모른다.

가연이 사는 층에 내려, 초인종을 누른다. 아무 소리도 들리지 않는다. 당신은 문의 손잡이를 붙잡아 힘껏 돌려본다. 문이 스르르 열린다. 반쯤 열린 문 틈으로 바들바들 떨고 있는 가연의 모습이 비친다. 당신은 누가 볼지도 모른다는 생각에, 문을 더 열지 않고 반쯤 열린 그 틈으로 슬쩍 들어간다. 둘 사이의 거리가 좀더 좁혀지자 가연의 모습은 문 밖에서 볼 때보다 더 초췌해 보인다. 둘 사이의 공간에 어떤 기후 분포선 같은 것이 있어서, 가연 쪽은 극한의 불모 지대이고 당신 쪽은 따스한 온대 지방처럼 보이기까지 한다.

당신은 가연에게 다가간다. 한 발짝, 한 발짝. 오른쪽에 누워 있는 소년의 몸뚱어리가 시야에 들어온다. 심장이 있는 왼편 가슴에 칼이 깊숙이 꽂혀 있고, 그 주위에는 아직 응고되지 않은 핏물이 흥건하게 번져 있다. 거실엔 전등이 모두 들어와 있는 상태라, 당신은 죽은 자의 얼굴이 지호의 얼굴이라는 사실까지 분명하게 알게 된다.

당신은 납빛으로 변한 가연의 얼굴에 시선을 고정시키며 가만히 손을 내민다. 미켈란젤로의 〈천지창조〉에서, 아담에게 손을 내미는 하느님처럼. 하지만 그녀의 표정에서, 당신은 뭔가 이상한 낌새를 받는다. 그녀는 당신을 바라보고 있는 것이 아니다. 그렇다고 상상 속의 지평선을 바라보는 것처럼 먼 시선도 아니다. 갑자기 인기척을 느껴 당신은 뒤를 돌아본다. 순간 눈앞이 번쩍거린다. 당신은 기절하지 않는다. 다만, 갑작스러운 충격으로 자기를 방어할 힘을 잠시 잃었을 뿐이다.

……다시 육체가 정상으로 돌아왔을 때에는, 당신은 항거할 수 없는 처지에 이르러 있다. 당신은 베란다로 연결되는 커다란 유리문 쪽에 부드러운 면 소재의 빨랫줄에 목이 매달린 채 있다. 뒤를 돌아다볼 수는 없지만, 베란다에 있던 튼튼한 빨래걸이와 새시 등이 당신의 교수대를 만드는 데 이용된 것이라고 짐작해본다. 당신의 발 밑에는 낮은 회전의자가 있어서, 애처롭게나마 당신이 발가락 끝으로 서서 생명을 부지하게 한다. 그 의자는 그녀의 방에선 볼 수 없었던 것이다. 어디서 가져온 것인지 당신은 모른다.

그리고, 재섭이 회전의자의 손잡이를 붙잡고 언제든지 당신의 발 밑에서 의자를 끌어낼 준비를 하고 있다. 형만은 조금 떨어진 컴퓨터 책상 앞에 앉아서 키보드를 두드리고 있다. 그는 조식 쪽으로 고개를 돌려 씩 미소짓는다. 당신이 언젠가 본 적이 있었던, 아니 잊을 수 없도록 기억에 깊이 낙인된 미소다. 흘러온 시간이 뒤로 감긴다. 당신과 형만과 처음으로 마주했을 때까지 계속 감긴다. "……단순한 모나드 그 자체는 바로 휴대폰이라고." 입을 다물고 있는 형만에게서, 당신은 그때 그의 음성을 듣는다. 당시 가연은 당신 옆에 앉아 있었다…… 하지만 당신이 목매달린 지금, 가연의 모습은 보이지 않는다.

"가연씨는 지금 약 먹고 자는 중이에요."

형만이 말한다. 재섭은 가볍게 고개를 끄덕인다.

두 사람은 너무도 침착하다. 장난이 아니다. 당신은 정교한 음모의 냄새를 맡는다. 하지만 왜? 하는 의문은 쉽게 해결하기가 어렵다. 다행히도, 형만이 설명해준다.

"간단히 말해, 당신이 저애를 죽인 후 자살한 게 되는 거죠."

형만은 지호의 시체가 누워 있는 쪽을 턱으로 가리켰다.

"대체 어떻게……"

하지만 당신은 말을 잇지 못한다. 그 다음에 할 말이 대체 무엇이 되어야 할지 당신은 알 수 없다. 형만은, 마치 당신의 생각을 기다리는 섯처럼 공손한 태도를 취하고 있다. 당신은 생각한다. 가연이 지호를 죽이고, 당신이 그 죄를 뒤집어쓰게 되는 것인가. 만약 그렇다면 대체 어느 사이에, 이렇게 당신에게 살인자의 누명을 씌울 것을 계획한 것인지 당신은 알 수가 없다. 그녀의 간절한 목소리를 당신은 기억한다. 전화기를 통해 느꼈던, 극단에 부딪쳐 어쩔 줄 몰라하는 사람의 절망을 당신은 기억한다. 그것은 전부 거짓이었을까. 아니면, 당신에게 전화를 건 다음에 형만과 재섭에게 전화를 걸어 도움을 요청한 것일지도 모른다. 당신은 이 생각을 믿고 싶어한다. 형만은 재빠르게 모든 계획을 세워, 가연을 안심시키고……

"당신은 절대로 알 수 없을 겁니다."

컴퓨터를 끄면서 형만이 말한다.

"방금 당신 유서를 작성해 막 게시판에 올렸죠. 암호를 어떻게 알아냈
냐고요? 언제던가…… 여기서 당신이 모임에 접속할 때 암호를 슬쩍 봐
뒀거든요."

당신은 곧 죽게 될 것임을 확신하게 된다.

"가연은…… 가연이는 어떻게……"

자신이 무엇을 말하고 싶어하는지 알 수가 없다…… 죽음에 몰려서,
살아남고 싶다는 본능이 가연의 이름을 끌어낸 것인지, 아니면 지독한
정서불안의 가연이 앞으로 겪어야 할 시끌벅적한 뒷소문을 어떻게 감당
할지 몰라 걱정이 되어서인지, 당신은 알 수 없다.

"걱정할 것 없습니다. 어차피 그녀는 살아 있는 사람이 아니니까요."

형만의 그 말을 신호 삼아 재섭은 의자를 확 뺀다.

*

가연의 휴대폰이 삑삑거린다. 문자 메시지가 와 있다.

From : [crossed]

X-(

)-)

하지만 그녀는 고이 잠들어 있어서, 메시지를 받을 수가 없다.

마술사

남자들의 삶은 성기로 압축될 수 있겠다. 프로이트는 명민했다. 그럼 나, 혜정의 삶은 무엇인가? 자신의 몸에서 튀어나온 것은 가슴과 골반밖에 없는데. 그래서 남자들만 못하다고 평가절하되는 것일지도 모르고, 그 평가절하가 사실일지도 모르지. 하지만 정상에 선 — 비록 소수이지만 — 커리어 우먼들은 어떻게 보아야 하는가. 그녀들은 가공의 성기를 달고, 상상 속에서 자기 나름으로 삶의 궤적을 그려나가고 있는 것일까? 자신과 그들의 차이점이라면, 자신은 매번 헛스윙을 해대는 삼류 타자이고 그녀들은 정교함과 펀치력을 겸비한 홈런 타자라는 정도 아닐까?

그는 불쾌한 남자였다.

*

　지하철에 들어서자 운좋게도 은빛 가로대 옆에 비좁은 녹색 자리가 하나 얼굴을 내밀고 있었다. 혜정은 후닥닥 앉으며 한숨을 내쉬었다. 그녀 등뒤의 창 바깥에는 이미 눅눅한 어둠이 두껍게 깔려 있었다. 오늘 갑작스레 일거리를 들고 온 부장만 아니라면 이렇게 피곤하게 몸을 혹사하지는 않았을 것이다. 장시간 컴퓨터 화면을 보며 자료를 입력하고, 동료가 뽑아다준 싸구려 커피를 마시며 자료의 분석을 기다렸다가 프린트해서 상사에게 가져다주고, 그 과정을 다시 반복하고, 상사가 수정해야 할 것들을 지시하면 그 과정을 역으로 반복하는 일은 그녀의 신체에 복합적이고 다양한 통증을 가져다주었다. 어깨가 결리고 손목이 아팠다. 팔꿈치도 심상치 않았다. 콘택트렌즈를 낀 눈은 산소를 더 달라고 아우성치며 실핏줄을 그물처럼 폈다. 화장을 한 피부는 윤기를 잃었다. 화장한 지 세 시간이 지나면 화장품이 모공으로 스며들기 시작한다는 여성지의 기사가 떠올랐다. 그녀는 녹아서 물처럼 된 투명한 젤리가 얼굴에 끈적끈적하게 엉겨붙어 있는 장면을 상상했다.

지하철의 불편한 좌석에서는 앉아 있는 것도 휴식이 되진 않았다. 허리가 뻐근했다. 사무실에서는 서 있기도 고통스러웠고 앉아 있는 것도 힘들었다. 이따금 일어나 걸어다니는 것은 더 고통스러웠다. 점심을 햄버거로 때우자는 상사의 말에 모두들 한숨을 내쉬었던 것이 떠올랐다. 외모는 심드렁하게 생겼으나 내면은 성공에의 의지로 단단하게 무장한 부장이 높낮이가 없는 듯하면서도 귀에 들어와 박히는 특유의 어조로 "점심은 사무실에서!"라고 선포했을 때의 광경이 눈앞을 다시 스쳐 지나갔다. 부장이 그런 어조로 말하는 것을 계속해서 듣다보면 혜정은 꿈속을 헤매는 기분이 들었다. 지구가 멸망해도 부장과 함께 사무실에 남아서 정규 퇴근시간보다 더 늦게까지 일을 하는 꿈. 영원히 끝나지 않을 것 같은 악몽 속에서 비틀대며 헤매는 자신의 모습을 상상하자 팔에 오스스 소름이 돋았다.

물론 통증에 대해 혜정이 아무런 방비도 하지 않은 것은 아니었다. 퇴근하기 전에 화장실에서 허리를 이리저리 돌려보았고, 잡지에서 본 '견비통 물리치는 법'을 실천해보았다. 하지만 지하철에 도착하자 그 모든 비방들은 순식간에 무력해졌다. 그래서 그녀는 앞으로 반 시간 정도를 참을 수도 없고 막을 수도 없는 아픔에 시달리게 되었다.

차라리 생리기간이었으면 나았을 것이다. 생리통이란 다른 모든 고통을 다 무화시킬 정도로 강력하고도 마술 같은 고통이니까. 그것은 일에서 자신의 정체성을 찾아주는 고통이었고, 성별을 잊기 쉬운 일상생활에서 때때로 찾아오는 성희롱처럼 자신이 여자라는 것을 깨닫게 해주는 것이었다. 여자라는 것만으로는 일에 도움이 될 것도 해가 될 것도 없었다. 하지만 그녀는 자신이 여자임을 느낄 때마다, 또는 자신이 여자임을 잊고 일에 치이고 있다고 느낄 때마다, 일이나 일상생활에서 자신을 도려내는 스위치 하나쯤은 있었으면 했다.

그녀는 앉은 채로 허리를 꼼지락거렸다. 옆에는 뚱뚱한 중년 사내가 졸고 있었다. 고개를 뒤로 젖혀 살진 턱과 목을 드러내고 있는 그의 모습은 발정기 때 짝을 부르는 개구리 같았다. 술과 담배에 찌든 거무스름한 피부에는 굵은 점들이 두툴두툴 박혀 있었다. 그가 코와 입으로 숨을 내쉴 때마다 잔뜩 묵은 니코틴 냄새가 퍼졌다. 행여나 흐물흐물한 그의 두부살에 몸이 닿을까봐 혜정은 자리 끝에 붙어 있는 금속 가로대에 몸을 바싹 기댔다. 팔에 얼음이 닿는 것 같았다. 그녀는 눈을 감고 그 느낌을 지속시키려 애썼지만, 그것은 금세 사라졌다.

*

그렇게 흐릿하고 멍한 상태에서 어느어느 역에 도착했다는 방송이 몇 번 지나간 후, 그녀는 이상한 느낌이 들어 눈을 떴다. 갑작스레 다가온, 누군가 자신의 몸을 만지는 듯한 느낌이었다. 그녀는 재빨리 옆의 사내를 째려보았으나 그는 고개를 폭 숙이고 졸고 있었다. 손은 허벅지 위에 단정히 놓여 있어서, 그 손이 그녀의 몸을 더듬었으리라고는 상상할 수 없었다. 그녀는 겸연쩍어져서 다시 눈을 감았다.

　몸이 흔들렸다. 열차는 다리를 건너고 있었다. 서행한다는 안내 방송이 흘러나왔다. 아직 겨울의 기운이 다 가시지 않은 초봄의 어둠 속에서, 다리 아래로 보이는 강물은 막막하게도 검게 보였다. 그녀는 머리를 매만지며 눈을 떴다. 사람들이 흔들리고 있었다. 그녀는 서로에게 무관심한 사람들 하나하나를 훑어보았다. 그녀의 옆에서 졸고 있는 사내처럼 사람들은 쉽게 분류 가능했다. 간단하게는 성별로도 분류할 수 있었고, 나이나 직업으로도 분류가 가능했다. 저 사람은 회사원이겠지. 저 사람은 정장을 차려입었지만 풋내가 나는군. 학생이구나. 저 아이들은 싸구려 나이트클럽 앞에서 자주 보는 삐끼들이구나. 친구들과 거리를 지나갈 때 "누나 놀다 가시라니까요" 하면서 팔짱을 끼던 아이를 생각했다. 구역 다툼이었을까, 머리가 긴 남자 하나가 그 아이를 붙잡아 밀어내버렸던 것도.

　그를 발견한 것은 그녀의 시선이 제자리로 막 돌아오려고 했을 때였다. 그녀의 정면에 앉은, 일명 '깻잎 머리'라 불리는 식으로 가르마를 옆으로 붙인 여학생 옆에 한 남자가 앉아 있었다. 그게 바로 그였다. 머리는 다소 헝클어져 있고, 구깃구깃한 옷을 입고, 수염이 덜 깎인 곳을 손바닥으로 슬슬 문지르며, 언제라도 귀를 후벼팔 준비가 되어 있는 듯한 남자가 그녀를 쳐다보고 있었다. 전체적으로 평범한 인상이었지만, 야비하게 뒤틀릴 준비를 하고 있는 것 같은 입술과 흔치 않은 시커먼 눈동자가 그녀의 기분을 좋지 않게 했다. 그의 시선은 그녀의 몸 전체를 훑어내리고 있었다. 그녀는 고개를 돌렸지만, 자꾸만 그의 눈동자가 떠오르는 것은 막을 수가 없었다. 가끔 고개를 곧추세우고 그쪽을 곁눈질해보면 탐욕스러워 보이는 그의 눈동자와 마주칠 수 있었다. 그의 눈은 쳐다볼 수록 사람을 피곤하게 만드는 마력이 있는 것 같았다. 관절 마디마디가 점점 더 아파왔다. 그녀는 당장이라도 내려야겠다고 생각했지만, 남자가 앉아 있는 모습은 꼭 '전혀 서두를 것 없어요'라고 속삭이는 것 같았다.

다음 역에 도착하자 그녀는 용수철에 튕겨나가듯 빠져나갔다. 지하철 문이 닫히고 차가 다시 출발할 때까지 그녀는 가만히 서 있었다. 그리고 역 표지를 바라보았다. 그녀가 내려야 하는 역이었다.

그녀는 뒤를 살폈다. 사내는 어디에도 없었다. 안심한 그녀는 핸드백에서 신용카드 겸 교통카드가 들어 있는 손지갑을 찾았다. '어머나!'라는 말이 그녀의 목구멍에서 걸렸다. 목에 걸린 것이 있으니 기침을 했다. 그렇다고 없는 지갑이 나오지는 않았다. 지금 지하철 개찰구 앞엔 분명히 녹색 옷을 입은 할아버지가 지키고 서 있을 것이다. 그녀는 출퇴근길에 그 할아버지의 얼굴을 볼 때마다 몸서리를 쳤다. 마음이 나쁜 사람은 아니었다. 초등학생쯤 되어 보이는 아이들이 그냥 개찰구로 들어가는 것을 잡아서 일장 훈시를 하다가, 그 아이들이 쩔쩔매면서 어떤 이유를— 분명 거짓말이겠지만—대면 무료 승차권을 얻어다주기까지 하는 할아버지였다. 하지만 젊은 그녀에게 그렇게 생명의 불꽃이 꺼져가는 유기체는 흉물스러운 것이었다.

하여튼 그녀는 계단을 올라갔다. 사람들이 드문드문 나가는 중이라서 어떻게 묻어나가볼 방법은 없는 것 같았다. 그녀는 낙담했다. 어쩔 수 없이 그 할아버지에게 통사정을 해봐야겠다고 생각하면서 그녀는 될 수 있는 한 태연하게 앞으로 나아갔다. 그런데 누가 등을 두드렸다. 친구나 친지라면 구원이 되겠다, 라고 생각하고 활짝 웃으면서 몸을 돌렸다. 그러나 다시 반대방향으로 몸을 돌리고 싶어졌다.

아까의 그 사내가 웃으며 서 있었다. 그녀는 적잖게 겁이 났다. 가까이

서 보니 덜 깎인 수염은 날이 나쁜 면도기를 써서 그런 것 같았다. 턱과 뺨 군데군데 상처 자국이 있었다. 아까보다는 조금 덜 불쾌했지만, 여전히 호감이 가는 상대는 아니었다.

"표가 없으신 것 같은데요?"

그가 묻자, 그녀는 놀랐다. 당신이 내 지갑을 슬쩍했느냐는 말이 반사적으로 목구멍까지 울컥 올라왔다가 슬그머니 내려갔다.

"다행히도 저에게 교통카드가 하나 더 있군요. 이걸로 나가시지요."

그러면서 그는 여러 사람 손을 거친 듯 글씨가 일부 지워진 낡은 교통카드 한 장을 건넸다. 그녀와 함께 개찰구로 가면서 그는 지하철에서 지갑을 잃어버린 사람들에 얽힌 일화 몇 개를 들려주었다. 그녀는 그의 손에 들린 또 한 장의 카드가 혹시 자신의 것이 아닐까 의심했다. 연한 회색빛이 도는 것이 그녀가 쓰는 'e퀸즈 카드'와 똑같았다. 하지만 그가 자꾸만 말을 거는 바람에 그녀는 확인해볼 기회를 놓쳤다. 게다가 손까지 빼앗겼다. 개찰구를 나오자마자 그는 그녀에게서 카드를 건네받는 척하며 손을 꼭 잡았다. 그녀는 목까지 붉어졌다. 보통 이상의 외모와 스물네 살이라는 나이에 어울리지 않게 그녀는 아직 남자와 자본 경험이 없었다. 가장 깊은 관계를 가졌던 남자와도 손을 잡거나 팔짱이나 껴본 것이 고작이었다.

하지만 그 남자가 그녀의 손을 잡았을 때 그다지 놀란 것은 아니었다. 얼굴은 여전히 붉은 상태였지만 그가 앞장서 가며 그녀의 손을 놓지 않는 것에 대해서 역시 놀라지 않았다. 그녀는 왜 자신이 놀라지 않는지는 몰랐지만, 그 이유를 전혀 모르는 것에 대해서도 역시 놀라지 않았다. 무슨 까닭인지 그것은 아주 당연한 것처럼 보였다. 마치 아버지가 딸을 이끄는 것처럼, 오빠가 동생을 데리고 다니는 것처럼. 물론 불쾌한 느낌이 아주 사라진 것은 아니었다. 비린내 나는 생선 내장처럼 진한 그의 검은 눈동자는 여전히 호감을 주지 못했다. 그렇다고 깎다 만 수염이 매력적인 것도 아니었다. 야비해 보이는 입술 모양 역시 마찬가지였다. 저런 입술에 키스를 당했다가는 내 입술이 잘려나갈지도 몰라, 그녀는 생각했다.

"내 이름은……"

그는 자기 이름을 말했다. 그러나 더이상 말을 하진 않았다. 그녀도 말하지 않았다. 둘은 그녀의 집을 향해 걸었다. 지나가는 행인들은 둘을 연인 사이로 생각했을 것이다. 남자 쪽은 자신의 연인에게 오만하다 싶을 정도로 자신만만하고, 여자 쪽은 상대방에게 언제나 수줍고 긴 말을 하지 못하는 그런 사이로. 남자는 키가 컸으며 여자는 그다지 크진 않았지만 날씬했다. 둘은 사람들 사이를 이리저리 비키며 걸어갔다. 바람에 따라 잎이 휘날리고 떨어지듯, 사람들은 휘날려다니고 서로 부딪쳤다. 변덕쟁이 신에게 스스로를 제물로 바친 듯, 행인들은 아무런 규칙도 없고 질서도 없이 떠다니는 것 같았다. 연인들마저도 접촉과 충돌을 혼동했다. 키스를 하려고 했는데 이가 부딪쳤고, 부드럽게 감싸쥐는 한 손은 잡힌 손에 거친 자국을 남겼다. 사람들의 움직임이 긴장과 이완을 단속적으로 반복했다.

하지만 둘은 그렇지 않았다. 혜정, 그리고 방금 전에 이름을 말한 바로 그 남자. 그는 혜정을 그녀의 집까지 인도하는 중이었고, 혜정은 그의 인도를 따르는 중이었다. 그들 둘만이 빙판 위에서 스케이트를 신은 것처럼 거리를 지켜갔다.

아파트에 도착하자, 혜정은 걱정이 되었다. 이 년 동안 같은 아파트에 살면서 낯이 익을 대로 익은 수위가 마음에 걸렸던 것이다. 그녀가 남자와 함께 집에 들어가는 모습을 보면 그는 뭐라고 생각할까? 그리고 아파트에 사는 말 많은 아주머니들이 그 소식을 듣거나 혹은 그 '소식'을 직접 목격한다면 아파트 내에서 자신의 처지는 어떻게 될 것인가? 하지만 그녀를 인도하는 것은 그였다. 그는 그녀를 앞장세웠지만 그녀의 손을 놓은 것은 아니었다.

그녀는 제발 아는 사람 중 누구도 만나지 않기를 빌었다. 그러나 그녀의 염원에도 아랑곳 없이 아파트 수위가 나타났다. 머리가 벗겨지고 허탈한 노년의 웃음을 잘 짓곤 하는 남색 제복을 입은 키가 큰 사람이었다. 수위는 그녀를 보고 막 웃으며 인사하려 했다. 아마 '이제 들어오는군요' 쯤 말하려 했겠지, 멍한 그녀의 머릿속에 희미한 생각이 스쳐 지나갔다.

하지만 수위는 얼굴을 조금 찡그리며 가만히 서 있었는데, 그것은 그녀가 남자와 함께 돌아오는 모습이 부도덕해 보여서도, 놀랍게 보여서도 아니었다. 단지 목구멍이 막혔을 뿐이었다. 이름을 말한 그, 혜정의 손을 붙잡고 있는 그는 수위의 옆을 지나면서 그의 어깨를 툭 쳤다.

수위가 숨 하나를 토해냈다.

*

말을 좀더 구체적으로 할 수 있는 다른 여자들은 이를 일컬어, '내 자신의 의지가 남김없이 사라진 것 같다'라고 말할 것이다. 그녀에게 이에 동의하냐고 물어본다면 분명 그렇다고 대답했으리라. 그녀는 그의 의지에 전혀 복종하고 싶지 않았고, 시간이 흐름에 따라 그에게 호감을 가지게 된 것도 아니었다. 그는 시종일관 불쾌한 존재였고, 그녀에게 손을 댔을 때는 더욱더 불쾌했다. 그는 그녀의 귀에 대고 여러 가지 음탕한 말을 지껄였는데, 그중에는 그녀가 모르는 나라의 말도 있었다. 그녀는 여러 외국어의 발음과 억양을 대충 알고 있었지만 그중 어떤 것도 그 말과 닮지 않았다. 그의 말은 외국인이 다른 나라의 말을 갑작스레 많이 익힐 때 나타나는 어색한 분위기를 띠고 있었다. 그리고 그의 발음에서는, 갑작스레 학습된 그 말이 음란한 욕이라는 암시가 떠돌았다. 성적인 냄새가 물씬 풍기는 그 발음 자체가 바로 애무였으며, 그것은 축축한 파충류 냄새를 내며 그녀의 몸을 감쌌다.

하지만 그녀는 아무런 반항도 할 수 없었다. 만약 그를 강간죄로 고소한다 해도, 그는 하등 죄를 저지르지 않았다는 것이 드러날 것이다. 강간이나 화간이냐 — 그녀는 남자를 끌고 자신의 아파트까지 갔으며 이웃집에는 그녀가 반항하는 소리 따위는 들리지 않았다. 더구나 그녀의 몸에는 아무 상처도 없었다는 사실까지 곁들여서, 그녀는 신문 가십란에 '모 여인(24)'으로 등장하는, 흔하고 파렴치한 존재로 남을 것이다.

*

아침에 출근할 때 그녀는 더이상 처녀가 아니었다. 어렸을 때, 처녀란 추상적인 개념이었다. 스스로는 다 컸다고 믿고 있었으나 실지로는 여전히 덜 여문 과일이었던 대학 시절에는, 처녀란 결혼 전까지 반드시 지켜야 할 성배 같은 것이라고 생각했다. 그리고 처녀를 잃고 난 지금, 거울 속에 드러난 자신의 모습은 마치 사산아를 낳아버린 여자처럼 보였다. 그녀는 침대 시트에 자신의 피가 묻은 것을 발견했다. 말로만 듣던 처녀의 증거였다. 생각보다는 덜 선명했다. 코피를 쏟은 것 같았다. 그 피의

대가로 그녀는 전날 밤에 자신의 성기를 자신의 몸과 분리해서 생각하는 방법을 배웠다. 그는 그녀의 몸 위에 올라타는 것만으로는 만족하지 않았다. 그녀를 자신의 몸 위에 올려놓고 마구 흔들어댔다. 그녀는 눈을 감고 자신이 아직도 지하철을 타고 퇴근하는 중이라고 스스로에게 암시를 걸었다. 하지만 그 암시가 완성되기 위해서는 단 하나의 조각이 빠져 있었다. 바로 그녀의 성기였다. 성기의 입출력은 떨쳐버리기 힘든 느낌이었다. 좋았는지 싫었는지는 잘 기억나지 않았다. 그녀는 그래서 죄의식을 느꼈다. 처녀를 잃을 때는 그다지 좋아해서도 안 되고 오히려 아파야 한다는 생각을 은연중에 하고 있었기 때문이었다. 첫날밤인데 아무런 충격도 느끼지 않다니, 나는 창녀일까? 그녀는 스스로에게 자문했다. 소설이나 영화 속의 창녀들이 괴성을 질러대며 헉헉거리는 모습이 떠올랐다.

아침에, 그녀는 그를 볼 수 없었다. 그러나 그의 구두는 여전히 현관에 놓여 있었다. 방 두 개짜리 집이니 나머지 방에 처박혀 있을 가능성이 높았다. 하지만 그녀는 그를 보고 싶지 않았다. 자신의 몸을 제물 삼아 하룻밤 즐겼으니, 그걸로 만족하고 어서 나른 곳으로 사라져버리기를 바랐다.

화장이 잘 먹지 않았다. 이것이 달라진 점인가, 생각하면서 그녀는 아침을 거르고 출근했다.

*

그녀의 세상은 넓어졌다. 전날까지의 세상은 반쪽짜리에 불과했다. 회사에 출근해 일을 하면서, 동료 남성들을 마주칠 때마다 인사를 하면서 그녀는 어제의 일을 생각했고, 그들이 알아차리지 못할 정도로만 몸서리를 쳤다. 그 동안 몇 번 동료 사원들의 데이트 신청을 거절한 적이 있었는데, 그것은 한동안 아련한 아쉬움으로 남아 있었다. 하지만 이제 그녀의 이 확장된 세상 속에서 그것은 현명한 처사였다고 기록될 것이다. 사실 그녀는 강제로 성교를 당한 것이므로 당분간은 남자들에게 적개심을 품거나 적어도 혐오감 같은 것을 느끼는 것이 당연했다.

그녀는 결혼이란 어떤 것일까 생각했다. 여성잡지에 매달 특집으로 나오는 '굿 섹스 가이드'류의 기사에서 읽었던, 가끔 보는 미성년자 관람불가 영화의 한 장면 정도로만 떠오르던 성교와 결혼생활의 모습들을 다른 시각에서 반추해보았다. 불감증에 시달리는 여자들이 많다는데, 자신도 결혼을 했다면 그러지 않았을까 생각했다. 평생을 불감증에 시달린다면 결혼생활이란 과연 어떨까도 생각해보았다. 남편이 가쁘게 숨을 내쉬고 널브러지는 모습을, 그와 평생을 살기로 맹세한 아내의 입장에서 가만히 두고 볼 수는 없지 않을까? 그래서 억지로 신음 소리를 흉내내고, 그럼 남편은 그것을 보고 자신이 뭔가 해냈다는 성취감을 갖겠지. 만약 그렇게 못 한다면 ─ 꽤 많은 가정들에서 그렇듯이 ─ 남편은 자신감을 잃고 소심하게 지내겠지. 그렇게 보자면 남자들의 삶은 성기로 압축될 수 있겠다. 프로이트는 명민했다. 그럼 나, 혜정의 삶은 무엇인가? 자신의 몸에서 튀어나온 것은 가슴과 골반밖에 없는데. 그래서 남자들만 못하다고 평가절하되는 것일지도 모르고, 그 평가절하가 사실일지도 모르지. 하지만 정상에 선 ─ 비록 소수이지만 ─ 커리어 우먼들은 어떻게 보아야 하는가. 그녀들은 가공의 성기를 달고, 상상 속에서 자기 나름으로 삶의 궤적을 그려나가고 있는 것일까? 자신과 그들의 차이점이라면, 자신은 매번 헛스윙을 해대는 삼류 타자이고 그녀들은 정교함과 펀치력을 겸비한 홈런 타자라는 정도 아닐까?

그녀의 세상 한편에 남자들이 줄지어 서 있고, 다른 한편에 여자들이 있었다. 마치 지하철 개찰구를 통과하려는 모습 같았다. 그녀는 그 질서 정연한 모습 속에서 외톨이가 되어 있었다. 더이상 처녀가 아니라는 자의식 때문일까? 사람은 누구나 자신의 우주에서 산다.

점심시간엔 여사원들끼리 몰려나가서 점심을 먹곤 한다. 그녀도 오늘 일부러 그 무리에 꼈다. 그것도, 남자를 많이 사귀기로 유명한 — 물론 직장 내 연애는 사절이라고 한다 — 수연 옆에 바짝 붙어서. 그녀는 여상을 나왔고, 전화 받기와 커피 나르기의 일인자였다. 그녀는 분명히 처녀가 아니라고 들었다. 여자들끼리의 음담이야 남자들의 그것보다야 덜 노골적이지만, 그래도 나올 것은 다 나오게 마련이다(이것은 남성과 여성이 할 수 있는 짓에는 한계가 있다는 의미로도, 잘만 하면 해석이 가능하다). 예전에 성에 대한 이야기가 나왔을 때 수연이 처녀가 아니라는 것은 확실히 귀담아들었다. 수연은 남자들을 품평했는데, 이것은 남자들도 곧잘 하는 짓이다. 그녀는 근육의 크기를 재었으며 남자의 신체 사이즈에 관심이 많았다. 그녀의 이야기 속에서는 장부에 기재되는 것같이 남자의 미가 분류되고 체계적으로 정리되었다. 혜정에게야 당시 남자란 구름을 뭉쳐 만든 조각상 같았으니 그렇게 실감이 나지 않았다. 하지만 이제는 수연의 말이 어느 정도 이해가 갔다.

하지만 수연과 그녀의 친한 비(非)처녀들은, 오늘따라 혜정이 듣고 싶은 이야기는 한마디도 하지 않았다. 이제 그런 얘긴 꺼내지 말자는 암묵적인 합의라도 한 것 같았다. 어렵게 어렵게 식사를 고르고, 음식이 나오기까지 수다를 떨면서 시간을 보냈는데, 이를 답답하게 여긴 것은 혜정 혼자밖에 없었다. 밥을 먹으면서 — 혜정은 된장찌개를 먹었는데 — 음식이 뜨거워 먹지 못하겠다고 느낀 것도 혜정 혼자였다. 다들 뭐가 그렇게 즐거운지 웃기에 바빠 음식엔 하나도 신경 쓰지 않는 것 같았다. 그러나 모두들 자신이 주문한 것은 다 해치웠고, 음식점 주인에게 식권을 내고 선 춤이라도 출 기세로 몸을 살랑거리며 나갔다. '봄처녀' 라는 말이 실감이 났다.

사무실의 남자들도 봄을 타는 것처럼 보였다. 나른한 봄부터 생명이 솟아나기 시작하는 봄까지. 다만 생명이 솟아나는 기운은 소수의 젊디젊은 남자 사원에게서만 느껴졌고, 나머지는 춘곤증에 시달리는 축 늘어진 봄이 주종을 이루었다. 하여튼 봄은 봄이었다. 여자들은 살랑거리고 남자들은 축축 늘어져도 봄을 부정할 수는 없었다. 뭐든지 약동하고 태어나기 전에는 전조를 보이는 법이다.

*

혜정은 집에서 벗어날 수 없었다. 회사에서 돌아오는 그녀를 그는 냄새가 독특한 담배를 피우며 소파에 다리를 꼬고 앉아 기다렸다. 그는 곧 그녀 집의 일부가 되었다. 그녀는 옷을 갈아입으면서도, 목욕을 하면서도, 식사를 하면서도, 화장을 하면서도, 휴대폰으로 부모님이나 몇 안 되는 친구들과 통화하면서도 늘 그의 시선을 의식해야 했다. 집의 일부가 되긴 하였으나 그는 장식장이나 텔레비전, 화장대 등의 가구와는 달랐다. 오히려 집 자체가 되어서 그녀를 굽어보는 것 같았다. 그는 혜정을 얼렀고, 달랬으며, 명령하고, 감시했다. 그녀는 이제 그 앞에선 어떤 것도 부끄럽지 않았다. 그가 포르노 영화에서나 볼 수 있는 여러 행위를 요구해도 그녀는 주저하지 않았다. 딱딱하고 뜨거운 그의 성기를 입에 물고 움직이다가 다른 생각을 하면 그가 핀잔을 주었다. 그럼 그녀는 다른 생각을 접어두고 오직 주어진 의무에만 몰두하는 것이었다. 그녀는 자신의 자아가 송두리째 뽑혀 재조립된다고 느꼈다. 처녀를 잃었을 때 성기로 느꼈던 것이 이제 입으로 느껴졌다. 쌉싸름한 정액이 입 안에 쏟아지는 것을 느끼며, 그녀는 옆으로 쓰러져 잠이 들었다. 그가 그녀의 항문에 삽입을 했을 때도 마찬가지였다. 어디에 삽입을 당하든 간에 느낌은 똑같았다. 이런 느낌은 그녀의 몸 전 지역으로 확산되었다. 그는 혜정의 몸의 지도를 가지고 한 곳 한 곳 점령해나가는 것 같았다. 한 곳을 점령하는 데 열흘 정도가 걸렸다.

사람은 기계가 아니다. 더군다나 매일 매순간 섹스만 생각하는 기계는 결코 아니다. 혜정 역시 완벽하게 조련된 것은 아니었다. 이따금 그에게 삽입을 당하며 다른 생각을 하기도 했다. 그럴 때면 따귀를 맞고 엉덩이를 허리띠로 맞는 일도 있었다. 그는 점점 거칠어졌다.

그가 온 지 한 달이 지났다. 그녀는 친지들이 자기가 남자와 함께 산다는 걸 눈치챌까봐 두려웠다. 그녀는 어머니가 집에 오겠다는 것을 말렸으며, 친구들이 그녀의 집에서 생일 파티를 열어주겠다는 것도 거부했다. 가급적이면 완곡히 거부하려고 했지만 모두들 기분 나빠했다.

다행스럽게도, 매일 마주치는 수위는 그의 존재는 까맣게 잊기라도 한 듯 그녀를 대했다. 아니, 까맣게 잊었을지도 몰라, 그녀는 생각했다. 종종 마주치는, 그녀와 인사를 나누는 이웃들 역시 예전과 다를 바 없었다. 그녀는 사람들이 꽤 무신경하다는 것을 실감했다. 분명 그녀가 남자와, 그것도 벌써 한 달째 함께 지내는 중이라는 것을 안다면 다들 입방아를 찧고도 남았을 것이다. 그녀를 향해서도 예사롭지 않은 눈길을 거두지 않았을 것이다. 하지만 아직 아무 일도 없는 것 같다.

그녀는 아파트 단지 내에 있는 대형 슈퍼마켓에서 장을 보았다. 그가 고기를, 그것도 거의 날것으로 많이 먹기 때문에 식비가 많이 들었다. 아직까지는 월급에 여유가 있었다. 야채 등 찬거리를 사 돌아가다가 참치 통조림을 사는 것을 잊어 편의점에 들렀다. 계산을 하려다가, 계산대 뒤편에 진열된 담배에 눈길이 갔다. 그녀는 담배도 한 갑 샀다. 그가 피던 독특한 향의 담배가 어떤 것일까 궁금해하면서. 하지만 점원의 무덤덤한 얼굴은 아무런 답도 내놓지 않을 것 같았다.

반찬거리가 가득 든 바구니를 들고 힘겹게 걸어가고 있는데 뒤에서 누가 그녀를 불렀다. 이제는 뒤에서 누가 부르면 겁부터 났다. 그녀는 천천히 뒤를 돌아보았다. 낯익은 얼굴이 웃고 있었다. 옆집에 사는 대학생이었다. 키는 작고 얼굴이 하얀 남자였다. 그녀가 어색하게 답례하며 다시 발길을 옮기자 그는 얼른 그녀의 옆에 따라붙었다.

"이리 주세요. 제가 들어드릴게요."

사양도 하기 전에 그는 장바구니를 빼앗아 들었다. 그녀는 그의 이름을 떠올리려 애썼다. 분명 그 이름을 들은 적이 있었다. 형만이었다. 그녀는 무슨 말이든 한마디 건네야겠다고 생각했다. 그의 이름을 혀끝에 장전하고, 할말을 떠올리려 했다. 결국 튀어나온 말은 "안녕하세요, 형만 씨"라는 인사였다. 그는 다소 놀란 듯한 표정을 지으며 이것저것 주절거렸다. 하지만 혜정에게는 아무것도 들리지 않았다. 예전에도 그와 얘기하고 나면 무엇을 들었는지 하나도 기억나지 않았던 것이 생각났다. 마치 언어로 그녀를 강간하는 듯했다. 이쪽에서 말할 기회는 조금도 주지 않고, 자신의 말만 실컷 떠들다가 가버리곤 했다. 뭔가 맞장구를 쳐야 할 것 같아서 얘기에 하나쯤 끼워넣을 소재를 찾고 있노라면 그는 다소 징

그러운 미소를 지으며 "왜 가만히 있어요?" 하고 채근하곤 했다. 다른 때는 그럭저럭 봐줄 만했지만 지금은 정말 징그러웠다.

"저……"

형만은 서두를 이렇게 꺼냈다. 이번에 쏟아놓고 갈 얘기는 무엇일까?

"집에 같이 사는 남자가 누구지요?"

혜정은 그가 눈치채지 못할 만큼 아주 잠시 걸음을 멈췄다.

"꽤 오래 지내는 것 같아서요. 애인인가요? 집에 들어가는 것은 보였는데 바깥에는 한 번도 나오지 않더군요. 아, 물론 제가 집에 있을 땐 한 번도 나가는 것을 보지 못했다는 거죠. 저보다 잘생겼어요? 아참, 이런 말 하면 실례가 되나요? 하하하. 제가 원래 그렇잖아요. 그런데…… 아니다, 남자 직업이 뭔지 궁금했거든요. 카피라이터? 소설가나 시인? 카피라이터는 한 달에 얼마나 벌어요?"

……등등 형만은 끊임없이 조잘대었다. 혜정은 짜증이 났다. 장바구니를 빼앗아 집으로 달려가고 싶었다. 이 사람보단 차라리 그가 낫지. 하지만 그가 더 낫다고 생각되는 이유라는 것도, 그에겐 이미 익숙해질 대로 익숙해졌다는 것뿐이었다.

혜정에게는 말할 기회도 주지 않으면서 많은 남자들은 그녀를 보고 순수하다든가 멍청하다든가 하는 평가를 내렸다. 두 번 정도 얼굴을 본 어떤 남자는 전화를 걸어 그녀에게 사랑한다는 말을 했다. 하지만 그녀에게서 별 반응을 얻지 못하자 만남을 주선한 그녀의 친구에게 자신의 사랑이 너무도 힘들다고 고백했다. 혜정은 너무 순수한 아이라 어찌할 수가 없다는 게 그 이유였다. 그렇게 힘든 사랑을 하던 그 남자는 지금 어디로 갔을까? 그녀가 옛정에 호소하며, 그리고 그녀의 순수함을 일깨우며 자신을 도와달라고 부탁한다면 현재 어디에 있건 이유를 불문하고 달려올까?

그녀는 형만에게서 장바구니를 빼앗아 들려고 했다. 하지만 그는 그럴 기회도 주지 않고 먼저 그녀에게 바구니를 쥐어주며, 그녀의 손가락을 살짝 만졌다. 집으로 들어가는 그의 뒷모습을 보며, 그녀는 제발 그가 입방아를 찧지 않았으면 했다.

*

언젠가부터(그를 만난 지 한 달 뒤. 그녀의 모든 지점이 정복당한 이후) 그녀의 몸 위에 올라오는 것이 그 하나뿐은 아니라는 것이 느껴졌다. 처음엔 불이 꺼지고 누군가 숨을 헐떡이는데, 숨결에서 나는 냄새가 그의 것인지 아닌지 분간을 할 수가 없었다. 둘 다 땀투성이가 된 후 그녀는 자기도 모르게 돌아누웠다.

이번엔 반드시 남자 얼굴을 확인해봐야겠다고 그녀가 결심했을 때는, 이미 그가 사실을 보여주려고 결심했을 때였다. 이제 불은 꺼지지 않았다. 낯선 남자가 실실 웃으며 그녀에게 다가왔다. 어디선가 그의 시선이 느껴졌다. 그녀와 낯선 남자 사이에 그가 있다고 느껴졌다. 낯선 남자는 그녀의 구멍이라는 구멍은 모두 채워주고 싶어했다. 그녀는 남자의 욕망이 그렇게 길게 지속되는 것인지를 처음으로 알았다. 나이를 먹을수록 잘 되지 않는다면서 고개를 저을 만한 나이와 몸매를 가진 남자들이 그녀 위에서 서너 차례 절정에 오르고는 곧 사라졌다.

그녀는 인기가 있는 것 같았다. 보통 창녀들과 하는 것보다는 값이 훨씬 비싸긴 하지만, 그녀는 진짜로 성교를 즐긴다는 것이었다. 창녀들은 무덤덤하게 일을 하기 때문에 재미가 없다고 남자들은 말했다. 그들이 사무실에서 일을 하는 것처럼 창녀들은 침대 위에서 일을 하는데, 그들이 죽지 못해 일하는 것과 같이 창녀들도 그렇게 일을 한다는 것이다.

하지만 그녀는 달랐다. 불을 켜고 성교를 하면서부터 그녀의 의식은 점점 명료해졌고 그녀 자신의 정체성을 느낄 수 있었다. 그녀의 몸에 들어오는 뜨겁고 딱딱한 성기는 가끔 생리통과 유사한 통증을 안겨주었다. 그녀는 외로웠으며, 바깥에서 남자들이 그에게 돈을 건네주는 소리를 들으면서 더욱 외로워졌다. 그녀는 사람과 사랑이 필요했다. 하지만 그녀 주위엔 아무것도 없었다.

그녀가 몸을 팔면서부터 그가 그녀를 건드리는 횟수는 점점 줄어들어 결국 영(0)이 되었다. 때리지도 않고 욕을 하지도 않았다. 대신 그가 직접 그녀의 몸을 씻겨주었으며 향수와 속옷을 골라주었다. 그녀는 가터벨트를 매고 호크가 앞에 달린 브래지어를 착용했다. 하이힐을 신고 침대에 드러누워 있기도 했다. 살짝 스치기만 해도 묻어날 정도로 진하게 화장을 하기도 했다. 그는 손님들에게 환상을 제공했다. 그녀는 교복을 입고 엎드리라는 주문도 받았으며, 강간을 당해달라는 주문도 받았다. 손님들의 요구는 정말 다양했다. 어떤 사람은 일부러 생리중일 때를 원하기도 했다. 생리혈이 성욕을 자극한다는 것이었다. 그녀는 시트 군데군데 피를 묻혀가며 땀을 흘렸다. 한번 그러고 나서부터 그녀는 생리의 아픔이 어떤 것인지도 잊어버렸다.

이런 현실에 그녀는 곧 적응했다. 그러나 그녀의 명료한 자의식은 끊임없이 불쾌하다, 불쾌하다고 속삭였다. 혜정의 그런 기분을 알았는지, 그는 그녀를 불러 비디오 하나를 보여주었다. 여타 포르노와 다를 바 없었지만 화면의 얼굴이 눈에 익었다. 화면 속의 여자는 혜정이었다. 그녀의 얼굴이 확 달아올랐다. 그는 화면 속의 어떤 남자처럼 실실 웃고 있었다. 변화구에 속아 헛스윙해버린 야구선수처럼 혜정은 자신이 엄청난 착각을 해왔음을 깨달았다. 그 동안 느꼈던 정체성은 거짓이었다. 진실은 바로 화면에 있었다. 그녀가 주문을 얼마나 잘 이행하는지 화면에 그대로 나타나고 있었다. 야수처럼 울부짖고 신음 소리를 참느라 얼굴을 찡그리는 그녀, 그녀가 화면에 나타나 있었다.

"저게 네가 모르던 진짜 네 모습이지."

담배연기를 내뿜으며 그가 말했다.

*

그녀의 세상에 변화가 닥쳤다. 얼마 전까지만 해도 그녀에게 세상은 집과 집 바깥으로 나뉘어 있었다. 이제 그 경계는 무너져버렸다.

형광등 불빛을 받으며 넥타이를 푸는 남자는 너무 낯이 익어 물러터질 정도였다. 그도 놀라는 표정이었다. 바로 같은 부서에서 근무하는 남자 사원이었다. 그녀보다 입사가 늦어서 그녀보고 '선배'라고 부르며 알랑거리던 바로 그 남자였다. 그의 이름은 재섭이었다. 혜정보다는 그가 상황에 훨씬 빨리 적응했다. 그는 전혀 서두를 것 없다면서 옷을 벗었다. 혜정은 여전히 뻣뻣하게 굳어서 누워 있었다. 곧 닥쳐올 그의 손길을 기다리면서.

그녀의 몸에 올라탄 그의 표정은 악의 넘치는 장난꾼의 그것이었다. 그녀가 얼굴을 찌푸린 채 누워서 몸을 움직이자 그는 더욱더 빨리 움직였다. 그녀의 몸 곳곳을 만지면서 계속 속도를 높이자, 그녀의 반응은 예상대로 바뀌었다. 목에 힘줄이 툭 불거져나왔고 두 손은 침대 시트를 잔뜩 움켜쥐었다. "더! 더!" 하고 외치며 엉덩이를 위아래로 흔들었다.

이렇게 저렇게 일이 다 끝난 다음, 재섭은 담배를 피우면서 여러 가지 얘기를 했다. 당신을 좋아했 '었' 다는 둥, 당신은 괜찮은 여자로 평가받았 '었' 다는 둥. 그러면서, 내일 같이 출근하는 게 어떻겠냐는 말까지 했다. 그녀는 이불로 몸을 감싼 채 바깥으로 뛰쳐나갔다. 마루에 서서 담배를 피우고 있는 그를 보고 그녀는 소리를 지르며 달려갔다. 한 방 먹이고 싶었지만 막상 그 앞에 서자 꼼짝도 할 수 없었다. 그는 어깨를 으쓱하면서 말했다.

"저 사람도 손님이야. 남자고. 네가 저 사람을 받아들이지 못할 이유가 뭐 있지?"

하지만 그는 같은 회사 동료고, 내일 회사에 출근하면 그녀의 자존심은 어떻게 될 것인가? 제발 같은 회사 사람은 데려오지 말라고 그녀는 통사정했다.

"하지만 어떻게? 손님 데려오면서 명함이라도 확인해봐야 한단 말이야?"

그녀는 할말이 없었다. 그녀에게는……

*

그녀는 회사 화장실에서 세수를 했다. 거울을 보며 립스틱을 발랐다. 기분이 좋지 않아 식사도 제대로 하지 못했다. 동료 여사원들이 안색이 좋지 않다고 걱정을 해주었다. 그녀는 뭐라고 대답해야 할지 몰랐다.

그녀는 재섭이 방에 들어오는 순간, 자신이 누구인지를 확실히 깨달았다. 그는 이모저모로 그녀의 정체를 그녀 스스로 깨닫게 해준 셈이다. 그녀는 WXY화학의 평사원이었다. 그리고 재섭은 그녀보다 몇 달 늦게 들어온 평사원이었다. 이전까지 둘의 사이는 평사원-평사원으로 정의할 수 있었다. 그러나 이젠 아니었다. 그것은 창녀-손님이나 남자-여자의 관계로 대치되어버렸다. 그녀는 걱정이 되었다. 그가 술자리 등에서 혜정의 비밀을 폭로해버리면 어떻게 될 것인가. 회사 내에 소문이 퍼지고 사내에서 마주치는 사람마다 사표 안 내고 뭐 하고 있느냐는 식으로 그녀를 쳐다볼 것인가?

립스틱을 다 바른 혜정은, 거울을 우두커니 바라보며 처량한 자신의 얼굴에 연민을 느꼈다. 집게손가락으로 한쪽 볼을 눌러보았다. 볼이 폭 들어갔다. 손가락을 떼자 다시 원상태로 돌아왔다. 다른 쪽 볼을 눌러보았다. 마찬가지였다. 그녀의 탄력 있는 젊은 가슴은 힘차게 브래지어를 밀어내고 있었다. 그녀는 어떻게 해서 그를 만나게 되었는지, 왜 그가 그녀를 골랐는지, 그녀는 왜 그의 말에 따라야 하는지를 생각했다. 여기까지 생각하다보니 머릿속이 아득해졌다.

갑자기 씩씩거리며 누군가 나타났다. 깜짝 놀라 화장실 입구 쪽을 보는 순간, 그는 그녀의 입을 막고 그녀를 구석으로 끌고 갔다. 그녀는 남자의 얼굴을 확인하고는 소스라치게 놀랐다. 재섭이었다. 그는 그녀의 얼굴에 키스 세례를 퍼부었다. 김치와 마늘 냄새가 진하게 났다. 그녀는 고개를 돌렸다. 그러자 그는 그녀의 턱을 자신에게로 향하게 하더니 입을 맞추었다. 점심을 먹자마자 달려온 듯 땀냄새도 났다. 그의 거친 키스에 입술이 얼얼했다.

"네가 보고 싶어서 이렇게 왔지."

그는 야비하게 말하며 그녀를 칸막이 안으로 밀어넣었다. 문을 걸어잠근 다음 그녀의 옷을 급하게 벗겼다. 치마와 블라우스가 사라지자 그의 눈동자가 기쁨으로 반짝였다.

"회사에도 이런 걸 입고 오는군!"

그녀가 가터벨트를 매고 앞에 호크가 달린 브래지어를 입고 있는 것을 보고 재섭은 감탄했다. 익숙한 장면이기 때문이었을까? 미국산 포르노 영화에서 여배우들은 때와 장소를 가리지 않고 가터벨트를 하고 하이힐을 신고 있으니까. 그는 재빨리 그녀의 속옷을 벗겨내고는 다리를 벌리게 한 다음 자신은 바지만 반쯤 내린 채 밀어넣기 시작했다. 혜정은 복잡한 감정에 휩싸여 아무 말도 할 수 없었다. 비밀 장소에 침투해 서류를 빼오는 스파이짓과 같은 스릴이 주위에 퍼졌다. 재섭은 그 분위기에 취해 곧 사정하였고, 바지를 재빨리 올리고서 바깥에 누가 없나 살핀 다음 휙 나가버렸다. 그녀는 주저앉아 울고 싶었다. 하지만 점심시간이 이제 다 끝났기 때문에, 서둘러 옷을 입고 사무실로 가봐야만 했다.

*

세상은 계속해서 넓어졌다. 물론 양적인 팽창이었다. 회사 동료 혹은 상사들이 하루 걸러 나타나기 시작했다. 그녀를 보는 표정은 마치 "소문 대로군"이라 말하며 비웃고 멸시하는 것 같았다. 업무를 시작할 때처럼, 두 손을 비비며 그녀에게 다가와서는 평소 하고 싶었던 짓을 하고 만족해 드러누워 있다가 돈을 주고 나갔다. 그녀가 모르는 회사 사람들도 소문을 확인하러 그녀의 몸에 들렀다. 그녀의 몸은 회사에서 끌어다모은 정액으로 뒤덮인 것 같았다. 정액이 눈물처럼 얼굴에 달라붙었다. 정액이 땀처럼 흘러내렸다. 정액이 침처럼 삼켜졌다. 식사량은 점점 줄어드는데, 그 줄어드는 양만큼을 회사 사람들의, 아니 회사의 단백질로 채우는 것 같았다. 그리고 더 놀랍게도, 이제는 동네 남자들까지도 하나둘 찾아오기 시작했다. 그녀는 물론 놀라지 않았다. 회사에는 사표를 쓰면 되듯, 동네라면야 이사를 하면 되니까.

때때로 그녀는 대학 시절의 연애와도 같은 기분을 느끼기도 했다. 성교가 끝난 후, 그녀의 옆에 누워 드링크제를 마시거나 담배를 피는 남자들은 얘기를 좀 하다가 나가곤 했다. 주로 자기 고민이나 비밀 등에 관한, 다소 수줍음이 섞인 고백이었다. 어렸을 때 나쁜 짓을 했었다라든가 삶에 대한 어떤 고민이 있다라든가, 아내를 만족시켜주지 못해 큰일이라든가 — 그러나 그녀에게는 정력적으로 달려들었다 — 등의 이야기를 했다. 연애란 것을 할 때, 그녀를 집까지 바래다주던 남자도 그런 이야기를 했다. 가슴에 품고 있던 비밀과 꿈을 털어놓으며 동정을 갈구하는 눈으로 그녀를 바라보기도 했다. 지금의 남자들과 다를 바 없었다. 이른바 애인이라는 남자가 그녀에게 매일같이 전화를 하면서, 어디선가 들은 농담이라든가 삶의 우스운 편린 등을 이야기해주면 그녀는 예의상인지 진심에서 나온 것인지 모를 웃음을 짓곤 했다. 지금도 크게 달라진 것은 없었다. 단 하나만 빼놓고는. 그녀는 좀더 노골적인 얘기도 들을 수 있게 되었다. 잘만 하면 큰 장사를 할 수도 있을 것이다. 이렇게 남자들의 비밀을 하나하나 모아서 사업을 벌인다면. 실지로 꽤 많은 여자들이 이런 유의 사업에 종사한다니까. 영화나 소설 속에서도 꽤 많이 등장하는, 여자 때문에 패가망신한 남자들의 이야기를 생각한다면 못 할 것도 없었다. 하지만 그녀는 독자적인 사업을 펼치진 못할 것이다. 그가 피우는 독특한 담배 냄새같이 그녀를 휩싸는 집의 미묘한 분위기가 그녀를 부드럽고 뜨겁게 만들었다. 그는 이제 잘 보이지도 않았다. 다른 방에 처박혀서, 화대는 선불로 받는지 밖으로 나오지 않았다.

그녀는 대화에서 보조를 맞추는 법을 익혔다. 엘리자라는 컴퓨터 프로그램처럼, 한 고유명사가 나오면 '그것은 뭐죠?' 라고 끊임없이 묻는 방법 말이다. 그리고 동정 어린 표정을 짓는 법도 배웠다. 그렇게 하고 있으면 그녀는 마치 솜사탕 속을 걷는 것 같았다. 그러다가 남자들이 사라지고 나면, 그리고 또 자신이 혼자란 것을 절실하게 깨닫게 되면, 솜사탕은 가시밭길로 변했다. 그녀는 자신이 누군지도 잊어버릴 정도로 변했으며, 자신이 누군지를 아는 것이, 자아를 느끼는 것이 사치라고 생각했다. 이미 그녀의 현실은 그녀를 원치 않았다. 단지 그와 '그녀'만을 원할 뿐이었다.

손님 중에는 형만도 있었다. 형만은 그녀를 위로해주는 유일한 사내였다. 그는 그녀가 정말로 이런 일을 원해서 하는 것만은 아니라고 생각하는 유일한 사내이기도 했다. 다른 사람들은 고작해야 어렴풋이 짐작할 따름이었다. 그러나 형만은, 일단 성교를 마친 다음이긴 했지만 그녀의 아픈 영혼을 위로했다. 자신이 제대로 짚은 것인지 조심스럽게 상대방의 눈치를 탐색해가며, 지뢰를 피해가는 듯한 스릴을 느끼며, 형만은 그녀를 위로했다.

그리고 어느 날에는 아파트 수위가 나타났다. 손님으로서, 두 손을 모으고 엉거주춤한 자세로 그녀 앞에 서 있었다. 그녀는 요부의 역할을 맡았다. 그래서 그를 유혹해야 하는데, 그의 발치까지 가서 침대로 이끌고 싶진 않았다. 그녀의 영역은 오로지 침대였다. 그녀는 가만히 누워 다리를 벌리고 스스로 애무했다. 하지만 수위는 그대로 움직일 줄을 몰랐다. 그가 수위의 귀에 몇 마디 속삭였다. 수위가 고개를 끄덕였다. 그리고 몇 마디가 더 계속되었다. 그리고는 그녀에게 다가와 역할을 바꾸라고 말했다.

그녀는 소녀가 되어 수위의 탐욕을 받아들였다. 한동안 그녀의 몸에서는 멍자국이 사라지지 않았다.

*

그녀는 사무실에 혼자 남아 있기 싫었다. 지금의 삶이 진정한 그녀의 삶처럼 변했을지언정, 남자들에 대한, 성교에 대한 불쾌감은 사라지지 않았다. 사라진 것은 놀라움뿐이다. 그리고 수치심도 남아 있었다. 사무실에 혼자 있으면, 누군가 먼저 식사를 마치고 와서 그녀를 범했다. 처음엔 같은 사무실 사람이었으나 나중에는 다른 사무실 사람들도 왔다. 그녀를 책상 위에 올려놓고 누군가 성교를 하고 있으면, 다른 사람이 와서 보고는 실례했다는 듯 살짝 목례를 하고 나갔다. 그리고는 성교가 다 끝났을 즈음에야 돌아왔다. 그녀에게 필요한 것은 은장도일지도 몰랐다.

그녀는 화장실에서도 혼자 있기 싫었다. 재섭이 처음 터를 닦더니, 아무 사람들이나 마구 들어와서 그녀를 차지했다. 그녀는 말 그대로 '퍼블릭 우먼'이었다. 이러다가는 회사 내에 필요불가결한 인물이 될지도 몰랐다. 아직 여자들은 눈치를 채지 못한 것 같았다. 점심식사를 하면서, 나이트클럽에 이따금 놀러가면서, 동료 여사원들은 그녀가 입을 다물고 있으면 말 좀 하라고 옆구리를 쿡 찔렀고, 춤을 추지 않고 잠자코 있으면 나가서 흔드는 모습을 시범 보이기도 했다. 그녀는 위안을 받았다. 자기도 저렇게 즐겁게 살고 있는 여자들처럼 보였으면 했다. 그래서 그녀는 열심히 춤을 추고 이야기를 했다. 지나치다 싶을 정도로 그랬기 때문에 모두 놀라긴 했지만 그녀를 좋아했다. 그녀는 즐거웠다.

*

같은 부서 사람들 전체가 그녀의 집에 모인 것 같았다. 그녀는 귀에 익은 목소리들이 넘쳐흐르는 것에 질려 참석자의 숫자를 세어보는 것을 포기했다. 사무실에서 오늘은 천천히 퇴근하자고 남자들이 쑥덕이는 동안, 그녀는 좀더 일찍 집에 와 장을 보고 음식을 준비했다. 열 명은 족히 넘을 사람들에게 먹일 것을 준비하다보니 장바구니가 무척 무거웠다. 하지만 그녀는 모두 혼자 들고 와야만 했다. 진땀을 흘리며 갖가지 음식을 만들면서, 그녀는 일손이 모자란다는 생각을 했다. 그녀는 전을 부치면서 고기를 굽고 튀겼다. 소주를 한 박스쯤 채워넣느라 냉장고에 들어 있던 다른 것들은 모두 부엌 바닥에 내놓는 바람에 눈이 어지러웠다. 손과 얼굴에 밀가루를 묻혀가면서 일을 하고 있는데 누군가 뒤에서 그녀의 엉덩이를 만졌다. 보나마나 손님들 중 하나이리라. 뒤에서 그녀를 마음대로 만지다가 그 누군가는 사라졌다. 음식을 다 만들고선, 손등으로 땀을 훔치며 돌아서 보니 손님들은 이미 모두 도착해 있었다. 어느새 냉장고에서 술을 꺼내 자기들이 사온 안주를 곁들여 마시며 이야기를 나누고 있었다.

그들 중 한가운데에 바로 그가 있었다. 그는 금방 눈에 띄었다. 다른 사람들이 너무 눈에 띄지 않는 것도 한 이유였다. 다른 사람들은 한 덩어리로 보였다. 그들은 그녀가 실컷 주무르던 밀가루 반죽처럼, 따로 떼어졌다가도 금세 하나로 뭉칠 수 있는 것 같았다. 조직력이 강한 야구팀처럼. 그렇다면 감독은 바로 그일 것이다. 그녀는 그들이 원하는 것이 무엇인지 알 것 같았다. 그들 모두가 그녀를 한꺼번에 원한다! 잠시 소름이 끼쳤다. 자신이 음식을 모두 나르면서 시간을 벌고 싶었지만 그렇게 되지 않았다. 남자들은 합심해서 음식을 날랐다. 상도 차렸다. 술도 마시고 그녀를 만져대기도 했다. 그들은 분위기가 고조되기를 바라는 것 같았다. 누군가 선두 타자로 나서 그녀를 덮치리라. 그들은 그 순간을 기다리는 것을 즐기고 있었다. 마치 원자폭탄의 폭발과도 같은 그 순간을. 단추만 누르면 파국이 오는 바로 그 순간을. 누군가 그녀의 옷을 벗기면, 상은 뒤엎어지고 술은 흐르고, 음식 더미들 위에서 그녀는 그 많은 남자들을 한꺼번에 받아들여야 할 것이다. 손으론 누군가의 성기를 붙잡고, 입과 음부에 동시에 삽입이 되는 것을 느끼며 그녀는 몸을 움직여야 할 것이다. 모두들 곤드레만드레 정신이 없어질 것이다. 미친 소떼처럼 달려와 그녀를 유린할 것이다. 그녀를 부술지도 모른다. 그녀의 살을 씹고 뼈를 부러뜨리며 피에 취해서, 하나의 거대한 괴물체가 되어 울부짖을지도 모르겠다.

그녀가 마른안주 접시를 껴안다시피 하며 가져와 상 위에 놓으려고 할 때, 누가 그녀의 팔을 붙잡아 자기 옆으로 끌어들였다. 안주들이 엎어져 그녀와 주위에 떨어졌다. 사람들이 낄낄거렸다. 그녀를 붙든 사람은 기름진 미소를 지으며 그녀의 가슴에 술을 붓고 그녀의 몸을 옆으로 돌렸다. 자기 차례가 올 때마다 손들이 그녀의 이곳저곳에 술을 부었다. 옷이 그녀의 몸에 찰싹 달라붙었다. 그녀의 몸을 타고 술이 바닥으로 흘렀다. 그녀는 카펫을 치워야겠다고 생각했다. 하지만 일어서려고 안간힘을 쓰면 쓸수록 그녀를 붙잡고 있는 팔의 힘은 더욱 거세졌다. 사람들의 표정에서 환호성이 들렸다. 헹가래를 치듯 사람들이 그녀를 높이 들어올렸다. 그녀는 꼼짝할 수 없었다. 손과 발을 휘저으면 휘저을수록 그들의 손길은 그녀를 더욱 옭아맸다. 그녀의 몸을 그들의 신체로 충만하게 만들고 있었다. 숨이 막히고 앞이 제대로 보이지 않았다. 그녀는 자신이 곧 죽을 것이라고 생각했다. 그녀는 기다렸다. 몸이 부서지는 파열의 순간을, 부서진 그녀 몸에서 흘러내리는 피를 마시고 취하다 끝이 날 그 축제의 시작을, 사회의 잉여물처럼 자신의 몸 조각이 여기저기에 버려질 것을, 그리고 집 안을 감쌀 그 싸늘한 적막함의 끝이 닥쳐오기만을.

그때 초인종 소리가 났다. 사람들은 누구 또 올 사람이 있었던가 하면서 어리둥절해했다. 모두들 혜정을 내려놓았다. 혜정은 모두의 시선을 받으며 축축한 옷을 걸쳐입고, 비틀거리며 문을 열었다. 그리고 놀랐다.

어머니가 눈앞에 있었다. 그녀는 자신의 등뒤에 있는 수많은 남자들을 보여주고 싶지 않았다. 술과 음식 찌꺼기로 뒤덮인 자신의 모습은 더욱 더 그러했다. 뭐라고 말할 것인가? 회사 동료라고 물론 설명할 것이다. 하지만 여자 혼자 사는 집에 저렇게 많은 남자들이 법석을 떨며 놀고 있고, 딸은 보기 좋은 꼴이 되어 있는 것에 대해 어머니는 뭐라고 말할 것인가? 물론 어머니는 그다지 할말이 없을 것이다. 혜정도 이제 성인이므로 뭐라고 꾸중을 해도 소용이 없다는 것을 알 것이다. 이것이 사회생활의 일부라고 이해하실지도 모른다. 하지만 어머니는 어머니였다. 그녀는 어머니에게까지 이런 모습을 보여주고 싶진 않았다.

어디선가 그녀에게 나직이 속삭이는 것 같았다. 진정 네가 무엇을 원한다면, 그것을 강렬히 염원하기만 하라고. 그녀는 그 목소리의 주인공을 알 수 있었다. 그래서 어머니가 아무 말 하지 않고 돌아가기를 간절히 염원했다. 그녀는 느낄 수 있었다. 자신의 염원이 어떤 흐름이 되어 어머니에게 주입되는 것을. 어머니가 이 순간을 잊고, 다시는 기억할 수 없게 되기를 그녀는 계속해서 염원했다. 딸네 집에 갔던 일은 어떻게 되었냐고 아버지가 묻는다면, 놀라면서 언제 다녀오겠다고 했었냐고 반문하도록. 그럼 아버지는 어머니의 기억력을 놀리며, 이제 할망구가 다 되었다고 핀잔을 줄 것이다.

혜정의 어머니는 그냥 돌아갔다. 혜정은 문을 닫으며, 그가 그 동안 자신을 뚫어지게 쳐다보고 있었음을 확인했다.

*

혜정의 세상은 다음날 완벽해졌다. 사무실 남자들은 모두 화기애애해 보였다. 봄의 나른함은 사라지고, 이제 남성적인 활력이 사무실 전체에 퍼져 있었다. 여사원들까지도 당당해지고 자신감 넘치게 변한 것 같았다. 모두들 의욕적으로 일했다. 십수 명에게 짓밟힌 몸으로 홀로 집 안을 치우고, 지금은 볼펜 끝을 깨물면서 화면만 바라보고 있는 혜정을 빼놓고는.

그녀는 더이상 여사원들과 점심을 함께 먹을 수 없었다. 모두들 눈빛이 바뀌었다. 수연은 '이런 여우 같은 년, 그러면서 그 동안 그렇게 내숭을 떨었니?'라고 얄궂게 묻는 것 같았고, 나머지 다른 여자들은 그녀를 더럽고 타락한 창녀로 보는 것 같았다. 전반적으로 배타적인 분위기가 깔려 있었다. 수연까지도 '난 저렇게까지 더럽지는 않아'라고 자기 우월감에 사로잡힌 것 같았다. 그녀는 그런 눈초리들에 부끄러워졌다. 뭐라고 변명할 말도 없었다. 그래서 혼자 점심을 먹기로 했다. 잘못하면 남자사원들과 함께 먹게 될 수도 있기 때문에, 일부러 회사에서 멀리 떨어진 음식점으로 향했다. 혼자 식사를 하노라니 목이 메었다. 울고 있지 않는 것 같은데도 눈물은 나왔다. 사람들이 그녀를 쳐다봤다. 그녀는 식사도 채 끝내지 못하고 음식점을 뛰쳐나왔다.

사무실에 돌아와보니 모두들 혜정을 찾았다고 했다. 찾느라고 시간을 다 보내서 식사도 채 끝내지 못했다고. 어제 처음 그녀에게 삽입을 해본 부장은 그녀에게 명령했다. 이제부터는 남자 사원들과 함께 식사를 하라고. 그들에게선 노골적인 음모의 냄새가 풍겼다.

일을 마치고 그녀는 퇴근 준비를 했다. 막 사무실 문을 나서려는 순간, 모두들 그녀를 주시했다. 부장이 입을 열었다. "오늘은 다들 야근을 할 것 같은데……"

"혜정씨는 아르바이트 나가야죠." 한 사람이 웃으며 말했다.

그러자 모두들 킬킬대었다. 혜정은 얼굴이 붉어져서 도망치듯 사무실에서 나왔다.

로비에서 한 여사원이 그녀를 기다리고 있었다. 그녀는 상대의 눈길을 피해 고개를 떨구었다가, 상대에게 앞이 가로막히자 죄 지은 표정으로 천천히 올려다보았다. 수연이었다. 수연은 혜정의 팔을 살짝 쥐고 어디가서 얘기를 좀 하자고 말했다. 혜정은 목을 푹 꺾으며 알겠다고 했다. 지금 혜정에게 호의를 베푸는 유일한 사람은 수연 같았다. 그녀가 어떤 말을 해도 혜정은 고마워할 준비가 되어 있었다.

*

"네 얘기를 어떤 사람한테서 들었어. 너희 집에서 네가 몸을 판다는 애기를. 그리고, 회사 사람들 거의 모두와 했다는 것도. 어제는 사무실 사람들 모두와 했다는 것도 말야. 처음에는 너를 기가 막힌 애라고 생각했지. 평소 네 모습을 생각한다면 그렇게 생각할 수도 있지 않겠니. 다들 너를 상종 못 할 년이라고 생각해. 나 역시 그랬지. 나도 섹스를 좋아하긴 하지만 그렇게까지 하지는 않아. 한번 남자를 사귀면 헤어질 때까지 다른 남자와는 어울리지 않아. 하여튼 나도 점심시간까지는 그렇게 생각했다는 거야. 그런데 뭔가 좀 이상했어. 너한테 어떤…… 남자가 있다고 들었거든. 그 사람 뭐 하는 사람이니?"

혜정은 모든 사실을, 자기가 알고 있는 모든 사실을 두서없이 말했다. 도중에 그녀가 몇 번이고 울음을 터뜨리는 바람에 수연이 그녀를 진정시키느라 이야기를 다 듣는 데는 꽤 시간이 걸렸다. 마침내 이야기가 끝나자, 수연은 고개를 갸웃거리며 혜정을 한참 바라보다가 물었다.

"너 최면술에 대해서 아니? 그럼 초능력은?"

혜정은 고개를 저었다.

"그 사람이 어디서 자는지 보았어? 너는 왜 한 번도 그 사람이 있는 것 같다는 방에 들어가보지 못했지?"

혜정은 자기가 왜 그렇게 해볼 생각을 못 했는지 알지 못했다. 그가 머무르고 있을 만한 그 방에 대해서는, 그녀가 이 년 동안 살던 집의 일부임에도 불구하고 어렴풋이 떠오를 뿐이었다. 그 방에 자신이 무엇을 놓아두었는지조차 거의 기억하지 못했다. 그곳은 그녀의 영역이 아니었다.

수연은 자신의 생각을 좀더 자세히 말했다. 그가 피우는 독특한 냄새의 담배, 그것은 마약의 일종일 것이라는 것이다. 그의 정체는 바로 마술사일 것이라고. 마술사들의 실질적인 힘은 염력과 최면술인데, 그 두 가지를 이용해서 환상을 만들어내고 사람을 조종한다고 말했다. 그녀는 마술사들의 역사와 의식(儀式)에 대한 이야기를 혜정 앞에 풀어놓았다. 그녀는 마약을 이용해서 의식을 조종하고, 거기에서 나오는 힘을 자신이 쓸 수 있도록 만드는 의식에 대해 혜정에게 말했다. 분명히 방에는 마술에 필요한 도구들과 함께 제단 같은 것이 차려져 있을 거라고. 혜정과도 같은 사례는 예전에도 많이 있었다고 수연은 말했다. 그녀는 한 여자를 최면술에 빠뜨려서 자기 마음대로 조종하다가 그 남편의 신고를 받고 체포되어 사형을 당한 한 마술사의 이야기를 해주었다. 그리고 경찰에게 신고하라고 재촉했다. 당장 함께 경찰서에 가보자고 잡아끄는 수연에게 혜정은 뭐라고 말해야 할지 몰랐다. 너무도 급작스럽게 그런 말을 들어서, 어떻게 행동해야 할지 가늠할 수 없었다. 혜정은 머뭇거리며 일단 집에 들어가봐야겠다고 말했다. 수연은 말렸다. 자기 집으로 가서 하룻밤 자고 내일 아침 경찰에 신고하자고 했다. 혜정은, 이번에는 단호한 몸짓으로 고개를 가로저었다.

*

혜정은 흔들리고 있었다. 열차가 덜컹거리면서 그 안에 탄 사람들 모두를 흔들고 있었다.

그녀의 조리개 풀린 눈동자는 사람들에게 맞춰져 있었다. 신문을 보는 사람, 옆에서 그 신문을 보려고 애쓰는 사람, 잠을 자보려고 애쓰는 사람, 잠에서 깨지 않으려고 애쓰는 사람, 술에 반쯤 취한 사람, 술에 완전히 취한 사람, 직장에 곧 다닐 사람, 직장에 다니는 사람, 모두들 흔들거리는 열차에 몸을 맡기고 있었다. 혜정 역시 흔들거리고 있었지만 정작 자신은 정지된 추처럼 느껴졌다. 사람들이 흔들리는 것처럼 보이는 것은, 다르게 말하자면 다른 사람들이 그녀보다 훨씬 더 흔들리고 있다는 것으로 해석되기도 한다. 그렇게 생각하면 모든 사람이 모든 사람보다 덜 흔들리고 있다는 말이 된다. 하지만 역학의 법칙은 모든 사람에게 평등하게 작용한다. 그녀의 고민과 열차는 애석하게도 아무런 관련이 없다. 그래서 그녀는 자신의 삶을, 자신의 세상을 열차에 은유해 생각할 수도 없었다. 은유는 위안이다. 그 고통을 확대하든 축소하든 간에 은유는 마음의 상처를 치료한다. 그녀는 혼자였고, 사람들은 그녀를 놔두고 거대한 원형질 덩어리인 은유 속으로 빠져들어갔다. 열차 전체가 산송장이 되어 질주했다. 고래 뱃속에 갇힌 동화 속의 주인공처럼, 그녀가 자신의 운명을 향해 들이댈 수 있는 불빛이라곤 고작 자신의 눈앞이나 밝히는 촛불 하나 정도였다. 사람들도 그녀와 같은 생각을 할지 궁금해졌다. 그녀의 몸 위에 올라탔던 남자들은 어떤 생각을 할지 궁금해졌다. 그들도 그녀처럼, 목적지를 향해 지하 동굴을 뚫고 지나가며 은유 속으로 자신을 편입시킬 수 없다는 생각에 어떤 절망감을 느낄지.

좌측통행을 지켜가면서, 서두르지 않고 사람들은 질서 정연하게 계단을 올랐다. 그들은 개찰구에 가지런히 줄을 서서 나가고 들어오고 했다. 그녀는 핸드백에서 손지갑을 꺼냈다. 지갑 안쪽 딱딱한 플라스틱의 감촉을 손끝으로 느끼며 개찰구가 그녀 앞으로 오기를 기다렸다. 그녀는 교통카드를 개찰기 위에 툭 튀어나온 입력부에 대었고, 다른 사람들도 그녀와 똑같이 했다. 역사 안은 이름 없는 사람들로 붐볐다. 연인은 연인을 만나고 친구는 친구를 만나고 있었다. 술을 마셔서 취한 사람은 더 취하기 위해 어디론가 가고 있었다. 비록 비틀거렸지만 그 취객은 자신이 갈 방향을 잘 알고 있는 듯했다. 좀 힘들긴 하겠지만 목적지까지 무사히 도착할 것 같았다.

그녀가 도착할 곳은 그녀의 집이었다. 그녀는 심장이 뛰는 것을 느꼈다. 한 걸음 한 걸음이 비밀을 향한 무언의 신호처럼 느껴졌다. 세상이 조용해졌다. 사람들은 각자 자기 질서를 찾아 걷는다. 그녀는 생각했다. 지금 자신의 삶의 방향은 어떤 쪽일까 하고. 자신의 삶에도 좌측통행처럼 간단하고 지키기 쉬운 규칙이 있었으면 좋겠다고 생각했다.

아파트 정문에 도착했다. 그녀는 자신의 집을 올려다보았다. 불이 꺼져 있었다. 그녀의 가슴이 더욱 뛰었다. 집에 아무도 없는 것이 아닐까? 그는 한 번도 집을 비운 적이 없었다. 그녀가 늦자 아예 집에 오지 않는 줄 알고 어디론가 나갔을지도 모르고, 그녀를 차지할 오늘의 손님을 붙잡지 못해 짜증이 난 채로 잠들어 있는지도 모른다. 하지만 사실은 그렇지 않을지도 모른다. 그녀는 지난 몇 달을 되돌아보았다. 사실들이 그녀를 배반하였던, 그 사실들을 말이다. 그는 사라졌을지도, 영영 사라졌을지도 몰랐다. 그녀는 수위와 마주쳤다. 수위는 그녀를 무시하고 지나쳤다. 그 수위가 그녀를 얼마나 거칠게 대했는지, 그녀를 때리고 거칠게 삽입하면서 자신의 딸아이 이름을 얼마나 크게 외쳤는지를 그녀는 기억해냈다. 그 남자의 비밀은 그녀의 자궁 속에 잠시 간직되어 있었다. 정액에는 암호가 담겨져 있는 것 같았다. 감수분열을 한 염색체가 있겠지, 라고 그녀는 생각했다. 그래, 거기에는 길고긴 하나의 역사가 담겨 있을지도 몰라. 조각퍼즐 맞추듯 그녀를 거쳐간 남자들의 정액을 모두 모으면 지도 하나가 나타날지도 모르지. 거대한 삶의 지도가.

엘리베이터를 탔다. 일층, 이층, 엘리베이터는 상승했다. 그녀는 어떤 알지 못할 사고로 승강기가 멈춰 그 순간을 드러내는 일이 없기를 빌었지만, 승강기는 그녀와는 초면인 것처럼 무심하게 올라갔다. 그녀는 그가 없어지면 자신의 삶이 어떻게 될지를 생각했다. 그는 그녀의 운명을 그려보았다. 수연의 말대로 그는 마술사일까? 인류의 역사가 시작되었을 때부터 지금까지 존재해왔다는 마술사란 직업을 가진 한 사내가, 그녀가 포획하기 쉬운 대상임을 간파하고는 그녀를 사로잡아버린 것일까? 신고를 하면 어떻게 될까? 그녀는 '모 여인(24)'이 되어 신문지상을 장식할 것이다. 그녀의 수기를 담기 위해 여러 곳에서 취재를 요청할지도 모른다. 그렇다면 그녀는 집을 옮겨야겠지. 한동안 그들은 집요하게 추적할 것이다. 그녀의 몸에 올라탔던 몇몇은, 익명을 요구하면서 날조된 정보를 제공할지도 모른다. 한국 현대 범죄사에 남을지도 모르겠다. 그는 체포되면 어떻게 될까? 사형은 당하지 않겠지. 어떻게 되든 그녀에겐 상관없을 것이다. 사람들은 마술이란 것을 전혀 이해하지 않으려 들 것이다. 최면술의 위력이 얼마나 강한지 실증해 보여도, 그것은 학벌 없고 가문 없는 사람들의 한 배경처럼 보일 것이다. 사람들은, 그녀가 얼마나 많은 남자를 상대했는지에 초점을 맞출 것이다.

엘리베이터가 멈췄다. 그녀는 현관문 앞에 섰다. 숨을 몰아쉬면서, 그녀는 자신의 예감이 틀렸기만을 빌었다. 온갖 신의 이름을 다 부르면서, 온갖 경구는 다 외우면서 그녀는 열쇠를 찾아 문을 열었다. 안은 역시 어두웠다. 집 안이 허전했다. 그녀는 잠시 후에야 그 이유를 깨달았다. 담배 냄새를 맡을 수 없었다. 그녀는 절망감에 미친 듯이 달려가 불을 켰다. 그가 없으면 그녀는 대체 어떻게 살아야 할 것인가? 누가 그녀를 이끌고 어떻게 할 것을 요구할 것인가? 만약 그가 진짜 마술사라면, 마술의 힘 없이 그녀는 비밀을 지키려는 시늉이라도 할 수 있을까? 여지껏 자신의 행동은 자의가 아니었다고 누구에게 뭐라고 변명할 수 있을 것인가? 그가 없으면 혜정은 단지 '음탕한 여자'에 불과한 것 아닌가?

한 번도 열어볼 생각을 하지 못했던 방문 앞에 그녀는 섰다. 하나 둘 세면서 문을 벌컥 열었다. 싸늘하고 조용했다. 그녀는 가만히 스위치를 올렸다. 방 안이 숨김없이 환해졌다. 그곳은 텅 비어 있었다.

*

그것은 불쾌한 경험이었다.

20세기의 마지막 겨울

손끝에 느껴졌던 그 감각…… 혜정의 기억에 선명하게 남은 것. 구두굽이 상대의
머리에 부딪쳤을 때 났던 둔탁한 소리, 그리고 그 직후 남자의 몸뚱어리가 볼링
핀처럼 쓰러지던 모습은 편집을 거쳐 기억 속에서 카메라 플래시가 터지는 찰나
의 순간으로 압축되어 있었다. 그러나 손끝에 새겨진 살인의 느낌은 달랐다. 살
갗을 파고든 낙인처럼 또렷한 그것은 손가락을 잘라버린다고 해도 지워지지 않
을 성질의 것이었다.

'라니냐' 때문에 무척 추운 겨울이 될 것이라는 기상청 예보와는 달리 20세기의 마지막 겨울은 쌀쌀한 가을 날씨가 계속되고 있는 것이라고밖에 여겨지지 않았다. 사실 '올해 겨울은 춥겠습니다' 라든가 '이번 여름은 덥겠습니다' 라는 등의, 계절 전반에 관한 예보가 터무니없었음이 드러난 것은 이번이 처음은 아니었고, 굳이 한국에 국한된 일이라고도 할 수 없었다. 불과 일이 개월 뒤의 기후조차 예측하지 못하는 것은 전 세계가 앓고 있는 돌림병이었다. 그것은 경제 문제와도 같았다. 동남아에서 시작된 외환 위기가 세계 경제를 공황으로 몰아넣을 줄 누가 알았겠는가?

혜정이 처음으로 사람을 죽인 날 밤(그녀는 그것이 자신의 처음이자 마지막 살인이라고 믿고 있지만) 역시 '쌀쌀한 가을밤' 수준의, 노숙을 해도 좋을 날씨였다. 실지로 노숙자의 수는 점점 늘고 있었다. 노숙자들이 많이 모이는 서울역 광장 뒤편 다리뿐만 아니라 거리나 주택가 골목길, 아파트 산책로 등에서도 집 없는 떠돌이들을 쉽게 볼 수 있었다. 하지만 그해 겨울 초엽까지만 해도 이는 실업률 증가나 지니계수 상승(빈부격차 확대) 등의 통계적 자료로 충분히 설명되었다. 사람들은 노숙자의 증가를 자연 현상으로 받아들이고 있었다.

혜정이 살고 있는 곳은 삼천 세대 규모의 꽤 커다란 아파트 단지였다. 중상류에서 중하류까지 한국인의 수입·지출 평균선 위아래를 넘나드는 계층들이 모여서 조용한 삶을 살고 있는 동네였다. 놀이터에서 모여 놀거나 하는 아이들 외에는 사람들이란 드문드문 눈에 띄기만 하는 정도여서, 혜정은 가끔 '저 건물들에 살고 있는 사람들은 다 어디로 갔을까?' 하는 의문을 품기도 했다. 밤이 되면 인기척은 완전히 사라졌다.

투명한 밤공기를 채우는 밝은 가로등 불빛을 받으면서 혜정은 약간 피곤한 듯 발을 질질 끌고 있었다. 그녀 훨씬 앞에선 독서실에서 공부를 마치고 집에 돌아가는 교복 입은 여고생 둘이 나란히 걷고 있는 중이었다. 자동차 한 대가 그녀와 여고생 둘에게 전조등 불빛을 뿌리며 지나갔다. 어둠 저편으로 사라지는 자동차의 꽁무니에 그녀가 잠시 시선을 두고 있는 사이, 그 여고생들은 샛길로 꺾어들더니 곧 시야에서 사라졌다. 순간 '아, 또 혼자로구나'라는 생각이 그녀의 마음을 스쳤다. 그녀는 다소 감상적인 상태였는데, 형만과 섹스를 하고 나면 거의 늘 그랬다.

그녀의 연인인 형만은 대학을 졸업하고 만 일 년 동안 직장을 얻지 못하고 있었다. 정부 통계상 그는 '실업자'로 분류되어 있었으나, 졸업한 뒤에도 문예지에 두세 편의 소설을 발표했으니 그의 직업은 '자유직업인' 내지는 '소설가'라고 부르는 것이 옳을지도 몰랐다. 모범생 같은 얼굴에서 때때로 나타나는 음침한 태도, 검정 코트 안의 구부정한 어깨는 그를 고독한 예술가처럼 보이게 하기도 했다.

직업이 무엇이든 간에 형만의 성격은 까탈스러웠고, 섹스 후에는 더욱더 그랬다. 섹스를 요구하는 쪽은 언제나 그였다. 그리고 그녀가 원하는 것은 단지 사랑하는 사람의 다정다감한 말 한마디, 몸짓 하나뿐이었다. 그녀는 "잘 자, 좋은 꿈 꾸고"라는 짧은 말에도 잠을 푹 자고 좋은 꿈까지 꿀 채비가 되어 있었지만, 그는 좀처럼 그렇게 해주지 않았다. 마치 혜정이 무엇을 원하는지를 너무나도 잘 알고 있어서, 주머니를 꼭 틀어쥐고 상대방이 갈구에 미쳐 쓰러지기 직전에 조금씩 '당근'을 꺼내어주는 교활함을 부리는 것 같기도 했다. 하지만 혜정의 입장은 늘 같았다. 어떻게 해도 좋아.

인적 없는 텅 빈 길, 무뚝뚝하게 서 있는 아파트와 상가 건물들, 그리고 음산한 어둠을 품고 있는 조그마한 잔디밭과 갈래길들. 평소 같으면 혜정을 두렵게 만들고 그래서 걸음을 빠르게 만드는 것들이었다. 하지만 형만과의 섹스 후 감상적이 된 혜정에게는 외로움을 미화시키기에 더할 나위 없이 좋은 장치들이었다. 그녀는 약간 질질 끌던 걸음을 좀더 제멋대로 바꾸어보았다. 난 가련한 여자예요. 그녀는 자기 자신을 향해 그렇게 중얼거려보았다. 그리고, 형만이란 남자는 얼마나 많은 보호와 보살핌을 필요로 하는 것일까에 대해서도 생각해보게 되었다. 그녀의 눈에 형만은 어항에 두고 먹이를 주며 제때 물을 갈아줘야 하는, 자상한 보살핌이 필요한 열대어나 다름없었다. 그렇게 자기 위안의 과정을 거치면서 그녀의 기분은 우울기를 떨치고 들뜬 상태로 변했다.

혜정은 그녀가 사는 아파트 동으로 들어가는 샛길로 들어섰다. 눈에 띄는 물체가 하나 있었다. 웅크린 채 꼼짝하지 않고 있는 그 어두운 것은 쓰레기가 가득 든 최대 용량의 쓰레기봉투보다 두 배 정도 더 커 보였다. 그것의 정체는 살아 있는 노숙자였다. 인적 없는 어둠 속에서 살아 있는 생명체와 갑자기 맞닥뜨렸을 때의 섬뜩함. 게다가 혜정은 한밤중에 아파트 단지 안에서 노숙자와 마주친 것이 처음이었다. 낮시간이나 아파트 단지 외 다른 곳에서는 노숙자들이란 어렵지 않게 구경할 수 있는 존재였다. 노숙자 자체가 신문 지상에서 흔히 볼 수 있는 사회 문제였다.

'뭐, 겁먹을 필요는 없지.' 하지만 상대는 남자처럼 보였고 — 혜정의 상상 속에서 노숙자나 부랑자는 전부 알코올 중독 3기쯤의 땟국물이 줄줄 흐르는 중년 남성들이었다 — 주위에 사람도 없었다. 만약 무슨 일이라도 일어난다면 누가 도와주러 나올까? 그녀는 그 노숙자 앞에서 괜히 주춤거리고 있는 것은 그에게 실례되는 일일 뿐더러, 불필요한 자극을 주는 행동일 수도 있다고 생각했다. 그녀는 그를 무해한 존재로 여기기로 했다. 실지로도 저런 사람들이 그녀에게 피해를 끼친 적은 한 번도 없었으니까.

그녀는 연단에 나서는 연사처럼 정확하고 규칙적인 발걸음으로 노숙자 옆을 아무렇지도 않게 지나가려고 했다. 세 걸음째, 그녀가 그를 막 자기 등뒤에 두었다고 생각했을 때, 바로 그 순간의 일이었다. 몸을 부스럭거리는 소리가 뒤에서 들렸다. 혜정은 흠칫 놀랐고, 그녀의 반사신경은 두 가지의 상반된 명령으로 기능이 멎었다. 도망가! 아니면 그 자리에 멈춰서 죽은 것처럼 있어! 혜정은 어쩔 줄 몰라서 그 자리에 얼어붙어 있었고, 몇 초 지나지 않아 그녀가 살아오면서 느낀 것 중 가장 혐오스럽고 불쾌한 감촉이 발목 부위에서 느껴졌다. 지하철에서 치한이 몸을 더듬거나 할 때에도 이 정도까지는 아니었다. 그 노숙자는 그녀의 발목을 한 손으로 꼭 붙들고 있었다. 난로에 집어넣을 마지막 장작을 붙잡듯. 갑자기 그녀는 무시무시한 공포에 사로잡혔다. '난 잡아먹히고 말 거야!' 그녀는 까악 소리를 지르며 몸을 돌렸다. 그리고 말로만 들었지 여지껏 한 번도 해보지 못한 자기 방어 조치를 취했다. 그녀는 붙잡히지 않은 다른 발에서 놀랄 만한 속도로 하이힐을 벗겨냈고, 그 튼튼하고 뾰족한 굽으로 자기를 붙들고 있는 그 혐오스러운 손길의 원천을 후려쳤다. 손끝에 느껴지는 육중한 감각. 그녀는 그의 관자놀이를 정확히 맞추었다. 그는 제자리에 푹 쓰러졌다.

혜정은 손에 쥐고 있는 하이힐을 다시 신을 생각도 못 하고 마구 달렸다. 아파트 입구의 잔뜩 오므린 입 같은 유리문을 지나 엘리베이터 앞에 섰을 때에야 겨우 멈출 수 있었다. 오른손엔 여전히 흉기인 하이힐을 든 채로 그녀는 거친 숨을 내뱉으며 엘리베이터 버튼을 눌렀다. 수위실의 불은 꺼져 있었다. 자리를 지키고 있어야 할 시각인데 대체 어디로 간 것일까. 자신이 어떤 짓을 당해도 도와주러 나올 사람이 아무도 없었다는 생각이 퍼뜩 들자, 그녀의 살갗 위로 소름이 투둑투둑 튀어올랐다.

*

손끝에 느껴졌던 그 감각…… 혜정의 기억에 선명하게 남은 것. 구두 굽이 상대의 머리에 부딪쳤을 때 나던 둔탁한 소리, 그리고 그 직후 남자의 몸뚱어리가 볼링핀처럼 쓰러지던 모습은 편집을 거쳐 기억 속에서 카메라 플래시가 터지는 찰나의 순간으로 압축되어 있었다. 그러나 손끝에 새겨진 살인의 느낌은 달랐다. 살갗을 파고든 낙인처럼 또렷한 그것은 손가락을 잘라버린다고 해도 지워지지 않을 성질의 것이었다.

잊을 수 없는 또하나의 감각이 있었다. 그녀의 발목에 닿았던 노숙자의 손길. 혜정은 꿈 한 점 없는 새카만 수면의 영역을 지나 아침 햇살이 그녀를 무겁게 누르고 있을 때, 몹시 피곤한 표정으로 기지개를 켜고 일어났다. 그녀의 머릿속은 철저한 백지였다. 백지의 색은 너무도 철저한 순백색이어서 누군가 눈에 보이지 않는 글자로 암호를 적어둔 것이 아닐까 의구심이 들 정도였다. 그녀는 터벅터벅 거실을 지나 부엌으로 갔다. 냉장실 문에 붙은 LED 계기판의 시계를 보며, 지금이 몇시인지를 확인했다. 친구와 약속이 있었다. 학교에서, 오후에. 그녀는 냉장고에서 오렌지주스와 딸기잼을 꺼냈다. 토스터에 식빵을 넣고 레버를 내렸다. 그녀를 조종하고 지탱해주는 장력이 있었다. 그러나 그 장력은 그녀 어머니가 수선을 떨며 달려오자 툭 하고 끊어졌다. 어.젯.밤.에.거.지.하.나.가. 죽.었.대. 어머니의 말이었다.

"뭐라고요?"

혜정이 물었다. 그러자 어머니는 아파트 수위에게서 들은 얘기에 자신의 추측을 덧붙여 전해주었다. 이야기는 길었지만 요약해보자면 이랬다. 아파트 단지 안에서 서식(棲息)하고 있는 부랑자들 중 하나가 시체로 발견되었다. 경찰이 와서 시체를 거두어갔는데 아직 사인에 대해서는 밝혀진 바가 없다. 아파트 주민들은 단지 내에서 사람이 죽었다는 것을 달가워하지 않는 분위기다. 타인의 죽음이란 언제나 불길하고 불건전한 것이니까. 또다시 이런 일이 일어나기 전에 단지 내의 부랑자들을 모두 보호소로 보내야 한다고 주장한 사람도 있었다……

단 한 사람만 죽은 건가요? 혜정은 묻고 싶었다. 혹시 얼어죽은 것은 아닐까요? 아니면 부랑자들끼리 먹을 것을 놓고 다투다가 죽은 게 아닐까요? 그녀는 자신이 살인을 저질렀다는 사실을 인정하고 싶지 않았다. '아직 확실한 것은 없잖아? 내가 겁을 낼 이유는 하나도 없어.' 그녀는 생각했다. 생명이란 얼마나 질긴 것인가. 커다란 남자 — 그녀의 기억 속에는 그렇게 남아 있다 — 가 조그마한 여자 신발에 맞아 죽다니 말도 안 된다고 봐. 물론 하이힐 굽은 21세기를 앞둔 현대 여성에게는 은장도 같은 호신용 무기였다. 하지만 작은 칼날에 사람이 치명상을 입고…… 그리고 죽기까지 하나? 모든 무기에는 용도가 있다. 사람을 죽이는 데 쓰이는 것과 사람을 다치게 하는 데 쓰이는 것. 그리고 그녀는, '혜정'이란 선량한 시민이 살인이라는 용도로 쓰일 수 있다고는 도무지 생각할 수 없었다. 물론 밉살맞은 사람이 죽기를 바란 적은 있었다. 고등학교 시절에는 자기보다 공부를 잘하는 싸가지 없는 여자아이가 죽기를 바랐다. 중학생이었을 때는 도시락을 먹다 김치 국물이 튄 것 때문에 다툼을 벌였던 아이 하나의 숨통이 끊어지기를 바랐고…… 그러나 그것은 그저 공상일 뿐이었다.

다음날 그리고 그 다음날. 아파트 수위에 따르면 한 시민단체에서 발간하는 월간지에서 기자를 보내 아파트 단지에 있는 노숙자들을 취재해 갔다고 한다. 노숙자들끼리 다툼을 하다 살인사건이 벌어진 것으로 추측한 모양이었다. 그러한 견해는 경찰도 마찬가지여서, 경찰 두서너 명이 단지 내 노숙자들을 상대로 탐문수사를 하는 장면을 볼 수 있었다. 아파트 부녀회에서는 수위들에게 노숙자들을 멀리 쫓아내달라고 요청했다. 하지만 경찰수사가 끝나지 않았다는 이유 덕분에 그들은 잠자리를 지킬 수 있었다.

노숙자들 몇몇은 라면 박스와 신문지를 가지고 커다란 개집만한 집을 지어놓고 살고 있었다. 그들은 그 속에 웅크리고 앉아서, 세속에 초탈한 눈으로 지나가는 사람들을 구경하고 있었다. 그들 중엔 초등학교 1, 2학년쯤으로 보이는 어린아이들도 있어 눈길을 끌었다. "너 어디서 왔니?" 그런 물음에 그 아이들은 고개를 젓기만 했다. 마치 "우린 여기서 태어나서 여기서 자라고 있어요"라고 대답하는 것 같았다.

*

    혜정의 두려움 : 누군가 뒤에서 내 목덜미를 붙잡아 감옥으로 끌고 갈지도 몰라.

    그 누군가는 꼭 경찰제복만 입고 나타나는 것은 아니었다. 거리에서, 아파트 단지 내에 살고 있는 노숙자들의 차림새를 하고도 나타날 수 있었다. 그들이 살고 있는 삶의 영역은 혜정의 그것과 판이하게 달랐기에, 그들에게 위협받는다는 것은 그녀에게는 외계인의 침공과 마찬가지였다. 인과응보란 타인의 삶의 영역을 침해한 죄를 묻는 것이어서, 그 대가는 자신의 삶의 영역을 침해받고 공격당하는 것이다. 그러므로 자신의 영역을 표시하는 자그마한 울타리를 무사히 보존하기 위해서는 남의 일에 상관하지 말고 자신을 지키는 데 온 힘을 기울여야 한다. 이것은 대기업 인사부장인 혜정네 아버지의 생각이었다. 그리고 혜정에게 죄란 바로 이 인과응보의 문제였다.

    혜정이 입사지원서를 낸 은행으로부터 필기시험에 응시하라는 통지가 왔다. 그녀가 처음으로 지원한 회사였다. "처음 내본 곳에서 서류전형을 통과했으니, 뭔가 잘 풀리려는 징조 아니겠냐." 뭐든지 '좋은 것이 좋다'는 식으로 해석하려는 아버지는, 그녀를 식탁 앞에 불러다놓고 그렇게 이야기했다. 혜정은 네, 네, 대답하긴 했지만 시험을 잘 볼 것이라는 기대는 일찌감치 버렸다. 책을 펴도 글자가 눈에 잘 들어오지 않았다. 피곤해서 그럴 것이라 생각하며 기분전환 삼아 베란다로 나가 바깥을 내다봐도 노숙자들밖에 보이지 않았다. 심부름을 하러 집 밖을 나서면 간혹 경찰관들이 보였는데, 그럴 때마다 그녀는 가슴이 철렁했다. 등뒤를 보이면 위험해. 그녀는 공포영화의 주인공처럼 행동했다. 가급적이면 바깥에 나갈 일을 만들지 말자. 데이트를 하자는 형만의 전화에도 그녀는 공부해야 한다는 핑계를 대며 집에서 꼼짝하지 않았다. 가족들의 눈에 그녀는 정말 공부를 열심히 하는 것처럼 보였다.

그녀는 '시험에 떨어지면 끝'이란 생각을 하고 있었다. 이제 막 구직활동을 시작했지만 그녀는 내심 이번에 확실하게 직장을 구해 형만에게 안정감을 주고 싶었던 것이다. 내게 직장이 생기면, 나랑 결혼할 마음을 먹게 될 거야. 하지만 공부가 잘 되지를 않으니 이걸 어쩌면 좋아? 그녀는 늦은 밤까지 볼펜 끝만 깨물다가 위로나 격려의 말이라도 한마디 듣고 싶어 형만에게 전화를 걸었다.

"여보세요."

낯익고 정겨운 목소리. 하지만 형만은 매몰찼다. 작업중이라는 것이었다. 생각해보니 그에겐 마감날이 얼마 남지 않은 원고가 하나 있었다. 그녀는 그의 작업 스타일을 잘 알고 있었다. 며칠 동안 아무 일도 안 하고 방 안을 뒹굴며 에너지를 충전한 다음, 하루나 이틀을 몰아서 단숨에 글을 완성해버리는 스타일. 그래서 그녀는 작업에 불이 붙은 형만을 더이상 방해할 수가 없었다. '괜히 더 심란해지기만 하네.' 혜정은 그렇게 생각하며 거실로 나가 텔레비전을 켰다. 대기업 빅딜에 관련한 실무작업이 이제 끝나서 또 한번 대량 감원이 예상된다는 보도가 나오고 있었다. 거리에서 시위를 하는 노동자들의 모습이 브라운관을 꽉 채웠다. 붉은 머리띠를 이마에 질끈 동여매고 작업복을 그대로 입고 나온 사람들. 저런 사람들이 해고를 당해 노숙자가 되는 것일까? 혜정은 마음속에 의문부호를 품었다. 곧 또다른 불안과 초조함이 밀물처럼 밀려와 그 부호를 지워버렸다. 그녀는 노력은 해봐야 한다고 생각하며 방으로 돌아가 경영학 책을 폈다. 결국 그녀가 본 것은 한 문예지에 실린 형만의 소설이었지만. 그녀는 시험 당일까지 아무것도 할 수 없었다.

피크닉에 어울리는 날씨였다. 햇빛은 신선한 버터 빛깔이었고 바람 한 점 없는 날이었다. "춥지 않아 다행이다." 어머니는 현관에서 스니커를 신고 있는 딸에게 그렇게 말했다.

혜정은 가벼운 화장에 청바지 차림이었다. 집에서 지하철로 가는 길에도 양지바른 곳에는 예외 없이 노숙자들이 하나둘 누워 있었다. '저건 그냥 버려진 것들일 뿐이야.' 그렇게 생각하는 것이 그녀에게 집중력을 주었다. 시험장인 은행 본점 건물로 향하는 거리로 나가자 노숙자들의 수는 더 늘어났다. 그녀는 정규분포 곡선을 떠올렸다. 도심에 가까워질 수록 저들은 더욱더 많이 분포해 있는 것일지도 몰랐다. 인도 한쪽에서 다리를 쭉 뻗고 누워 통행을 방해하는 노숙자 하나가 있었다. 경찰관 두 사람이 구역질이 난다는 표정으로 그를 일으키려 하고 있었다. 정장을 입은 사람들이 그 앞을 총총히 지나갔다. 혜정은 눈앞에 펼쳐지고 있는 장면에 아무런 의미도 부여하지 않으려 했다.

은행 본점 이십층 강당에 마련된 시험장에는 백 명 가량의 입사지원들이 촘촘하게 앉아 있었다. 여자는 혜정 외에 서너 사람이 더 있을 뿐이었다. 시험을 치르는 이들에게 감독관은 너무 긴장하지 말고 답안지에 표기 잘 하라는 의례적인 말을 던졌다. 그 말을 끝으로 시험이 시작되었을 때 혜정의 머리는 이미 의식이 제거된 상태였다. 그녀는 자신이 어떤 문제를 어떻게 풀고 있는지 몰랐다. 컴퓨터용 사인펜을 든 그녀의 손만이 부지런히 움직였다. 여기저기서 OMR카드를 바꿔달라고 요청하는 와중에도 그녀는 고개 한 번 들지 않고 빈칸을 채워나갔다. 그리고 제일 먼저 답안을 제출했다. 걸어나가는 그녀를 향한 나머지 사람들의 반응은 두 가지로 갈렸다. 하나는 '실력이 좋은가보군', 다른 하나는 '여자애가 경영학에 대해 뭘 알겠어?' 였다.

거리로 다시 나오자 현기증이 핑 돌았다. 낯선 것들에 둘러싸인 느낌이었다. 이 년 전 영국 옥스퍼드에서 육 개월 어학연수를 마치고 돌아와 공항에서 시내로 막 접어들었을 때와 비슷한 느낌이었다. 고향도 아니고 외국도 아닌 정체 모호한 도시를 지날 때의 생경함. 마주치는 사람들의 얼굴은 모두 똑같아 보였고 심지어 부모님의 얼굴마저 그랬다. 그녀는 택시를 잡았다. 커다란 승용차 안에 타니까 겨우 안심이 되었고, 곧 후련한 느낌까지 들었다. 이미 시험은 끝났다. 이제는 조바심을 내도 소용이 없다. 집에 도착하자 어머니가 버선발로 달려나와 시험 잘 봤냐고 물었다.

혜정이 시큰둥하게 잘 모르겠다고 대답하자 어머니는 딸의 눈치를 살피기 시작했다. 방에서 옷을 갈아입으면서 혜정은 어머니가 회사에 있는 아버지에게 전화하는 것을 들을 수 있었다. "잘 모르겠다고 그러네."

*

거실 소파에 누워, 혜정은 텔레비전에서 방영하고 있는 시사 프로그램을 보았다.

노숙자들의 급격한 증가가 커다란 사회 문제로 부각되고 있다. 기온이 좀처럼 빙점 아래로 내려가지 않는 덕에 아직까지 노숙자들이 동사하는 사건은 발생하고 있지 않지만 갑자기 한파가 몰아닥치면 참사가 벌어질 우려가 있다. 서울만 해도 노숙자 수용시설은 초만원인 상황이다. 수용

시설이 소화할 수 있는 인원은 팔구천 명 선. 그러나 현재 전체 노숙자 숫자는 이만 명 수준에 다다른 것으로 추측된다. 그 대목에서 시사 프로그램 진행자는 놀라움의 한마디를 내뱉었다. 화면이 바뀌어 카메라가 노숙자 가족을 비추었다. "왜 여기서 사시는 거죠?" 카메라 뒤에서 기자가 물었다. "이게 돈이 덜 드니까요." 아이 하나를 무릎에 앉혀놓고 어르고 있는 사내가 그렇게 말했다. 그는 길거리로 나온 지 얼마 되지 않았다고 말했다. 아직까지는 사회인의 티를 덜 벗은 생기 있는 눈빛.

"이삼 주일 거리의 삶이 계속되면 사람은 변하게 됩니다." 시청자들을 향해 기자가 말했다. 거리의 삶도 일종의 출가(出家)였다. 그는 카메라를 끌고 다니며 거리에 나온 지 한두 달은 족히 지난 것처럼 보이는 사람들을 비추었다. 혜정에게는 저들의 모습이 아주 익숙했다. 아파트 단지 내에서 서식하는 사람들과 똑같은 모습이었다. 죽은 사람이든 산 사람이든, 아이들이고 어른이고 다들 무뇌아 같은 표정. 카메라 불빛에도 그들은 손을 약간 꿈틀거리기만 할 뿐이었다. 더듬이가 외부 자극에 본능적으로 움직이는 것처럼. 그런 모습을 보자 잠시 잊고 있던 감각이 그녀의 발목 부위를 족쇄처럼 감싸며, 종아리를 타고 스멀스멀 기어올랐다. 닿는 곳마다 소름이 돋았다. 잔인한 폭력, 토사물, 믹서로 짜낸 듯한 핏물……을 볼 때 느끼는 혐오감이 위장을 비틀었다. 그녀는 방으로 돌아가고 싶었다. 그러나 꼼짝할 수가 없었다. 그녀는 문득, 자기 혼자 거실에 있고 부모님과 동생은 모두 잠들어 있다는 사실을 깨달았다. 도와줄 사람이 있을까? 만약 내가 상대해야 할 것이 유령이라면, 내 방으로 달아난다고 해도 별수 없어. 그녀는 거실의 불을 환하게 밝혔다.

"원인을 뭐라고 분석할 수 있는 겁니까?" 시사 프로그램 진행자가 물었다. 취재 기자는 우선 노숙자들 대부분은 빚에 몰리고 딱히 일자리도

구하기 어려운 장기 실직자들이라고 설명했다. 이들이 날씨가 따뜻해지자 거리로 나오기 시작한 것이었다. 기자는 이어서 노숙자들을 지원하는 민간단체들 이야기를 꺼냈다. 음식과 잠자리를 제공하거나 기술을 가르쳐 새 삶을 살 수 있도록 도와주는 활동들. 종이상자와 신문지를 이용해 간이 숙소를 만드는 법을 가르쳐주는 일본의 한 민간단체 파견 요원이 인터뷰에 응하기도 했다.

이튿날부터 신문에는 노숙자 증가에 대한 분석 및 대책이 크게 실렸다. 야당 대변인은 정부가 실업자 돌보기에 소홀했다며 현 정부의 경제실정(失政)을 맹렬히 비난했다. 하지만 누가 구조조정이라는 세계적 흐름을 거역할 수 있을까. 중국에서 중공업이 급속도로 발전하면서 중금속물질이 섞인 유독한 황사가 한국 땅으로 날아오는 것을 막을 수 없듯이, 기업을 퇴출시키다보면 실업자가 늘어나는 것은 불가피한 일이다. 정부에서는 노숙자 보호를 위해 예비비를 할당하겠다고 발표했다. 여당과 야당은 새 정권이 출범하고 나서 공장 가동률이 얼마나 줄어들고 실업률이 몇 퍼센트 늘어났는지를 놓고 다툼을 벌였다.

노숙자들의 급증에는 통계적으로 설명되지 않는 점이 분명히 있었다. 그러나 이런 지적은 큰 호응을 얻지 못했다. 세상에는 설명할 수 있는 현상과 설명할 수 없는 현상이 있는데, 설명할 수 있다고 여겨지는 현상이 실은 설명이 불가능한 것이라면 신문기사로 만들기가 곤란해진다. '불가지론'은 성서나 환상소설에 적합한 이야기였다. 하지만 통계학자들이 보기에는 실업률과 노숙자 숫자 사이의 상관관계는 점점 사라지는 추세였다. 또한 일각에서는 '실망 실업'을 감안하면 실업률도 낮아지는 추세일지도 모른다는 의견도 제기되었다. "그것은 정부가 발표한 실업률이 얼마나 허구였던가를 말해주는 명백한 증거이다." 경제가 더 나빠져야 득

표에 도움이 된다고 생각하는 야당측에서는 그렇게 반박했다. 숫자 놀음이야 학자들이나 하는 짓거리라고 믿는 사람들에게는, 노숙자들이 늘어나고 있다는 명백한 사실보다 중요한 것은 없었다.

텔레비전과 신문이 노숙자 보도를 쏟아내는 것을 보며 혜정이 절대로 외출하지 않겠다고 마음을 굳히고 있는데 마침 형만에게서 전화가 왔다. 마감 기한을 하루 넘기긴 했지만 새 작품을 다 완성하고 출판사로 보냈다는 것이었다. 그리고 덧붙이는 한마디. "저녁까지 집에 아무도 없을 텐데, 우리집에 올래?" 그게 본론이었다. 혜정의 집이 비었더라면 그녀는 주저하지 않고 자기 집으로 와달라고 부탁했을 것이다. 하지만 어머니가 집을 비우면 대학 1학년생인 남동생이 집에 있고, 남동생이 놀러 나가면 어머니가 아버지를 위해 요리를 만든다며 법석을 떨었다. 혜정은 샤워를 하고 속옷을 갈아입었다.

그녀는 형만과 섹스를 잘하고 싶었고 실지로도 잘했다. 형만이 정상위로 올라가 있을 때 그녀는 그가 좀더 깊게 삽입할 수 있도록 허리를 들고 약간씩 비틀어 그를 자극했다. 그가 절정에 오를 때에는 "네가 좋아!"라고 외치며 그의 목덜미를 꼭 껴안았다. 그날 형만은 세 번 사정했다. 모든 행위가 다 끝나고 난 후 그녀는 입으로 형만의 성기를 깨끗하게 해주었다.

저녁이 되고, 형만네 식구들이 하나둘 돌아올 시각이 되자 두 사람은 바깥으로 나갔다. 형만네 동네에 있는 한 클래식 카페에서 정다운 시간을 가졌다. 형만은 약간 맥이 풀린 모습으로 자신의 새 작품에 대해 이야기했다. 그리고 둘은 맥주를 마셨다. 혜정은 일부러 지하철이 끊길 시각까지 기다렸다. 형만이 택시를 잡아줬다. 그녀는 그달 마지막 용돈으로 택시를 타고 집까지 왔다.

*

혜정이 필기시험에 합격했다는 통보를 받자 어머니는 대뜸 백화점 카드를 내밀었다. "면접 때 입을 옷이라도 한 벌 사야지." 혜정에겐 이미 정장이 두 벌 있었고, 외출이란 조금도 달갑지 않았다. 그래서 그녀는 괜찮다고 말했다. "괜찮긴 뭐가 괜찮니." 어머니는 그렇게 대꾸하며 딸의 손에 억지로 카드를 쥐어주었다.

혜정은 대학 입학동기 중 한 사람인 수연에게 전화를 걸어, 함께 쇼핑이나 하러 가자고 했다. 한 학기 휴학을 한 혜정보다 먼저 대학을 졸업한 수연은, 이삼 개월 뒤에 자기보다 다섯 살 연상인 변호사와 결혼하기로 되어 있는 예비 신부였다. 긴 팔에 긴 다리, 그리고 뛰어난 화장술과 활달한 성격의 소유자로 어디에 가더라도 밝게 빛나는 여자였다. 그녀 옆에 서면 혜정은 손님 없는 은행 창구를 지키는 우울한 표정의 여직원과 다를 바 없어 보였다.

"그 이상한 남자랑은 아직도 잘돼가는 거야?"

수연은 만나자마자 형만의 이야기부터 꺼냈다. 혜정이 형만과 잤다는 사실은 오로지 수연만이 알고 있는 비밀이었다. 혜정은 적당히 얼버무렸다.

백화점으로 가는 길에도 노숙자들은 끊이지 않았다. "저 사람들, 점점 많아지고 있어." 수연이 말했다. 혜정이 그걸 어떻게 아느냐고 되묻자, 수연은 일 주일 전에도 이 백화점에 왔었다고 대답했다.

세일 기간이었기 때문에 백화점 앞은 쇼핑백을 든 여자들투성이였다. 게다가 노숙자들이 거리 일부를 점유하고 있어 길이 더 좁아져 있었다. 사람들이 가까이 다가가려 하지 않았기 때문에 노숙자들은 북새통 속에서도 방해받지 않고 정오의 햇빛을 쪼이며 일광욕을 할 수 있었다.

백화점 안으로 활짝 열린 커다란 유리문에서 몇 발치 떨어지지 않은 곳에도 노숙자가 덩그러니 누워 통행을 방해하고 있었다. 보안요원이 아르바이트 학생과 힘을 합쳐 그를 끌어내려고 애쓰고 있었다. 노숙자는 반항하지 않고 몸을 축 늘이고 있을 뿐이었는데도 요지부동이었다. 화가 난 보안요원이 노숙자의 등짝을 한 번 걷어찼지만 그는 꿈쩍도 하지 않았다. 오히려 찬 사람 쪽이 충격을 받았다. 다음 차례는 아르바이트 학생이었다. 키가 큰 그는 서너 걸음 거리를 두었다가 프리킥을 차는 축구선수처럼 힘차게 목표물을 향해 발을 날렸다. 그래도 노숙자는 움직이지 않았다. 보안요원은 질린 표정으로 재킷 주머니에 넣어둔 무전기를 통해 동료들을 불러냈다.

"그냥 놔두면 안 되나? 저런 사람들."

수연이 이해할 수 없다는 듯이 말했다. 혜정이 왜냐고 묻자 수연이 대답했다.

"이미 저런 사람들 천지인데, 저런 사람늘이 좀 있다고 해서 백화점 이미지가 망가지는 것도 아니잖아. 저 사람들, 그냥 저렇게 누워 있기만 하는 거잖아. 특별히 해를 끼치는 것도 아닌데."

"그건 네가 잘 몰라서 하는 소리야."

"그럼? 저런 식으로 쫓아내는 게 잘하는 짓이라고 생각해?"

수연의 반박에는 도덕적인 비난이 섞여 있었다. 아, 혜정은 생각했다. 내가 얘기를 잘못 꺼냈구나. 그렇다고 자신이 겪었던 사건에 대해 말할 수는 없었다. 만약 자신이 단순한 살인을 저지른 것이었다면, 형만에게 처녀성을 잃었던 이야기를 할 때처럼, 비밀을 털어놓을 때의 조용한 목소리로 고백할 수 있었을 것이다. 하지만 혜정의 발목 언저리를 어루만지던 그 손길, 벌레를 잡을 때 터져나오는 끈적한 점액질의 그 느낌, 그것은 지하철이나 버스에서 당했던 성추행과는 차원이 다른 문제였다. 누군가 혜정의 엉덩이를 어루만지고 스커트 속에 손을 집어넣을 때에도 이렇게까지 혐오스럽고 두렵지는 않았다. 눈을 감고 꾹 참을 수 있는 종류의 것이 아니었다. 무엇이든 집어들고 후려쳐 쫓아내버리고 싶은 그 느낌. 수연에게 이런 느낌을 어떻게 전할 수 있을까? 만약 그것이 남에게 전달할 수 있는 성질의 것이었더라면 혜정은 모든 것을 고백했을지도 몰랐다.

"너 몰랐니? 저런 부랑자들에겐 참호열이란 병이 있어. 그건 세균성 질환이야. 그 병에 걸리면 온몸이 아프고 두통과 고열에 시달리게 되지. 그대로 놔두면 죽을 수도 있어. 저 사람들 몸에 있는 이 때문에 옮는 병이라고. 백화점처럼 사람이 많이 모이는 공공장소에 이를 퍼뜨리는 사람이 있다면 어떻게 되겠니? 그 밖에도 여러 병균을 많이 갖고 있대. 결핵, 감기, 피부병…… 저런 사람들은 깨끗한 곳에 격리해 치료를 해줘야 한다고 생각하지 않니? 그게 저 사람들에게도 좋은 일일 거야."

이번에는 수연도 별다른 반박을 하지 않았다.

"그래, 그런 자세로 면접에 임하라고."

오히려 밝은 미소를 지으며 화가 난 것처럼 얼굴을 일그러뜨리고 있는 친구에게 격려의 말을 던져주는 것이었다.

수연은 혜정에게 아주 잘 어울리는 옷을 골라줬다.

*

드디어 노숙자들의 급증이 비정상적인 현상으로 부각되었다. 월스트리트 저널 같은 외국 언론에서도 한국의 노숙자 문제에 관심을 기울이기 시작했다. 경제 상황이 예년보다 나아졌는데도 전국적으로 노숙자가 늘어나는 것을 대체 어떻게 보아야 하는가? 명쾌한 설명은 없었다. 비정상적으로 따뜻한 겨울 날씨가 사람들로 하여금 쉽게 거리로 나갈 결심을 하게 만든다는 설명은 진부한 것이었다. 한 기상학자는 한국의 기후가 온대에서 아열대로 바뀌고 있다는 연구논문을 발표했다. "그러므로 우리는 새로운 기후 환경에 적응할 준비를 해야 합니다." 이러한 주장은 이미 학계에서는 정설로 받아들여지는 것이었지만, 언론을 통해 알려지자 아열대 기후에서 더 많은 수익을 올릴 것이라 기대되는 업체들 — 가전업체나 음료수 업체 — 의 주가가 일시적으로 급상승하는 결과를 낳기도 했다.

혜정의 아파트 단지에 서식하는 노숙자들의 수도 부쩍 늘었다. 주민들 — 자기 집을 갖고 있는 사람들 — 대부분은 노숙자를 자기네 삶의 터전에서 몰아내고 싶어했다. 의학단체에서는 노숙자들의 결핵·감기·피부병 보균률이 삼십 퍼센트를 웃돌기 시작했으며, 이들이 서울 시내에 다시 돌기 시작한 이나 벼룩 등의 근원이라는 발표를 했다. 그러나 노숙자 시설은 이미 수용 인원을 초과한 지 오래였다. 포교 및 인도적인 차원에서 노숙자를 받아들이던 교회들도 이제는 그들을 내보내는 분위기였다. 신도들의 반발 때문이었다. "일하지 않는 자는 먹지도 말라고 했는데……" 익명을 요구한 한 대형 교회 집사의 말이었다.

그와 정반대의 활동도 있기는 했다. 노동계와 시민단체들은 적극적으로 움직였으나 사람과 돈이 부족했다. 야당은 정부측에 근본적인 대책을 요구했다. 여당과 정부는 대책 마련에 고심했다. 하지만 아무도 원인을 모르기에 근본적인 대책은 나오려야 나올 수가 없었다. 정부측은 국정원까지 동원해 사태의 진상을 파악하려 했지만 큰 소득은 없었다. 노숙자들은 그저 쓰레기통을 뒤지며 먹을 것을 찾고, 좀더 편안한 잠자리를 위해 본능적으로 이동할 따름이었다. 그들은 그 이상의 일도, 그 이하의 일도 하지 않았다.

언론에서는 노숙자가 어떻게 '발생'하는지 추적하기 위해 노력을 기울였다. 이제 막 길거리로 나온 듯한 사람을 붙잡아놓고 취재를 하면 문제의 핵심을 밝힐 수 있을 것 같았다. 그런데 이제는 '길거리로 막 나온 듯한' 이들은 찾을 수 없었다. 양복을 입은 채 신문지를 깔고 누워 있는 이를 발견하자 취재진들은 환호성을 질렀다. 바로 이 사람이다! 그들은 어떤 절절한 스토리가 나올까 기대했다. 빚 보증을 잘못 섰다가 집을 잃고, 아내는 돈 많은 애인을 따라 가출하고…… 실업 보조금은 다 떨어지고, 공공근로 일자리조차 얻지 못해 길거리 생활을 시작했다는 인생담. 하지만 그 사내는 입도 뻥긋하지 않았다. 아니, 그를 비롯한 노숙자들 모두가 언어를 상실한 것 같았다. "이건 혹시 우리가 알 수 없는 질병이 아닐까?" 한 기자는 그렇게 탄식하다가, 노숙자에게서 막 옮은 이 때문에 저고리를 벗고 몸을 마구 긁었다. 드디어 정부에서는 이틀에 한 번씩 거리에 소독약을 살포하기 시작했다.

혜정이 아무리 눈을 감고 귀를 꼭 닫는다고 해도 노숙자들이 급증하고 있다는 사실을 모른 척할 수가 없었다. 노숙자들은 멈추지 않고 그녀의 삶으로 몰려들었다. '내가 죄를 지어서 그런 거야.' 혜정은 생각했다. '나는 대가를 치르고 있는 거야.' 어쩌면 자신이 깨뜨려서는 안 될 금기를 깨뜨린 것인지도 모른다고 생각한 그녀는, 자신이 실수로 노숙자를 죽인 것 때문에 세상이 괴이하게 변해간다고 믿는 지경에 이르렀다. 그렇게 믿지 않고서는 노숙자들의 급증을 현실로 받아들일 수가 없었다.

면접을 앞둔 날 밤, 그녀는 악몽을 꾸었다. 그녀를 제외한 세상의 모든 인간들이 그녀가 죽인 노숙자의 모습을 하고 집 주위를 둘러싸고 있는 꿈을. 그들은 재판관의 충실한 사도이자 지옥의 개였다. 꿈속의 혜정은 겁에 질려 창문에 커튼을 치고 바들바들 떨며 형만에게 전화를 했지만 그는 받지 않았다. 그렇게 시간을 끄는 동안 사도들의 수는 점점 늘어나 이윽고 그녀 아파트 건물로 침입했다. 계단과 엘리베이터를 통해 몰려든 그들은 현관문을 부수고 들어와, 그녀의 아버지와 어머니를 짓밟았다. 동생이 야구방망이를 들고 나왔다가 역시 압사했다. 사지가 깔려 버둥거리지도 못하고 얼굴과 가슴이 눌려 비명도 지르지 못한 채. 이제 혜정밖에 남지 않았다. 방금 사망한 아버지와 어머니와 동생도 어느새 좀비처럼 일어나 지구 최후의 생존자인 그녀를 죽이러 다가왔다…… 여기서 꿈은 끝났다.

그녀는 화장거울 앞에 앉아 화장을 시작했다. 긴 밤 내내 악몽에 시달려 창백해진 얼굴에 혈색을 불어넣는 작업이었다. 그렇다고 지나침이 있어선 안 되었다. 그는 파우더로 얼굴에 투명한 베이스를 깔았다. 그리고 붉은 기가 살짝 도는 립글로스를 입술에 바르고, 눈에는 하늘색과 흰색이 섞인 아이섀도를 올렸다. 작업이 다 끝나자 혜정의 창백한 얼굴은 물오른 십대 소녀처럼 볼이 발그레해진 것이 생기가 돌았다. 거울 속의 혜정은 인형처럼 예뻐 보였다. 그녀는 그러한 모습이 오늘 자신에게 가호를 내리기를 바랐다.

거울 속의 그녀가 잠시 사라졌다가 벌거벗고 다시 나타났다. 그 위에 흰색 브래지어와 팬티 및 거들, 연한 회색빛 블라인드 재킷과 팬츠가 차례로 입혀졌다. 옷을 다 입은 그녀는 거울 속에 말없이 머물다가 다시 모습을 감추었다.

거울 속의 그녀가 다시 등장한 것은 면접장에서였다. 우선 일차인 집

단토론. 다섯 명이 한 팀을 이루어 주어진 주제를 놓고 토론하는 것이었다. 혜정은 사회자 역할을 맡았다. 주제는 '노사관계의 안정은 경제난국의 타개책이 될 수 있는가?'였는데, 그녀는 여러 사람들의 의견을 침착하게 잘 종합해 '노사관계의 안정은 중요하긴 하지만 그게 유일한 방안이 될 수는 없다'라는 결론을 무리 없이 이끌어냈다. 그리고 곧장 임원 면접을 보았다. 그녀에게는 은행에 지원한 동기, 그리고 어떤 부서에서 일해보고 싶냐는 질문이 왔다. 그녀는 대출 심사부에서 근무하고 싶다고 대답했다. 그러자 인사팀 이사라는 흰머리 남자가 "인사부서는 어떤가? 우리는 인사전문가가 필요한데. 자네는 인적자원관리란 과목도 수강했구먼?"이라고 말을 던졌다. 그녀는 이에 막힘 없이 대답해서, 면접이 끝난 뒤 같이 면접에 들어간 다른 남자들로부터 말을 어떻게 그리 잘하냐는 찬사를 받기까지 했다.

*

　삼층에서 내려다보이는 풍경은 다음과 같았다. 스웨터나 얇은 코트 등 가을철에 맞는 차림으로 거리를 활보하는 사람들. 패션잡지에서 예측한 올겨울 유행과는 전혀 동떨어진 모습들이었다. 겨울이 과연 오기는 올까? 이미 가을에 잎을 다 날려보낸 가로수만이 지금이 겨울임을 알려주고 있었다. 가로수 아래에 오줌을 누고 있는 노숙자가 있었다. 그는 뿌리 없는 나무처럼 산들바람에도 비틀거리며 볼일을 본 다음 네 발로 기어서 잠자리로 돌아갔다. 구청에서 나온 차량이 짙은 소독약을 뿌리며 지나갔다. 포연처럼 뿌연 연기에 거리는 전쟁터 분위기가 났다. 행인들은 콜록

거리며 마스크를 썼다.

　삼층의 한 카페에서 혜정은 형만 옆에 다소곳이 앉아 있었다. 테이블 맞은편에는 형만의 친구 조식과 그의 여자친구가 있었다. 조식은 형만의 열변을 경청하고 있었으나 그의 여자친구는 지루함을 겨우 참고 있는 것처럼 보였다. 벽 모퉁이의 스피커에서는 요즘 다시 인기를 끌고 있는 올드팝이 흘러나오고 있었다. "저 노래 좋아해요?" 갑자기 혜정에게 던져지는 메조소프라노 목소리. 조식의 여자친구는 성악이 전공인 대학생으로 네 사람 중에서 가장 어렸다. 요즘 소독약 연기가 하도 심해서 자기는 거리에 나가면 방진 마스크를 써야 할 노릇이라고 농담 같은 이야기를 하기도 했다. 하긴, 성악가는 목을 보호해야 하니까.

　조식은 혜정과 구면이었다. 두어 번 형만과 함께 만난 적이 있었다. 형만과 조식은 동갑내기인데다 대학 동기였다. 그리고 혜정과 형만, 그리고 조식은 모두 경영학과를 졸업했다는 공통점이 있었다. 그래서 화제는 자연스럽게 노숙자들과 경제에 대한 것으로 흘러갔다. 최근 언론 보도에 따르면 무디스와 스탠다드 앤 푸어스 같은 세계적인 신용등급평가 회사에서는 한국의 신용등급을 한 등급 내릴 것을 검토하고 있다. "한국에게 노숙자 문제는 또하나의 밀레니엄 버그이다"라는 말을 무디스의 고위 임원이 했다고 한다.

　"그러고 보면 밀레니엄 버그와 노숙자는 공통점이 있지 않아?"

　조식이 말했다. 두 문제 다 원인을 따지는 것은 중요하지 않다. 데이터를 최소화하기 위해 컴퓨터 시스템에서 연도 표기를 네 자리가 아닌 두 자리로 한 것이 문제의 근원이라는 것을 파고들어보았자 무슨 소용이 있겠는가? 단지 해결할 필요만이 있을 뿐이다.

　"우린 여기서 아무 교훈도 얻을 수 없을 거야. 그저 앞으로 이와 같은 사태가 또다시 발생하지 않을 것이라고 누가 장담할 수 있겠냐는 신문 사설 같은 이야기나 떠들 수 있겠지."

형만이 말했다.

"교훈은 접어두고 해결책을 생각해봐야 하지 않을까. 산 사람은 살아야지. 어떤 사람들은 노숙자를 감옥에 가두어야 한다고 말하고 있어. '만약 한국이 아열대 국가가 된다면, 한국은 노숙자들의 천국이 될 것이다. 일하지 않아도 굶어죽지 않는 사회는 공산주의 사회나 다름이 없다. 이대로 있다가는 우리는 국가 절멸의 위기에 처할 것이다. 우린 총력을 다해 이런 사태를 막아야 한다. 노숙자들을 감옥으로 보내라. 마르크스 같은 공산주의자마저 자유는 노동에서부터 나온다고 하지 않았던가. 일을 하지 않으면 굶어죽도록 해야 한다.' 이런 주장이 우스개처럼 들리지 않는 세상이 되어가고 있다니 웃기지 않아?"

조식이 말했다. 그때 그의 여자친구가 갑자기 나서서 한마디했다.

"사람들이 거리로 나가 살려고 하는 것은 어떤 세균 탓이라고 말하는 사람도 있어요. 사실 그런 사람들 몸엔 병균도 많이 들끓는다고 하고요. 그들을 감옥이나 무인도로 보내버리는 게 그들에게나 우리에게나 좋은 일 아닐까요?"

"글쎄요. 그건 너무 단순한 이분법에 근거한 발상 아닌가요. 세상 사람들을 격리하는 자와 격리당하는 자로 나누고 격리하는 것만으로 모든 문제를 해결해버리는 것 말이죠. 그건 세상 사람을 두 부류로 나누고, 그러한 분류법을 정당화하기 위해 책 한 권을 써내는 사람들에게서나 나올 법한 발상 같군요. '세상 사람은 비틀스를 좋아하는 사람과 그렇지 않은 사람으로 나뉜다'는 식의 얘기 말입니다. 단순한 은유나 교훈적인 풍자가 예술이라고 믿는, 상상력이 거의 없는 사람들이나 할 법한 얘기죠. 만약 예술적 상상력이 있다고 해도 무척 조악한 것임에 분명해요. 별로 귀 담아 듣고 싶진 않은데요."

그 말에 조식의 여자친구는 놀란 것 같았다. 기분이 상하기 전에 먼저 놀라기부터 했던 것이다. 조식은 어이없다는 표정을 지으며 말했다.

"야, 문제를 그렇게 돌리지 마."

"그게 그거 아닌가."

"자, 그럼 대책은 뭐라고 생각해?"

"글쎄, 그건 작가가 할 일은 아냐. 네 생각은 어때? 은행가."

형만이 잠자코 있던 혜정에게 고개를 돌리며 물었다.

"그냥…… 별 생각 없어."

*

통계학자들은 경기동향지표, 실업률, 새로 계산된 자연실업률(학자마다 차이가 있었다), 주가의 흐름(선물 가격과 이동평균선이 반영된) 등 구할 수 있는 거의 모든 통계지표를 가지고 노숙자 증가에 대한 요인분석을 시도했다. 여기에 쓰인 지표의 종류가 너무 많아서 분석 결과는 제각각이었다. 매일 새로운 분석이 신문 지상을 오르내리고 텔레비전에 소개되었다. 어떤 이는 이를 '백화점식 요인분석'이라고 불렀다. 마음에 드는 분석을 골라 그걸 믿으면 된다는 식의 빈정거림이 섞인 촌평이었다. 하지만 그런 말을 한 '누군가'는 무책임하고 냉소적이라는 비난을 면치 못했다. 만약 그가 고위 공무원이었더라면 옷을 벗어야 했을 것이다.

이상기온이 계속되고 있다. 비단 한국에만 국한된 일이 아니었다. 여름에 눈이 내리고, 눈 내리던 겨울에 비키니 미녀의 크리스마스 축제를 구경하게 되는 경우가 생기기까지 한다. '라니냐'와 '엘니뇨' 등으로 해수온이 변하면서 지구상에 이상기온 현상이 발작적으로 일어나 사람들을 당혹스럽게 만든다. 영하 사십 도의 혹한에 갇혀 꼼짝 못 하는 미국의 한 주(州), 사십 도를 웃도는 고온으로 동물이고 사람이고 모두 죽게 만드는 인도의 살인 더위…… 기상학자들은 이상기온 현상이 일어나는 이유를 나름대로 분석하지만 그건 단지 결과론일 뿐이다. 날씨는 통계학에서 말하는 랜덤 워크(Random Walk) 행보를 보이고 있다. 랜덤 워크는 술주정뱅이의 걸음이다. 우리는 그 뒤를 따라가며 어떤 의미를 캐내려고 애써보지만 술주정뱅이의 걸음은 본질적으로 제멋대로일 뿐이다. 그러므로 이제 기후 예측은 기상학자들이 세상을 바라보는 자신의 관점을 주장하는 것 이상의 의미를 지니지 못한다. 주장에는 설득력이 있어야 한다. 설득력 있는 주장을 하기 위해선 개연성과 핍진성이 필요하다. 결국 기후 예측이란 소설을 쓰는 것과 다름없는 일이다.

이것은 형만이 언젠가 혜정에게 했던 말이었다.

합격자 발표일을 앞두고 초조해진 혜정은 형만에게 자기가 저지른 사건에 대해 고백했다. 어느 날 밤 뜻하지 않게 살인을 했고 지금 죄의식에 쫓기는 상태라는 것에 대해서. 그 말을 듣고 형만은 친절하게도, 몇몇 영화에서도 하이힐은 치명적인 흉기로 등장한 적이 있다고 가르쳐주었다. 그러므로 혜정이 사람을 죽였을 가능성은 '충분히 높다'라고 그는 말했다. 내가 큰 잘못을 한 거야? 그녀가 울먹이며 묻자 형만은 자상한 목소리로 그렇지 않다고 대답했다.

"그건 정당방위였을 뿐이야. 만약 네가 그렇게 하지 않았더라면, 넌 정말 무슨 일을 당했을지 몰라. 넌 네가 해야 할 일을 한 거야. 다만 결과가 예상을 뛰어넘었을 뿐이지. 비록 그 사람은 죽었고 자신이 한 일보다 더 심한 대가를 치렀지만, 그렇다고 그 사람이 한 일 자체가 정당화될 수는 없어. 그럼 네가 한 일은 어떻게 정당화가 되냐고? 넌 살아 있고, 그 사람은 죽었어. 그걸로 충분해. 넌 좀더 성장한 거야."

그리고 형만은 그러잖아도 최근 혜정의 행동이 이상해 보였었다는 이야기를 꺼내 그녀를 놀라게 했다. 그녀는 물었다. 정말 내가 이상하게 보였어? 어땠는데?

"그냥 이상해 보였어."

"응······"

"이 바보야. 그만 울고 이제 자. 좋은 꿈 꾸고. 내일 발표일이랬지? 좋은 소식이 올 거야."

"응."

형만의 그 말은 서양 동화에 나오는 샌드맨(Sandman)이 뿌리는 잠의 모래와도 같아서, 혜정이 수화기를 든 채 쿨쿨 잠들게 만들었다. 그리고 비록 꿈은 그녀의 머리맡을 찾아오지 않았으나 형만의 나머지 말은 그대로 실현되었다. 아침에 일어난 혜정은 자신이 수화기를 제대로 내려놓지 않고 잠들어버린 것을 보고도 당황하지 않았다. 그녀는 자신의 합격 소식을 전달받을 수 있도록 전화기를 바로 해놓고서는 아침을 먹었다. 그리고 은행일을 시작할 것에 대비해 형만이 권했던 조지 소로스의 『금융의 연금술』을 들고 소파에 가 앉았다. 형만은 소로스의 '재귀 이론'에 매료되어 있었다. 주식시장과 투자자는 서로 영향을 끼치며, 투자자들은 완전한 정보를 갖고 있지 못하기 때문에 편견을 갖고 투자한다. 시장을 좌우하는 것은 '우세한 편견'으로, 투자자들은 그것을 진실이라고 착각한다. 하지만 어느 순간 주식시장은 착각과 현실의 괴리를 조정하는 격변을 겪게 마련이다…… 착각이 심했을 경우 치솟던 주가가 대폭락하는 사태가 벌어지는 것이다.

시계바늘이 열두시를 넘기고도 한 바퀴를 더 돌았을 때 전화기가 울렸다. 식탁에서 요리잡지를 넘기고 있던 혜정의 어머니, 그리고 소파에서 책을 읽고 있던 혜정은 전화벨 소리가 무엇을 의미하는지 알 수 있었다. 그것은 마법과도 같았다. 혜정은 수화기를 들어 자신의 합격을 확인했다. 그녀가 친구들의 호출기와 휴대폰에 합격했다는 메시지를 남기자 곧 축하 전화가 쏟아지기 시작했다.

*

서리가 내려 세상이 한 겹 눈에 뒤덮인 것처럼 새하얗게 변했다. 서울·경기 지역의 수은주는 하루아침에 영하 십오 도 안팎으로 내려갔다. 해가 뜬 아침에는 바람이 불지 않아 체감기온 자체는 영하 오륙 도 정도였지만, 새벽에 분 강풍은 정말 대단했다는 것이 신문 배달원들의 말이었다. 거리에서 얼어죽은 노숙자들을 제일 먼저 발견한 것도 그들이었다.

아침 뉴스에서는 경상도 일부와 제주도를 제외한 전역에서 노숙자 보호시설에 수용되지 못한 노숙자 대부분이 동사했다는 소식을 전했다. 동(冬)장군은 살인귀였다. "대한민국 건국 이래 최대 참사입니다." 앵커가 또박또박 사실을 전했다. 범위와 규모에서 비행기 추락사고나 선박 전복사고, 다리 및 건물의 붕괴사고와 비교할 수 없는 사상 초유의 참사였다. 정부는 사망자를 사오만 명 선으로 추산하고 있었고 민간단체에서는 거기에 일이만 명을 더 붙였다. 하지만 숫자 놀음은 무의미했다. 시체를 치우는 것부터가 문제였다. 각 군·구청에서는 동원할 수 있는 트럭은 모두 동원했다. 방송국에서는 청소부들이 쓰레기 트럭에 얼어붙은 시신을 나르는 현장을 중계했다. 경찰과 동사무소 직원들도 이 작업에 차출되었다. 카메라가 좀더 가까이 다가갔다. 시신을 옮기는 사람들의 표정은, 무거운 돌덩어리를 날라 피라미드를 쌓는 고대 이집트의 인부들을 연상케 했다.

혜정의 어머니는 쯧쯧 소리를 내며 텔레비전 화면에서 눈을 떼지 못하고 있었다. 한 방송사에서는 쓰레기 트럭에 시신이 가득 찬 모습을 비추기도 했다. 그것은 시신이라기보다는 냉동 참치나 정어리처럼 보였다. "저 트럭, 다 어디로 가는 거지?" 혜정의 어머니는 궁금해했다. 화장터일까, 난지도일까. 아니면 통조림 공장일까.

혜정의 아버지는 길이 얼마나 막힐까 걱정하며 출근했다. 시신 운반 작업 때문에 서울을 비롯한 대도시들은 교통 정체 상태에 빠졌다. 혜정의 아버지는 딸에게 다음과 같은 말을 잊지 않았다. "저것들 좀 치운 다음에 가도록 해라. 사람들 보기에 민망하지도 않나…… 하여튼 요즘 방송국이란." 텔레비전으로 보는 것과 실제로 보는 것이 다르다는 것쯤은 저도 알아요. 혜정은 그렇게 중얼거렸다.

너무 늦지 않도록 하세요. 은행에서 온 전화였다. 입사 절차에서 이제 의례적인 신체검사만이 남아 있었다. 모든 직장인들은 정상 출근을 했다. 초·중·고등학교에는 임시 휴교령이 내려졌다. 학생들은 집에서 시신 운반 작업의 중계를 시청하기도 했고, 바깥에 나가 직접 구경하기도 했다.

아파트 입구는 추위 때문인지 굳게 닫혀 있었다. 수위실 안에는 아무도 없었다. 수위들 역시 시체를 치우기 위해 한데 모여 고생하는 중이었

184

다. 그들은 리어카를 사용해 시체를 트럭이 기다리고 있는 인근 동사무소까지 운반했다.

혜정의 눈에 세상은 하나의 크고 정교한 얼음조각이었다. 눈에 걸리던 것들이 모두 사라지고, 어젯밤 그녀가 잤던 반죽음에 가까운 잠처럼 잠들어 있는 것 같았다. 그녀는 이제 모든 것이 끝났다고 생각했다. 더이상 괴롭힘을 당하지는 않을 거야. 설령 자신이 진짜 '죄'를 저질렀다 하더라도 그 동안 마음고생을 한 것으로 다 상쇄할 수 있으리라고 그녀는 믿었다. 살인을 합리화할 길은 많았다. 가장 편한 것은 정당방위였다. 어떤 죄를 지었다고 해도 일단 공소시효가 만료되면 죄 자체가 무효화하는 법. 그녀는 자신이 저지른 일에 대해 나름대로 판결을 내렸고, 그럼으로써 죄의식을 깨끗이 지울 수 있었다.

마름모꼴 무늬의 포석이 깔린 넓은 길의 중간 즈음에는 샛길이 하나 있다. 잔디밭 사이로 큰길에 쓰인 것의 삼분의 이 크기인 작은 블록을 써서 만든 길로, 여름에 덩굴이 타고 올라가도록 금속 지주(支柱)를 일정한 간격으로 세워놓았다. 바로 이 장소에서 그녀의 고통이 시작되었던 것이다. 바야흐로 지난 일을 아무렇지도 않게 되돌아볼 수 있게 된 혜정은 한동안 얼씬하지 않던 그 길로 들어섰다.

L자로 꺾인 샛길의 모퉁이에 노숙자 하나가 웅크리고 있었다. 그는 신문지 한 장 덮고 있지 않았다. 어쩌다 저 샛길에서 잠이 들었을까. 하필이면 왜 저곳에서 잠들었을까? 수위들이 이런 샛길에 있는 시체까지 치우려면 시간이 꽤 걸릴 것이었다.

잔뜩 웅크려 구부러진 노숙자의 몸을 보면서, 혜정은 소독약을 맞고 오그라든 송충이 생각을 했다. 초등학교 시절, 같은 반 남자애들이 꿈틀거리는 송충이를 교실에 가지고 와 여자애들을 놀래킨 적이 있었다. 혜정도 겁에 질려 비명을 질렀던 여자애 중 하나였다. 남자애들은 여자애들이 벌레를 싫어한다는 사실을 너무도 잘 알고 있었다. 덩치가 커서 남자애들도 함부로 대하지 못했던 한 여자애도 벌레만큼은 끔찍하게 싫어했다. 그리고 남자애들이나 여자애들이나 공통적으로 끔찍하게 여겼던 것은 바퀴벌레였다. 날개를 펴고 날아다니는 바퀴벌레를 보고 질겁했다는 아이 얘기도 들은 적이 있었다.

"난 죽은 벌레는 절대 무서워하지 않아." 한 친구는 그렇게 말했었다. 혜정은 그 말에 기대어 조심스럽게 앞으로 다가갔다. 여기서 피하면 안 돼. 여기서 도망치면 안 돼. 나는 이 길을 통해 회사까지 갈 거야.

혜정과 노숙자와의 거리가 점점 좁혀졌다. 대여섯 발짝 정도로 가까워지자 혜정은 만약에 대비해 하이힐 한 짝을 벗어 들었다. 노숙자들과 그녀에게 살인의 연(緣)을 맺게 했던, 살인자와 피살자의 인연을 맺게 해주었던 그 구두였다. 아직까지는 아무 일 없었다. 아무 일도 없을 것이다…… 그렇게 자신에게 자신(自信)을 불어넣으며 그녀는 전진했다. 그리고 길모퉁이를 막 지나치려 했을 때 그녀는 미미하지만 아직 완전히 끊어지지 않은 생명체의 기운을 감지했다. 작은 소리가 들렸다. 그녀는 도망치지 않기로 했다. 두려움의 실체와 정면으로 대결하지 않으면 앞으로 성공을 향한 피나는 경쟁에서 패배자로 전락할 것만 같았다. 그녀는 구두를 신은 한 발을 축으로 삼아 몸을 천천히 돌렸다. '그것'은 그녀와 한 발짝도 떨어져 있지 않았다. 몸은 여전히 푹 꺾여 있어 그것이 두 눈을 어디로 향하고 있는지는 볼 수 없었다. 그러나 그것의 두 손은, 눈앞에 있는 물체를 탐지하기 위해서인지 혹은 본능적으로 구조를 요청하는 것인지 그녀를 향해 천천히 다가오고 있었다.

혜정은 약간 주저했다. 하지만 '그것'의 손이 혜정의 바짓자락에 막

닿으려고 할 때, 하이힐을 들고 있던 손은 강속구를 던지는 투수의 팔처럼 큰 호(弧)를 그리며 그의 뒤통수를 내리쳤다. 그것은 제자리에 코를 박고 꼼짝도 하지 않았다. 혹시나 죽은 척하는 것일 수도 있었다. 등을 돌리면 다시 습격할지도 몰랐다. 혜정은 뾰족한 굽으로 연거푸 그것의 뒤통수를 찍었다. 예감은 옳았다. 그것은 옆으로 쓰러지며, 눈동자를 치켜뜬 얼굴을 드러내 보였다. 흉측했다. 공상과학영화에 등장하는 변종 괴물 같았다. 지구의 평화와 인류의 안녕을 위해서는 없어져야 할 존재였다. 그녀는 날카롭게 찢어지는 비명을 지르며 그것의 관자놀이를 후려쳤다.

어느새 그녀는 달리고 있었다. 늦은 오전, 흐릿한 햇빛으로 묘지처럼 음침한 단지 안에는 그 흔한 아이들조차 보이지 않았다. 그녀는 달렸다. 구두굽이 부러져도 아랑곳하지 않고 적막함을 뚫고 달렸다. 행인들이 나타나고, 시체를 실은 리어카를 끌고 가는 수위들이 나타났다. 혜정은 그들을 지나쳐서 계속 달렸다. 굽이 부러진 구두를 신고 절룩거리면서, 타이어에 펑크가 난 자동차가 폭주하듯 장애물에 부딪치기 전까지 멈추지 않고 계속 달렸다.

혜정과 형만과 나

티끌 없는 무중력의 공간 속에서 혜정은 다시 나타났다. 그녀는 순수하고 맑은 백치의 모습이었지만 세계는 더럽고 타락했다. 물은 아래로 흐르고 깨끗한 것은 더러워지게 마련이지만, 완전히 더러워질 수는 없는 법. 깨끗함과 더러움이 밝음 과 어두움을 만들고, 밝음과 어두움은 입체를 만든다. 그녀는 더러움 속에서 몸 을 굴리며 자신의 육체를 새로이 만들어나갔다. 깨끗함은 무지, 더러움은 악의. 모든 것은 균형을 찾아가게 마련이며, 그녀 역시 무지와 악의의 균형점을 찾아 한 발 두 발 발길을 옮기기 시작했다.

잠에서 깨어났을 때, 혜정은 자신의 옷이 모조리 사라져버린 줄은 몰랐다. 아마도 그녀의 프라다 코트가 여전히 옷걸이에 매달려 있었기 때문일 것이다. 몸에 걸친 것이라고는 마름모 무늬의 그물 스타킹밖에 없는 그녀는 기지개를 켜듯 긴 다리를 쭉 펴면서 침대에서 내려왔다. 잠들기 전까지 허리 부분을 감싸던 기분좋은 감촉이 이제는 없다는 것을 거울을 보고서야 확인했다. 가터벨트가 사라져버리다니. 요란한 무늬의 레이스로 장식된 그것은 반 년 전엔가, 이젠 얼굴도 기억나지 않는 어떤 남자가 선물한 것이었다. 팬티나 브래지어라면 몰라도 가터벨트가 자취를 감춘 것은 이해할 수 없었다. 아니, 그 어떤 것도 사라졌으리라고는 생각하지 못했다. 그저 눈에 띄지 않는 곳에 멍청한 처녀처럼 다소곳이 앉아 주인이 오기만을 기다리고 있을 것만 같았다.

그녀는 방 안에 사람이 자신밖에 없는지 다시금 살핀 다음, 몇시쯤 되었나 궁금해서 시계를 찾았다. 그런데 시계가 없었다. 역시 누군가 기억조차 나지 않는 남자가 선물한 피아제의 시계는 물론이고, 최근에 산 사십 화음짜리 컬러 휴대폰도 보이지 않았다. 모텔방에 흔히 있는 초라한 시계 역시 눈에 띄지 않았다. 오늘이 무슨 요일이더라? 시간을 모르니 요일이라도 알고 싶어져서 혜정은 달력을 찾았다. 하지만 벽은 텅 비어 있었다. 형편없는 곳이로군. 그녀는 그렇게 생각했다.

그녀는 침대에서 일어나 창문 쪽으로 갔다. 창문은 짙은 커튼과 젖빛 유리로 방 내부를 외부의 시선으로부터 완벽히 보호하고 있었다. 그녀는 커튼을 조금 들쳐보았다. 그리고 창문을 열어보려고 했다. 하지만 열릴 리가 없었다. 여기에 들어와 굳이 창을 열 이유가 뭐 있겠는가? 성교 후 상쾌한 아침 공기를 마시기 위해서? 이 방에서 유리창을 열려고 시도한 건 혜정이 처음일지도 몰랐다. 그녀는 잠깐 힘을 쓰다가 포기했다. 옷이나 입자. 껍데기처럼 축 늘어진 채 걸려 있는 코트를 침대 위에 올려놓은 다음—그것은 분명 그녀가 산 옷이었는데—어젯밤 입었던 속옷과 원피스를 찾았다. 특히 원색이 화려하게 들어간 원피스는 혜정을 숭배하는 남자 중 한 사람이 모스키노에서 사준 것으로 그녀가 가장 아끼는 옷이었다. 그런데 지금은 어디에 처박혀 있는지 도통 알 수가 없었다. 섬세한 가죽으로 만들어 흠집이 나기 쉬운 프라다의 핸드백과 지갑도 마찬가지였다. 불안감이 등골을 서늘하게 스쳤다. 어디에 갔지? 옷걸이 옆에 있는 경대는 뒤질 것도 없었다. 서랍이라곤 둘뿐이었고, 그나마 손톱깎이나 손톱 손질용 가위 정도나 둘 만한 공간이었으니까.

이번에는 침대 쪽을 뒤져보았다. 침대엔 쓰다 버린 콘돔처럼 구겨지고 뒤틀린 이불과 방금 전에 올려놓은 코트뿐이었다. 그녀의 입에서 욕설이 튀어나왔다. 대체 어디에 갔지? 그녀는 욕설을 내뱉으며 밤에 정확히 어떤 일이 있었는지를 기억해내려고 애썼다. 뭔가 요란한 소동이 벌어졌던 것 같았다. 그리고 또⋯⋯ 아직은 모든 것이 떠오를 때가 아닌지, 뒷골이 심하게 땅겼다. 그녀는 먼지를 털듯이 이불을 들어 아래로 탈탈 털어보았다. 정말 먼지밖에 나오지 않았다. 코가 매웠다. 먼지 때문인지 아닌지도 알 수가 없었다. 그녀는 삐뚜름하게 놓여 있는 베개를 들춰보았다. 그 아래에도 아무것도 없었다. 불안감이 서서히 고조되기 시작했다. 옷가지와 소지품이 모두 사라져버렸을지도 모른다고 누군가 교활한 목소리로 속삭이기 시작했는데, 현재 그녀로서는 지극히 제한된 추측밖에 할수 없었다 : 어디엔가 감춰져 있을 것이다.

그녀는 화장실로 가보았다. 아무도 없었고, 역시 아무것도 없었다. 한기가 그녀를 바싹 조였지만, 밤새 쌓인 피로의 나른함은 아직 가시지 않았다. 좌변기는 묵비권을 행사하듯 덮개가 내려져 있었고, 텅 빈 욕조에는 자신의 긴 머리카락만이 증거품으로 남아 있었다. 수건을 두는 세면대 위의 선반에는 포장을 뜯은 칫솔이 여러 개 있었다. 유독 눈에 띄는 부분이었다. 이걸 나 혼자서 다 썼나? 그녀는 의아해했다. 어쩌면 모텔 직원이 게을러 다른 손님들이 쓰다 만 칫솔들을 치우지 않은 것일지도 몰랐다. 혹은 그와 전혀 다른 진실이 있는 것일지도 모르고.

그녀는 싸늘하고 끈적끈적한 타일 바닥을 디디며 화장실 어디에도 옷가지가 감춰져 있지 않다는 것을 확인했다. 화장실 문턱을 나서면서 그녀는 조금 비틀거렸다. 발을 닦는 깔개에 발바닥을 문지른 다음 침대로 가서 털썩 주저앉았다. 침대가 푹 소리를 내며 꺼졌다. 그녀는 다리를 조금 벌린 느슨한 자세로 앉았다. '나는 술에 취해서 집에 갈 수 없어요'라고 말하는 듯한 자세. 그러나 듣는 사람도, 보는 사람도 없었다. 그래서 그녀의 자세는 고독하게 변해버렸다. 원피스와 속옷은 어디로 간 것일까. 핸드백과 지갑은? 벽지는 창백한 표정이었고, 거울은 말없이 굳어버린 아가씨 한 명을 비출 뿐이었다.

　그녀는 침대 아래쪽을 뒤져보았다. 두 무릎을 땅에 댄 채 엉덩이를 높게 들었는데, 그것은 그녀가 어젯밤 취했던 체위 중 하나였다. 그녀는 침대 아래로 고개를 들이밀었다. 방문객들이 떨어뜨린 물건들이 널려 있었다. 싸구려 만년필·볼펜·머리핀·반지 등등 그녀의 옷보다는 훨씬 작고 분실하기 쉬운 것들이었다. 고개를 오래 구부리고 있느라 그녀의 얼굴이 벌겋게 변했다. 그녀는 한창 달아오른 얼굴을 들어 침대 위쪽으로 올렸다. 그녀는 씩씩거리며 침대에 주저앉았다. 침대는 냉소하듯 픽 소리를 냈다. 그녀는 소리를 지르며 베개를 힘껏 내던졌다. 하지만 생각했던 것만큼 벽에 요란하게 부딪치지 않아 실망스러웠다.

　그녀는 경대 뒤편과 침대 발치에 있는 소파 아래, 그리고 그 뒤편까지 샅샅이 뒤졌다. 하지만 찾은 것은 빈 드링크 병과 생수통뿐이었다. 휴지통 안을 들여다보고는 깜짝 놀랐다. 쓰고 난 콘돔이 한두 개가 아니었다. 자그마치…… 뭉치고 겹쳐져서 정확하게 셀 수는 없어도 대략 열 개 이상은 되는 것 같았다. 어젯밤 내가 변강쇠를 만났나? 혜정은 가만히 서서, 어젯밤에 대체 무슨 일이 벌어졌었나를 차근차근 생각해보려고 했다. 커다란 알사탕을 녹여 먹을 때처럼 조금씩, 차분하게. 어떤 남자를 만났고, 춤추며 놀기에 적당해 보여서 함께 러브샷을 하고 신나게 흔들었으며, 같이 자러 갈 생각까지는 아니었는데, 어쩌다보니 침대에 함께 눕게 되었던 것까지는 얼추 기억이 났다. 누워서 무엇을 했을까? 혜정은 도식에 따라 생각하기로 했다. 그냥 그 남자와 요란하게 성교를 나눴겠지. 그렇지 않다면, 이렇게 뼈마디가 욱신거리고 가슴 부분이 깨물어 멍든 듯 얼얼하고 음부가 쓰라리지는 않을 거야. 그래도 마음은 편해지지 않았다.

문을 열어두고 싶었다. 창문이든 출입문이든. 세수라도 해야겠다고 마음먹는 순간, 바깥에서 발소리가 들려 그녀는 흠칫 놀랐다. 어젯밤의 그 남자가 돌아왔을지도 몰랐다. 그녀의 머리가 재빠르게 돌아갔다. 장난삼아 옷을 가지고 간 그가…… 이제 장난을 끝내고 먹을 것과 마실 것을 사들고 돌아온 것일지도 모른다는 생각. 그녀는 시각을 추정할 수 없는 상황에 있었지만, 아무리 그래도 늦은 아침쯤 되었을 것이라 짐작하고 있었다. 상쾌한 아침의 성교. 음료수를 마신 다음, 의미심장한 눈빛을 교환하고 다시 한번 요란한 성교를 치른다…… 물론 혜정은 더이상 남자를 받아들일 수 있는 상태가 아니었다. 어쨌든 그녀는 재빨리 이불 속으로 들어가 군악대의 행진처럼 규칙적인 박자를 띠는 발걸음에 귀를 기울였다. 발소리는 복도에 깔린 얇은 녹색 천을 타고 그녀가 있는 방 쪽으로 다가오고 있었다. 흥분이 되었다. 구부린 두 다리를 꼭 붙인 채, 문 쪽으로 등을 보이며 돌아누웠다. 그녀 머리맡까지 다가오는 것 같은 발소리. 그녀는 몸을 잔뜩 구부리며 문이 열리기만을 기다렸다.

문은 열리지 않았다. 발소리는 그뒤로도 몇 번 더 나타났는데, 장소의 특성상 서로 마주치는 것을 피하려고 한 번에 한 사람씩 복도를 지나가는 것 같았다. 밤새 술과 춤, 그리고 무지막지한 성교에 지친 육체에 그제서야 긴장감이 바싹 돌았다. 차갑게 식은 피가 그녀의 머릿속을 돌기 시작했다. 부유하던 정신이 차츰 가라앉기 시작했다. 그녀는 깊게 한숨을 내쉬며 자리에서 일어났다. 모든 것이 분명해졌고, 자신이 해야 할 일이 분명하게 떠올랐다. 짜증을 낸다거나, 울고 싶어지거나, 고함을 지르고 싶어지거나…… 그녀가 앞으로 할 일은 이런 것뿐만이 아니었다.

그녀는 크리넥스 통을 들고 화장실로 갔다. 거울을 보며 화장으로 얼룩진 눈과 입술 부분을 깨끗이 닦아냈다. 화장실에서 나올 때에는, 외출에서 돌아온 다음 샤워를 막 마친 듯한 모습이었다. 자기 방에 온 것처럼 성큼성큼 걸어서 코트를 집어들고, 무릎 위까지밖에 비추지 못하는 거울 앞에 섰다. 그리고 코트를 입기 시작했다. 거울 속의 혜정에게 옷을 입히는 듯한 기분으로, 행여나 벌거벗은 몸뚱어리가 드러나는 부분이 있을까 주의하면서. 거울 속의 혜정은 분노를 겨우 다스리고 난 후의 표정이었다. 한 일자로 입술을 꼭 다물어 분노가 새어나오지 않게 했다. 이제 바깥에는 분노만 가지고는 해결할 수 없는 일들 투성이일 테니, 그렇게 하는 편이 좋을 것이었다. 그녀는 나서기 전에 거울 속의 자신을 다시 한번 확인했다. 그리고 스타킹을 끌어당겨서 치골 바로 아래 높이까지 오게 했다. 또 한번 확인. 방에서 떠날 준비가 완벽하게 된 모습이었다. 그녀는 자신이 영화 〈툼 레이더〉의 안젤리나 졸리처럼 섹시하고 호전적인 여전사처럼 보이기를 바랐다.

*

나는 모텔 앞에서 혜정이 나오기만을 기다리고 있었다. 주택가와 유흥가 사이에 교묘하게 껴 있는 이 모텔은, 유흥가에서 멀리 떨어져 있지 않으면서도 사람들 눈에 잘 띄지 않아 남의 눈을 피해 들어가기에는 최적의 장소였다. 물론 해가 떨어지고 나서의 이야기이다. 내가 혜정을 기다리고 있었을 때는 해가 중천에서 조금 비켜난 오후였다(그러나 혜정은 바깥으로 나온 다음에야 그녀가 얼마나 많은 시간을 홀로 고단하게 보냈는지를 깨닫게 될 것이었다).

내가 위치한 좁은 골목은 모텔 정문에서는 사각지대였기 때문에 나는 혜정에게 들키지 않으면서도 그녀의 표정과 행동을 모조리 관찰할 수 있었다. 자, 모텔에서 혜정이 나왔다. 갈색의 긴 코트를 입은 모습. 목에서부터 허리 아래까지 늘어져 있는 단추는 모두 꼭 잠겨 있었다. 아래에 있는 단추 몇 개만 풀면 그녀의 허벅지와 사타구니는 모조리 드러날 터이고, 위에 있는 단추 몇 개만 풀면 그녀의 가슴은 유감없이 드러날 것이다…… 여자란 수치심에 자살까지 할 수 있는 동물. 그러니 벗기기 쉬운 여자는 얼마나 허약한 상대인가. 그녀는 주머니에 손을 넣은 채 걷고 있었는데, 손끝에 무엇이 만져지고 있는지를 알아차린 표정이었다. 그리고 잠시 망설이는 듯한 표정. 그러면서도 하이힐 굽으로 길바닥을 우아하게 내리치며, 한시라도 빨리 현재 장소에서 벗어나려고 했다. 그녀는 지금이 몇시쯤인지 짐작하고 있을까? 햇빛의 기울기와 사람들의 차림새와 움직임을 본다면, 그리고 도로에 자동차가 밀리는 것을 보고 있으면 지금이 주말 오후라는 것쯤은 맞힐 수 있지 않을까 하는 생각이 들었다.

혜정은 지하철을 타기로 결심한 모양이었다. 그녀는 여기서 지하철로 세 정거장 떨어진 거리에 있는 아파트에 가족과 함께 살고 있었다. 택시를 타고 싶었겠지만 결국 지하철을 택한 것은, 집으로 가는 동안 아무 일도 벌어지지 않으리라고 굳게 믿고 있기 때문일까? 그럴 것이다. 하지만, 다른 가능성을 완전히 배제하고 싶지는 않았다. 그녀는 걸어다니기 싫어하는 다른 여자들과 다를 바 없이 기본요금 정도의 거리도 택시를 타고 다니곤 했다. 비록 지금 돈이 없다 하더라도, 요금이야 집에 가서 내면 되는 것 아닌가. 그런데도 구태여 지하철을 타기로 결심했다니. 그녀는 주머니 속에 들어 있는 지하철 정액권을 수수께끼를 푸는 힌트로 인지한 것이 아닐까. 나는 그렇게 생각하고 싶었다. 누군가 코트를 제외한 자신의 옷과 소지품을 깡그리 훔쳐가면서 코트 주머니에 지하철 표를 남겨놓은 것을 보면, 자신이 당면한 현실이 미스터리 영화 내지 소설에 자주 등장하는 '단서-추적 게임(범인은 단서를 주고, 주인공은 그 단서를 추적하는)'의 일부가 아닐까…… 그렇게 생각할 수도 있지 않을까? 여러 개의 칫솔과 쓰고 버린 콘돔도 단서의 하나가 될 수 있을 것이었다. 하지만 그녀는 다른 행인들과 마찬가지로 미사를 올리기 전의 성직자처럼 엄숙하고 긴장된 태도로 계속 걷기만 했다. 그녀 옆에는 그녀보다 훨씬 뒤처지는 외모와 몸매의 여자 하나가 남자에게 어깨를 맡긴 채 생글생글 웃으며 걷고 있었다. 그녀가 빠른 걸음으로 그들을 지나칠 때 남자의 눈이 한순간 휙 돌아갔는데, 여자는 전혀 눈치채지 못했다. 나도 그들을 재빨리 지나쳐갔다.

그리고 그 밖의 여러 시선들…… 늘씬한 미모의 여성에 대한 사람들의 선망과 질시, 그리고 성욕의 눈길들이 그녀를 향해 쏟아졌다. 그녀의 뒤를 계속 따라가는 나는, 그 시선들을 그물에 걸린 고기를 거두듯 마음에 담았다. 주말 오후라서 사람들은 한가로워 보였고, 한가로운 사람들은 점점 늘어나고 있었다. 이곳 환락가의 중심인 지하철역 근처에는, 한가롭고 시끄럽고 떠들썩한 사람들이 개미떼처럼 몰려와 있었다. 그녀는 여기까지 온 것을 후회하고 있지는 않을까. 지나가는 사람과 잘못 부딪히기라도 하면 코트 한 겹으로 가린 알몸이 드러날 수도 있었다. 지금이라도 늦지 않았다. 눈 딱 감고 택시를 잡는다면 게임은 여기서 끝난다. 하지만 그녀는 세상과의 대결에서 지나칠 정도로 물러나지 않으려는 경향이 있다. 나는 그녀가 꽤 강직한 성품이라는 것을 이해해야 했다. 그녀는 자신의 기준에 조금이라도 미달하는 남자는 결코 사랑하지 않았고, 최소한의 정조차 주지 않았다. 그러는 척하기는 했지만 위장된 태도에 결코 현혹되지 않았다. 사랑하는 척하다 사랑해버린다, 정을 주는 척했다가 정을 줘버린다…… 혜정은 자신이 판 함정에 절대로 빠지지 않았다. 그녀는 강하고 영리한 여자였다.

*

전동차에는 적지 않은 수의 사람들이 타고 있었다. 혜정은 도넛처럼 둥근 손잡이를 손가락 두 개로 붙잡고 있었다. 아까 자리가 하나 났지만 앉을 수가 없었다. 코트 깃을 잔뜩 여미었는데도, 위에서 내려다보면 그녀의 희멀건 속살이 보이지 않을까 하는 걱정에서였다. 너무 부자연스럽게 보여 주위의 이목을 살까봐 그녀는 자연스러움을 가장하려고 애썼다. 하지만 그녀가 전동차에 올라탈 때부터 사람들은 그녀를 주목했다. 서로의 시선을 피해 눈동자에 힘을 풀고 먼산 바라보듯 멍하니 있던 사람들에게 그녀는 명료하고 주목할 만한 대상이었다. 화장이 없어도 뚜렷한 이목구비에 백칠십오 센티미터의 키. 표준적인 미인의 복제형 같아서 사람들이 '모델 같아' 내지 '탤런트 같아'라고 쑥덕거리게 만드는 혜정. 아무리 노골적으로 쳐다봐도 그 시선을 충분히 합리화해줄 정도로 크고 분명한 혜정. 그녀는 다른 여자들을 병든 암탉처럼 초라하게 만들었고, 남자들을 발정난 강아지처럼 안절부절못하게 만들었다. 남자들의 탐욕스런 눈길은 그녀의 몸에 한번 고정되면, 개들이 흘레를 붙을 때 그러하듯 좀처럼 떨어질 줄을 몰랐다.

평소의 그녀였다면 그런 눈길을 잘 차려진 뷔페처럼 즐겼을 것이다. 그러나 지금은 때가 아니었다. 몸 상태도 그리 좋지 않았다. 속은 거북

하고, 목에서는 갈증이 났다. 간밤의 고단한 잠은 그녀를 더욱 지치고 피곤하게 만들었다. 그녀는 가로대에라도 기대고 싶었지만, 그러기에도 불안했다. 사람들이 그녀를 슬쩍 스쳐 지나가는 것조차 참을 수 없는 지경이었다. 그녀는 두 다리 사이를 좁히며 다섯 손가락을 모두 사용해서 손잡이를 꽉 쥐었다. 순간 스타킹의 밴드가 좀 흘러내린 것 같았다. 그녀는 불편함을 느끼며 밴드가 흘러내리고 있는 왼쪽 다리를 약간 구부렸다. 그러자 얄밉게도 엄지손톱 길이만큼 더 흘러내리는 스타킹. 시간이 한여름 엿가락처럼 길게 늘어지기 시작했다. 이제 한 정거장만 더 가면 돼. 조금만 더 참자. 집에 돌아가 욕조에 샤워 배스를 풀고 뜨거운 물을 가득 채운 뒤 몸을 담그는 것을 상상하며 그녀는 스스로를 달랬다.

곧 다음 정거장에 도착한다는 안내 방송이 나왔다. 그녀는 안도의 한숨을 내쉬었다. 집은 지하철역 가까이 있었다. 별일이 없다면 만 하루 동안 벌어졌던 일들은 행복한 결말로 마무리지을 수 있었을 것이다. 하지만 걸림돌이 있었다. 그것이 넓은 가슴과 튼튼한 어깨였더라면 로맨틱한 사건이 될 수도 있었을 텐데. "강간을 한 다음 그가 가면을 벗었는데, 그 얼굴이 그렇게 잘생겨 보일 수가 없었어요"라는 어떤 여자의 고백. 그러나 이런 짓은 볼품없고 초라하며 겉보기에는 가정에 충실하고 직장에선 열심히 일만 할 것처럼 보이는 사람들이 하게 마련이다.

안경을 쓴 샐러리맨 둘이 있었는데, 키는 혜정보다 오륙 센티미터는 더 작았고 이목구비 역시 훗날 기억하기 힘들 정도로 애매모호한 형상이었다. 처음에 혜정은 그들이 그녀가 나가지 못하도록 가로막고 있다고는 생각도 하지 못했다. 걷다가 미처 살피지 못한 돌부리에 구두코가 채인 느낌. 그래서 조금 힘을 써서 그들 사이를 돌파하려고 했다.

돌부리에 부딪쳐 구두굽이 부러지는 경우도 있게 마련인데, 혜정의 경우가 그렇다고 해두자. 혜정은 두 남자의 손이 자신의 코트 자락을 붙들어 잡아당기고 있음을 느꼈다. 그녀는 그들이 자신을 위협하고 있다는 사실을 인정하고 싶지 않았다. 그러나 조금만 더 앞으로 나갔다간 당겨질 대로 당겨진 코트에서 단추가 툭 떨어져 자칫 알몸이 드러날 수 있을 정도가 되자 자신의 처지를 받아들이지 않을 수가 없었다. 혜정은 당혹해하며 그들 둘의 얼굴을 빤히 바라보았다. 아름다운 여자가 내쏘는 독기 어린 눈빛. 술에 잔뜩 취한 사람도 쫓아버렸던 적이 있는 그 눈빛에도 그들은 조금도 움찔하지 않았고, 오히려 싱글벙글 웃고 있었다. 혜정은 소리를 지르고 싶었다. 치한이야―! 그러나 말소리는 아담의 사과처럼 목구멍에 걸린 채 나오지 않았다. 더러운 손으로 날 만지지 마! 아직 그들의 손길이 몸에 닿지는 않았다. 그녀의 눈동자에, 그녀가 내려야 할 정거장의 풍경이 멀어지는 것이 비쳤다. 연인을 놔두고 전쟁터로 끌려가는 기분이었다. 그녀의 머릿속에서는 끔찍한 상상이 춤추기 시작했다. 낯선 사람의 손에 코트가 찢기듯 벗겨져서, 역시 낯선 사람들에게 알몸이 노출될지도 모른다는 상상. 물론 그녀의 몸뚱어리는 훌륭하기 그지없었다. 실오라기 하나 걸치지 않은 몸을 자랑스럽게 드러내 타인의 날카로운 질시와 맹렬한 성욕을 기분좋은 통증으로 받아들이는 상황을 꿈꿔본 적이 없었던 것은 아니었다. 하지만 그것은 단지 실현 가능성 영 퍼센트를 예상하고 그려본 몽상일 따름이었다. 비좁고 더러운 공공장소에서, 황금비례의 축복에서 제외당한 난쟁이들 사이에 둘러싸여 위협받는 지경에 이르러서도 그런 몽상에 빠질 여자는 없을 것이다.

그녀는 두 남자에게 꼼짝없이 붙들린 채 서 있기만 했다. 전동차는 지하철 노선을 따라 계속 나아갔다. 덜컹덜컹, 한 정거장, 두 정거장, 세 정거장째는 환승역이었다. 그 역에는 무려 세 개의 서로 다른 노선이 교차점을 이루고 있었다. 상당히 많은 사람들이 그녀가 타고 있는 열차에 몰려 아귀다툼을 벌일 것이었다. 그것이 일상의 법칙이었다. 택시나 남자들이 태워주는 자가용에 익숙한 그녀는 환승역에 다다라서야 겨우 그러한 법칙을 깨닫게 되었다. 그녀가 후회할 틈도 없이 사람들이 전동차 안으로 밀고 들어왔다. 남자, 여자, 늙은이, 어린이. 그리고 그녀 주위로 몰린 것은 늙은 남자들과 어린 남자들이었다.

그녀는 모두 여덟 명의 남자들에게 둘러싸인 채, 전동차의 중앙으로 밀려나갔다. 붙잡을 것이 없었지만 전동차가 흔들려도 휘청거릴 일이 없었다. 여덟 사람이 거미줄처럼 그녀를 붙들어서 꼼짝도 못 하게 만들어버렸으니까. 그리고 그녀를 둘러싼 여덟 명의 남자 뒤에는 또 열두 명의 남자들이 둥글게 진을 치고 내부의 진(陣)을 보호하는 역할을 했다. 그들은 그녀와 거래를 시도했다. 부끄러움을 주지 않는 대가로 그녀의 몸을 달라는 거래. 거절할 수는 없었다. 그녀가 열두 명의 남자들에게 무슨 일을 당했는지 상세하게 설명할 필요가 있을까? 그들은 그녀의 코트 아래 위 단추를 모조리 풀었다. 그들은 그녀의 가슴을 만지고 음부와 항문을 손가락으로 쑤셨다.

그녀는 전후좌우에 서 있는 사람들 얼굴을 날카롭게 째려보았다. 그들은 약간 상기되어 있었지만 뻔뻔스러운 표정을 짓고 있었다. 자신의 손가락은 미성년자가 아니므로 책임은 손가락에게 물으라는 식이었다. 그들은 자신들을 째려보는 그녀의 눈을 똑바로 응시하고 있었다. 그녀는 지하철에서 종종 나타나는 이런 치한들을 물리쳐줄 백마 탄 기사를 찾아 주위를 둘러보았다. 그녀의 긴 목과 조그마한 머리는 키가 작고 음침해 보이는 남자들 무리 위로 잠망경처럼 툭 튀어나와 있었다. 그녀는 멀리 있는 남자들을 향해 안타까움과 유혹의 눈빛을 힘껏 던져보았다. 해맑은 미소가 돌아왔다. 그녀가 자신에게 관심을 보인다고 생각하는 듯싶었다. 도움을…… 도움을…… 하지만 코트가 거의 벗겨지고 거친 손길에 몸이 마구 희롱당할 때에는, 누가 도와준다고 해도 거부하고픈 심정이었다. 수치를 피할 수 없다면 차라리 남자들에게 감싸여 있는 것이 좋았다. 그녀는 다른 사람들이 자신의 이런 모습을 볼까봐 두려웠다. 멀리 있는 남자들이 은근한 시선을 보내왔다.

그녀의 얼굴은 여지껏 느껴보지 못했던 부끄러움으로 붉어졌고, 그녀 주위의 남자들의 얼굴은 그토록 기다려왔던 열망의 충족으로 붉어져 있었다. 손가락들은 예리한 메스처럼 그녀의 몸을 구획짓고 분할했다. 그녀는 가슴·성기·엉덩이 세 부분으로, 그들이 그토록 깨물고 주무르고 핥고 싶어했던 부분으로 동강나는 것 같았다. 이윽고 해소할 수 없는 욕망에 찌들려 작고 초라한 모습만을 띠고 있는 그 남자들은 그녀의 엉덩이와 사타구니 사이에 한없이 뜨거운 정액을 쏟아냈다. 온도 조절을 잘 못하고 물을 틀었을 때 깜짝 놀라듯 그녀는 살갗에 쏟아지는 뜨거운 물질에 비명을 지를 뻔했다. 하지만 아직 '당한 것'은 아니었기에 다소 안심할 수 있었다.

그녀는 전동차에서 쫓기듯 뛰어내렸다. 남자들이 그녀를 실컷 주무르고 그녀 몸 위에 정액을 뿌리는 것만으로 만족한 것 같아 의아스럽기는 했다. '상식'적으로 볼 때 자신처럼 예쁜 여자를 마음대로 할 수 있는 상황에서라면 삽입까지 가서 끝장을 보는 것이 당연했고, 그들은 충분히 그럴 수 있었다. 그렇다고 그녀에게 특별히 신사도를 베푼 것 같지도 않았다. 그녀는 자신이 내려야 할 곳에서 열 정거장이나 더 왔다. 도대체 지금이 몇시일까. 승강장 위에 달린 아날로그 시계를 보고서 혜정은 이제 저녁이 다 되었다는 사실에 당혹스러워했다. 누군가 장난으로 시계바늘을 빨리 돌려놓기라도 한 것 같았다.

열차를 기다리던 남자들이 그녀의 흐트러진 모습을 곁눈질하고 있었다. 코트 윗단추들이 여전히 풀려 있었다. 화장실로 가서 옷매무새를 수습할 필요가 있었다. 그녀는 황급히 옷깃을 부여잡고 계단으로 올라갔다. 한 칸 한 칸 계단을 디딜 때마다 차갑게 식은 정액이 엉덩이와 사타구니에서 흘러내리며 벌거벗은 다리를 뱀처럼 휘감자 그녀는 격심한 혐오감과 슬픔을 느꼈다. 화장실에서 그것들을 모두 닦아냈다. 그리고 그녀를 유일하게 지탱해주고 있는 얇고 바삭거리는 코트가 어떻게 되었는지 살펴보았다. 겨드랑이 부분의 솔기가 뜯어져 있었고, 단추 몇 개가 떨어져나갔다. 남아 있는 단추도 위태롭게 덜렁거렸다. 스타킹의 밴드는 무릎 바로 위까지 내려와 있었다.

결코 아무 일도 없었던 것처럼 행동할 수는 없었지만, 혜정은 최대한 노력했다. 지하철을 다시 타고 그녀가 가야 할 곳까지 열차에 몸을 맡겼다. 수위에 어떤 사람들이 있는지를 잘 살피며 최대한 여자들 틈에 끼어 있으려고 애썼다. 백화점 쇼핑백을 들고 있는 아줌마 두 사람을 옆에 두었다. 아줌마들이 수다를 떨면서도 자꾸 힐끔거렸다. 몸에서 아직도 정액 냄새가 나는가 싶어 그녀는 좀더 깨끗이 뒤처리를 하지 않은 자신을 저주했다. 요즘 젊은것들은 키도 참 크네그려. 아줌마들은 그렇게 쑥덕거렸지만, 그 말에는 다른 의미가 숨겨져 있는 것처럼 들렸다. 그녀는 결코 주목받고 싶지 않았다. 원하든 원치 않든 주목받는 것이야 마찬가지였지만.

그녀는 자신이 내려야 할 곳에서 내릴 수 있었다. 조용하고 텅 빈 지하철역이었다. 내리는 사람도, 타는 사람도 드물었다. 계단을 오르며 그녀는 허기를 느꼈다. 잠에서 깨어났을 때부터 느꼈던 갈증은 더욱 심해졌다. 그녀는 바싹 마른 입술을 침으로 축이며 계단의 끝까지 올라갔다. 한 어머니가 어린아이를 데리고 혜정을 지나쳐 내려가고 있었다. 머리에 큼직한 방울을 단 여자아이. 얼굴은 먹음직스러울 정도로 통통했다. 혜정은 그 아이를 꼭 깨물어주고 싶었다.

혜정은 지나치게 느슨해졌다. 옷자락을 여민 손에 힘이 풀렸다. 아까 대충 손을 보긴 했지만 머리카락은 여전히 흐트러진 채였고, 눈꺼풀은 거의 감겨 있었다. 막 침대로 기어들어가기 직전의 모습이었다. 두 발은 여덟 팔자로 벌어졌다. 하이힐 굽이 바닥에 부딪치는 소리는 은은했고, 벌거벗은 두 다리가 코트 안감에 닿아 서걱거리는 느낌이 감미로웠다. 지나가는 사람들은 비정상적으로 행복해 보였다. 클라이맥스 직후의 할리우드 스릴러처럼. 악당을 없앴다고 생각한 주인공 커플은 키스를 나누거나 요리를 만들어 먹는 등 평화로운 일상으로 돌아가는 듯하다. 이때 몰래 숨어 있던 악당의 등장. 울음과 비명이 교차하지만 관객들은 아무도 떨지 않는다. 할리우드 영화의 법칙상 주인공은 죽지 않는다. 모든 영화가 해피엔딩의 함정에 빠져 허우적거리고 있다. 상투적인 반전으로 한 박자 이상 결말을 끈 다음에야 주제음악과 함께 엔드 크레딧이 흐르기 시작하고, 관객들은 자리에서 하나둘 일어난다……

어느새 한 사내가 그녀 옆에 바싹 다가왔다. 물론 처음 보는 사람이었다. 키는 백팔십 센티미터 정도였지만 어깨와 허리, 엉덩이에 붙은 살집만 모아도 몸무게가 백 킬로그램은 넘을 것 같았다. 얼굴과 목 부분에도 고름이 가득 찬 것처럼 살덩어리가 붙어 있었다. 우중충한 빛깔의 피부엔 여기저기 상처와 파인 자국투성이었다. 가늘게 뜬 눈은 굶주린 쥐의 눈처럼 반짝거렸다. 남자의 덩치와 살기에 압도당해 그녀의 몸과 마음은 그대로 굳어버리고 말았다. 그가 옷깃을 잡아당기자 그녀는 약속이라도 한 것처럼 그대로 끌려갔다. 우연히 좌석버스 뒷자리에 앉았다가 한 무지막지한 건달에게 추행을 당하고 여관으로 끌려가 강간으로 최종 마무리를 당한 여자를 떠올릴 법도 했다. 그 건달에게는 칼은 없었고, 지금 그녀를 끌고 가는 남자 역시 마찬가지였다.

남자는 그녀를 데리고 화장실 쪽으로 갔다. 남자 화장실에 들어가려는 것은 아니었다. 화장실로 들어가는 통로에 검은색 문이 하나 있었다. 대걸레와 물통 등 청소도구를 보관하는 곳이었다. 그는 문을 열어 그녀를 먼저 들이민 다음 자신도 뒤따라 들어갔다. 문이 조용히 닫혔다. 어슴푸레 들어오는 빛조차 없었다. 그녀는 하이힐 끝으로 축축한 물걸레의 감촉을 느낄 수 있었다. 역한 냄새가 났다. 그녀는 구역질이 날 지경이었지만 남자가 꼭 붙들고 있는 통에 꼼짝도 할 수 없었다. 남자는 자신조차 분간할 수 없는 어두움 속에서도 그가 해야 할 일을 잘 알고 있었다. 그는 그녀를 어딘가에 세워놓고(욕조처럼 생긴 물통 옆이었다) 엎드리게 했다. 그녀의 옷자락을 풀고 젖가슴을 손에 쥐어 꼼짝하지 못하도록 상체를 고정시켰다. 그리고 바지를 내린 다음 그녀가 충분히 예상했던 것을 쑥 밀어넣었다.

*

나는 문 바깥에 서 있었지만 신음 소리 같은 것은 전혀 듣지 못했다. 청소도구실 안에서는 물걸레 빠는 소리와 걸레로 바닥을 미는 소리만이 들릴 뿐이었다. 이를 수상하게 여기는 사람이 있을까? 벨트를 채울 때 날 법한 금속음이 들렸다. 나는 재빨리 남자 화장실 안으로 몸을 감추었다.

'떡대남'이 먼저 나왔다. 들어갈 때보다 발걸음이 훨씬 가벼워 보였다. 혜정이 나오는 데에는 시간이 좀 걸렸다. 화장실에서 막 볼일을 보고 나오는 척하며 청소도구실 문가에 귀를 기울여 보았다. 훌쩍이는 소리가 들리는 것도 같았고, 옷을 추슬러 입는 소리가 나는 것 같기도 했다. 나는 화장실로 꺾어지는 복도 귀퉁이로 갔다. 혜정이 눈물을 멈추고 나온다고 해도 곧장 나와 마주칠 수는 없는 지점이었다. 내 쪽에서도 그녀의 동태를 육안으로 관찰하기는 어려웠다. 나는 귀를 기울였다. 구두 굽 소리가 들렸다. 오후에 모텔에서 막 나왔을 때와는 달리 맥이 빠진 소리였다. 혜정은 내게 옆모습을 보이며 복도를 빠져나갔고, 뒷모습을 남기며 개찰구 방향으로 걸었다. 혼란스러워 보이는 움직임이었다. 다리는 후들거리고 있었고, 양팔의 움직임은 걸음걸이와 전혀 보조가 맞지 않았다. 내부의 방향타가 부러진 듯, 그녀는 똑바로 걷지 못하고 비틀거렸다. 하지만 일정한 목적지를 향한 걸음이었다. 폭풍우 속에서 키까지 부러졌을 때 배에 탄 사람들이 마른 땅을 찾아 악전고투를 하듯이, 그녀 역시 축이 뒤틀린 중심을 겨우 잡아가며 집으로 나아가기를 포기하지 않았다.

그녀가 지하철에서 거리로 나가는 계단을 막 올라왔을 때, 눈앞에 형만이 뒷짐을 지고 서서 기다리고 있는 것을 어떻게 받아들일지 궁금했다. 그녀의 몸은 등허리에 철심을 박아넣기라도 한 것처럼 곧고 뻣뻣하게 굳었다. 나는 '나가는 곳'이라고 씌어 있는 안내판 아래에 서서 형만이 그녀에게 말을 거는 장면을 지켜보고 있었다. 두 사람 사이에서 암시의 불꽃이 팍팍 튀었다. 둘의 관계는, 형만의 생각으로는 준(準)애인 정도? 그는 돈 많은 부모를 둔 덕택에 수중에 돈은 꽤 많았지만 혜정의 마음을 사로잡는 데에는 계속 실패했다. 특별한 계기 없이는 영원히 그렇게 될 공산이 컸다. 그녀는 돈 따위에 휩쓸리는 여자가 아니었다. 물론 돈은 좋아했지만 그 이상의 것을 원하는, 쉽게 만족하지 않는 아름다운 아가씨였다. 형만은 그녀에게 명품 브랜드의 옷과 핸드백을 선물하고 근사한 레스토랑에도 데리고 갔지만 그녀의 태도는 달라지지 않았다. 교묘하게 밀고 당기기를 하면서도, 그와는 절대로 교외에 나가려고 하지 않았고 그 앞에서는 술도 입에 대는 둥 마는 둥 했다. 분위기에 휩쓸리는 것을 경계했던 것일까? 형만은 신의 은총을 덜 받아서인지 키도 작고 외모도 볼품없었다. 말재주도 변변찮아서 입만 열었다 하면 주위 공기를 싸늘하게 만드는 녀석이었다. 나는 형만을 혐오했다. 혜정은 그따위 남자에게는 결코 은밀한 감정을 느끼지 않았다. 분위기에 취해 "한 번만 주라"며 애원하는 것은 형만 쪽이었다. 그녀는 배려했던 것이었다. 그가 섣불리 그녀에게 달려들어 그녀와의 관계를 완전히 망치게 되는 일이 없도록.

하지만 상황은 역전되었다. 이제 배려할 수 있는 자는 형만이었다. 그와 나는 혜정을 사로잡을 방법을 실천했다. 약간의 방심과 약간의 약물, 그리고 약간의 동조자만 있으면 성공할 수 있는 계획이었다. 살인처럼 쉽고도 어려운 일이었다. 마음먹기는 어려워도 일단 한번 결심하면 아이 목 따듯 쉬운 일. 약물과 동조자는 구하기가 쉬웠다. 혜정을 조금이라도 방심 상태에 빠뜨리기는 꽤 힘들긴 했다. 물론 가장 힘들었던 것은, 형만을 구슬려 계획에 동참하도록 하는 일이었다.

형만은 태연하게, 순진무구한 표정으로 그녀를 맞이했다. 그녀는 도망칠 수가 없었다. "오늘은 좀 피곤하네"라고 말하며 어두운 표정을 지어도, "오늘 급한 일이 있어"라며 정말 다급한 기색을 보여도, "선약이 있는데. 나 약속 어기지 못하는 것 알잖아"라고 하면서 정말 약속을 철석같이 지키는 성실한 여자인 것처럼 연기한다고 해도 형만이 길을 비켜줄 리가 없었다. 형만은 아무렇지도 않게 혜정의 손이 아닌 코트의 한 자락을 붙잡았다. 그녀는 얌전히 이끌려가야만 했다. 나는 먼발치에서 그들 뒤를 따라가며, 헤집어놓은 서랍장처럼 어지럽기만 할 그녀의 마음을 머릿속에 가만히 그려보았다.

*

나는 보험 사나이였다.

형만은 혜정을 거리 이곳저곳으로 부지런히 끌고 다녔다. 혜정은 이렇게 묻지 않았을까. "차는 어디에 있어?" 그에게는 천만원인가를 들여 튜닝한 티뷰론이 있었다. 형만은 고개를 절레절레 저으며, 오늘은 자동차가 필요하지 않아 가지고 나오지 않았다고 말했을 것이다. 나와는 그렇게 대답하기로 약속했다.

혜정은 애간장이 탔을 것이다. 집 가까이에 있는 거리를, 아무 일도 하지 않고 빙빙 돌고만 있었다. 그냥 산책조로 걷다가 헤어지기를 무던히도 바라고 있을 것이다. 하지만 혜정과의 바람과는 정반대로, 형만은 혜정을 데리고 평소에는 사람들이 많아 싫다며 거들떠도 보지 않던 스타벅스로 갔다. 즐거워 보이는 사람들, 한 조각의 즐거움에 걸신 들린 사람들이 테이블을 차지하고 앉아 있었다. 호리호리한 몸매에 세련된 코트를 입은 혜정이 들어오자 소란스러운 가운데서도 사람들의 탄성이 잔물결처럼 일었다.

형만은 사람들이 자주 오가는 층계 근처의 테이블에 혜정이 앉도록 했다. 그녀는 이목의 사슬에 갇혀 형만을 거역하고 자리에서 뛰쳐나갈 수가 없었다. 단지 피곤한 기색을 보이며 형만의 사랑과 동정을 이끌어내려고 애쓸 뿐이었다. 그녀가 흔히 쓰는 논리. '사랑은 주는 거지 받는 것이 아니야.' 그러니까 여자를 진정으로 사랑한다면 남자는 무제한적인 희생을 감당해야만 한다는 것이다. 아무리 그녀에게 많은 돈을 쏟아부었다 하더라도 그녀가 진정한 사랑을 만나게 되었다면 웃으며 보내줘야 한다는 식이다. 혜정은 졸린 눈으로 부산하게 창 밖과 형만을 번갈아 쳐다보다가, 가끔 조는 것처럼 고개를 푹 숙이기도 했다. 나는 그러한 수법을 잘 알고 있었다. 내게 가르침을 받은 형만도 마찬가지였다. 그가 수시로 혜정의 주의를 일깨울 필요가 있다고 나는 미리 강조해두었다. 그러니 그는 이렇게 말했을 것이다. "대체 내 얘기는 안 듣는 거야?" 칼자루는 자신이 쥐고 있고 그녀가 대중 앞에서 벌거벗겨지는 것을 마치 자기가 막아주고 있다는 식으로, 한국 남자들이 흔히 그러듯 허풍을 떨었을 것이 분명했다. 그러면 그녀는 "아니, 듣고 있어. 피곤해서 그래"라고 대답을 하겠지. 어떻게든 빠져나갈 방법이 없을까 궁리하면서.

형만은 혜정과 캐러멜 푸라푸치노를 마시고 나왔다. 그 밖에 연인들끼리 무슨 짓을 할 수 있을까? 영화도 볼 겸 코엑스몰에 가든가(혹은 분당 CGV의 VIP석에 누워 서비스맨들의 서빙을 받으며 영화를 보든가) 약식으로 DVD방에 가든가, 맛있다고 이름난 음식점을 찾아가거나 바에서 술을 마시거나, PC방에 가서 사이좋게 게임을 하거나 혹은 볼링장에, 야구장에 가거나…… 그러면서 친구들 사이에서 벌어지고 있는 연애담이라든가 그때 유행하는 가요와 뜬소문만 무성한 연예가 이야기, 세간에 흐르는 허무한 농담들을 대단한 웃음거리인 양 지껄이고, 지적인 알맹이가 빠진 껍데기뿐인 예술에 취하는 감상주의자들, 올림픽이나 월드컵이 열릴 때마다 발작하는 민족주의를 찬양하고, 서로의 몸을 만지고 입술을 부비며 타액을 나누고, 성기를 비비고 핥으며 애액(愛液)을 마시고……
형만 역시 사랑하는 혜정을 데리고 그렇게 할 예정이었다. 다만 타액 및
애액 교환은 어젯밤에 했기 때문에 스케줄에서 뺄 수도 있었다.

내가 할 일은 하나였다. 혜정이 더이상 괴로움을 견뎌내지 못하고 진
저리를 칠 때 그들 앞에 나타나서 형만의 오랜 벗인 양 행동하면서 혜정
에게 어제 찍은 사진을 보여주는 것뿐이었다.

혜정이 폭발한 것은 볼링을 치고 나서 두번째로 간 카페에서였다. 한
자리에 삼십 분 이상을 있을 수 없었기 때문에 짜증이 났을 것이다. 지친
몸에 자꾸 끌려다니기만 하니, 궁지에 몰린 생쥐처럼 될 대로 되라는 식
으로 악이 받친 모습을 보여줄 만도 했다. 게다가 형만은 그녀에게 일부
러 아무것도 먹이지 않았다. 그래서 그녀는 감히 주인님을 거역하려고
들었다. "자꾸 이러면 너와는 끝이야!" 그녀는 단호히 외쳤다. 하지만 지
금이라도 길거리로 뛰쳐나가 아무에게나 도움을 청하겠다는 말은 하지
않았다. 그녀는 거리를 어슬렁거리는 경찰에게 도움을 청할 수도 있었
다. "살려주세요, 이 남자가 절 어찌어찌 하려고 해요." 할리우드 영화에
서처럼 큰 키에 어여쁜 여자가 구조 요청을 해오는데, 고자가 아닌 이상
어떤 경찰이 응하지 않을 수 있으랴.

하지만 그렇게 된다면 문제는 커진다. 형만은 위기 상황에 부딪혔다.
예상했던 대로이지만 그의 힘에도 한계가 왔다. 그러나 부부싸움은 칼로
물 베기. 부부 문제 전문가들은 어떤 위기도 대화와 상담을 통해 해결할
수 있다고 말하곤 한다. 바야흐로 보험 사나이인 내가 사태를 수습하러
나설 때였다.

"어서 와."

형만이 나를 반겼다. 나는 혜정에게 꾸벅 인사하며 그녀 옆에 앉았다.

그녀의 거친 숨소리가 느껴질 정도로 가깝게. 그녀는 증오에 불타는 눈으로 나를 밟아 죽여야 할 벌레처럼 노려보았다. 막 뛰쳐나가려던 찰나에 방해를 받았으니까 그럴 만도 했다. 그렇다고 내가 불난 집에 휘발유를 끼얹은 것은 결코 아니었다.

형만은 그녀에게 잠깐만 기다려달라고 말했다. 처음이자 마지막 부탁이었다. 형만은 턱으로 내가 들고 있는 서류봉투를 가리켰다. 그녀는 끝낼 것이 있으면 빨리 끝내라는 듯이 도전적으로 가슴을 내밀고 뾰루퉁하게 있었다. 그러나 불안감을 완전히 감출 수는 없었다. 혹시 빠져나갈 타이밍을 놓친 것이 아닌가 싶기도 하겠지. 행운권을 추첨할 때 긴장을 고조시키기 위해 시간을 끌듯이 나는 천천히 서류봉투에 손을 넣어, 어떤 것이 잡힐까 궁금해하는 척하면서 사진을 석 장 골랐다. 그리고 그녀에게 보여주었다. 그때 그녀의 표정은, 한마디로 표현하자면 '독창적인 것'이었다. 나는 여자가, 아니 사람이 그런 얼굴을 하는 것을 생전 처음 보았고, 형만 역시 마찬가지였다. 하지만 그뒤로는, 여자들의 그런 표정은 나와 형만에게는 어머니 얼굴처럼 친숙한 것이 되어버렸다.

*

혜정은 자신의 모습은 자신이 가장 잘 안다고 생각해왔다. 샤워를 마친 후 머리에 수건을 두르고 큼직한 목욕수건으로 몸을 감싼 채 도둑고양이처럼 살금살금 방 안으로 돌아와 문을 잠그고, 그래도 혹시나 누군가 들어오지 않을까 조바심을 내면서도, 몸을 두른 수건들을 발 밑으로 미끄러뜨리면서 그녀 방에만 있는 전신거울에 종종 자신을 내맡기곤 했다. 탄력 있는 두 가슴을 양손으로 받쳐서 그 사이에 깊고 어두운 계곡을 만들기도 했고, 모델이 카메라 앞에서 그러듯 발뒤꿈치를 올려 긴 다리를 더 길게 만들어보기도 했다. 뒤로 돌아 자신의 허리와 엉덩이가 이루는 첼로 모양의 곡선을 음미하기도 했다. 샤워가 끝난 뒤의 몸뚱어리는 알맞게 달아올라 있어서, 동화 속의 점잖은 왕자라도 환장하게 만들 수 있을 것 같았다. 그 위에 값진 도자기인 양 조심스럽게 올라간 작은 얼굴, 그리고 찰랑찰랑 흔들리는 길고 검은 머리카락. 그녀는 거울 속 자신의 모습에 도취된 나머지, 어머니가 빨리 밥 먹으라고 소리치거나 남동생이 할말이 있다며 문을 두드려도 자신의 육체가 거는 마술에서 쉽게 헤어나지 못했다 ─ 하지만 그녀의 육체는 꿈이 아니었다. 게다가 그녀처럼 기하학 법칙에 맞추어 만든 듯한 몸을 가지고 있는 여자는 여간해서는 몽상에 잠기지 않는다. 남자들은 생물학 법칙에 따라 '우생종'인 그녀를 임신시키고 싶어한다. 돈, 외모, 체력, 유머 감각을 종합해 순위를 매겨 최상위권에 드는 남자만이 그녀에게 구애를 할 수 있다. 혜정의 세계는 수학공식처럼 분명한 법칙이 지배하는 세계다. 살아남기 위해서는 강한 짐승이 되어야 한다. 잘생기고 돈 많은 남자는 그녀와 잘 수 있다. 하지만 형만처럼 돈만 많은 녀석에게는 국물도 없다. 그런 식으로 그녀는 남자들이 제공하려 애쓰는 환상에 빠지지 않고 냉정함을 유지할 수 있었다. 그러나 꿈 없는 사람이 어디 있으랴? 그녀도 막연하게나마 이상적인 관계를 그리워하기는 했다. 하지만 다른 사람과는 달리 혜정은 결코 꿈에 휘둘리지 않았다. 그녀의 자아는 차갑고 묵직하고 완고하고 질긴 물질로 만들어져서, 쉽게 모양이 변하지 않았다.

자신의 모습은 자신이 가장 잘 안다고 생각해왔기에, 그녀는 눈앞에 내밀어진 사진 속의 여인이 자신이라고는 도저히 인정할 수 없었다. 남자 아래에 깔려 있는 알몸의 그녀 모습 자체는 놀랍지 않았다. 그녀는 처녀가 아닐 뿐만 아니라 성에 대해서도 꽤 많은 지식을 갖고 있었다. 또한 성교가 끝난 후 나른하게 잠기는 듯한 느낌을 사랑했고, 스스로를 만지며 은밀히 절정에 다다르는 것도 좋아했다. 그녀는 손가락 끝에서 점액질이 끈적거리는 느낌에 익숙했고, 남자의 성기가 그녀 몸 속에 사정을 하고 작아질 때의 느낌도 잘 알고 있었다. 자신이 흥분하면 어떻게 교성을 지르는지도, 남자가 그 소리에 어떻게 흥분하는지 역시 잘 알고 있었다.

지금까지 그녀는 성행위가 가져다주는 그 나른한 장막을 뚫고 자신을 직시할 생각은 해보지 않았다. 그녀는 포르노물에 무지한 상태가 아니었고 자신이 하는 짓도 그것과 다르지 않을 것이라고 '그냥' 넘겨짚을 뿐이었다. 물론 혜정의 사진 역시 포르노물의 한 장면과 다를 바가 없었다. 모텔방 천장의 형광등만으로는 조도(照度)가 낮아서인지 그리 선명한 사진은 아니었다. 하지만 침대에 누워 남자의 성기를 받아들일 때 입을 헤벌레 벌리는 모습이라든가, 엎드린 채 뒤에서 삽입당하는 모습이라든가, 남자의 무릎을 손으로 짚은 채 앉아서 관계하는 모습이라든가, 복종하는 자세로 무릎을 꿇고 앉아 볼이 움푹 들어갈 정도로 남자의 성기를 힘차게 빨고 있는 모습이라든가…… 그 속에는 모두 익숙한 얼굴이 들어 있었다. 하지만 그녀는 그것이 자신의 얼굴이라고 인정할 수 없었다. 그저 그녀를 혼란시키고 착각하게 만들기 위해 그녀와 닮은 누군가를 고용한 것이라고 생각하고플 뿐이었다.

하지만 혜정과 너무도 닮은 사진 속의 혜정은 현실 속의 그녀를 자꾸 끌어당기고 있었다. 이리 와, 날 봐, 네가 얼마나 추잡한 모습을 하고 있는지 봐줘…… 사진 속 그녀의 목소리는, 현실의 그녀와는 달리 흉악하고 을씨년스러웠다. 그녀는 고개를 돌려 사진 속 그녀를 외면하려 했지만, 한편에서는 그 반대의 감정도 일고 있었다. 또다른 자신에 대한 궁금증, 진실에 대한 갈망이었다. 그녀는 은근히 사진을 더 보여달라고 졸랐다. 과자를 더 달라고 칭얼거리는 아이처럼, 그녀는 보채는 것에 너무 몰두한 나머지 통사정할 지경에 이르렀다.

그녀는 안심하고 자신의 분신을 바라보고, 노려보고, 혐오할 수 있는 밀폐된 곳으로 옮겨졌다. 창이 없고 커다란 침대 같은 소파가 펼쳐진 비디오방의 어두운 방에서 그녀는 사진 수십 장을 보았다. 사진 속의 그녀가 비웃고 있었다. 현실의 그녀는 절대 따라 할 수 없는 절정과 도취에 한껏 취한 표정을 지은 채 눈을 감고 입을 벌리면서. 넌 아무것도 모르고 있었지? 그녀는 지금까지 자신이 가족의 비밀로부터 철저히 배제되어왔다는 사실을 뒤늦게 깨달은 기분이었다. 혜정과 혜정이 이루고 있는 2인 가족. 유전자에 근친상간의 코드가 숨겨져 있는 가족. 현실의 그녀는 고개를 세차게 저으며 진실을 부정하려 들었다. 아니야, 아니야, 이것은 내가 아니야! 그러자 사진이 대답했다. 그래, 나는 네가 아니야. 난 진짜고 넌 가짜니까. 남자의 손에서 찌부러지는 젖가슴, 침과 음액에 잔뜩 젖은 음부, 너무 익은 수박처럼 쩍 벌어진 엉덩이의 틈, 여분의 지방이 없어 어떤 자세에서도 살이 접히지 않는 배와 허리, 키스하기 좋도록 길게 뻗은 목, 우악스럽게 끌어안기 좋은 좁은 어깨…… 이 모든 것이 다 내 꺼야! 그렇게 사진 속 그녀는 혜정이라는 꼬리표가 붙은 육체의 모든 부분을 독차지하려 들었다. 만약 그렇게 다 빼앗겨버린다면 현실의 그녀에게 남는 것이라곤 오로지 영혼뿐이었다.

"정말이야. 모두 어젯밤에 찍은 거야."

형만의 말. 그는 혜정의 코트를 벗기고 있었다. 단추를 다 풀자 형만은 그녀의 두 다리를 소파의 팔걸이 부분에 걸쳐 넓게 벌린 다음, 두 다리가 만드는 V자의 가장 깊은 골짜기 부분에 얼굴을 바싹 들이대고 관찰에 열중했다. 그의 행동이 성적인 쾌감을 얻기 위한 것이라고 말할 수 있을까? 진지하고도 냉정한 저런 태도는 쾌락을 찾고자 하는 이의 것이 아니었다. 그것은 해부학자의 태도였다. 그는 사진 한 장을 손에 들고 사진 바깥의 그녀와 사진 속 그녀를 열심히 비교하면서, 누워 있는 그녀 몸 각 부분을 촉진하듯 어루만졌다. 그 모든 행위는 슬로 모션으로 이루어졌다.

"이걸 봐줄래?"

형만의 그 말과 함께, 혜정은 사진 뭉치를 하나 더 받았다. 그녀는 얼마나 많은 숫자로 자가복제를 하고 증식을 할 수 있을까? 얼마나 많은 숫자의 혜정이 서로가 진짜임을 주장하며 다툴 수 있을까? 혜정a는 천장을 향해 다리를 들어 엉덩이부터 음부까지 활짝 드러내고 있었고, 혜정a′는 남자의 몸 위에 올라타고 있었고, 혜정a″는 옆으로, 서서, 앉은 채로, 뒤로…… 두 명, 세 명을 한꺼번에 받아들이는 도전적이고 모험적인 체위를 취하고 있었고, 그녀 아래에 깔린 한 남자는 '뭣 부러지겠다'라고 즐거운 비명을 지르는 표정이었다. 그리고 여태까지 만나본 적 없는 남자들, 그녀의 악몽이나 짜릿한 몽상 속에서나 등장하던 익명의 남자들이 '받들어 총' 자세로 발기한 채 그녀의 주위에 기념사진 찍듯 한데 모여 있었다. 사진 속에서 그들은 혜정이 오르가슴으로 요동치는 모습을 벌레 보듯 내려다보며 상황에 일관성과 통일성을 부여하고 있었다. 그들이 없었더라면 그 수십 수백 개의 혜정을 어떻게 하나로 꿰어 생각할 수 있을까? 그녀들은 사진 바깥에 있는 혜정이 마치 자신들이 있어야 할 자리를 부당하게 차지하고 있다는 듯, 한데 뭉쳐서 적대감을 발산하고 있었다. "그게 다 어젯밤에 찍은 거야." 어디선가 들려오는 형만의 말 한마디 한마디가 구두점을 찍었다. 혜정은 일어서야 했고, 일어선 자세에서 허리를 앞으로 구부려야 했다. 그리고 다시 일으켜 세워져서 두 팔과 두 다리를 약간 벌린 자세 —해부학 교과서에 '해부학적 자세'라고 소개되는— 를 취해야만 했다. 그녀는 거듭 관찰되고 확인되었다.

그녀는 한 술집으로 옮겨졌다. 자리마다 칸막이가 쳐져 있는 곳이었다. 그 칸막이를 방패 삼아 많은 연인들이 다른 테이블 눈치를 보지 않고 서로의 입술을 빨고 있었다. 그녀는 사진 속 그녀를 계속 노려보고 있었다. 독한 술이 담긴 술잔이 여러 잔 들어왔다. 그녀 몸에 서서히 취기가 오르기 시작했다. 현실의 그녀는 점점 유혹에 저항할 수 없는 상태로 변해갔다. 형만은 짓궂게 그녀를 툭툭 건드리며 미소를 지었고, 그녀가 혀가 풀린 목소리로 그를 원망하는 말을 아무렇게나 내뱉기 시작하자 재킷 주머니에서 드디어 알약을 꺼냈다.

그녀와 사진 속 그녀 사이의 긴장은 점점 팽팽해졌다. 어느 순간, 어젯밤 그녀 몸에 남자들 수십 명이 남겼던 자취들이 벌떡 일어났다. 그 급작스런 기상(起上)은 그녀와 사진 속 그녀와의 관계를 뒤틀리게 만들었고, 이를 견디지 못한 긴장의 끈은 끊어지고 말았다. 그녀의 가녀린 육체가 막 화살을 쏘아낸 활시위처럼 부르르 떨렸다. 그녀는 피곤함에 굴복했다. 그녀의 굳센 의지에 구멍에 뚫렸고, 그 속으로 사진 속 혜정들의 증오와 적대심이 침투했다. 구멍이 점점 커졌다. 마지막으로 형만이 알약 하나를 더 먹이자 그녀의 의지는 완전히 무너졌다.

팔레트에 있는 물감을 모두 물감통에 풀어내 휘저어보면, 처음에는 형형색색의 물감 꼬리들이 휘젓는 축을 따라 원을 그리며 회전하지만 나중에는 서로가 서로를 오염시켜 단 하나의 색으로 변하게 되는데, 그녀를 혼란케 만들던 것들도 그렇게 정리되었다. 수십 명의 혜정이 의지력을 상실한 그녀의 정신을 마음껏 맴돌다가 하나의 선으로 정리되었고, 그

선은 점점 커져서 면이 되어 점점 부풀어올랐다. 마침내 사진 속 그녀가 "넌 아무것도 아냐!"라고 칠판을 못으로 긁는 듯한 앙칼진 목소리로 외쳤을 때, 그 면은 입체도 아니고 그렇다고 평면도 아닌 '아무것도 아닌 것'으로 변해 현실 속 그녀, 즉 '원판'을 집어삼켜버렸다. 그리고 나머지 혜정들이 일시에, 도시의 전원을 모두 껐을 때의 그 캄캄한 암흑으로, 티끌 없는 순수한 공간으로, 원판을 따라 흡수되었다.

결국 혜정은 사라졌다.

*

티끌 없는 무중력의 공간 속에서 혜정은 다시 나타났다. 그녀는 순수하고 맑은 백치의 모습이었지만 세계는 더럽고 타락했다. 물은 아래로 흐르고 깨끗한 것은 더러워지게 마련이지만, 완전히 더러워질 수는 없는 법. 깨끗함과 더러움이 밝음과 어두움을 만들고, 밝음과 어두움은 입체를 만든다. 그녀는 더러움 속에서 몸을 굴리며 자신의 육체를 새로이 만들어나갔다. 깨끗함은 무지, 더러움은 악의. 모든 것은 균형을 찾아가게 마련이며, 그녀 역시 무지와 악의의 균형점을 찾아 한 발 두 발 발길을 옮기기 시작했다. 시간이 흐르고 흘러, 사진 속 그녀, 그녀의 분신이 태어났던 시각과 같은 시각을 향해 지구와 달과 별은 부지런히 움직였다. 그녀의 형상도 그럴듯한 모양으로 주조되고 있었다. 그런데 보면 볼수록 그녀는 이십사 시간 전에 입력되었던 그 모양 그대로 변하고 있는 것 같아서, 그녀의 육체가 일종의 형상기억물질로 만들어진 것이 아닌가 하는 생각이 들었다.

그녀 육체의 완성은 또다른 모텔에서, 또다른 남자들에 의해서 이루어졌다. 사랑 없는 관계를 찾아 늦은 밤을 허덕이고 헤매는 거리의 늑대들이 그녀를 포획했다. 그들은 그녀를 부축하려다가, 그녀가 정신을 반쯤 잃은 상태라는 것을 깨닫고는 음흉한 미소를 입가에 흘리며 그녀를 들쳐 업었다. 그들 중 한 사람의 등을 젖가슴으로 누르며 업혀 가는 중에, 그녀를 업고 있는 남자의 내장 깊은 곳에서부터 울리는 흥분을 느끼며 혜정은 자신이 이십사 시간 전에 겪었던 일을 기억해내기 시작했다. 대뇌 어딘가에 감춰뒀던 필름이 차곡차곡 인화되는 것 같았다. 발기한 성기처럼 딱딱한 손가락이 엉덩이에 와 닿는 것을 느끼자 그녀는 자신을 업고 있는 남자의 목을 꼭 껴안았다. 그녀는 이십사 시간 전에 했던 일을 그대로 따라 하는 로봇이었다. 그래서 그녀를 둘러싸고 있는 남자들의 이야기도 들리지 않았다.

"야! 노팬티야!"

"브라자도 안 찼는데?"

"딱 보니 허벌 같지 않냐?"

"자자, 빨리 따먹자."

굶주린 늑대들은 기뻐하고 있었다. 혜정은 그들에게 환히 웃어주었다. 이십사 시간 전에도 그랬던 것 같았다. 언제나 남자들은 그녀의 미소를 반가워하고 착각하곤 했다.

침대 위에서 그녀의 옷이 쉽게 벗겨지고, 낯선 얼굴들이 '받들어 총' 자세로 발기한 채 침대 주위에 나란히 모여 섰을 때, 그녀는 허공으로 손을 길게 뻗으며 무엇인가를 갈구하는 표정을 지었다. 그들은 그 표정을 음탕한 것으로 생각했다. 하지만 그녀는 아주 멀지만 가까운 곳에 있는 또다른 자신을 부르는 것이었다. 어서 내게 와. 죽은 친구의 영혼이 자기에게 와 박히기를 바라듯 그녀는 몸 위로 올라온 남자의 허리를 꼭 끌어 안았다. 놓치지 않겠어. 그렇게 그녀는 굳게 다짐했고, 그 다짐이 이십사 시간 전의 그녀를 완전히 소환해냈다. 그녀는 입을 벌리며 아아— 하는 소리를 냈다. 이십사 시간 전의 그녀가 현재의 그녀에게 진실을 삽입했 던 것이었다. 진실이 삽입되자, 그녀는 이제 사진 속의 그녀가 그랬던 것 모두를 재현해냈다. 그녀는 두 다리를 천장으로 들어올렸고, 엎드렸고, 위로 올라갔고, 섰고, 옆으로 누웠다. 그 모든 행동은 의식(儀式)적인 것 이어서, 그것을 통해 이십사 시간 전의 그녀와 현재의 그녀는 완전히 겹 쳐져 하나의 단일한 존재로 거듭날 수 있었다.

남자들이 그녀를 에워싸고 행위 내내 억눌러왔던 신음을 터뜨리며 그 녀의 얼굴과 가슴, 배와 사타구니 사이에 대포알 같은 정액을 쏟아부었 다. 거센 정액 줄기를 맞으며 그녀는 숨이 막혔다. 심장은 거의 멎을 지 경이었다. 그녀는 죽을 것만 같았다. 하지만 그런 와중에서도 그녀는 어 떤 신성한 기운이 그녀의 몸 위에 내려앉는 것을 느꼈다. 저것의 정체가 무엇일까. 벅찬 환희와 감격을 주는 저것은 어디서 온 것일까. 어쩌면 저 것은 그녀가 이십사 년 동안 찾아 헤맸던 이상적인 무엇일지도 모른다는 생각이 들었다. 그 동안 그녀는 그것이 어떤 이성(異性)의 형태로 나타나 는 것이 아닐까 막연히 추측하고만 있었다.

그녀는 십자가에 매달린 것처럼 두 팔을 좌우로 쫙 벌렸다. 그리고 허 리를 들어올려서 더 많은 신성한 빛살이 그녀의 몸을 관통하도록 했다. 남자들이 사정을 다 마치고 정액을 한 방울이라도 더 짜내기 위해 성기 를 불끈 움켜쥐고 괴로운 표정을 짓고 있을 때에도, 그녀의 몸에는 신성 한 빛살이 그치지 않고 내리쏘여서 그녀를 부르르 떨게 만들고 결국에는 절정에 이르게 했다. 이십사 시간 전의 그녀가 그랬듯, 혜정은 탄성을 멈추지 못하며 자신의 몸을 쓰다듬었다. 그녀는 자신을 감격시켜주는 그 모든 것에 축복의 키스를 보냈다. 그것으로 또하나의 하루가 지났다.

　그리고 깊은 잠.

세상에서 가장 아름다운 사랑

혜정은 비밀을 지켜달라는 부탁 따위는 하지 않았다. 여러 남자를 동시에 사귀는
것, 그것은 그녀에게는 비밀의 차원에 속하는 일이 아니었다. 아마 누군가 그녀
에게 다른 사귀는 남자가 있냐고 물으면, 그녀는 주저하지 않고 그래요, 당신 말
고도 사귀는 사람이 더 있어요, 라고 술술 진실을 밝힐 것이다. 대체 몇 명을 사
귀는 중이냐고 묻는다면 그런 것이 중요하냐고 천연덕스럽게 반문할 것이다. 두
명을 사귀면 괜찮지만 세 명을 사귀면 나쁘고 못된 여자가 되는 것이냐고. 단지
한 명이라는 숫자가 선과 악의 경계가 되는 것이냐고.

혜정은 내게 비밀을 지켜달라는 부탁 따위는 하지 않았다. 단지 남자들에게 우정과 의리란 어떤 의미를 갖느냐고 물었을 뿐이었다. "목숨을 바쳐서라도 지켜야 하는 우정, 정말 그런 것이 있나요?"

내게 그렇게 거창한 것은 없었다. 대학을 졸업하고 직장생활을 시작한 지 이 년이 지난 지금, 내가 '친구'라고 부를 만한 사람이 몇 명 있긴 했다. 형만, 조식 등 경영학과 입학동기 다섯 명이 그들이다. 우리가 사회에 진출한 시기는 조금씩 차이가 있었지만, 모두 남부럽지 않은 직장―대부분 대기업 계열사이긴 했지만―에 다니면서 매달 봉급 타서 살아가는 이십대 후반의 회사원들이었다. 직장 위치가 강남 강북에 골고루 퍼져 있다보니 한데 모여 얼굴을 맞댈 기회는 적었지만, 그 대신 우리는 인터넷을 통해 끈끈한 관계를 유지했다.

좀더 구체적으로 말하면, 우리는 회사 컴퓨터에 깔아놓은 MSN메신저[1]에 서로 '친구'로 등록해놓은 사이였다. 아침에 출근해서 컴퓨터를 켜면 메신저를 통해 나보다 누가 먼저 출근했는지 혹은 늦게 출근하는지를 볼 수 있었다. 근무시간에도 짬 나는 대로 신변잡기나 요즘 유행하는 농담거리 등이 담긴 메시지를 나누었다. 그래서 우리는 누가 자동차 접촉사고를 내서 골치 아파하더라, 누가 언제 소개팅을 했는데 잘 안 됐다더라, 누가 어제 과음해서 배탈이 났다더라…… 등등 여러 소식을 훤히 들여다볼 수 있었다.

대학 동기들 중에서 우리들만큼 단단히 결속한 친구 그룹은 찾기 힘들었다. 재섭이네 어머니가 돌아가셨을 때 우리는 일제히 검은 양복을 입고 장례식장에 나타나 상주인 재섭을 도왔다. 선호가 결혼할 때에는 선물로 리무진을 한 대 대절해 호텔에서 인천국제공항까지 초호화판으로 모시기도 했다. 그뿐만이 아니었다. 우리는 '행복은 나누면 배가 되고 불행은 나누면 반이 된다'는 속담을 적극적으로 실천했다. 지난해 가을, 대학 동기인 문환이 엄청난 카드빚에 몰려서 동기들에게 돈을 꾸러 다닌 적이 있었다. 다행히도 나와 내 친구들은 그에게서 연락을 받기 전에 먼저 메신저를 통해 그 소식을 전달받았다. 그래서 그가 오랜만에 만나 회포를 풀자며 전화를 걸어왔을 때, 나는 "오늘도, 내일도, 사실 이번 달 내내 바빠서 힘들겠는데 어쩌지"라고 유감스러워하면서도 딱 부러지게 거절할 수 있었다.

그런데 만약 내가 빚에 몰려 돈을 빌리러 다니는 상황에 처한다면, 과연 친구들은 어떻게 대응할까? 술잔을 높이 들고 건배를 하며 우리 우정

---

1) 현재 한국에서 메신저가 가장 활발히 쓰이는 곳은 증권업 계통, 특히 채권시장이다. 채권 매니저와 브로커들은 전화가 아닌 메신저를 통해 거래를 한다. "채권시장에서 야후 메신저는 단순한 채팅 수단이 아닌, 호가정보가 제시되고 거래체결의 확인까지 해주는 하나의 인프라로 기능하고 있다."(머니투데이 2001년 6월 19일자)

이 변치 말자며 결의한 적도 있지만 그거야 술기운으로 한 짓이고, 그들이 내게 돈을 얼마까지 꿔줄 수 있을지 궁금하다. 일이백만원은 어렵지 않을 것이다. 하지만 그 이상은? 모아둔 재산의 절반 정도라면 어떨까. 빚에 몰려 살인까지 저지르는 것을 보면 돈이 곧 목숨인 시대다. 과연 자기 목숨의 절반을 내놓으면서까지 돕고 싶은 친구가 있을까? 구글[2]에 '친구'라는 검색어를 쳐넣으면 '친구사이'라는 동성애 사이트가 뜨는데, 만약에 남자의 우정이 피와 살을 섞는 연애라면 그런 희생이 가능할지도 모르겠다. 하지만 우리는 그 정도 사이가 아니었다. 그러고 보니 영화 〈친구〉는 친구가 친구를 찔러죽이며 끝났다.

그래서 나는 혜정과 일종의 공모자 관계를 맺게 된 것일지도 몰랐다. 혜정을 알게 된 것, 그러니까 형만의 애인으로서 그녀를 알게 된 것은 월드컵이 끝나고 며칠 지나지 않아서였다. 광화문 네거리에 일렁였던 붉은 물결의 파도가 눈앞에 남아 있고 '대~한민국'을 외치는 소리가 아직까지 귓가에 어른거리고 있을 때, 내가 속한 마케팅 태스크 포스 팀은 '포스트 월드컵' 시대에 맞춘 새로운 마케팅 전략을 내놓기 위해 분주히 움직이고 있었다.

---

2) 우리는 구글(Google)을 통해 전 세계인의 집단 의식을 엿볼 수 있다. 매일 백여 개 국가에서 나오는 일억오천만 개의 검색어를 데이터베이스로 만드는 구글은, 가장 인기 있는 검색엔진 이상의 존재다. 어떤 지역에서 어떤 검색어가 올라오는지를 분석하면 해당 지역 주민들의 관심사를 알아낼 수 있다. 2001년 2월에 시애틀 인근에서 지진이 발생했을 때는 수분 만에 태평양 북서부 지역에서 지진 관련 검색어가 쏟아졌다. 9·11 테러 직후에는 CNN과 무역센터, 펜타곤 관련 검색어가 폭주했다. 특정 지역에서 소니·BMW 등 유명 브랜드에 관한 검색어가 얼마나 올라오고 있는지를 살피면 소비 문화의 세계화가 얼마나 진척되었는지도 추측할 수 있다. 뉴욕타임즈는 "구글이 이제 단순 검색엔진에서 벗어나 전 세계 문화 흐름을 파악할 수 있게 해주는 척도로 발전하고 있다"고 평했다.(디지털타임즈 2002년 12월 2일자)

회사측에서는 올해 안으로 IMT-2000 서비스를 이용한 획기적인 신상품을 출시하려고 했다. 광고대행사는 예전에도 한번 써먹었던 티저 광고[3]를 제안했다. 그때의 광고는 대성공이긴 했다. 대행사측은 이번에는 규모를 대폭 늘려 텔레비전과 신문뿐만 아니라 지하철과 버스까지 광고로 도배하자는 의견이었지만, 팀 내에서는 똑같은 수법을 재탕하는 것은 지겹다는 의견도 있었다. 어쨌든 나는 팀장과 함께 대행사 AE들을 만나 기획 회의를 가질 예정이었다. 약속시간이 다가오는 것을 보면서 이미 수십 번도 더 읽은 기획안을 뒤적이고 있는데, 그날따라 잠잠하던 형만이 메신저로 놀라운 소식을 전했다.

Dr. K 〉 제군들, 드디어 내 이상형을 만났다.

형만은 대학교 4학년 때 공인회계사 시험에 합격해 졸업하자마자 국내 최대의 회계법인에 들어간 녀석으로, 친구들 중에서 돈을 가장 잘 벌었다. 그리고 유일한 '보보스' 족이기도 했다. 나와 같은 마케터들에게는 관찰 대상일 수밖에. 부르주아의 합리성과 보헤미안의 자유스러움이 교배해 태어난 소비사회의 돌연변이. 지나친 소비는 삼가면서도 몸 속에 보헤미안의 방탕한 피가 흐르기 때문인지 먹고 마시고 입는 데 명품을 추구하는 신흥 귀족. 단정한 얼굴에 키가 큰 형만은 아르마니를 즐겨 입

---

3) 깜짝쇼. 광고하고자 하는 대상을 한 번이 아니라 조금씩 여러 차례에 걸쳐 보여주면서 소비자들의 궁금증을 유발한다. 가장 유명한 사례는 마이클럽의 '선영아 사랑해'와 SK텔레콤의 TTL 광고일 것이다. 그 이후 '대박 상품'을 내고자 할 때 이 수법을 쓰는 것이 기업들 사이에 유행처럼 번졌다. 어쩌면 경영진들이 보기에 전시 효과가 가장 커서 그런 것일지도 모른다. 텔레비전과 신문을 비롯해 거리 포스터, 버스와 지하철 광고판 등이 자기네 광고로 뒤덮인 모습을 보면 기분이 좋아지기 때문일 수도.

었고 페라가모에서 구두를 사 신었다. 그리고 그의 애마인 폴크스바겐의 노란색 뉴비틀을 몰고 청담동 골목에 간판 하나 없이 꼭꼭 숨어 있는 최신 유행의 레스토랑을 찾아다니곤 했다. 변덕스러운 유행만큼이나 수시로 바뀌는 그의 여자친구와 함께. 그런 그가 이상형을 만났다고 하니 모두들 관심을 보일 수밖에 없었다. 내 기억에 따르면 그의 이상형은 심은하[4]였다.

청문회가 시작되었다. 어디서 만났어? : 나이트에서. 지적이고 고전적이며 청순하고 비련미가 감도는 여인과 나이트클럽은 연관 짓기가 어려웠다. 그래서 나는 고개를 갸웃하며 메신저 화면에 어리둥절한 표정의 이모티콘[5]을 올렸다. 어디까지 갔어? : 손만 겨우 잡았다. 형만은 그녀를 섣불리 어떻게 하고 싶지는 않다고 말했다. 그로서는 이례적인 말이었다. 사귄 지 일 주일쯤 지나면 해당 여인과 잠자리에 들거나 아니면 헤어지거나 해왔으니까. 하지만 다들 그의 심정을 헤아릴 수 있었다. 정말 소중한 사람에게라면 남자는 신사가 될 수 있다. 그녀의 알몸을 볼 기회가 생겨도 거부할 수 있는 아름다운 매너가 생기는 법이다. 뭐 하는 여자야? 형만은 잠시 뜸을 들이면서 대답했다 : 아직 공개할 단계는 아니야.

그는 벽돌을 쌓듯 차근차근 그녀와의 관계를 발전시켜나가고 싶다고 했다. 이번에도 그의 심정을 헤아릴 수 있었다. 그는 은근과 끈기가 있는

---

4) 이미지 관리의 여왕. 유명해지고 나서 남자와 동거한 과거가 있다는 등 여자 연예인으로서 치명적인 소문이 퍼졌지만, 그녀는 딛고 일어섰다. 고등학교 졸업앨범 속의 그녀는 CF에서 보여주는 고고함과는 거리가 먼 천박한 모습을 보여주고 있지만 팬들에게 그녀는 영원한 여왕이다. 지나간 일 따위가 무슨 문제랴.

5) MSN메신저의 경우 사십여 가지의 이모티콘을 제공한다. 직관적으로 이해할 수 있도록 디자인된 이러한 감정 표현 도구를 사용하면, 직접 사람을 만나는 것보다 온라인 대화가 훨씬 더 효율적인 의사 전달 방식이 될 수도 있다.

관계를 한 번도 맺어본 적이 없었다. 그의 탓만은 아니었다. 늘 여자 쪽이 적극적으로 나섰다. 친구들이 모인 자리에서도, 예쁘고 늘씬한 형만의 여자친구들은 그에게 찰싹 달라붙어 떨어지려고 하지 않았다. 그에게 점수를 더 따려고 해서인지 우리들에게까지 사근사근하고 상냥하게 굴었다. 하지만 그처럼 매력 만점, 애교 만점인 아가씨들은 어째 '나가요걸'처럼 가식적이고 값싸게 보였다. 왜 저 여자들은 자신의 값어치를 대폭 바겐세일해 내놓는 것일까. 형만이 갖고 있는 자동차와 좋은 옷만으로는 설명하기 어려운 문제였다. 어쩌면 여자들은 그에게서 삼성카드 광고에 등장하는 정우성[6]과 같은 모습을 기대하는 것일지도 모른다. 캘빈클라인의 슈트가 어울리는 세련된 외모에 잘 빠진 몸매, 깜짝선물과 이벤트로 순간순간을 특별하게 만들 줄 알고 끊임없는 입맞춤과 포옹으로 아내에게 늘 사랑을 확인시켜주는, 그의 파트너 고소영의 말에 따르면 '여자를 사랑할 줄 아는 남자'……

　백화점이 여름 정기 세일을 시작하기 일 주일 전에, 나는 소공동 롯데백화점 본점 일층에서 형만과 마주쳤다. 이른바 명품 브랜드들이 월드컵이 끝나갈 무렵부터 일찌감치 세일을 해서인지 프라다[7], 페라가모 등의 쇼핑백을 손에 들고 에스컬레이터를 오르내리는 여자들이 심심찮게 눈에 띄었다. 형만도 프라다 쇼핑백을 하나 들고 있었다. 나는 그것이 그의 새 여자친구에게 줄 선물임을 직감했다. 그는 나를 보자마자 반가워하며 손을 내밀었다.

---

6) 2002년 히딩크와 함께 삼성카드가 내민 모델은 정우성-고소영 커플이다. 광고를 제작한 제일기획측 관계자에 따르면, 광고 속 정우성의 캐릭터는 "미국에서 사 년 이상 유학생활을 했고 현재는 금융회사 같은 전문직에 종사하며 저축액 등을 뺀 순수 생활비로만 월 삼백만원 이상을 지출하고 언제든 남는 시간엔 부인을 위해주는 것이 취미이자 특기인 남자"이다.(동아일보 2002년 3월 22일자)
7) 미우치아 프라다의 옷·가방·액세서리를 좋아하지 않는 여자가 있을까?

"퇴근했어?"

아직 저녁 일곱시도 되지 않았다. 나는 그와 악수하며 고개를 저었다.

"다시 들어가봐야지. 백화점 문 닫기 전에 온 거야. 다음주가 시골에 계신 우리 어머니 생신이잖냐."

"선물은?"

"그냥 홈쇼핑에서 안마기나 사드릴란다."

"그럼 같이 나가자."

형만이 내 어깨에 손을 얹으며 말했다. 나는 그에게 끌려가듯 주차장이 있는 백화점 후문으로 갔다. 난 정문으로 나가서 버스를 타야 하는데. 그는 조금 흥분한 것 같았다. 내가 반가워서 이러는 것은 아니겠지. 후문쪽 오른편 벽면을 둘러싸고 있는 보석 매장 앞에 키가 큰 여자 하나가 서 있었다. 그녀의 옆모습은 그 자체로 멋진 그림이었다. 코르셋처럼 몸을 팽팽히 감싸는 흰 재킷에 무릎 길이의 검은 스커트를 입고 있는 그녀는 쇼윈도에 진열된 보석을 무심히 바라보고 있었다. 원하면 언제든 가질 수 있는 사소한 물건을 보는 듯했다.

하이힐을 신었다는 것을 감안해도 나보다 이삼 센티미터는 더 큼직한 그녀는 우리가 가까이 가자 긴 목을 천천히 돌리며 몸을 움직였다. 길게 트인 스커트 옆선으로 새하얗지만 건강한 허벅지가 드러났다. 그녀는 형만을 향해 살짝 미소지었다. 그녀의 꼿꼿이 편 상체를 보자 나까지 저절로 몸이 펴졌다. 나는 숨을 훅 들이마셨다.

투명한 피부에 차분한 눈동자. 길고 검은 생머리를 뒤로 묶어 이마를 반듯하게 내보인 것이 심은하를 떠올리게 했지만, 그보다 이영애[8]를 더

---

8) 심은하를 잇는 이미지 관리의 여왕. 인터뷰를 요청하면 장소를 미술관으로 정해주는 등 고고하고 고상한 이미지를 유지하기 위해 최선을 다한다고 한다. 너무 많은 CF에 출연해

닮은 것 같았다. 그녀의 눈가가 미묘하게 움직였다. 눈살을 찌푸리는 것인가. 나 같은 불청객은 환영하지 않나보다. 그녀의 입술은 웃고 있었지만, 온몸에서는 냉기가 뿜어져나오고 있었다. 태풍이 서울을 훑고 지나간 지 며칠밖에 지나지 않아 바깥은 우중충하고 후덥지근했는데, 그녀는 그런 날씨 속에서도 땀조차 흘리지 않을 것 같았다. 형만이 나를 소개하자 그녀는 눈인사를 했다. 그것으로 끝이었다. 자기 이름조차 밝히지 않았다. 그래, 그렇게 그녀가 입도 뻥긋하지 않고 정물 사진 속의 화병처럼 가만히 서서 자신을 감상할 기회를 주는 것도 좋았다. 하지만 형만은 나에게 그녀를 어떻게 소개시킬지 고민하는 것으로 보였다. 한순간 애매한 태도를 보였던 그는 이만 가보겠다고 말하며 그녀의 손을 잡았다. 뒷모습으로 보니 혜정은 더욱 우아해 보였다. 그녀가 사라진 뒤에도 나는 멍하니 서 있었다.

대기업 마케팅 팀에서 일하다보면 연예인을 실물로 볼 기회가 많다. 예쁘장한 톱 탤런트도 봤고, 키 크고 늘씬한 모델도 가까이에서 신물 나도록 보았다. 촌스러운 무명 모델이 우리 회사 광고를 통해 '백조'가 되는 과정도 지켜본 적이 있다. 그러나 혜정에게는 그들과 다른 특별한 점이 있었다. 아름다움에도 여러 종류가 있다. 이웃집 누나처럼 친근한 아름다움도 있고, 냉철하고 지성적인 아름다움도 있다. 흔히 '뱀프(vamp)'라고 하는, 육욕의 화신과 같은 천박한 아름다움도 빼놓아서는 안 될 것이다. 하지만 미인 중에서도 왕관을 쓸 자격이 있는 사람은 보는 이를 압도하며 비천한 존재로 격하시키는 아름다움의 소유자가 아닐까. 말 그대로 여왕이다. 여왕의 기품이란 손가락 하나로도 사람을 어떻게 할 수 있는 권력

사람들에게 식상함을 주기도 했지만, 한국인이 가장 좋아하는 여배우 1위에 꼽히는 것을 보면(2002년 8월 한국갤럽 발표) 그녀의 이미지를 좋아하는 사람이 많긴 많나보다.

에서 나온다. 게다가 혜정 같은 여자를 위해서라면 살인도 할 수 있다고 나서는 남자들이 꼬리를 물 것이다.

　순수한 우연의 섭리였을까. 사흘 뒤 홍대 근방에 있는 한 클럽[9]에서였다. 천장에 매달린 둥근 조명등이 제자리에서 돌며 붉고 푸르고 노란 레이저빔을 폭우처럼 쏟아내고 있었다. 토요일이라 그런지 이미 사람으로 꽉 찬 플로어에 새로운 손님들이 꾸역꾸역 들어왔다. 춤을 출 공간을 확보하려면 몸싸움을 벌여야 할 정도였다. 일단 자리가 나면 사람들은 격렬하게 몸을 흔들었다. 춤이라기보다는 발광이라는 표현이 어울렸다. 덩치가 큰 백인들도 종종 눈에 띄었다. 춤을 추다 지친 사람들은 벽 한쪽 면을 완전히 채우고 있는 대형 에어컨에 매미처럼 달라붙어 땀을 식혔다. 나는 DJ박스석 가까이에 있는 작은 의자에 엉덩이를 붙이고 맥주를 마셨다. 곁에 함께 온 여자 후배가 있었다. 대학 졸업반인 그녀는 나와 달리 춤을 추지 못해 안달했다. 스피커에선 에미넴[10]의 〈Without me〉가 끝나고 테크노 버전으로 리믹스한 아하의 〈Take on me〉가 흘러나왔다. 역시 힙합보다는 흘러간 댄스곡이 귀에 잘 들어왔다. 사실 나는 춤이란 것 자체를 싫어했다. 내가 좋아하는 것은 도란도란 모여 앉아 맥주를 마시며 요즘 세상 얘기를 하는 것이다. 그런 내가 이곳까지 온 것은 오로지 부장 때문이었다. 요즘 이삼십대들 사이에서 클럽 문화가 인기를 끈다고 하니 젊은 내가 다녀와서 어떤 곳인지 보고서를 내라는 지시를 받은 것이었다.

---

9) '록 바(Rock Bar)'라고도 하는데 정작 가보면 록보다 힙합을 훨씬 더 많이 듣게 된다. 어쨌든 맥주 한 병으로 미친 듯이 놀 수 있어서 좋다.

10) 흑인 문화를 팔아 돈 버는 백인. 본인도 자신의 애매한 정체성을 잘 알고 있는 것 같다. 〈Without me〉의 뮤직비디오를 찍는 현장에서 그는 촬영이 다 끝나자 "만세! 백인 래퍼가 해냈어!"라고 두 손을 들고 환호를 질렀다.

화장실에 다녀오는 길에 키가 큰 여자 하나가 비틀거리며 나와 정면으로 부딪칠 뻔했다. 춤에 푹 빠졌는지 주의가 흐트러진 모양이었다. 첫눈에는 그녀가 혜정인 줄 알아차리지 못했다. 형만과 함께 있을 때와는 분위기가 전혀 달랐다. 브리트니 스피어스나 입는 줄 알았던 골반뼈가 다 드러나는 데님 팬츠[11]에 머리는 풀어헤쳐져 있었다. 그녀의 얼굴은 춤과 음악의 열기로 달아올라서, 애액을 듬뿍 머금은 음부처럼 축축하게 젖어 있었다. 어둠 속에서 그녀의 눈동자는 더욱 빛을 발했다. 어깨에 캘빈 클라인 로고가 새겨진 흰 티셔츠 아래로 가슴의 윤곽이 또렷이 드러났다. 브래지어를 하지 않은 것인가. 서로 눈이 마주치는 순간 그녀가 내 마음속을 들여다본다는 느낌이 머리를 휙 스쳤다. 찰나의 순간이었지만 그녀의 자장에 빨려들기에는 충분했다. 그 공간 속에서, 남자에게 사랑받는 것은 그녀의 당연한 권리였다.

"여기, 맥주."

누군가 뒤에서 불쑥 나타나 혜정에게로 갔다. 이십대 초반으로 보이는 남자. 손에는 버드 아이스 두 병. 옷발이 잘 받는 호리호리한 몸매. 이 주에 한 번씩 미용실에 가서 손봐야 한다는 바람머리. 여자들이 '살인미소'라며 열광하는 김재원[12]풍의 얼굴에 한가득 담긴 웃음. 나는 얼떨떨한

---

11) 일명 벨보텀 팬츠. 섹시한 여자가 되고 싶다면 반드시 가지고 있어야 할 옷 중 하나랄까. 브리트니 스피어스는 한 인터뷰에서 "저는 골반이 다 드러나는 바지밖에 입지 않아요. 그런 옷을 입으면 다리가 예뻐 보이거든요. 허리를 다 덮는 하의를 입으면 엉덩이가 아주 쳐져 보이기 때문에 그런 옷은 피해요"라고 말했다.

12) 중저음의 목소리, 깨끗한 피부, 환한 미소의 소유자로서 우리 시대의 꽃미남 중 한 사람. 여교사와 고교생의 사랑을 다룬 드라마 〈로망스〉로 스타덤에 올랐다. 불의를 보면 참지 못하는 성격이라는데, 동고동락하던 소속사와 결별하는 과정에서 법정에서 진흙탕 싸움을 벌이기도 했다. 김재원은 전 소속사 사장 백남수씨를 업무상 횡령 혐의로 고소하는 동시에 계약부존재확인 소송을 제기했고, 백씨는 손해배상 소송과 함께 그를 무고죄 및

기분으로 자리로 돌아갔다. 여자 후배는 자기가 좋아하는 노래가 나온다며 좋아했다. 비비맥[13]의 〈Back here〉라는 곡이었다.

네가 돌아올 때까지
나는 너를 그리워하고
널 원하고
널 필요로 해—

달콤한 팝 보컬에 맞춰 혜정은 아까의 남자와 부둥켜안고 춤을 추었다. 대학 후배가 맥주병을 들지 않은 손으로 혜정 쪽을 가리키며 말했다.

"저 남자애 짱이다. 그런데 같이 춤추는 저 여자, 오빠를 보고 있는 거 아냐?"

정말 그랬다. 남자의 가슴에 자신의 가슴을 맞댄 채 혜정이 내가 앉아 있는 방향에 시선을 고정하고 있었다. 춤을 추는 다른 사람들이 자꾸 시야를 가리긴 했지만, 그녀는 나를 바라보고 있는 것이 분명했다. 나를 기억하고 있을까? 괜히 내가 무슨 죄라도 지은 것처럼 가슴이 떨렸다. 만약 그녀가 말이라도 걸어온다면 뭐라고 해야 할지 몰랐다. 형만이는 잘 있다고 할까? 오늘 오전에, 친구들끼리 메신저로 대화를 나누며 형만의 새 애인을 화제로 올렸던 것을 알려줘야 할까? 토요일인데도 형만이 데이트 계획이 없다고 하자, 누군가 '바람피우는 거 아냐?'라고 이죽댔다. 그리고 혜정을 목격한 유일한 사람이 나임이 알려지자, 다들 질문 공세

출판물에 의한 명예훼손 혐의로 맞고소했다. 둘 중 한 사람은 '불의'를 저질렀음이 분명하다.
13) 귀에 잘 들어오는 가볍고 감상적인 음악을 하는 영국 꽃미남 그룹.

를 펼쳤다. 어떻게 생겼어? 이영애 닮았더라. 정말? 그럼 몸매는 별로겠네? 아니, 백칠십오 센티미터는 되겠더라. 잘 빠졌어.

그러나 지금 저쪽에서 남자와 춤을 추고 있는 혜정은 사흘 전 내가 보았던 혜정과는 전혀 다른 사람이었다. 음악이 림프 비즈킷[14]의 박력 넘치는 〈Rolling〉으로 바뀌자 그녀의 머리카락이 사방에 흩날리기 시작했다. 그녀의 몸이 그에 맞춰 굽이쳤다. 그녀의 얼굴과 가슴, 허리와 배, 엉덩이와 다리가 남자들의 날카로운 시선에 적나라하게 노출되었다. 이영애보다는 전지현[15] 같았다. 말랐으면서도 굴곡이 있는 몸매도 닮은꼴이었다. 그녀는 숨을 잔뜩 참았다 한꺼번에 터뜨리듯 유쾌하게 웃으며 앞에 있는 춤 상대의 귀에 입술을 가까이 대고 무슨 말인가 중얼거렸다. 사랑의 밀어였을까?

*

수화기 저편에서 형만의 목소리를 듣기 전까지, 그날 내가 클럽에서 본 것은 텔레비전 광고를 촬영하는 풍경과 유사한 기억으로 남아 있었

---

14) 에너지가 펄펄 넘치는 록그룹. 요즘 록 음악으로 성공하려면 춤을 추고 해드뱅잉을 할 수 있는 음악을 만들어야 한다는 진리를 알려주는 그룹이기도 하다.

15) 2000~2002년 사이에 있었던 설문조사 결과를 보라. 가장 닮고 싶은 몸매를 가진 여자연예인 1위 및 가장 섹시하게 연출된 미녀스타 1위(인터넷방송국 NGTV), '애인을 성형시켜준다면 누구를 모델로 삼겠는가'라는 조사에서 몸매부분 1위(인터넷 조사기관 나이스폴), 남성 애주가들이 함께 술 마시고 싶은 여자연예인 1위(음주문화사이트 나가요닷컴), 동거하고 싶은 여자연예인 1위(여론조사 전문잡지 월간 복스), 누드집을 발간한다면 가장 성공할 것 같은 연예인(KBS 2TV), 치어리더 의상이 가장 잘 어울릴 것 같은 여배우 1위(코리아닷컴)…… 이 정도면 한국의 대표적 섹스심벌이라 할 만하지 않은가?

다. 나는 참관인, 나머지 사람들은 엑스트라. 하지만 형만이 메신저를 통하지 않고 내게 전화를 걸어 "오늘 시간 있어?"라고 물었을 때, 나는 가슴이 뜨끔해지며 본의 아니게 연애 드라마의 조연이 되어버렸음을 어렴풋이 깨달았다.

"내 애인 보여줄 테니까 나와라."

형만과 혜정이 함께 있는 것을 보면 어떤 느낌이 들까. 내가 오늘 일이 조금 늦게 끝날 것 같다고 대답하자 형만은 그럼 다른 날도 괜찮다고 말했다. 어쩔 수 없이 나는 해치울 일은 빨리 해치우자는 자세로, 내일이 좋겠다고 대답했다.

이튿날 저녁, 청담동에 있는 한 차이니즈 레스토랑에서 나는 그들 커플을 만났다. 베이지색 캐시미어 니트를 입은 혜정과 나란히 앉아 있던 형만이 나를 보고 손을 들었다. 둘의 관계가 그만큼 진전된 것인지 아니면 다른 속셈이 있어서인지, 혜정은 꽤 상냥한 얼굴이었다. 숱 많은 검은 머리를 뒤로 묶어 둥근 이마를 드러낸 그녀에게서, 홍대 클럽에서 보았던 육욕의 화신 같은 이미지는 찾기 힘들었다. 내가 막 혜정이 격렬하게 춤추던 그때 기억으로 미끄러져들어가려고 할 때, 그녀가 말을 걸었다. 부드러운 포옹처럼 온몸에 착 감기는 목소리였다.

"형만씨에게 얘기 많이 들었어요. 좋은 친구라고."

그러자 형만이 말을 거들었다.

"성실하고 착하고 믿음직한 친구예요."

그것도 칭찬이라고 하냐. 성실하기로 따지면 대학 시절 내내 학교와 집만을 오가며 회계사 시험 공부에 몰두했던 형만을 따라가지 못할 것이다. 내가 대학교 다니며 한 일이라고는 벼락치기 공부로 학점 따고, 토익 성적을 상위 오 퍼센트에 들도록 올려놓고 당구 치고 술 마신 것밖에 없었다. 심지어 군대도 대령인 외삼촌 덕택에 황금 보직 중의 보직인 서울역 TMO로 갔다. 내가 착하다고 해봤자 남에게 나쁜 짓을 한 적이 없으니까 그렇게 말할 수 있는 것이고, 믿음직한 것이야 남과 큰 약속, 중대한 계약을 해본 적이 없으니까……

레스토랑은 금요일 밤의 감자탕집처럼 시끌벅적했다. 잘 차려입은 남녀들이 무협 영화에 나오는 중국 상인들처럼 빠른 말투로 수다를 떨고 있었다. 형만은 이 집 인테리어가 개화기의 중국을 모티프로 한 것이라고 가르쳐주었다. 천장에는 분홍색 등이 달린 과장된 양식의 샹들리에가 있었고, 그 아래로 작고 둥그런 나무 탁자들이 늘어서 있었다. 검은 앞치마를 두른 여자 종업원이 와서 주문을 받았다. 형만은 종업원이 준 와인 리스트를 혜정에게 건넸다. 이 집은 매콤한 사천요리가 전문이라고 해서, 우리는 카베르네 쇼비뇽을 한 잔씩 마시기로 했다. 그러나 종업원이 차례로 갖고 온 음식들은, 달콤한 것도 아니고 그저 달기만 했다.

"해물이 안 좋네요." 혜정이 모듬냉채에 있는 새우를 한 입 먹어보더니 젓가락을 내려놓았다. "오래되었거나 싸구려 같아요."

그녀가 무심한 말투로 덧붙였다. 순간 형만은 허를 찔린 듯 표정이 약간 굳어졌다가 다시 풀렸다.

"여기도 이제 맛이 갔군."

형만은 그렇게 말하고 물을 한 모금 마셨다. 혜정은 냉채에 더이상 젓가락을 대지 않았다. 우리는 남아 있는 와인을 다 비우고 자리를 옮기기로 했다. 형만은 오 분쯤 걸으면 괜찮은 바가 나온다고 말했다. 혜정은 보도를 걸으면서 얼굴을 찡그렸다. 발이 불편하다고 했다. 그녀는 십오 센티미터짜리 굽이 달린 스틸레토를 신고 있었다. 키가 큰 여자가 길고 가느다란 굽에 의지해 있으니 아슬아슬해 보이기도 했지만, 그녀는 조금도 휘청거리지 않고 긴 다리를 쭉 뻗으며 또박또박 걸었다. 그리고 구찌 구두가 다 그렇죠, 라고 가볍게 한마디했다. 예전에 광고 촬영 때문에 대행사가 섭외한 모델 중에도 키가 혜정만한 여자들이 많았다. 하지만 프로 모델들도 저 정도 높은 신발을 신고 보도를 걸을 때는 안절부절못했는데, 혜정은 그냥 투덜거리기만 했다. 그녀의 직업이 대체 무엇인지 궁금해졌지만 좀처럼 단서를 잡을 수가 없었다.

우리가 간 바는 뱅&올룹슨[16] 풍으로 디자인한 곳이었다. 직각과 직선으로 이루어진 테이블과 장식은 질서 정연한 비례의 원칙에 따라 배치되어 있었다. 벽에 박힌 네온 조명이 차가운 금속 이미지를 더했다. 형만은 운전을 해야 하기 때문에 더이상 술을 마실 수 없었고, 혜정은 아까 마신 와인으로 충분하다고 했다. 그래서 둘은 버진 피나콜라다와 레모네이드를, 나는 벡스를 마셨다. 두 사람은 다정한 모습을 보였다. 혜정은 레모네이드에든 레몬이 아주 신선하다며 잔을 형만의 입에 가까이 대고는 마셔보라고 권했다. 나는 질투를 느끼지 못했다. 나나 여기 있는 다른 사람들은, 어항에 갇힌 금붕어였다. 그냥 눈앞의 현실을 지켜볼 뿐인 그런 존재였다.

형만이 손을 씻으러 화장실에 간 사이에 혜정은 내게 휴대폰을 빌려달라고 했다. 자기 것은 배터리가 다 닳았다는 것이었다. 그래서 내 것을 건네주었는데, 그녀는 버튼을 눌러보더니 상대가 전화를 받지 않는다면서 돌려주었다. 그리고 내게 말했다. 한번 만나보고 싶었다고. 형만은 그녀를 친구들에게 널리 자랑하고 싶어하지만, 그녀는 나 외에는 만나고 싶은 사람이 없었다고 했다. 나는 그녀 얼굴에 푹 빠져서 그녀 속셈이 무엇인지 짐작할 틈도 없었다. 홍대 클럽에서 보았던 그녀의 다른 모습을

16) 최고의 성능에 창의적이고 세련된 디자인. 그래서 '꿈의 오디오'라고 하는데, 오디오 마니아들뿐만 아니라 보보스들이 가장 선호하는 오디오라고 한다.

떠올릴 새도 없었다. 그냥 그녀의 이야기를 들으며, 실없이 웃고 고개를 끄덕였을 뿐이었다. 사실 무슨 소리를 하는지 잘 들리지도 않았다. 〈LA 컨피덴셜〉 같은 누아르 영화에 어울리는 음침하고 퇴폐적인 공간에서, 나는 관객이 되어 내가 출연한 영화를 보고 있는 기분이었다.

형만이 돌아오고 나서야 나는 필름 속에 잠긴 느낌에서 깨어날 수 있었다. 그는 자기가 없는 사이에 무슨 얘기를 하고 있었냐고 물으며 자리에 앉았다. 그러면서 나를 추켜세웠다. 보기 드문 진짜 친구라는 것이었다. 그래보았자 착하고 성실하고 믿음직한, 남에게 피해를 끼치지 않는 무해한 식물성 인간이라는 이야기였다. 남을 속이고 유혹할 능력이 없는 사람이라는 이야기일 뿐이었다. 대화는 주로 나를 주제 삼아 이루어졌다. 나에겐 여자친구가 없으니 소개를 시켜줘도 좋겠다는 것이 형만의 말이었다. 그는 혜정의 여자친구를 한 사람 알고 있었다. 나이트에서 혜정을 만났을 때, 옆에 혜정보다는 못하지만 꽤 미모의 아가씨가 앉아 있었다고 한다.

형만은 그때까지도 혜정의 진짜 이름을 모르고 있었다. 형만은 그녀를 '지우씨' 라고 불렀다. 이것 역시 묘한 우연의 일치인가. 대학 시절 형만의 별명이 배용준이었다. 안경 쓴 모습이 꽤 닮았다. 배용준-최지우.[17] 내 눈 앞에 드라마 속의 커플이 앉아 있었다. 드라마에서는 잘생기거나 예쁘지 않은 등장인물들은 연애 경쟁에서 탈락하고 최종회에서는 선남선녀 둘만 남는다. 여기 두 남녀가 사랑에 빠지는 것은, 브라운관 안에서라면 당

---

17) 배용준과 최지우가 주연한 드라마 〈겨울연가〉는 첫사랑에 대한 사람들의 추억을 헤집으며 많은 시청자들을 사로잡았다. 세상에서 가장 아름다운 사랑 이야기로 기억하는 이들도 많으리라. 배용준-최지우 커플은 극중인물에 감정이입을 너무 심하게 했는지 드라마가 끝난 뒤 실제로 연애를 시작했다고 한다.

연한 일이었다. 어쩌면 홍대 쪽에서 보았던 그 남자애조차도 이들 관계에서는 꼭 필요한 인물이었다. 그애를 더욱 고귀한 사랑을 완성하기 위해 거쳐야 할 삼각관계의 한 축으로 본다면 말이다.

*

내가 우정을 소중하게 여겼다면, 그래서 내 친구들이 상처받는 것을 막으려고 했다면, 나는 입을 다물고 있기보다 뭔가 행동을 취해야 했다. 하지만 CF, 드라마, 가요 그 어디에서도, 사랑과 우정의 갈림길에서 우리 고뇌하는 주인공은 한결같이 사랑을 택한다. '친구의 친구를 사랑했네'라고 고백하며, '미안해, 내 친구야'라고 죄의식을 느끼며, '인생은 왼쪽 오른쪽, 흔들리면서 균형을 잡아가는 거야'[18]라고 자기 합리화를 하며 가증스럽게도 사랑 쪽을 택한다.

내 친구들 중에서 조식만큼 연애와 무관한 이는 없었다. 테헤란밸리에 위치한 한 PDA 게임사에서 게임 개발자로 일하는 그는, 내가 알기로는 제대로 된 데이트 한 번 해본 적이 없었다. 여자와 공통된 취미를 가지려야 가질 수 없는 괴짜였으니 당연한 일이었다. 대학 다닐 때 소개팅을 몇 차례 하긴 했지만 흐지부지 끝났다. 그는 어린 시절부터 컴퓨터 게임광

---

18) 박카스 광고. 내용은 이렇다. 한 남자애가 버스를 탄다. 왼쪽 자리에선 친한 친구가 이리 와 앉으라고 손을 흔들고 있고, 오른쪽에는 마음에 드는 여자애가 다소곳하게 앉아 있다. 주인공은 물론 오른쪽을 택한다. 여자친구가 통금시간을 어기지 않게 하려고 여자친구보다 더 죽어라고 달리는 남자를 등장시키는 것을 시작으로, '지킬 것은 지킨다'라는 구호를 내걸고 소시민 의식을 대변해온 박카스의 광고 전략을 생각해보면 재미있는 결론이 나온다. 우정을 버리고 사랑을 택하는 것이 '올바른 일'이자 인간의 도리라는 것이다.

이었다. 얼마나 게임을 좋아했으면 잘 나가는 외국계 데이터베이스 업체를 때려치우고 게임회사에 들어갔을까. 그는 메탈 마니아였고, 그중에서도 '나는 살아 있는 인간을 먹으며 내 굶주림을 달랜다……'고 노래하는 메이헴[19] 같은 사타니스트들의 음악을 즐겨들었다. 게다가 이른바 '얼리 어답터'[20]여서 돈이 있으면 PDA, 디지털 카메라 등을 사는 데 쏟아부었다. 그가 형만 등과 어울리게 된 것은 순전히 그와 중고등학교 동창인 내가 다리를 놓은 덕분이었다.

물론 그는 자신이 여자를 사귀어본 적이 없다는 사실을 인정하지 않았다. 오히려 자기는 연애의 고수라고 주장했다. 단지 세계가 다를 뿐이라는 것이다. 아바타 게임과 채팅 사이트 등에서 그는 수십 명에 이르는 여자를 사귀었다고 자랑했다. 실제의 그는 조금만 긴 문장을 말하려고 해도 혀 짧은 소리로 더듬거리기 일쑤였지만, 인터넷에서는 600타가 넘는 현란한 타이핑 솜씨만큼이나 유들유들하게 여자들을 유혹했다. 십 분 만에 사랑한다는 말을 듣고, 대화를 시작한 지 두 시간 만에 사이버 결혼식을 올리고…… 그는 통신언어도 유창하게 구사했다. '한그른 세그@제

---

19) 1983년에 결성된 블랙메탈그룹. 1993년 리더인 유러너머스가 같은 그룹 멤버에게 살해당하기 전까지는 사탄을 찬양하는 빠르고 음산한 음악으로 유명한 블랙메탈계의 전설적인 그룹이었다. 특히 유러너머스는 여러 면에서 악명이 높았는데, 한번은 인육을 먹었다는 논란에 휩싸이기도 했다. 권총 자살을 한 멤버의 시체에서 뇌수를 꺼내 스튜를 만들어 먹었다는 것이다. 비록 유러너머스 자신은 그 사실을 부인했지만, 자살 현장에 그와 함께 있었던 다른 멤버는 정반대의 주장을 했다.

20) Everette Rogers의 *Diffusion of Innovation*은 신제품을 채택하는 순서에 따라 사람을 다섯 가지 유형으로 나누었다. 얼리 어답터는 이노베이터 다음으로 먼저 신제품을 구입하는 부류로서, 이 책의 정의에 따르면 이노베이터는 다소 사회 규범을 따르지 않는 성향이 있는 모험가인 반면 얼리 어답터는 다른 사람들에게 영향력을 행사하는 오피니언 리더 쪽이라고 한다. 하지만 한국에서 얼리 어답터라 불리는 이들은 실지로는 이노베이터에 더 가까운 테크노홀릭인 것 같다.

서 가장 @ㅜ Sㅜ하고 고ㅏ학저기Go 배욷2 쉬운 Mㅏ리P Nㅣ다'²¹⁾ 등. 물론 그가 아무리 진하게 사랑을 나누어봤자 그것이 현실로 '전이'되어서 육체 접촉까지 이어지는 경우는 없었기 때문에, 대신 그는 포르노 비디오를 보면서 여자의 피와 살을 꿈꾸었다.

그런 그가 드디어 여자친구가 생겼다고 선언했다. '진짜' 여자 말이다. 그것도 자신의 이상형이라는 발표를 하자 나를 비롯해 메신저에 접속한 친구들이 모두 의아해했다. 그에게 이상형이 있었는지조차 몰랐다. 그가 일본 포르노 배우들을 좋아하긴 했다. 조식의 말에 따르면 그녀는 올리비아 핫세를 닮았다는데, 그 여자가 누군지 아무도 몰랐다.

　Mr. Dick 〉이 무식한들아, '로미오와 줄리엣'도 몰라?

고리짝 시절에 나온 영화를 내가 알 게 뭐냐, 라는 야유가 쏟아졌다. 곧 조식이 모두에게 사진을 전송했다. 파일 네임은 '울애인이쁘지'. 사진 속의 여자는 예쁘긴 예뻤다. 툭 건드리기만 해도 눈물을 뚝뚝 흘릴 것 같은 아름다움을 갖고 있었다. 하긴, 그는 일본 성인영화 배우 중에서도 치아사 아오누마²²⁾ 같은 청순한 미소녀 스타일을 좋아했다. 아니나 다를까 조식은 자신의 이상형을 말할 때에도 포르노 배우 이름을 들먹였다. 올리비아 핫세의 얼굴에 리나 사와구치²³⁾의 몸매라는 것이었다. 친구들은

---

21) '한글은 세계에서 가장 우수하고 과학적이고 배우기 쉬운 말입니다.'
22) 누드 모델 출신인 그녀는 청순한 얼굴로 인기를 끌었다. 그래서 그녀가 포르노 영화를 찍었다는 사실에 충격받은 사람도 많다.
23) 일본의 성인 비디오 여배우들은 평균 신장이 160cm 미만이다. 키가 작아야 카메라에 잘 들어오고, 근력이 달리는 일본 남자 배우들이 자유자재로 다룰 수 있기 때문이라고 한다. 그런 면에서 165cm의 리나 사와구치는 예외에 속한다. 마른 몸매에 가슴은 꽤 크다.

리나 양에 대해서 잘 알고 있었다. 조식이 그녀 출연작을 보내준 적이 있었으니까. 선호가 물었다. 어디서 만났는데? 대체 어쩌다가 그런 퀸카가 조식의 생활 범위 내에 들어온 것인지 다들 궁금해했다.

배틀넷. 조식이 가장 즐겨 하는 게임은 '디아블로 II'[24]였고, 그녀를 만난 곳도 디아블로 배틀넷에서였다. 대학 시절에도 게임을 즐겨 한 그는 몇몇 온라인 게임 세계에서는 백만장자였다. 값나가는 아이템을 모아두었다가 팔아서 얻은 시세차익으로 부를 축적했다. 특히 새로운 업데이트 패치가 나와 아이템이 나올 확률이나 아이템의 성질이 바뀌거나 하면, 그는 더욱 부유해졌다. 게임 세계에서도 부익부 빈익빈의 법칙은 유효했다.

심심한 어느 날 새벽 그는 저(低) 레벨 캐릭터들에게 버스를 태워주었다. 퀘스트를 다 깨고 나자, 한 유저가 그에게 게임에 대해 질문을 해왔다. 앵벌은 어디서 하고, 공속은 어떻게 맞추고, PK[25]를 하려는데 스킬은 어떻게 찍어야 하는가 등등. 조식은 처음에 그가 여자인 줄 몰랐지만, 예의 바르고 상대방을 적당히 칭찬해주는 말투에 끌려 창고에서 쓰지 않는 아이템을 꺼내 나누어주었다. 그리고 나서 시간이 흘러흘러 그녀에 대해선 까맣게 잊고 게임을 하고 있는데, 불현듯 그녀가 나타나 아이템을 주었다. 저번에 준 것에 대한 보답이라면서.

두 사람은 친해졌다. 함께 몬스터를 잡고, 편 먹고 다른 플레이어들을

---

24) 블리자드의 최고작은 스타크래프트가 아니라 디아블로II일지도 모른다. 2000년에 출시된 이 게임은, 게임성이 뛰어날 뿐만 아니라 낮은 사양의 컴퓨터에서도 돌아가므로 많은 사람들이 즐길 수 있다. 배틀넷은 디아블로를 온라인에서 즐기는 공간. 이 게임을 하다보면 종종 마주치게 되는 두 개의 용어는 다음과 같다. '버스를 태운다'란 저 레벨 캐릭터들을 데리고 다니며 그들을 대신해 3대 대악마인 메피스토·디아블로·바알을 죽이는 것이다. '앵벌'이란 좋은 아이템을 얻기 위해 몬스터를 반복해 죽이는 지루한 고행을 말한다.
25) 플레이어 킬링의 약자로 인간 대 인간의 대결을 뜻한다. 온라인 세계에서도 부익부 빈익빈이 심해서, 어지간한 아이템을 갖고는 함부로 PK를 즐길 수가 없다.

상대로 PK 대결을 벌이면서, 온라인 대화에 능한 조식은 자기와 막 친해진 사람이 여성임을 알게 되었다. 문득 호기심이 생겼다. PC방에 가보면, 남자친구와 디아블로를 즐기는 여자들도 많던데. 그래서 그는 한번 만나고 싶다고 말했다. 그녀는 'ㅅㅇㅅ'라고 대답했다. 그것이 만남의 시작이었다. 조식의 얘기에 여기저기서 믿을 수 없다는 소리가 터져나왔다. 그렇게 예쁜 여자가 게임이나 하고 있어? 말도 안 돼. 재섭은 조식이 그녀를 직접 보여주기 전까지는 믿지 않을 것이라고 못 박았다.

그래도 조식을 가장 잘 이해하는 것은 나였다. 조식이 그렇게 믿고 있다는 뜻이다. 그는 연애를 선언하고 얼마 지나지 않아 내게 전화를 걸어왔다. 내가 자취하는 곳 근처로 올 테니 술이나 한잔하자고 했다. 그래서 늦장마가 아직 끝나지 않아 비가 뚝뚝 떨어지던 날, 우리는 맥주를 마시며 이야기를 나눴다. 그는 자기가 평생토록 기다려왔던 사람을 만났으니 결코 놓치고 싶지 않다고 말했다. 하지만 그가 아는 연애의 법칙은 온라인 세계의 것뿐이었다. 0과 1로 미분화한 사랑의 차가운 몸짓만이 존재하는 곳. 조식은 두려웠다. 어떻게 상대방의 시선을 사로잡고 손을 잡고, 입술을 부딪치고 옷을 벗기는지. 다음 단계로 넘어가는 것에 실패한다면 관계를 리부팅해 처음부터 다시 시작할 수 있는지. 골치가 아파진 나는 잘될 거라고 조식을 격려하기만 했다.

자신감을 얻은 그가 자기 애인이라며 내가 일하는 회사 앞까지 데리고 온 사람은 혜정이었다. 곱게 늘어뜨린 머리에 화장기 없는 혜정의 얼굴은 형만과 함께 있을 때보다 서너 살은 더 어려 보였다. 옷차림도 그랬다. 폴로티에 느슨한 면바지, 그리고 닥터 마틴의 워커. 가볍게 산들거리며 걷는 여대생처럼 보이는 어린 혜정은, 그러니까 조식의 혜정은, 윤경이라는 이름을 사용했다. 그래도 혜정은 혜정이었다.

나는 조식을 애도하는 쪽으로 생각을 고쳐먹었다. 세상에 여자가 그렇게 많건만, 왜 내 친구 두 사람과 한 여자가 사귀는 것인지 음모론 없이는 설명이 어려웠다. 확률적으로 말이 안 된다. 그녀와 같은 여자의 수는 무척 적다는 생각을 하면 가능성 자체는 아주 조금 높아지긴 했다. 중요한 사실은 조식이 형만과 같은 경쟁 대열에 올랐다는 것이다. 그의 얘기를 들어보면 그가 혜정과 만난 것은 형만이 그녀를 나이트클럽에서 만났던 때와 같거나 그 직후였다.

"안녕하세요? 조식씨에게서 얘기 많이 들었어요."

혜정이 말했다. 나는 어디를 가나 착하고 성실하고 믿음직한 친구였다. 조식은 들뜬 채로 나와 혜정에게 보조를 맞출 생각도 않고 혼자 열심히 술을 마셨다. 그리고 금세 취했다. 그는 화장실에 다녀오겠다고 더듬거렸다. 그가 비틀거리며 사라지자 혜정은 내게 또 보네요, 라고 태연하게 말했다. 그녀는 놀라움을 감추는 데 능숙한 것일지도 몰랐다. 하지만 또다른 경우의 수도 있었다. 내 희망사항일지도 모르지만, 그녀는 조식의 친구가 나라는 것을 알고 일부러 나를 소개해달라고 얘기한 것일지도 몰랐다. 혜정은 내게 왜 전화를 걸지 않았느냐고 물었다. 내 휴대폰에 자기 번호를 남겼는데도 말이다.

"바보."

그녀가 입술을 삐죽 내밀었다. 조식이 불쌍하다는 생각이 깨끗이 사라졌다. 내게도 가능성이 활짝 열렸다. 형만을 이길 수는 없어도 조식에게는 이길 수 있다. 아니, 승산은 나에게 있다. 혜정이 내 편을 들어주기만 한다면.

*

혜정은 비밀을 지켜달라는 부탁 따위는 하지 않았다. 여러 남자를 동시에 사귀는 것, 그것은 그녀에게는 비밀의 차원에 속하는 일이 아니었다. 아마 누군가 그녀에게 다른 사귀는 남자가 있냐고 물으면, 그녀는 주저하지 않고 그래요, 당신 말고도 사귀는 사람이 더 있어요, 라고 술술 진실을 밝힐 것이다. 대체 몇 명을 사귀는 중이냐고 묻는다면 그런 것이 중요하냐고 천연덕스럽게 반문할 것이다. 두 명을 사귀면 괜찮지만 세 명을 사귀면 나쁘고 못된 여자가 되는 것이냐고. 단지 한 명이라는 숫자가 선과 악의 경계가 되는 것이냐고.

혜정이 원하는 것은 단 한 가지였다. "아름다운 사랑을 하고 싶어요." 그것은 자신을 이 세상의 주인공으로 만들어주는 사랑, 그녀 자신을 사랑의 화신으로 만들어 온몸을 불사르게끔 하는 사랑이었다. 혜정은 그녀의 내면과 외면을 전부 아끼고 그녀를 위해 모든 것을 버릴 수 있는 사람을 찾고 있었다. 혜정에게 영원한 연인이 되겠다고 맹세하는 남자는 많았다. 당신이 없으면 죽을 것 같다고, 아니 죽을 것이라고.

그녀의 고민은 그중에서 사랑을 키워나갈 적임자를 고르는 일이었다. 연인을 구한다고 공개입찰을 붙인 셈이다. 그녀가 여러 남자를 사귀고 있다는 사실이 밝혀지면 그녀를 둘러싸고 전쟁이 벌어질 것이 분명했다. 그런 상황을 환영하는 이도 있을 것이고 그렇지 않은 이도 있을 것이다. 형만이라면 전자의 축에 끼려고 할 테고, 조식이라면 반대일 가능성이 다분하다. 나는 평화주의자였다.

혜정은 데이트를 한 날이면 내게 전화를 걸어서 그녀가 그날 무엇을 했고, 어떤 이야기를 들었는지 세세히 들려주었다. 그녀에게는 불과 몇

시간 전에 있었던 일도 덧없는 추억일 뿐이었다. 그녀가 스스로의 존재 이유를 증명하는 데 끊임없이 사랑을 필요로 했기 때문일지도 모른다. 나는 그녀의 사랑 이야기를 기록하는 사관(史官)이었다. 늦은 새벽까지 그녀의 일기를 받아듣고 나면 격렬한 섹스로 진을 다 빼낸 것처럼 아침에 녹초가 되어 일어났다. 부랴부랴 출근해서 컴퓨터를 켜면, 자신의 사생활이 어떻게 누설되고 있는지 모르는 순진한 형만 혹은 조식이 메시지를 보냈다.

우선 혜정이 형만과 만나서 하는 일부터 펼쳐보도록 하자. 그들은 연애의 지도를 그렸다. 새로운 식당이나 카페에 가고, 호텔 나이트클럽에서 춤을 추거나 술을 마시고, 강변을 드라이브한다. 그들의 동선은 서울 시내와 근교 지역에 있는 가볼 만한 곳들을 줄줄이 꿰고 있었다. 그들이 스물다섯번째 만난 날에는 교대역에 있는 곱창 골목에서 저녁을 먹었다. 혜정은 보신탕을 제외하고는 맛있는 음식을 가리지 않았다. 그리고 드라이브 겸 남산으로 차를 몰고 가서는 그랜드하얏트 호텔을 지나 좁고 경사진 골목에 자리한 프렌치 레스토랑에서 레본 셔벗과 크레페 수제트[26]를 먹었다.

그리고 그녀로서는 바람을 피운다고 하면 피운달까, 양다리를 걸치기에 최적의 시기가 왔다. 9월이 되자 형만도 바빠지기 시작했다. 3월 결산 법인들이 삼사분기 재무제표 공시를 준비하기 시작하자 하루 걸러 야근을 해야 할 정도로 업무가 늘었다. 너무 바빠 데이트가 불가능한 날이면 형만은 휴대폰으로 시를 보냈다. 제 딴에는 로맨틱한 행동이라고 생각하겠지. 그리고 그녀는 내게 그 시를 읽어주었다. 그중 한 편은 이랬다.

---

26) 얇게 부쳐낸 밀가루 반죽을 오렌지와 럼으로 만든 소스에 잔뜩 적신 프랑스 요리. 이 글의 작가가 매우 좋아하는 디저트이기도 하다.

너를 알고부터
과학자가 되지 못한 것을
땅을 치며 후회했지
투명인간이 되어서
너의 일거수일투족을 관찰하고 싶어졌거든[27]

이미 그는 자기와 통화할 때만 쓰라고 혜정에게 커플용 휴대폰을 하나 사주었다. 둘이 휴대폰을 마주 대면 코맹맹이 여자아이 목소리로 녹음된 '알라뷰—'라는 말이 양쪽에서 흘러나온다.

미모로 따지면, 이목구비의 완벽함과 신체의 늘씬함으로 말하자면, 형만은 혜정을 능가하는 여자와 사귈 기회가 있을지도 모른다. 아니 이미 그 정도 여자는 사귄 경험이 있었을 수도 있다. 하지만 혜정처럼 형만의 내면을 활짝 열어 그의 정신세계와 경험을 확장하는 여자는 두 번 다시 찾기 힘들 것이라고 굳게 믿는다. 지금껏 형만이 만났던 여자들은 신문을 봐도 문화면이나 펴서 텔레비전 프로그램 안내와 새 영화 소식 정도를 훑을 뿐이었다. '이 정도로 예쁘면 됐지, 그런 것을 왜 알아야 하지?'라고 생각하는지도 모른다. 그녀들은 형만을 좋아하고 그의 마음을 끌고 싶어 했기에 그가 어떤 이야기를 해도 눈을 동그랗게 뜨고 귀를 기울였지만, 무슨 말이든 고개를 끄덕이며 헤벌레 웃는 정박아처럼 보이기만 했다.

반면 혜정은 아홉시 뉴스의 앵커우먼처럼 지적인 표정과 말투로 형만과 정치·사회에 대한 문제들을 토론할 수 있었다. 정몽준 리더십의 한계

---

27) 연시(戀詩)의 대가 원태연이 쓴 「땅을 치며 후회했지」.

라든가, 왜 노무현과 이인제는 반목하는가 등등. 혜정은 형만보다 폭넓고 깊이 있는 지식을 갖고 있었다. 이유는 간단했다. 그녀는 내게 "저는 매주 시사잡지 봐요"라고 말했다. 고작 일간지 두어 가지에서 일용할 상식을 공급받는 형만이 그녀를 따라잡기는 힘들었다. 그는, 남자들이 말문이 막힐 때 종종 그러듯 우기거나 윽박지를 수도 없었고 토라진 채 침묵할 수도 없었다. 자신이 사랑을 바치고 있는 사람에게 어떻게 감히 그럴 수 있겠는가?

혜정의 날카로운 지성 앞에 지금껏 형만이 쌓아온 취미와 취향―이른바 교양이라고 하는―은 벗기기 쉬운 껍데기에 불과했다. 형만은 자신이 안목을 갖고 있다고 자부했지만, 그는 명품 매장에서가 아니면 옷과 액세서리 사기를 주저했다. "형만씨는 시장바닥에서 사듯이 옷을 사고 그래요." 혜정의 평이다. 그렇다고 그가 '나는 아르마니를 입고 테크노마린의 시계를 찬다'고 과시하려 들었다는 것이 아니다. 그가 구입하는 물건들은 샤넬처럼 로고를 전면에 내세우며 속물들에게 호객하는 브랜드 제품은 아니었다. 다만 그는 자신감이 없었을 따름이다. 고급 레스토랑에 가서 가장 비싼 스페셜 메뉴를 시켜놓고 분명히 맛있는 음식일 것이라며 안심하는 식이다. 중산층 가정에서 자란 그의 한계랄까.

덕분에 나는 마음속으로 그를 실컷 비웃을 수 있었다. 훤칠한 외모는 타고난 것이고 돈 씀씀이는 경제력이 다른 탓이니 어쩔 수 없다고 해도, 그는 마치 천부적으로 높은 안목을 갖고 태어나기라도 한 것처럼 굴 때가 많았다. 패션지에서 도려낸 듯한 그의 말과 행동을 나와 다른 친구들은 고스란히 삼킬 수밖에 없었다. 그의 말에 따르면 우리가 '명품'을 사지 않는 이유는, 돈이 없기 때문이 아니라 보는 눈이 없기 때문이었다. 더 나아가서는 형만이 사귀는 근사한 여자들이 우리 가까이에는 없는 이유는, 다름아닌 취향과 안목의 차이라는 주장도 도출할 수 있었다. 이따금 우리는 그의 말을 정면으로 반박했고, 그보다 훨씬 더 자주 그렇게 반박할 마음을 먹었다가 토해내곤 했다. 내가 친구에 대해 너무 신랄하게 말하는 것일지도 모른다. 하지만 다른 친구들도 진실을 알게 된다면 나와 똑같은 생각을 할 것이 틀림없다.

그가 즐겨 다니는 레스토랑, 와인 바 등은 혜정에게 맥도날드나 스타벅스를 연상케 했다. "패스트푸드점들이 어떻게 돈을 버는지 알아요? 계속 새 점포를 만드는 거예요. 기존 점포는 시간이 지날수록 성장률이 낮아지죠. 주위에 비슷한 점포가 생기면서 경쟁하게 되니까. 진짜 돈은 새 점포에서 벌리는 거예요." 강남에 즐비한 개성적인 명소들, 형만처럼 미각이 단련되지 않은 사람들 입맛에 맞춰 '퓨전'이라는 이름의 무국적 음식물들을 파는 곳들도 마찬가지였다. 일단 업소를 세워서 번 돈은, 지점을 늘리거나 다른 종류의 업소―레스토랑을 했다가 바를 만든다든가―를 짓는 데 쓰인다. 형만도 그랬지만, 삼사 개월마다 단골 가게를 바꾼다는 청담동의 개성 추구자들에게 중요한 것은 스타일이었다. 맛은 상관없었다. 형만을 보라. 된장찌개에 조미료가 얼마나 들어갔는지도 모르고, 도우조차 제대로 반죽하지 않은 피자를 이탈리아 정통이랍시고 내놓아도 잘도 먹는다.

형만은 혜정의 눈동자를 바라보기만 해도 어쩔 줄 몰라하며 '쿨 가이' 답지 않게 굴었다. 자신을 감싸고 있던 교양이 실오라기 하나 남지 않고 벗겨진 이상 그는 동정과 모성애를 필요로 하는 어린애에 지나지 않았다. 여자 앞에서 가슴이 두근거리는 것은 네가 처음이야. 형만의 고백. 내가 결코 볼 수 없는 형만의 허약한 모습을, 나는 혜정이라는 프리즘을 통해 볼 수 있었다. 형만은 친구들에겐 슬쩍 스쳐 지나가듯 내뱉던 자신의 고민을 그녀에게만큼은 진지하게 털어놓았다.

지난해부터 정부가 공인회계사 시험 합격자를 천 명으로 늘려, 사회에 회계사가 넘쳐나게 될 상황이다. 이미 그는 국내 최고의 회계법인에서 발판을 다지고 있지만, 앞으로 팔구 년차가 되면 과연 파트너급으로 승진할 수 있을까? 회계사가 하는 일은 다들 똑같다. 능력도 서로 비슷비슷하다. 형만이 지금 하는 일은 월마트에 가서 재고조사 한답시고 라면 박스 숫자를 세는 것이다. 과연 경쟁에서 승리하려면, 인생의 승리자가 되려면 어떻게 해야 할까? 요즘 재계·금융계를 주도하는 엘리트 그룹에 합류하려면 미국 명문 MBA를 졸업하는 것은 더이상 선택이 아닌 필수다. 형만도 미국 유학을 다녀와 '토종'에서 '유학파'로 변신하고 싶어했다. 그러기 위해서는 지금부터라도 마음을 다잡고 돈을 모아야 했다. 그는 혜정과 함께라면, 꿈을 향해 한눈팔지 않고 달려갈 수 있을 것 같다고 말했다.

형만은 나를 자신의 연애 상담사로 삼고자 했다. 친구들 중에서 나만이 혜정을 만난 적이 있기 때문일 것이었다. 둘 사이를 가장 잘 아는 친구가 되어버린 것이다. 그래보았자 그가 내게 기대하는 것은 뻔했다. 그녀가 자길 좋아하는 것처럼 보이는지를 묻고는 '그렇다'라는 대답을 듣고 싶어했다.

"CPA 이차 시험 이후로 이렇게 어려운 시험을 쳐보기는 처음이야."

혜정은 그가 반드시 넘어야 할 산이었다. 그는 그녀를 애타게 하고 싶어했지만, 상대는 그에게 아무것도 바라지도 요구하지도 않았다. 그는 혜정이 무엇을 하는지도 모르고 정확한 나이도 몰랐다. 나와 친구들에게는 물론 아는 척했다. 일단 그는 혜정이 상당히 부유한 집안에서 자랐다고 추측했다. 데이트를 끝내고 바래다줄 때면 늘 압구정 현대아파트 앞

에서 내렸으니까 말이다. 그리고 직업은 현재 대학원생으로 보이는
데…… 직업을 묻는 말에 혜정은 냉정하게 쏘아붙였다. "내가 양말공장
에서 일한다면 날 좋아하지 않을 수도 있겠군요?" 사실 형만은 그녀 이
름을 알아내는 데에도 꽤나 시간이 걸렸다. 그래봤자 가명에 불과했지만.

　그가 혜정에게서 애정의 증거를 찾아낼 때가 있다면, 그녀가 차나 칵
테일을 마시고 돈을 낼 때였다. 속설에 따르면 여자는 마음이 없는 남자
에게는 결코 돈을 쓰려 하지 않는다. 그러므로 혜정은 남자를 우려먹는
여자들과는 질이 다르다. 형만은 나직하게 중얼거렸다. "내게도 운명적
인 사랑이 왔나봐. 그런 것은 없는 줄 알았는데." 혜정은 아름다운 사랑
을 하고 싶다고 하는데 자기가 그 소원을 이루어주고 싶다고 했다. 하지
만 그녀는 나와의 전화통화에서 분명히 밝혔다. "전 운명을 믿지 않아요.
제 몸이 느끼는 것, 감각을 믿어요. 진정한 사랑이라면 제 몸이 먼저 알
겠죠." 그리고 그녀가 형만에게 매긴 애정지수는 학점으로는 'F', 점수로
는 백점 만점에 사십오점이었다(나에게는 몇 점이나 매겼을까?).

*

　이따금 혜정에 대한 감정과 남의 사생활을 훔쳐보는 재미 중 어떤 것
이 더 큰지 나 자신조차 혼동할 때가 있었다. 그래도 상처받은 사람은 없
었다. 오히려 내가 입을 열지 않는 것이 모두가 행복해지는 길이었다. 그
렇게 믿고 싶었다는 것이 더 옳은 표현이겠지만, 어쨌든 당시에는 그랬
다. 내가 큰 잘못을 저지르고 있다는 생각은 들지 않았다. 그래서 퇴근해
서는 성실한 남편처럼 꼬박꼬박 집으로 돌아가 목욕재계를 하고서 휴대

폰이 울리기를 기다렸다. 드라이 마티니처럼 씁쓸한 맛이 귓가에 감도는 혜정의 목소리를 그리워하면서 벌거벗고 이불 속으로 들어갔다. 부끄러운 고백이지만, 그녀와 전화통화를 하면서 나는 이불에 몸을 비비며 그녀가 내 곁에 누워 속삭이고 있다고 상상했다. 그런 식으로라도 가공의 촉감을 만들지 않으면 견딜 수가 없었다. 내가 지금껏, 그리고 앞으로도 만날 수 없을 것 같은 여인을 갖고 싶다는 욕망을 참아내기가 어려웠다.

그래서 조식이 하는 짓을 보면 화가 날 지경이었다. 기회가 오는 족족 놓치고 있었다. 형만이 달리고 있다면 조식은 허우적거렸다. 관계 진전이 느렸다. 형만은 혜정을 감싸고 있는 보이지 않는 벽에 갑갑해했지만, 조식은 자신의 미숙함과 서투름에 가로막혔다. 심지어 그는 자신이 골문 앞에서 계속 헛발질을 하고 있다는 사실조차 눈치채지 못했다. 하긴, 그 정도 눈치가 있었다면 그는 지금과는 다른 삶을 살았을 것이다.

혜정에 따르면, 그는 만나면 늘 게임과 음악 얘기를 정신없이 쏟아냈다. 아마도 회사나 업계 지인들과 함께하는 자리 외에는 그렇게 떠들어본 적이 없을 것이다. PDA용 게임 개발이 아직까지 그렇지만, 그는 혼자서 기획하고 프로그래밍 작업에 버그 테스트까지 하는 일인 다역을 맡아 PC용으로 유명한 외국 게임 하나를 PDA용으로 개작하고 있었다. 그가 이전에 만들어낸 게임은 3D 흉내를 낸 2D 게임이었다. 혜정은 게임에서 엔진[28]의 중요성을 잘 알고 있었기 때문에, 조식이 이번 프로젝트의 관건은 PC용 3D 엔진을 PDA용으로 작게 만드는 일이라고 말하는 것을 쉽게 이해할 수 있었다.

조식은 신이 났다. 자기 이야기를 들어주는 여자를 앞에 앉혀놓은 것

---

28) 게임의 궁극적인 목표는 가상에서 벗어나 또다른 현실 그 자체가 되는 것이 아닐까? 현실에 가까운 3차원 그래픽을 구현하려 할수록 좋은 3차원 그래픽 엔진이 필요하다.

도 처음인 그는, 자기가 언제부터 게임에 관심을 갖게 되었고 왜 게임을 좋아하게 되었는가를 지렁이가 꿈틀거리는 속도로 중얼거렸다. 혜정은 너무 지루하고 따분해서 하품을 하고 싶었다고 한다. 그런 속마음도 모르고 조식은 기대에 찬 목소리로 물었다. 무슨 게임 좋아하냐고. 혜정은 대답했다. "디아블로요." 몬스터를 죽일 때의 타격감이 마음에 들어 혜정이 정붙인 거의 유일한 게임이었다. 그러나 조식은 그녀가 자기처럼 게임이라는 장르 그 자체에 매료되었다고 착각했다. 자신이 좋아하는 게임을 그녀도 좋아하기 때문일 것이다.

그는 할말이 떨어지면 그녀를 PC방으로 데리고 갔다. 그리고 그녀가 디아블로 외에 다른 게임에 맛들이도록 애썼지만, 그녀는 어떤 게임이든 두어 시간 해보고는 흥미를 잃었다. 조식과 데이트를 하고 난 어느 날 나와 통화하면서 그녀는 이해할 수 없다는 듯이 물었다. "제가 왜 모든 게임을 다 좋아해야 하죠?" 조식은 큰마음 먹고 자신이 갖고 있는 전자기기 몇 점을 팔아서 혜정에게 PDA를 하나 선물했다. 자신이 갖고 있는 PDA와 비밍(beaming)[29]을 통해 MP3 파일과 전자책을 교환하고, 함께 게임을 즐기는 것은 그에게 일종의 섹스였다. 하지만 그녀에게 첨단기기란 무의미했다. 음악은 제대로 된 앰프를 통해 듣는 것이 좋았고, 책은 종이로 된 것을 선호했다. 게임은 조식 혼자만 미쳐 있는 것이라 재미가 없었다.

그래도 조식은 혜정의 마음에 드는 구석이 있었다. 그는 그녀가 무엇을 하는지, 나이는 몇인지 알려고 들지 않았다. 조식은 그녀가 그냥 대학

---

29) 적외선 포트를 통해 데이터 송수신을 하는 것을 가리키는 말. PDA 사용자들이 가장 쾌감을 느낄 때가 바로 비밍을 할 때가 아닐까? PDA 유저로서 동질감도 느끼고, 쓸 만한 프로그램이나 자료도 얻는 행위니까 말이다.

생이겠거니 하고 넘겨짚었다. 흔히 사회인들끼리 친해지려면 서로에 대한 정보를 필요로 한다. 무슨 일을 하고 어디에 살며 고향은 어디인지를 물어보게 마련이다. 조식은 그런 사교적 의례에서 벗어나 스스로를 유리병 속의 표본으로 고립시키는 인간형이었다. 그에게 현실세계란 변수 많고 예측하기 힘든 곳, 너무도 어려운 게임의 무대, 그래서 자신의 이데아로서 활동할 수 없는 공간이었다. 조식이 열중했던 온라인 세계의 사랑은 달랐다. 순정만화 캐릭터처럼 팔다리가 길고 눈이 큰 아바타들끼리 비도 눈도 내리지 않는 네버랜드에서 만나 아름다운 사랑을 나누었다. 육체적 접촉을 배제하고 순수 대화로만 이루어지는 영혼과 영혼의 만남, 욕망과 욕망의 교합이다. 일종의 플라토닉 러브다.

그리고 혜정은 현실세계에 내려온 아바타였다. 만년설 속에서 자라난 꽃의 순수함을 갖고서 비극의 가면을 쓰고 쓸쓸하게 앉아 있다가도 조식이 나타나면 달콤하고 상쾌한 미소로 맞아주는 혜정. 하지만 그녀와 조식은 얼마나 어울리지 않는 커플이었는지. 그녀는 늘 워커를 신고 다녔지만, 그녀와 함께 서 있을 때면 그는 그녀를 올려다봐야 했다. 라면을 먹고 밤샘하는 일이 잦아 부스스하고 불어터진 얼굴 아래에는 짧은 목과 좁은 가슴이 있고, 허리에는 군살이 더덕더덕 붙었다. 혜정 옆에 있으면 그는 커다란 애완동물처럼 보였다. 나처럼 혼자 사는 그는 다림질이 서툴러서 늘 구겨진 옷을 입고 다녔다.

만약 혜정이 형만을 만날 때처럼 나르시소 로드리게스[30]의 옷을 한껏

---

30) 혜정은 뉴욕에서 활동하는 디자이너들을 좋아한다. 돈 잘 버는 커리어우먼을 겨냥한 현대적이고 세련된 스타일의 옷을 만들어내는 마이클 코어스나 마크 제이콥스, 나르시소 로드리게스 같은…… 주인공 '나'가 혜정을 처음 만났을 때, 그녀가 입고 있던 것도 나르시소 로드리게스의 의상이었다.

차려입고 '여왕 변신 모드'로 들어가기라도 한다면 조식은 그녀에게 감히 가까이 가지도 못할 것이다. 아마 그녀를 알아보지도 못할 것 같다. "조식씨는 내가 가발을 쓰고 나가도 알아차리지 못해요." 혜정이 내게 한 말이다. 조식은 혜정이 '세상에서 가장 아름다운 여자'라고 칭송했지만, 그녀가 화장을 바꾸고 머리 모양을 다르게 해도 어디가 어떻게 달라졌는지 눈치채지 못했다. "여자는 사소한 것에 감동받아요." 혜정이 내게 가르쳐준, 여자를 사로잡기 위해 명심해야 할 제1조이다. 조식이 그런 것을 알 리가 없었다. 아니, 안다고 한들 여염집 처녀라면 몰라도 혜정을 사로잡을 수는 없을 것이다. 나는 그녀가 조식을 불쌍히 여겨 자신을 보시하고 있다고 생각했다. 그래서 혜정이 조식에게서 어떤 즐거움을 얻고 있는지 깨닫는 데에는 시간이 좀 걸렸다.

혜정과 손을 잡고 걷다보면 조식은 어딜 가도 남자들의 부러운 시선을 받았다. 하지만 그가 '이 여자는 내 여자야'라고 으스댈라치면 혜정은 "조식씨가 없을 때 딴 남자들이 날 유혹하면 어쩌죠?"라고 정말 걱정되는 것처럼 물어 산통을 다 깼다. 그의 얼굴이 흙빛으로 변하면 혜정은 까르르 웃으며 그의 팔을 자신의 팔에 꼈다. 기분이 좋을 때는 팔짱을 끼면서 그녀 가슴에 조식의 팔꿈치가 닿게 하기도 했다. 그러면 조식은 갑작스러운 발기에 바지 앞섶이 불룩 튀어나와 당황스러워하는 것이었다. 내게 그 얘기를 하면서 혜정은 깔깔거렸다. "갑자기 절뚝거리는 거 있죠?" 나는 그제서야 알 수 있었다. 그녀는 자신이 관계를 조절해나가는 데서 즐거움을 얻고 있었다. 형만에게 그녀가 여왕이었다면, 조식에게 그녀는 여신이었다.

조식은 육체 접촉의 짜릿함을 배우기 시작했다. 그전에는 고작 자신의 손으로 성기를 붙잡고 움직이는 것뿐이었다. 지고의 즐거움, 궁극의 쾌락을 위해서는 앞으로 나아가야 했다. 그는 혜정과 키스하고 섹스할 기회를 만들고 싶어했다. 그는 내게 찾아와 어떻게 하면 좋겠냐고 상의했다. 나는 조식의 연애상담자이기도 했다. 혜정이 이중 삼중 플레이를 하면 나도 그림자처럼 그녀를 따라갔다.

컴퓨터 게임은 조식의 관심사에서 이선으로 물러났다. "연애 게임을 한다고 생각해." 나는 그렇게 충고했다. 현실에서나 온라인에서나 새로운 화제를 개발하고, 분위기를 만들고, 둘만의 자리를 확보하는 것이 중요했다. 조식은 '야경 즐기기 좋은 한강변 카 데이트 포인트' 등의 기사가 실린 잡지를 사서 읽고 데이트 정보가 담긴 인터넷 사이트를 순례하며 깨달음을 구했다. 그가 내린 결론. "조만간 자동차를 사야겠어."

혜정은 내게 다른 남자친구를 소개하기도 했다. 홍대 쪽의 클럽에서 보았던 남자애. 민우라고 했다. 나보다 여덟 살이 어렸다. 가까이에서 보니 쌍꺼풀 없는 큰 눈에 뚜렷한 입술선이 정말 김재원을 닮았다. 그래서인지 혜정은 전지현풍[31]으로 화장했다. 물방울이 떨어질 것 같은 촉촉한 피부와 붉게 빛나는 입술. 여자의 이미지는 화장으로 쉽게 바뀔 수 있다는 사실을 나는 혜정을 통해 배웠다. "그만큼 무의미해 보이기도 해요." 그녀의 말이었다. 하지만 나란히 앉아 있는 민우와 혜정은 잘 어울렸다. 형만과 함께일 때보다 더욱 그랬다. 나만 그렇게 생각하는 것은 아닐 테다.[32]

민우에게는 자신의 매력을 확신하는 자신만만함이 넘쳤다. 그는 입고

---

31) 전지현 화장법의 핵심은 광대뼈 쪽과 입술에 베네틴트 — 전지현이 애용한다고 해서 온라인 쇼핑몰 '위즈위드' 같은 데에선 인기 상품이다 — 를 얇게 펴바르는 것이다. 촉촉한 피부와 붉고 물기 어린 입술을 표현하는 데 제격이라고.
32) 〈겨울연가2〉를 제작한다면 주인공 커플로 누가 가장 잘 어울리겠냐는 네티즌 설문조사(인터넷 방송국 NGTV)에서 김재원과 전지현은 가장 이상적인 커플로 뽑혔다.

있는 폴 스미스의 화려한 스프라이트 셔츠에서 단추를 세 개 풀어 무용 수처럼 매끈한 가슴을 자랑했다. 그의 아버지는 유명한 성형외과 의사로 각종 미인대회에 심사위원으로 위촉되곤 하는 이였다. 전문 분야는 유방 확대 수술. 미인대회에서 수상을 해서 얼굴을 널리 알린 여자들은 그를 찾아와 껌딱지 가슴을 밥공기만하게 부풀렸다.

잘난 아버지를 둔 덕분에 그는 미래에 대한 걱정이 없었다. 의대에 들어간 형에게는 조금도 열등감을 갖지 않았다. 그는 내가 직장인이라는 것을 듣고는, "난 직장생활은 체질에 안 맞아서……"라고 말했다. 욕지거리가 치미는 말이었다. 이 개새끼야, 누군 좋아서 하냐. 점심시간에 허기진 배로 사무실에서 나와 엘리베이터를 타면, 출입증을 꼬리표마냥 목에 건 똑같은 인간들이 우르르 모여 있다. 점심에 무엇을 먹을까 고민하다보면 나 자신이 한심해진다. 어차피 중요한 의사 결정이란 부장이나 이사급들이나 하는 것이니까, 나로서는 그보다 더 중대한 결정을 내릴 권한이 없다. 회사 인간으로서 내 삶이란 텔레비전이나 신문에서 우리 회사 광고가 나오면 내가 저 일에 참여했다는 사실에 자부심을 느끼는 것 정도가 고작이다. 그렇게라도 하지 않으면 회사에 잠자코 붙어 있을 수가 없다. 모르겠다. 어쩌면 내게 필요한 것은 가정일는지도. 여자를 만나 아이를 가지고 피붙이를 키우는 데 일생을 바치는 것이 혼자 사는 것보다는 더 나은 길일지도 몰랐다.

민우에게 필요한 것은 대학 졸업장뿐이었다. 그는 "대학만 나와다오"라는 부모 말을 듣고 서울 외곽에 있는 한 대학의 인문학부에 들어갔고, 아버지가 입학 기념으로 사준 BMW의 빨간색 Z3를 몰고 다녔다. "홍대 쪽에 클럽을 하나 열려구요. 적당한 자리를 찾아보고 있어요." 청년 실업가—그의 장래 계획이었다. 최종 목표는 강남 진출. 가장 큰 걸림돌은

군대 문제이지만 면제를 받고자 하는 의지가 단호했다.

홍대 근처의 유명한 클럽들은 몇몇 예외가 있긴 하지만 대부분 홍대 맞은편 놀이터를 지나 극동방송국 방향으로 가는 길목의 곳곳에 박혀 있다. 우리는 그중 한 클럽의 근처에 자리한 아이리시 펍에서 기네스를 마셨다. 시장 조사랄까. 명분이 그랬다. "요즘엔 좀 자주 오죠." 그가 한 팔로 혜정의 허리를 감싸고 만족스러운 미소를 지으며 말했다. 내 앞에서 그녀가 자신의 것임을 과시하고 싶어 안달하는 것 같았다. 그는 혜정에게 왼손 무명지에 끼고 있는 반지를 보여주도록 했다. 만난 지 삼십삼 일째에 기념으로 선물한 불가리의 B.Zero 1. 혜정을 만나기 전까지 그는 여자를 한 달 이상 사귄 적이 없었다. 금세 지겨워졌다는 것이다. 그래서였을까? 삼백만원이 넘는 반지를 사주게. 그는 나에게 '~씨'라는 호칭을 사용하며 혜정과 어떻게 만나서 어떻게 친해졌는지 물었다. 나를 경쟁자로 생각하지는 않는 투였다. 불쾌했다. 사실을 툭 털어놓고 그를 골려주고 싶은 마음이 슬그머니 일어났다. 네가 저 여자를 독차지한 것으로 생각하니? 네 여자친구는 내 친구의 여자친구야. 난 네 경쟁자지. 너에 대해서 너보다 더 많이 알고 있을지도 몰라…… 하지만 그렇게 이실직고할 수는 없었다.

혜정이 잠깐 자리를 비우자 그는 "전지현 닮았죠?"라고 동의를 구하듯 물었다. 내가 고개를 끄덕이는 모습을 보고 나서 그는 "정말 예쁘죠"라고 덧붙였다. 그건 부인할 수 없는 사실이다. 그리고 그가 혜정을 '사랑하는' 이유도 그녀의 미모 때문인 것으로 보였다. 좋은 게 좋은 것이라고 해야 할까. 아름다운 사랑을 하려면 아름다운 여자를 만나야 한다는 논리 말이다. 그렇다면 더 예쁜 여자가 나타나면 어떻게 하나. 더 높은 사랑을 위해 현재의 애인을 차고 미래를 향해서 달려야 할까?

민우가 주차장에서 차를 빼고 있을 때, 나는 혜정이 한 말에 뒤통수를 얻어맞은 느낌이었다.

"저 자러 갈 거예요. 민우랑 함께."

아니, 이 말이 아니다. 그녀는 내게 가까이 와 있어달라고 부탁했다.

"호텔 앞까지 와달라는 거예요. 내가 창문으로 얼굴을 내밀면, 나를 봐줘요. 그리고 내 생각을 해줘요."

나는 거절하고 싶었다. 내가 왜 그래야 하냐고 묻자 그녀는 생긋 입꼬리를 움직이며 말했다.

"싫으면 하지 않아도 돼요."

운전석에 앉은 민우는 나를 향해 엉성하게 경례를 붙이고 액셀러레이터를 밟았다. 나는 멀어져가는 자동차의 미등을 우두커니 바라보았다. 이것이 내 한계인가. 나는 방관자일 뿐이었다. 세 남자와 한 여자의 교차점, 친구들이 오쟁이 지는 것을 은근히 즐기는 자리에 붙박여버린. 곧 혜정은 차례차례 옷을 벗어던질 것이다. 교성을 내지르며 오르가슴으로 얼굴을 일그러뜨릴 것이다. 몸과 마음을 빼앗겨 완전히 남의 여자가 될지도 모른다. 가만히 있다가는 방관자 자리마저 잃을지 모른다. 그리고 난 절망에 빠져 죽도록 후회하겠지. 뭔가 해야 한다. 내 쪽으로 택시가 한 대 다가왔다.

서교호텔까지는 기본요금도 아까울 정도로 가까웠다. 나는 호텔 앞에 도착하자마자 십오층짜리 건물을 위아래로 훑었다. 절반이 넘는 객실은 어두컴컴했고 불이 켜져 있는 곳도 거리에서는 내부를 들여다볼 수 없었다. 그녀는 창문으로 얼굴을 내밀지 못했을 것이다. 대부분의 호텔 창문은 투신자살을 방지하기 위해서인지 겨우 환기를 시키는 정도로만 열리니까. 프런트에 가서 방금 들어간 젊은 남녀가 몇호실에 투숙했냐고 물어보는 것은 바보짓이겠지.

휴대폰이 울렸다. 혜정인가? 폴더 위에 뜨는 전화번호는 하필이면 조식의 것이었다. 가슴이 철렁 내려앉았다. 어린 시절 이웃집 누나가 옷 갈아입는 것을 훔쳐보다 들켰을 때의 느낌이었다. 받지 않으려고 했지만 계속 벨이 울렸다. 결국 폴더를 열어 귀에 가까이 대자 조식의 신경질적인 목소리가 귀를 찔렀다. "대체 어디 있길래 전화를 이렇게 받지 않는 거야?" 들으나마나 연애상담을 하려는 것이다. 나는 떨리는 목소리를 감추며 회사에 있다고 말했다. 시계를 보니 벌써 밤 열한시가 넘었다. 너무 늦은 시각이니 직장인답게 빨리 자라는 한마디를 던지고 서둘러 전화를 끊었다.

나는 그러고도 한참을 꼼짝 않고 서 있었다. 내가 할 수 있는 일은 그것뿐이었다. 혹시라도 혜정이 나를 내려다보고 자신의 말을 따라준 것에 감동하게끔. 그녀는 민우와의 잠자리에서 충분히 만족하지 못했을지도 모르며, 둘 사이에 아무 일도 벌어지지 않았을 수도 있다. 단지 그녀는 나를 시험하고 있는지도 모른다. 이미 나는 예전의 내가 아니었다. 어느 편에도 속하지 않으면서 모든 경쟁자가 떨어져나가기만을 끈질기게 기다리는 진정한 음모가로 변모한 나, 훨씬 강하고 음험해진 내가 그 자리에 있었다.

*

사랑하는 사람과 하는 섹스가 가장 좋다. 다들 그렇게 말한다.

형만이 혜정과 처음으로 섹스를 한 것은 그들이 만난 지 백 일째 되는 10월의 어느 주말이었다. 그날을 뜻깊은 경축일로 만들고 싶었던 그는,

무궁화 다섯 개짜리 호텔 이그제큐티브 룸을 예약하고 단골 꽃집에 꽃다발을 주문했다. 그는 운이 좋았다. 구하기 쉽지 않은 보라색 장미가 막 들어왔다는 것이었다. 그는 콧노래를 부르며 호텔의 프렌치 레스토랑에 저녁식사를 예약해놓고 카르티에에서 팔찌도 하나 샀다. 이것으로 혜정을 잠자리로 이끌 고리는 완성되었다. 그녀가 그 안에 들어오게끔 형만은 랍스터 요리에 모에 상동으로 은밀한 분위기를 만들었다. 자리에서 일어나기 직전, 형만은 깜짝 놀라게 해주고 싶다고 속삭였다. 둘은 객실로 올라갔다. 여기까지는 형만이 얘기해준 것이다. "그럴 때도 되었죠." 이튿날 그녀가 내게 와서 한 말이다. 그래. 그녀는 형만과 첫 섹스를 하고 나서 다음날 내가 혼자 사는 방으로 찾아왔다.

형만과 혜정이 첫날밤을 보낼 침실은 십사층에 있었다. 카드키로 문을 열고 들어서자마자 형만은 한 손으로 문을 닫으며 다른 손으로 그녀의 허리를 부둥켜안고 입술에 입술을 맞댔다. 시작은 가벼웠으나 곧 '바람과 함께 사라지다' 풍의 열정적인 키스로 발전했다. 숨이 막힌 혜정은 그의 가슴을 밀어내고 방 가운데로 갔다. 그가 주문한 꽃이 테이블 위에 있었다. 보라색과 노란색 장미, 연보라색 스카비오사와 연녹색 연밥이 바구니 가득 담겨 있었다. 혜정은 탄성을 질렀다. 그녀는 보라색을 좋아했다. 그도 그 정도는 알고 있었다. 그녀는 꽃다발을 들고 향기를 음미하면서 그에게 먼저 씻고 오라고 말했다. 하지만 그전에 선물 증정식을 치러야 했다. 혜정은 손가락을 제외하고는 살갗에 금속이 닿는 것을 싫어하니 카르티에의 'C' 로고를 따서 만든 화이트골드 팔찌는 오로지 형만을 만날 때만 하고 나올 것이다. 물론 앞으로도 형만은 그 사실을 전혀 알아챌 수 없을 것이다.

그 다음부터 흑백 영상에 담긴 기록이 시작된다. 혜정이 이불 속에 파묻혀 고개만 살짝 내밀고 있다. 침대 머리맡에 있는 작은 전등만 남기고 모든 불이 다 꺼져 있다. 하지만 그들이 하는 짓을 지켜보는 데에는 지장이 없다. 형만이 이불을 걷는다. 그의 뒤통수가 혜정의 얼굴 쪽에 머물렀다가 정확히 이십칠 초 뒤에 가슴으로 내려간다. 사탕을 빨아먹듯 핥고 빨고 있겠지. 무슨 짓을 해도 내 쪽에선 보이지 않는다. 잠시 후 다시 배꼽이 있는 쪽으로 천천히 움직인다. 형만의 몸에 가렸던 혜정의 알몸이 드러나기 시작한다. 손바닥 안에 들어가지 않을 정도로 부피가 크고 모양새가 좋은 가슴이 보인다. 형만은 그것을 양손에 하나씩 붙잡고 부지런히 주무른다. 눈을 감은 혜정은 약간 인상을 쓰는 것처럼 보이지만 아파서 그런 것 같지는 않다.

형만의 뒤통수가 혜정의 골반뼈 지점을 지나치자 그녀의 탄탄한 배와 날씬한 허리, 무성하게 자란 음모가 차례차례 나타난다. 형만은 그녀의 발끝까지 건드리고 만진 다음에 천천히 정성을 들여 훑어 올라간다. 그녀의 다리가 워낙 길다보니 시간도 꽤 걸린다. 일 분 사십오 초. 이제 뜸을 들일 만큼 들였다고 생각한 형만은 그녀의 다리를 천천히 벌리고 고개를 끄덕여본다. 그녀는 두 팔을 벌리며 그를 받아들일 준비가 다 되었다는 신호를 보낸다. 형만은 엉덩이를 그녀 사타구니 쪽에 밀어붙인다.

형만의 엉덩이가 상하좌우로 움직이며 원을 그린다. 혜정의 벌린 두 다리는 뻣뻣이 긴장해 있다. 형만이 헉헉대는 소리가 들리는 것 같다. 여체를 뒤집고 들어올리며 육체의 기하학을 보여주는 포르노 영화와 달리 그는 두 팔을 침대 머리맡에 고정시키고 둔부 근육만 씰룩거리고 있다. 꽤 유연한 움직임이지만 우스꽝스럽다. 게임에 진 벌칙으로 엉덩이로 이름 쓰기라도 하는 것 같다. 하지만 형만은 진지하기만 하다. 잔뜩 충혈된 성기로 여자의 몸에서 가장 부드럽고 상처받기 쉬운 지점을 탐험하며 일시적인 쾌락이 아닌 진실한 사랑을 찾고 있다. 그가 내게 뭐라고 털어놓았더라? 그런 적은 처음이었어, 라고 했던가? 자기 전부를 쏟아내 그녀에게 바치는 느낌을 전에는 경험해본 적이 없다고 했다.

그가 숨긴 대목도 있었다. 그는 오 분이 채 지나기 전에 몸을 부르르 떨며 동작을 멈추었다. 그렇게 잠시 가만히 있다가 혜정을 안고 그녀 얼굴과 목에 키스를 퍼부었다. 그리고 말 한마디. 너무 빨리 끝나서 미안해요. 나만 너무 좋아서 미안해요. 하지만 어떤 변명으로도 그렇게 빨리 끝나버린 것을 무마하지는 못한다. 만약 혜정이 나에게 한 말을 그에게 그대로 말했더라면, 그는 이차 시기에 도전하지 못할 정도로 충격을 받았을지도 모른다. "난 아무것도 못 느꼈어요." 하지만 그가 쩔쩔매는 표정은 귀여웠다고 한다.

혜정이 내게 보여준 비디오테이프는 거기까지였다. 혜정이 캠코더를 내밀며 둘이 섹스하는 모습을 찍고 싶다고 하자 형만은 무척 곤혹스러워했더란다. 하지만 그가 어떻게 거절하겠는가. 아마 그랬다고 해도 혜정은 자기 요구를 굽히지 않았을 것이다. "내가 처음으로 하는 부탁이에요"라고 그녀가 말했다면 과연 형만이 거절할 수 있었을까? 어찌 되었건 오 분도 못 되어 끝나버렸으니 그는 캠코더를 부수고 싶었으리라. 그가 다른 여자들에게도 이렇게 부실했는지 궁금할 따름이다. 물건이 작거나 조루라는 것은 남자의 수치다. 그래서 두번째 시도에서 형만은 안간힘을 쓰며 버텼다. 그러나 혜정을 흥분시킬 기회는 두 번씩 주어지지 않는 모양이다. 그녀는 같은 말을 했다. "난 아무것도 못 느꼈어요."

혜정은 방금 본 비디오에 대해 어떻게 생각하느냐고 물었다. 내 자취방에서, 내 옆에서 벽에 몸을 기댄 채로. 전원을 끈 텔레비전의 어두운 화면에 나와 그녀가 나란히 비쳤다. 두 다리를 내뻗고 편하게 앉아 있는 그녀와 달리 나는 낯선 장소에 온 것처럼 어색하고 어정쩡한 자세였다. 다리를 제대로 구부리거나 펴지도 못하고, 등은 보기에 불편할 정도로 구부정하게 벽에 기댄 상태였다. 그녀는 흥분되냐고 물었다. 침묵은 곧 동의였다. 그녀는 내 바지 지퍼 부분에 손을 댔다. 내 성기는 잔뜩 발기해 산봉우리처럼 솟아올라 있었다. 그녀는 허리띠를 풀고 바지와 팬티를 내리라고 말했다. 잔뜩 단단해진 성기가 벌떡 일어났다. 그녀가 그것을 꼭 쥐고 천천히 움직였다. 그리고 내게 속도가 어떠냐고 물었다. 더 빠른 것을 원하면 일번, 더 느린 것을 원하면 이번. 일번! 일번! 일번! 그녀는 손목에 적절히 스냅을 주어 움직이며 나를 한계상황으로 몰아갔다. 내 성기가 쿨럭거리기 시작하자 그녀는 자기 쪽으로 정액이 튀지 않도록 각도를 잘 조절하며 속도를 높였다. 정액이 우둑우둑 솟구쳐 내 아랫배와 셔츠에 떨어졌다. 나는 비디오테이프에서 보았던 형만을 떠올렸다. 비참할 정도로 기분이 좋았다. 희미함 속에서 팔다리가 길어지고 허릿살이 빠지고 얼굴이 변한다. 스크린이 뒤집어지며 흑백 영상 속 그와 내가 자리를 맞바꾼다. 나는 잠시 그가 되었다. 그가 참지 못하고 먼저 싸버린 이유를 몸으로 느끼고 있었다. 혜정의 몸 위로 털썩 무너졌을 때 그는 꼼짝도 못 했을 것이다. 당황스러웠겠지. 그리고 이차 시기에서도 같은 실수를 저지르면 얼굴을 들 수 없을 것이라는 두려움에 어금니를 악물고 버텨야겠다고 마음먹었을 것이다.

*

조식의 비디오는 형만의 것보다 좀더 재미있었다. 셀프 비디오나 몰래카메라 비디오가 대부분 재미없는 이유는 보는 사람을 배려하지 않기 때문이다. 두 주인공이 자기들끼리만 좋은 대로 하다보니 체위나 동작이 단조롭기 일쑤다. 조식은 실연(實演) 경험은 없지만 그간 많은 섹스 장면을 보며 간접 체험을 해왔기 때문에 다양한 장면을 연출했다. 그가 주연 겸 감독인 것처럼 말이다. 천장에 달과 별을 배경으로 벌거벗은 여자들이 춤추는 그림이 그려진 역삼동의 한 모텔이 조식의 데뷔 무대였다.

목욕탕에서 몇 번 본 적이 있지만 카메라에 비친 조식의 몸매는 로맨스의 주인공으로는 결코 어울리지 않았다. 근육이 퇴화한 것 같은 가슴과 팔에 툭 튀어나온 배와 처진 엉덩이는 그를 더욱 왜소해 보이게 했다. 그는 혜정의 티셔츠 단추를 풀어 머리 위로 벗겨내고 브래지어 호크를 끌렀다. 누가 옆에서 지켜보고 있어도 상관없었을 것 같았다. 그는 굶주린 강아지처럼 헉헉거리며 그를 그토록 애태워왔던 단단한 살덩어리를 만지고 그곳의 꼭지점을 혀끝으로 굴렸다. 동시에 손은 그녀의 스커트 안으로 들어가 천조각으로 가려진 그녀의 음부를 만졌다. 원래 의도는 그녀가 가장 잘 느끼는 부분을 발견해내는 일이었을 테지만, 그곳을 찾아내기에는 조식은 아직 훈련이 부족했다.

처음이니까 너그러이 봐주도록 하자. 그는 너무 흥분했다. 그의 동작은 그때까지 축적해온 혜정에 대한, 아니 여성이란 살덩이에 대한 욕망을 폭발시키는 것에 불과했다. 자위나 다름없는 섹스였다. 그는 허리 부분을 가는 끈으로 처리한 혜정의 팬티를 아래로 끌어내리고 두 다리를 벌리게 한 다음 살 깊숙이 손가락을 찔러넣었다. 그가 봐왔던 포르노 비디오에 따라 손가락을 바이브레이터처럼 꼬물거렸다가 회전시키며 넣었다 뺐다. 속도를 점점 높였다. 그 대목에서 그녀가 내 귓가에 뜨거운 입

김을 내뿜으며 말했다. "저러면 꽤 아파요." 언제 올지 모를 훗날을 위해 기억 속에 메모해두자. 마케팅 용어를 빌리자면 나는 그녀의 프로필을 구체화하고 있었다. 그녀가 무엇을 좋아하고 무엇에 어떻게 반응하는지를 수집해 그녀라는 사람을 이해하고, 그녀를 사로잡을 방법을 연구했다. 하지만 자신의 욕망에 눈이 먼 조식은 혜정이 아픔을 꾹 참고 있는 줄도 모르고 이번에는 손가락 두 개를 쑤셔넣었다.

조식은 구십 도로 빌린 혜정의 두 다리 사이에 자신의 머리를 처박았다. 두 손으로 분홍빛으로 부들거리는 살덩이를 벌려 음핵을 찾고, 소음순 주위를 핥다가 혀끝을 단단히 말아 자궁을 향해 집어넣었을 것이다. 그가 보내주곤 하는 동영상들이 그렇게 가르치고 있었다. 그는 그녀가 맥도날드 로고의 'M'자 모양으로 다리를 오므리도록 한 다음, 혀로 클리토리스를 빙빙 돌리며 질구 속으로 손가락을 다시 한번 넣었다. 몸을 반쯤 일으켜 혜정의 표정 변화를 보면서 즐기는 것도 잊지 않았다. 그의 거무튀튀한 성기는 침대에 들어가기 전부터 부풀어서, 그가 무의식중에 힘을 줄 때마다 까딱까딱 고갯짓을 했다.

사전 작업이 끝나자 조식은 혜정의 위로 반듯이 엎드렸다. 그는 정상위로 시작했다가 곧 그녀의 두 다리를 자기 어깨에 걸치는 응용 자세를 취했다. 몇 번 진퇴를 거듭하다가 이번에는 그녀를 왼쪽으로 눕힌 다음 뒤에서 껴안았다. 그리고 오른손으로 그녀의 한쪽 다리를 들어올리며 삽입했다. 왼팔로는 그녀의 머리를 껴안는 듯하면서 가슴을 만지려고 했지만, 키가 워낙 차이가 나서 자세를 잡기가 어려웠다. 그래서 조식은 체위를 바꾸었다. 이번에는 혜정이 자신의 몸 위로 올라오게 해서, 그가 그녀의 가슴이 흔들리는 진풍경을 관찰하면서 할 수 있게 했다.

보는 사람이 슬슬 지루해질 때가 되자 조식은 그녀를 단거리 달리기

선수처럼 한쪽 무릎을 꿇고 한쪽 무릎은 세운 채 엎드리게 했다. 관람자에게는 기가 막힌 타이밍이었다. 포르노 배우로 나서면 대성할지도 몰랐다. 느껴요? 올 것 같아요? 어디서 많이 들어본 대사를 내뱉으며 그는 엎드려 있는 그녀가 엉덩이를 최대한 뒤로 빼도록 하면서 카메라 마이크에 선명히 녹음될 정도로 그녀에게 몸을 힘껏 부딪쳤다. 사정할 때에는 몸을 뒤로 젖히며 야수처럼 울부짖었다. 허걱, 윤경씨― 그는 형만보다는 좀더 오래 갔는데 아마 일방적으로 체위를 바꾸며 자기를 조절했기 때문일 것이다. 비디오테이프가 다 돌아가자 혜정이 내 허벅지를 쓰다듬으며 물었다. "흥분했어요?"

　기록상으로 나는 형만이나 조식의 비디오보다 민우의 것을 봤을 때 가장 멀리 사정했다. 테이프에 모든 것이 담기지는 않았지만, 그는 뛰어난 테크닉으로 혜정이 요동을 치며 허리를 비틀고 손톱 자국이 남도록 그의 등을 강하게 껴안으며 탄성을 지르게끔 했다. 화면에서 보는 몸매도 민우가 가장 훌륭했다. 외국 패션쇼에 나오는 금발의 남자 모델들처럼 마른 듯하면서도 근육이 적당히 붙어서 어떤 자세에서도 근사한 모습이었다. 게다가 그는 지칠 줄 모르는 정력가였다. 하루에 여덟 번 사정한 적도 있었다. 한번 혜정을 호텔로 데리고 가면 다음날 체크아웃 시간이 될 때까지 방에서 나올 생각을 하지 않았다.

　천만다행으로 혜정에게 오르가슴은 크게 중요하지 않았다. 자기 혼자서도 충분히 잘 느낄 수 있는 것을 굳이 남자에게서 찾을 필요는 없다고 그녀는 말했다. "난 원래 잘 느끼는 몸이에요. G-스폿[33]도 있는걸요?"

---

33) 여성 성기 내부에 있다는 신비의 지점으로, 그곳을 자극하면 여성은 정신이 몽롱해질 정도로 강렬한 오르가슴을 느낀다고 한다. 남자라면 누구나 찾아내고 싶은 곳이겠지만 안타깝게도 전체 여성 중 대략 30%만이 이 G-스폿을 가지고 있다고 한다.

그 사실을 증명하기 위해 그녀는 화장실에서 손을 깨끗이 씻고 돌아왔다. 그녀는 내가 보는 앞에서 스커트를 들어올리고 손가락을 팬티 속에 넣었다. 그녀의 표정이 영어사전에서 어려운 단어를 찾는 학생처럼 진지해졌다. 지 에스 피 오 티. 그녀의 벌어진 입에 눈길이 갔다. 신음 소리가 가늘게 이어지다가 점점 옥타브가 높아지며 절정의 아리아를 이루었다. 그녀는 몸을 부르르 떨다가, 의식을 잃고 사경을 헤매는 사람처럼 눈을 감고 꼼짝하지 않았다.

형만이 쓰다듬는다면 조식은 만지작거렸다. 밍크와 고무장갑의 차이랄까. 그렇다고 조식이 민우처럼 현란한 테크닉을 과시하며 혜정을 거듭 절정으로 몰고 가는 것도 아니었다. 순위를 매긴다면 형만과 민우가 경쟁을 하고, 조식은 저만치 뒤처져 있어야 했다. 그러나 내 생각과는 달리 혜정은 조식에게 가장 높은 점수를 주고 있었다. 정확히 말하면 조식과의 관계에 흥미를 느끼고 있었다. 형만이나 민우를 제쳐두고 조식과 섹스하는 모습만을 계속 비디오테이프에 남긴 것도 그래서였을 것이다.

혜정에게는 모든 남자가 하나의 욕망을 갖고 있는 듯 보였다. '여자는 벗기면 다 똑같아'라는 말처럼 '남자는 무게만 다르지 다 똑같아'라는 말도 있다. 능숙함에는 차이가 있긴 했지만 형만, 조식, 민우 외에도—그리고 나?—그녀를 거쳐간 사람들은 하나같이 그녀 알몸을 보고 싶어했다. 모든 곳을 다 보고 싶다는 빌미로 그녀의 음부를 속까지 샅샅이 보려고 했다. "보면 좋아요?" 혜정은 도무지 알 수 없다며 내게 물었다. 대답하기가 난감했다. 다들 그녀에게 오럴 섹스를 기대했고, 첫날밤은 정상위로 시작했더라도 나중에는 후배위를 원했다. 그리고 그중에 팔십오 퍼센트는 69 자세를 원했고, 육십 퍼센트는 항문에 삽입할 수 없겠냐고 했다. 애널 섹스를 하고 싶어하면서도 여자에게 감히 요구하지 못했던

나에게는 상당히 놀라운 얘기였다.[34]

특히 조식이 가장 심했다. 그는 사랑한다면 누구나 자기처럼 할 것이라고 굳게 믿었다. 그는 포르노 비디오를 그대로 재현하려고 할 뿐이었지만 혜정은 그가 과연 어디까지 갈지 궁금해했다. 그녀는 제대로 체험해본 적이 없었던 미지의 영역을 탐구할 수 있었다. 조식과 함께 그가 새로 구한 비디오나 동영상을 보면서 그녀는 저 여배우는 너무 가식적으로 섹스를 한다느니, 남자 배우의 허리놀림이 둔하다느니 하며 품평을 했다. 여자들이 보기에 혐오스러울 수 있는 동작이나 행위에 대해서는 꽤 넘치 않았다.

혜정은 더 많은 자극을 원했다. 조식은 유연성과 힘은 부족했지만 끊임없는 성적 몽상을 통해 성기를 쉽게 세울 수 있는 능력이 있었다. 두 사람은 입주자들이 다 퇴근해 텅 빈 빌딩으로 들어가 화장실에서 키득거리며 섹스를 한 적도 있었다. 커플들이 종종 첫 섹스를 벌이곤 한다는 종로의 한 유명한 비디오방에서 그들은 더블 베드만큼 널찍한 소파 위에 누워 반라의 몸으로 뒹굴었다. 프로젝터에서 나오는 푸른 빛이 그들에게 스포트라이트를 비추었다. 건물 옥상에 몰래 올라가 일을 치르려던 것은 결국 실패로 끝났다. 밤공기가 너무 차가워 그냥 모텔로 갔다고 한다. 공사중인 건물도 그들의 임시 보금자리였다. 바닥에 나뒹구는 철근과 목재에 걸려 넘어지지 않게 조심하면서, 어둠 깊은 곳 축축하고 텁텁한 공기 속에서 혜정은 입에 손수건을 문 채 끙끙거렸다. 조식은 그녀의 뒤에서 헐떡였다. 거기서 조식은 그의 우상인 초코볼 무카이[35]를 흉내내 '에키

---

34) 한 인터넷 성인사이트에서 이삼십대 이백 명을 상대로 조사한 결과 애널 섹스를 해보았거나 해보고 싶다고 대답한 사람의 비율은 61%에 이르렀다.(굿데이 2002년 9월 28일자)
35) 일본 성인 비디오 업계의 살아 있는 전설. 정력의 화신. 한 비디오에서는 무려 스물세

벤'을 시도하다가 허리를 다칠 뻔하기도 했다.

조식이 자동차를 산 뒤부터는 무대가 더 넓어졌다. 그들은 서울 시내에서 카섹스를 하기에 좋다고 알려진 곳을 답사하고 다녔다. 행주대교를 지나 갓길에 차를 멈추고 짙은 애무를 나눴다. 이따금 다른 차들이 옆을 스쳐 지나갔지만 짙게 선팅한 창이 행여나 있을지 모르는 남들의 호기심으로부터 그들을 보호해주었다. 그러나 도로변에 차를 오래 세워둘 수는 없었으므로 조식은 하던 일을 멈추고 성산대교 무료주차장으로 갔다. 검푸르게 넘실거리는 한강 너머 주홍색으로 점멸하는 도시의 야경을 혜정이 감상하는 동안, 조식은 여전히 둔한 손놀림으로 그녀의 옷을 벗겼다. 그녀는 몸매가 잘 드러나는 라코스테의 검은 원피스를 입고 있었는데, 조식은 그녀가 그것을 걸치고 있다는 사실 하나만으로도 눈빛을 반짝이곤 했다. 위아래 단추 여밈이 있어 단추를 끄르는 것만으로도 가슴과 음부를 훤히 드러낼 수 있었고, 무엇보다도 그녀는 그 옷을 입을 때면 늘 노팬티에 노브라였다.

바야흐로 조식이 바지와 팬티를 내리고 기어 변속 스틱처럼 딱딱하게 솟은 성기를 들이밀자 혜정은 그의 몸 위에 앉아서 아이 나가세[36]처럼 허리를 유연하게 움직였다. 그녀가 쾌감으로 숨이 넘어가는 소리라도 한 번 내면 조식의 성기는 헐크의 근육처럼 불끈하며 팽창했다. 피가 거꾸

명의 여성과 섹스를 하기도 했다. 현재 일본 마이너 프로레슬링 단체인 WEW에서 레슬러로 활약하고 있다. 배우로서의 명성 때문인지 상대에게서 '그곳'을 집중 공격당하기 일쑤여서 애처로워 보일 때가 많다. '에키벤'은 그의 전매특허 체위이자 끝내기 기술의 명칭이다. 체위로서의 에키벤은 상대 여자의 허벅지 사이로 두 팔을 넣어 엉덩이를 잡고 몸을 번쩍 들어올린 뒤, 그렇게 선 자세에서 그대로 피스톤 운동을 하는 것이다.

36) 1979년생으로 천진난만한 소녀처럼 생겼지만 출연작이 백 편이 넘는 관록의 일본 성인 비디오 배우다. 특히 허리놀림이 굉장하다.

로 흐르는 느낌일 것이다. 어느 날 자동차 극장에서 혜정은 갑자기 배가 고프다며 조식의 바지 지퍼를 내렸다. 그녀는 낮게 신음하며 조식의 성기를 이빨로 잘근잘근 씹다가 목구멍 깊숙한 곳까지 삼켰다 토해내기를 반복했다. 조식이 앙다문 이빨 사이로 억눌린 탄성을 내뱉으며 잔뜩 사정한 것을 혜정은 한 방울도 흘리지 않고 모조리 삼켰다. 조식이 백미러로 눈을 돌렸더라면, 자신의 눈동자가 부패한 달걀 흰자위처럼 탁해지는 것을 볼 수 있었을 것이다.

북한강으로 향하는 도로 양쪽에 즐비하게 늘어선 모텔에서, 조식은 최후의 한 방울까지 다 짜내고 침대 위로 풀썩 쓰러졌다. 삼백육십 도로 뱅글뱅글 도는 회전 침대일 때도 있었고, 푹신한 물침대일 때도 있었다. 조식은 천장을 보고 누워 가쁘게 숨을 내쉬었다. 그의 지방덩어리 복부가 위태롭게 부풀어올랐다 줄어들었다. 혜정은 모텔에 오기 전 편의점에 들러 산 에비앙 마개를 따 조식의 입에 물을 흘려넣고 자기도 한 모금 마셨다. 잠시 숨 고르기가 끝나자 그녀는 파트너를 다시 흥분시키는 작업에 착수했다. 거듭된 섹스로 창백해진 귀두를 입으로 세게 빨아들이면서 음낭을 손바닥 안에서 쥐고 굴리는 것으로 부족하면, 그의 항문에 손가락을 쑤셔넣고 전립선을 자극했다.

엉덩이가 불타오르는 쾌감에 그는 간헐적으로 헉헉 소리를 내며 허리를 들고 비틀었다. 꼼짝없이 강간당하는 형국이었다. 그것은 조식의 의지이기도 했다. 혜정은 자신의 허리띠로 그의 손목을 묶어 꼼짝 못 하게 하고서, 좀비처럼 서서히 일어난 그의 성기 위에 쪼그리고 앉았다. 그녀가 엉덩이를 들었다 내렸다 하며 쥐어짜자 조식의 성기에 피가 몰리기 시작했고, 사타구니 끝까지 피를 공급하느라 운동 부족인 조식의 심장은 터지기 일보 직전에 이르렀다. 어쩌면 조식은 죽을 수도 있었다. 혜정이 은근히 기대하는 바이기도 했다. 상대방의 영상을 마지막 기억으로 각막에 새긴 채 죽는 것, 자신은 죽되 사랑하는 사람의 모습을 방부처리해 영원히 남기는 행위는 얼마나 아름다운가. 조식은 자신이 얼마나 위험한 게임을 하고 있는지 몰랐다.

"솔직히 말해줘요. 조식씨가 변태라고 생각해요?"

혜정이 나를 빤히 바라보며 물었다. 나는 그녀가 두렵지 않았다. 두려울 기회조차 없었다. 이제 만들어나가야 한다. 자신의 셀프 비디오를 제작하기 시작하면서 내 집에 찾아오기 시작한 그녀. 주연을 맡은 남자들에게는 절대 보여주지 않는, 오로지 나만을 위한 테이프를 핸드백에 담고 자정이 넘은 시각에도 초인종을 누르곤 했다. 우리는 크림이 잔뜩 든 린트 초콜릿을 먹으며 조식이 살진 엉덩이를 흔드는 모습을 감상했다.

때때로 그녀는 배가 고프다며 스파게티와 병에 담긴 토마토소스를 사갖고 와서 밤참을 만들기도 했다. 내가 피곤해 보이면, 비타민이 부족해 그렇다면서 손수 레몬을 짜 잠이 확 깰 정도로 시큼한 레모네이드를 만들어주기도 했다. 그리고 그녀와 나누었던 대화는 얼마나 진지했던지. 그녀가 무엇이 남자를 흥분시키고 안달하게 만드는지를 물었을 때, 나는 형만이나 조식의 입장이 되어서 답했다. 조식이 자신을 어떻게 다루었고 그럴 때 어떤 느낌이 들었는지 혜정이 이야기할 때면 나는 그녀 몸 속으로 들어가는 것 같았다. 그렇게 우리는 잠시나마 육체라는 답답한 틀에서 자유로워질 수 있었다. 나는 그녀였고 그녀는 나였다. 정상적인 방식은 아니었지만 우리는 점점 가까워지고 있었다.

'남녀관계는 상어와 같아서 계속 전진하지 않으면 끝이다.' 우디 앨런의 말이다. 테이블에 마주 앉아 정중한 대화를 나누는 것부터 손을 잡고 팔짱을 끼다가 몸을 섞는 것까지 마치면 더이상 새로운 놀이를 찾기 어려운 상황에 처한다.

나는 전진하고 있었다. 그리고 다른 이들은 하나씩, 철 만나 떨어지는 낙엽처럼 경쟁 대열에서 밀려났다. 드디어 내게 기회가 오고 있었다. 착각이 아니었다. 그래도 가장 강력한 경쟁자라고 간주하고 있었던 형만, 그는 이제 때가 무르익어 검은 머리가 파뿌리가 되도록 곁에 있어달라고 청할 단계가 되었다. 내년 초 회계감사 기간이 되면 눈코 뜰 새 없이 바빠지므로 그전에 '쇼부'를 보고자 한 것이다.

크리스마스가 한 달 앞으로 다가온 11월, 대학로의 한 카페를 통째로 빌려서 청혼을 하는 정성에도 불구하고 혜정은 거절인지 아닌지 불분명한 태도를 보였다. 형만은 참을 수가 없었고, 그녀에게 처음으로 화를 냈다. 관계는 그것으로 끝. 그는 혜정에게 사준 휴대폰으로 계속 전화를 했지만 그녀는 받지 않았다. 나중에 그의 프러포즈 장소였던 카페에서 연락이 왔다. "휴대폰 놔두고 가셨는데요?" 나는 그녀 연락처를 알고 있었지만 가르쳐줄 수는 없었다. 그녀는 형만과의 관계에서 더이상 흥미를 느끼지 못했다. 심은하 같은 여자를 만나 가정을 꾸리고 잘살고 싶어하는 남자의 꿈은 그녀가 받아들이기 어려운 것이었다.[37]

---

37) 심은하는 영화·드라마와 CF에서 각기 대조적인 모습을 보인다. 그녀의 대표작들을 보라. 〈8월의 크리스마스〉〈청춘의 덫〉〈텔미 썸싱〉…… 해피엔딩과는 거리가 멀다. 〈미술관 옆 동물원〉 같은 작품은 예외겠지만. 심지어 현실에서의 연애에도 실패하지 않았던가?

조식 역시 버림받았다. 혜정에게서 연락이 오지 않자 자신이 알고 있는 번호로 전화를 걸었지만 "방금 거신 번호는 없는 번호이오니……"라는 메시지가 답할 뿐이었다. 그는 자기가 차였다는 것조차 금방 알아차리지 못했다. 깨닫는 데 시간이 필요했다. 이제 자기 곁에 아무도 없다는 사실을 인식하고 나자 그는 급속히 무너졌다. 대학 시절에 이런 일이 벌어졌더라면 일 주일이고 한 달이고 술만 퍼마셨을 것이다. 하지만 직장인인 지금은 혜정을 만나면서 진 카드빚과 자동차 할부금 때문에 회사를 그만둘 수도 없었다. 그래서 그는 온갖 하소연과 한탄을 늘어놓기 위해 나를 붙들고 늘어졌다. 그는 지금까지 그렇게 자신을 이해하고 사랑해주는 상대를 만날 수 있다고는 생각해본 적이 없었다. "넌 이해할 수 없을 거야." 조식은 그렇게 말하며 뱃속으로 계속 술을 들이부었다. 잔뜩 취한 그는 혜정과 얼마나 꿈같고 황홀한 섹스를 했는지 지껄이기 시작했다. 혜정이 포르노 배우 노릇에서 더이상 재미를 느끼지 못해 떠났다는 사실을 그녀가 직접 와서 가르쳐준다고 한들, 그는 결코 받아들이려 하지 않을 것이다. 나는 그가 지겨워졌다. 한 시간 삼십 분짜리로 만들어도 충분한 영화를 세 시간째 보고 있는 것 같았다. 나는 그의 전화를 슬슬 피하기 시작했다.

부모 잘 만나 호강하는 잘생긴 정력가 민우 역시 정리당했다. 그가 내게 만나자며 전화한 것은 의외의 일이었다. 내가 바쁘다고 한 차례 거절하자 그는 회사 앞으로 찾아왔다. 나는 회사 가까이에 있는 낙지집으로 가서 낙지볶음과 소주를 대접하기로 했다. "소주 마실 줄 알아요?" 나의 빈정거림 섞인 물음에 그는 오십세주는 잘 마신다고 대답했다. 자리에

___

하지만 CF 속의 그녀는 남편을 위해 퐁듀를 만들며 "여자라서 행복해요"라고 말하는 착실한 아내의 모습을 보여준다.

앉자마자 그는 내게 혜정의 소식을 물었다. 그녀가 전화번호를 바꾼 뒤로 도무지 연락이 닿지 않는다는 것이었다. 문득 혜정의 말이 떠올랐다. "그애는 휴대폰 번호만 알면 그 사람에 대해 다 알았다고 생각해요." 혹시나 알아야 할 일이 생기면 전화해서 물어보면 되니까. 그와 혜정의 관계는 같이 춤추고 술 마시고 섹스하는 것이 전부였다.

잔 돌리기에 익숙하지 않아서인지 민우는 자리에 앉은 지 한 시간이 지나자 혀가 꼬이기 시작했다. 조식처럼 횡설수설하지는 않았다. 마음에 담아두었던 말들을 털어놓았을 뿐이다. 그는 자기 말고 누가 또 있느냐고 혜정에게 추궁했다. 혜정은 그렇다면 어떻게 할 것이냐고 물었고, 민우는 '우리 사이는 끝'이라고 대답했다. 혜정은 민우의 말을 그대로 현실에 옮겼다.

그가 혜정을 그리워했다면 그것은 혜정만한 여자를 찾기 어렵기 때문일 것이다. 그녀처럼 강력하게 조여드는 성기를 가진 여자는 처음이었다. 그가 마음에 상처를 입었다면 아마 게임에 졌기 때문일 것이다. 늘 여자를 차기만 했지 차인 적은 없었으니까. 하지만 금세 극복할 것이다. 그는 사랑의 열정이 얼마나 무의미한지 알고 있었다. 예쁘고 늘씬한 여자는 언제든 찾을 수 있다.

술에 취한 그는 비열하게 웃음지으며 여자를 '자기 것'으로 만드는 방법을 내게 가르쳐주기도 했다. 그의 애마인 Z3의 조수석에 여자를 태우고 동해안 도로를 거칠게 질주하면, 여자는 처음에는 겁을 내다가 차츰 이 남자의 핸들링에 자기 운명이 달려 있다고 믿는 지경에 이른다. 드라이브가 끝나면 여자는 온몸에 긴장이 풀리며 그가 원하는 대로 따르는 순한 양이 된다. 그러나 나는 혜정이 그런 수법에 넘어가지 않았다는 사실을 잘 알고 있었다. 롯데월드에서 자이로스윙을, 서울랜드에서 번지점프[38)]를 즐기는 그녀가 마음을 쉽게 빼앗길 리가 없었다. 그가 터프함을 과시할수록 그녀는 한술 더 떴다. 더 밟아요, 더! 그녀는 그 자리에서 죽어도 상관없었지만 그는 그렇지 않았다. 그가 아무리 '본 투 런'을 외치며 온몸이 산산이 부서질 때까지 달리고 싶다고 말한들 어차피 허세에 지나지 않았던 것이다. 나는 그를 마음 놓고 경멸할 수 있었다.

*

혜정이 새로이 만나는 남자는 첫인상부터 마음에 들지 않았다. 작고 찢어진 눈, 야구공을 두어 개 문 것처럼 부푼 볼, 살이 잔뜩 붙은 짧은 목에 얼굴은 사다리꼴이었다. 그는 내가 무슨 말을 하려고만 하면 냄새라도 맡는 것처럼 작은 코를 씰룩이며 얼굴을 찡그렸다. 말이 워낙 빨라서 그가 한번 이야기를 꺼내면 중간에 끼어들 엄두가 나지 않았다. 그래서 시선을 아래로 떨구면 그의 허리띠 위로 불룩 튀어나온 뱃살이 층층이 접혀 계단을 만든 것을 볼 수 있었다. 최고급 캐시미어로 만든 양복을 입고 있었지만 '돼지 목에 진주'라는 말이 딱 어울리는 남자였다.

그의 왕성한 식욕을 보면 굶주린 야수라고 하는 것이 더 옳은 표현일지도 모른다. 그와 나, 그리고 혜정은 청담동에 있는 한 프렌치 레스토랑에서 저녁을 먹었다. 순금으로 도금된 입구 문고리에 바닥은 검은 대리석이 깔려 있는 곳으로 호화스러우면서 점잔 빼는 분위기였다. 하지만 그는 분위기에는 아랑곳하지 않고 입맛을 다시며 가장 먼저 나온 전복

---

38) 전지현의 출세작인 〈엽기적인 그녀〉에서, 주인공 엽기녀가 매우 좋아하는 놀이기구.

샐러드를 포크질 두 번에 해치웠다. 이어서 나온 토마토 포타주를 말끔히 비우고 참치가 든 니스 풍 샐러드를 우적우적 먹어치운 뒤 타르타르 소스를 얹은 가자미 튀김, 코냑과 화이트 와인으로 향을 낸 홍합구이에 손댔다. 그 동안 나는 양파 수프와 갓 구워낸 빵을 조금 입에 댔을 뿐이었다. 검은 양복을 입은 지배인이 테이블로 오더니 단골 손님을 대할 때의 정중한 태도로 그에게 인사하고 갔다.

　메인 디시로 주문한 양갈비구이가 나오자 그는 정확하고 빈틈없는 나이프질로 살을 발라냈다. 이윽고 접시 위에 남은 뼈다귀를 집어들고는 쭉쭉 소리를 내며 마지막 살점 하나까지 모조리 빨아먹었다. 혜정은 그가 먹는 모습을 즐겁게 바라보고 있었다. 디저트로 셔벗과 케이크를 먹으며 그는 지난 여름 파리에서 최고의 요리를 맛보았다고 자랑했다. 미셸린 가이드³⁹⁾에서 별 셋을 받은, 호텔 플라자 아테네의 레스토랑에서 러시아산 캐비어를 곁들인 구운 랭거스틴(북대서양산 새우)을 먹었는데 요리장 알랭 뒤카세의 특제 소스는 그에게 붙은 '요리의 신'이라는 칭호가 무색하지 않게 했다는 것이었다. 저렇게 탐욕스럽게 음식을 먹어치우는 사람이 요리의 맛에 대해 말할 자격이 있는 것일까. 메뉴판에 나와 있는 가격으로 음식의 질을 평가하는 천박한 속물임에 분명했다. 형만도 저렇지는 않았다. 아니 종자가 근본적으로 달랐다. 돈으로 인간의 마음을 살 수 있다고 믿어 의심치 않는 황금만능주의자일 것이다.

　"아, 나도 먹어보고 싶어요."

　남성관을 갑자기 바꾼 것일까? 혜정의 반응은 나를 놀라게 했다. 저런

---

39) 여행지에서 아낌없이 돈을 쓰고 싶다면 이 레스토랑/호텔 가이드를 이용하라. 물론 이 책은 국가별·도시별로 가격 대 성능비가 뛰어난 업소와 저렴한 업소도 함께 소개하고 있지만, 엄격한 기준으로 최고의 레스토랑을 선정하는 것으로 명성을 얻고 있지 않은가.

천박함에 맞장구를 치다니. 그는 플라자 아테네의 레스토랑은 워낙 인기가 있어서 이삼 개월 전에 예약하지 않으면 갈 수가 없다고 말했다. "그럼 그때라도 가요." 그녀가 왜 저렇게 철없는 계집애처럼 구는지 몰랐다.

이차로 간 저패니즈 바에서도 그는 왕성한 식욕을 과시했다. 많이 먹고 많이 마시고 많이 떠들었다. 옆에 앉은 혜정까지 먹어치울 기세였다. 여기서 나가면 혜정과 호텔로 직행하겠지. 나는 이미 비디오를 통해 그의 섹스 스타일이 어떤지 잘 알고 있었다. 그는 혜정의 몸을 게걸스럽게 빨아들이고 깨물며 곳곳에 이빨 자국을 남겼다. 그의 입술이 거머리처럼 달라붙을 때마다 혜정은 끙끙거리며 앓는 소리를 냈다. 그는 어린 여자아이를 다루듯 혜정의 몸을 자기 마음대로 뒤집고 들어서 옮기며 자세를 바꾸었다. 그저 힘으로 밀어붙이기만 하는 섹스였다. 그녀가 어떻게 느끼고 반응하는지는 관심이 없었다. 그는 혜정의 얼굴을 카메라 렌즈 쪽으로 돌려놓고 뒤에서 삽입했다. 그녀는 잔뜩 찡그린 표정이었다. 만약 내게 딸이 있어 저렇게 강간당하는 광경을 목격한다면 이보다 더한 분노가 치밀어오를까? 그는 사정기를 느끼자 그녀의 상체를 자기 쪽으로 잡아당겨서 그녀가 양다리를 벌리며 몸을 뒤로 활짝 젖히게 했다. 그가 성기를 빼냈을 때 그녀의 사타구니에서 정액이 주르르 흘러내렸을 것이다. 그는 혜정의 뒷머리를 움켜쥐고 아직도 성이 나 있는 자신의 성기를 입으로 핥고 빨도록 했다.

내가 보기에 그가 가진 유일한 매력은 돈이었다. 그는 장사꾼이었다. 외국을 돌아다니다가 한국에서 비싸게 팔릴 만한 옷이나 액세서리 등이 보이면 수입해 큰돈을 벌었다. 유명 디자이너들의 패션쇼에 모델들이 입고 나왔던 '중고 의류'들을 파리의 멀티숍에서 들여와 파는 것도 꽤 돈이 되었다. 그는 자신이 하는 일에는 안목이 필요하다고 말했다. 유행에 앞서면서도 한국인들의 취향에 맞는 물건을 집어내는 것이 중요하다고 하는데, 그래보았자 돈냄새를 잘 맡아야 한다는 뜻이겠지. 규모의 차이가 있을 뿐 루이비통 가방을 밀수하는 아줌마들과 다를 바가 뭐가 있나. 하지만 그가 혜정을 거칠게 다루는 영상을 볼 때면 나는 화가 치밀면서도 흥분되는 묘한 상황에 빠졌다. 내 옆에 누워 나의 성기를 움켜쥐고 있는 혜정에게서 고통의 흔적을 발견하기는 어려웠다. 그녀가 저런 남자에게서 찾아낸 매력은 무엇일까. 물론 섹스가 남녀관계의 전부라면 민우가 최상의 연인이었겠지만…… 그녀는 자신을 좀더 소중하게 보살펴줄 사람을 필요로 해야 하는 것이 아닐까.

내 이런 마음을 아는지 모르는지, 그녀는 한마디 말도 없이 그와 함께 13박 14일짜리 유럽 여행을 다녀오기까지 했다. 그녀로부터 며칠간 연락이 오지 않자 나도 다른 남자들처럼 버림받은 것이 아닌가 싶어 얼마나 불안하고 초조한 심정이었던지. 고맙게도 그녀는 여행 도중에 두 차례 전화를 걸어 나를 안심시켰다. 그리고 마지막 전화가 오고 난 뒤 이틀이 지난 일요일 오후에 초인종이 울렸다. 문을 여니 혜정이 마른 몸에는 버거워 보이는 커다란 슈트케이스를 들고 서 있었다.

"나 왔어요."

그녀는 약간 피곤한 표정이었다. 한국에 도착하자마자 곧장 내가 있는 쪽으로 달려왔기 때문이라고 했다. 가슴이 벅차 그녀를 꼭 껴안고 싶었지만 그녀는 감동을 만끽할 여유를 주지 않았다. 보여주고 싶은 것이 있으니 어서 뒤돌아 서 있으라는 것이었다. 등뒤에서 슈트케이스 열리는 소리가 났고, 이어서 옷감과 살이 스치는 소리가 들렸다. 그녀가 혹시나 귀국 기념으로 알몸을 내보이지 않을까 기대했다는 것을 부인하지는 않겠다. "자, 이제 됐어요!" 혜정의 구령에 맞춰 나는 몸을 빙글 돌렸다.

그녀는 네이비 블루의 폴로 셔츠에 같은 색상의 스커트를 입고 있었다. 칼라를 흰색으로 강조한 그 셔츠는 흉골이 드러나도록 넓고 깊은 V자로 파여 있어서 그녀처럼 가슴에 자신이 있는 여자가 아니라면 입을 수가 없는 옷이었다. 스커트 앞트임 사이로 허벅지 안쪽이 슬쩍 보였다. 그녀는 한 손은 허리에 두고 다른 한 손은 아래로 늘어뜨린 채 상체를 오른쪽으로 약간 비스듬하게 구부린 포즈를 취하고 있었다. 지젤 번천[40]처럼 당당하고 의기양양한 모습이었다.

"마이클 코어스에서 샀어요. 어때요?"

"멋져요."

내 짧은 감상에 그녀는 샐쭉한 표정을 지으며 그게 다냐, 좀더 이야기해보라고 졸랐다. 그러나 내 입에서는 엉뚱한 말이 튀어나오고 말았다.

"그 사람이 사준 거예요?"

나는 그녀가 유럽에서 즐긴 '장밋빛 인생'의 결과물 중 하나를 보고 있었다. 그녀가 내게 국제전화로 해준 이야기를 종합하면, 그녀는 런던과 파리의 쇼핑가를 돌아다니며 쇼핑을 즐겼다. 런던의 리츠 호텔에서는 애프터눈 티를 마시며 근사한 오후를 보냈고, 파리에서는 아르마니의 칵테일 드레스를 입고 미셸린 가이드의 별 셋짜리 레스토랑을 다니며 식사를 했다. 이런 것이 아름다운 사랑인가? 그녀가 원하는 것이 원조교제였던가? 화가 치밀었다. 이제 와서 이런 생각을 하면 내가 파렴치한 인간이 될지도 모르겠지만, 친구 두 사람이 그녀 때문에 고통을 겪고 있었다. 그

---

40) 180cm에 52kg, 92-61-89. '비쩍 마르고 풍만하다'는 모순어법을 가능하게 만든 브라질 출신 모델. 패션쇼에서 그녀가 워킹을 할 때면 사진기자들이 엉뚱하게도 자꾸 그녀 가슴을 클로즈업해 촬영하는 바람에 그녀를 불편하게 만들었다고 한다. 성욕의 시선이 온몸에 꽂히는 것을 느꼈나보다. 요즘은 한물갔다는 말도 들리지만 남성들의 성적 환상 속에서는 여전히 '최고' 중 하나이다.

래도 헤어짐과 만남에 익숙한 형만은 일 주일을 약속으로 꽉 채우며 상처를 치유하는 과정을 착실히 밟고 있었다. 반면 조식은 시간이 지날수록 상태가 나빠졌다. 그는 걸핏하면 회사를 그만두고 어디론가 떠나 죽어버리고 싶다고 내뱉곤 해서 그를 지켜보는 사람들을 조마조마하게 만들었다.

나는 이러한 감정을 입 밖에 내지는 않았다. 하지만 혜정은 내가 무슨 생각을 하는지 눈치채고, 지금까지 억눌러왔던 것인지 갑자기 성을 내기 시작했다. 그녀의 그런 얼굴은 지금까지 한 번도 본 적이 없었다. 독이 잔뜩 오른 뱀이 상대방을 물려고 덤비는 것 같았다. 낯빛이 하얗게 질렸고 입술이 일그러졌다. 목소리는 짧고 날카롭게 변했다.

"대체 당신이 아는 게 뭐지?"

그녀는 알고 있었다. 내가 화를 낸다면 이유는 단 한 가지, 그녀의 새 연인이 내 친구가 아니라는 것이었다. 그렇다고 내가 의리를 지킬 마음이 있었던 것도 아니다. 나는 우정을 빙자해 그녀의 남자를 질투하고 있었다. 다만 뻔뻔스러운 인간이 되지 않기 위해 그저 입 다물고 퉁명스럽게 굴었을 따름이다. 이런 마음을 감출 수 있을 리가 없었다. 그녀의 비난이 나를 매섭게 후려치기 시작했다. 파리에서 뭘 한 줄 알아요? 내가 쇼핑에 레스토랑만 다녔다고 생각하죠? 피카소 미술관에도 다녀왔어요. 내가 피카소 좋아하는 거 알아요? 물론 그녀가 그렇게 말한 적은 없었다.

"내게 그림 좋아하냐고 물어봐준 사람, 지금 만나는 사람이 처음이었어요. 당신 친구들은 그냥 취미가 뭐냐고 물을 뿐이었죠. 그런 시시한 질문에 내가 왜 대답해줘야 하죠? 그냥 자기들이 좋아하는 것을 내가 좋아해줬으면 하고 바랄 뿐이죠. 내가 입 다물고 있으면 정말로 그런 줄 착각하죠. 내가 발레 좋아하는 거 알아요? 그 사람 덕분에 파리에서 윌리엄

포사이드라는 안무가의 작품을 봤어요. 내게 꼭 보여주고 싶었다고 하더군요. 〈In the middle, somewhat elevated〉라는 작품이었죠.[41] 인체를 가지고 과연 어디까지 표현할 수 있는지에 대한 가능성을 극단까지 추구해요. 감동적이었죠. 하지만 당신네 친구들, 그리고 당신도 평생토록 그런 데에는 문외한이겠지요. 이번에 유럽 여행 다니면서 정말이지 세계가 넓어지는 것 같았어요. 나 자신이 넓어지고, 나를 답답하게 만드는 진부하고 지루한 것들로부터 해방되는 것 같았어요. 하지만 형만씨나 조식씨가 나를 그렇게 만들어줬던가요? 맛없는 레스토랑에서 밥 먹여주고 다이아몬드를 사주면 홀딱 넘어가줘야 하나요? 내가 그런 싸구려로 보여요? 조식씨? 그 변태가 원하는 건 애인이 아니라 창녀에요. 여자 마음이 어떤지도 모르면서 사랑 타령이나 하죠. 그게 내가 찾는 아름다운 사랑이라고 생각해요? 그들이 나에게 뭘 해줬다고 생각해요? 당신이 내게 해준 것이 뭐가 있다고 그렇게 큰소리를 치죠? 뭐가 그렇게 잘났어요?"

*

그렇게 싸우고 난 뒤 나는 그녀가 다시는 나를 찾지 않을 것이라고 생각했다. 내가 원하면 언제든 그녀에게 전화를 걸 수 있었지만 용기가 나지 않았다. 미안하다고 해도 그것으로 끝날 리가 없었다. 왜 미안해하냐고 그녀가 반문하면 어떻게 대답해야 할지 뾰족한 답이 떠오르지 않았다. 그녀를 오해해서? 아니면 내가 해준 것이 없어서? 무슨 말을 해도 비

---

41) 2002년 12월 파리에서는 그런 공연이 열리지 않았다. 이 글의 작가가 지어낸 것이다. 작가가 그 공연을 본 것은 그해 3월 런던에서였다.

웃음이나 살 것이 분명했다.

그러나 내게도 기회가 왔다.

크리스마스 이브였다. 아침에 팀장이 "자, 이제 지난해처럼 눈이 내리기만 기도하면 되겠군"이라고 말해 오늘이 무슨 날인지를 상기시켰다. 성탄 이벤트는 지난주에 모두 끝났다. 눈이 내리면 상품권을 드려요, 포인트도 얼마 적립해드려요, 등등. 눈이 내릴 것에 대비해 보험을 들어놓았으니 하늘이 도와주지 않으면 아까운 보험료를 날리게 된다. 올해는 카드사와 백화점과 공동 마케팅을 잔뜩 벌이는 바람에 그만큼 고생도 많았다.

눈은 저녁부터 내린다고 했다. 나에겐 좋은 소식이었다. 일찍 퇴근해 술이나 좀 사들고 들어가자. 잔뜩 퍼마시고 잠이나 자는 것이다. 가뜩이나 남들을 위한 이벤트에 들러리를 서는 느낌인데 눈이 펑펑 내리는 광경까지 보면 더욱 외로움을 타게 되겠지. 메신저에 올라와 있는 형만과 조식의 이름을 보니 기분이 착 가라앉았다. 저들도 나와 비슷한 심정일 것이다. 점심시간에는 조식이 전화해 밤새 술이나 퍼마시자고 해서 힘들게 거절했다. 그와 있으면 나까지 울음을 터뜨릴지도 몰랐다.

퇴근시간이 가까워지자 사무실 안에서 캐럴이 울리기 시작했다. 때가 때인 만큼 휴대폰 벨소리를 그렇게 바꾼 사람들이 많았다. 〈징글벨〉부터 브리트니 스피어스의 〈My only wish〉까지 이중창 삼중창 사중창이 퍼져나갔다. 탱크톱을 입고 탄탄한 복부를 드러낸 브리트니가 징글벨을 울리며 흰 눈 사이로 썰매를 타고 간다…… 그리고 통화 내용은 다들 비슷했다. '응, 이제 곧 나갈 거야.' '어디까지 왔어?' '예약은 다 해놨지?' '그래 일곱시에 만나' 등등. 결혼한 사람들은 가족을 위한 크리스마스 선물을 사기 위해, 연인이 있는 미혼남들은 데이트를 위해 슬슬 자리를 정리하고 일어날 준비를 했다. 메신저에서도 먼저 퇴근한다는 메시지가 하나둘 올라왔다. 형만은 솔로들을 위한 파티에 간다고 했다. 조식은 차를 몰고 용주골[42]에 갈지도 모르겠다. 언제부턴가 그가 상처를 달래고자 붙인 취미였다.

내 휴대폰에서 비틀스의 〈Michelle〉이 흘렀다. 정신이 번쩍 들었다. 혜정은 모르고 있겠지만, 그녀가 내게 전화할 때 나오도록 설정한 벨소리였다. 얼른 폴더를 열어 귀에 가져다대니 건조한 목소리가 들렸다. 통화 볼륨을 최고로 높였다. "회사 앞에 있어요. 빨리 나와요." 그녀는 전보를 전하듯 짧게 용건만 전하고 전화를 끊었다. 옆자리에 앉은 선배한테까지 통화 내용이 들린 모양이었다. "예쁜 목소린데, 애인이야?" 나는 그냥 웃었다.

혜정은 나를 반갑게 맞아주지 않았다. 그녀는 감색 버버리 깃을 잔뜩 올리고 무뚝뚝한 표정으로 서 있었다. 여느때와 달리 눈 밑은 거무스름했고 피부는 거칠었다. 입술도 갈라져 있었다. 볼에 붉은 반점이 보였다. 폭풍우 속에서 죽을 고생을 하고 오기라도 한 것일까. 그녀 특유의 발랄함은 온데간데없었다. 지금껏 자신을 보호해왔던 가면을 잃어버리기라도 한 것 같았다. 눈동자 색깔도 달랐다. 나에게는 컬러 렌즈를 끼지 않고 그녀의 진짜 눈동자를 보여주곤 하던 그녀였다. 검은색은 검은색이었지만 흐릿하고 탁한 빛깔이었다. 흰자위에도 그물처럼 엉킨 실핏줄이 뚜렷이 드러나 있었다.

무슨 일이 있었냐고 물어도 그녀는 고개를 젓기만 했다. 우리는 종각

---

42) 청량리, 평택 쌈리와 함께 한국의 3대 메이저 사창가로 불리는 곳. 올림픽대로나 강변 북로를 지나 자유로나 통일로를 탄 다음에 문산 쪽으로 빠져서 가다보면 나온다. 하지만 '용주골'이란 지명이 따로 없기 때문에 초행길인 사람은 헤매기 쉽다. 일을 치르고 나서도 자기가 제대로 찾아간 것이 맞는지 어리둥절하며 "제가 갔다온 곳이 용주골 맞나요?"라고 반문하는 사람들도 많다.

을 향해 걸었다. 교보문고가 있는 맞은편 길에서는 미군 장갑차에 깔려 죽은 여중생을 위한 추모식이 열리고 있었다. 방패를 든 전경들이 둘러서서 벽을 쌓고 있었지만 양측이 충돌할 기미는 없었다. 조용히 기도하고, 조용히 흩어질 분위기였다. 하지만 전경들을 태우고 온 버스가 도로를 막는 바람에 광화문으로 나가는 길목은 특히 체증이 심했다.

무교동과 종로의 빌딩 숲 사이에 우뚝 솟아 있는 종로 타워는 층마다 점점이 불이 들어와 있었다. 레스토랑이 있는 꼭대기는 크리스마스 트리 끝에 매단 별 모양 장식처럼 밝게 빛났다. 옆에 있는 제일은행 본사 빌딩 가장자리를 따라 촘촘하게 붙은 전구에 불이 들어와 그럴듯한 장식물이 되었다. 케이크와 꽃다발을 들고 가는 사람들 속에서 팔짱을 낀 연인들이 눈에 띄었다. 우리 둘도 저렇게 다정하게 보일까?

그녀가 갑자기 멈춰 섰다. 군밤 장수가 리어카에서 군밤을 구워내고 있었다. 그 아래에 있는 커다란 양동이에는 굽지 않은 밤이 가득 담겨 있었다.

"군밤 먹을래요?"

나는 고개를 끄덕이며 지갑을 꺼냈다. 사천원어치만 주세요. 방금 구운 걸로. 우리는 봉투를 받아들고 다시 걷기 시작했다.

종각에 조금 못 미치는 곳에 자그마한 공원이 하나 있다. 공원이라고 생각하기 어려울 만큼 손바닥만한 곳이다. 날씨가 좋은 봄이나 가을에는 그곳 벤치에서 샌드위치를 먹는 맛도 쏠쏠하다. 크리스마스 이브를 맞이한 지금은 텅 비어 있어 소란스러움을 피할 수 있는 유일한 장소이기도 하다.

그녀가 벤치에 앉기 전에 나는 가방에서 서류 파일을 꺼내 자리에 깔아주었다. 그녀와 재회하게 된 것은 물론 좋았다. 그런데 왜 돌아온 것일까. 머리를 굴려보자. 혹시나 떨어져 있는 사이에 내가 그리워진 것일지도 모른다. 그녀도 모르게 어느새 나를 사랑하게 된 것일 수도 있었다. 그렇다. 그렇지 않으면 굳이 나를 찾을 이유가 없었다.

"먹어요."

그녀가 봉투를 내 무릎 위에 두었다. 나는 잠시 생각을 멈추고 군밤을 먹기 시작했다. 그녀는 내가 먹는 모습을 지켜보기만 했다. 너무 긴장한 나머지 먹다가 목이 메었다. 내가 기침을 하자 그녀는 향수를 뿌린 손수건을 건넸다. 침을 닦기엔 너무 아까운 것이었다. 나는 입가를 닦는 둥 마는 둥 하고 돌려주었다.

우리는 다시 걸었다. 종각역에 거의 다 왔다. 크리스마스에 취한 젊은 이들이 역을 중심으로 모여 움직이고 있었다. 무엇을 하면 좋을지 고민하고 있는 차에 갑자기 그녀가 내 팔을 붙들고 멈춰 섰다. 그녀는 내 마음을 움켜쥐는 간절한 눈빛으로, 숨소리가 들릴 정도로 얼굴을 가까이 대며 물었다.

"나 좋아해요?"

"네."

"사랑하냐구요."

"네."

"얼마나?"

이것은 대답하기가 쉽지 않았다. 그녀가 나를 도와주었다.

"죽어도 좋을 만큼?"

"네."

"우리 자러 가요."

우리는 택시를 타고 가까이에 있는 웨스틴조선 호텔로 갔다. 내가 체크인을 하는 동안 그녀는 엘리베이터 앞에서 기다렸다. 크리스마스 패키지를 이용해도 방값이 내 월급의 십분의 일이었다. 그러나 아깝지 않았다. 내일이 생일인 사람에게 바치는 십일조라고 생각하자. 그녀도 내게 부담을 준다고 생각하지 않는 것 같았다.

방으로 들어갔다. 나는 그녀의 코트를 받아서 옷장에 걸었다. 그녀는 룸서비스로 저녁을 시켜먹자고 했다. 나는 메뉴판을 꺼내 클럽 샌드위치와 햄버거, 피시 앤 칩스와 시저 샐러드를 주문했다. 그녀는 미니바에서 에비앙을 한 병 꺼내들고 소파에 몸을 파묻었다. 그녀의 피곤한 얼굴이 측은했다. 따뜻함과 다정함을 필요로 하는 모습이었다. 나는 그녀 옆에 한쪽 무릎을 꿇고 앉아서 어깨를 감싸안았다. 메마른 눈가에 입술을 가져다댔다. 눈물이든 뭐든 나오면 모조리 빨아들이고 싶었다. 그녀는 울고 있었다.

주문한 지 이십 분이 지나서 음식이 도착했다. 그녀는 배가 많이 고팠던 모양이었다. 아무 말 없이 먹고 마시는 동안 그녀는 혈색과 생기를 되찾아갔다. 나는 빈 접시밖에 남지 않은 테이블 겸 카트를 복도로 밀어내고 돌아와 다시 룸서비스 메뉴를 뒤적였다. 우울증에 특효가 될 만한 약을 찾고 싶었다.

"우리 샴페인 마실까요?"

"좋아요."

하지만 내가 방값보다 더 비싼 동 페리뇽을 시키려고 하자 그녀가 말렸다. 무리하지 말라는 것이었다. 하지만 내 생각은 달랐다. 오늘을 뜻깊은 날로 남기고 싶었다.

곧 얼음통에 담긴 샴페인이 도착했다. 크리스털 잔을 술로 가득 채우고 가볍게 건배했다. 잔이 부딪칠 때 은은한 소리가 났다. 샴페인을 네

모금 마시자 그녀 얼굴에 붉은 기운이 돌았다. 내가 그 동안 어떻게 지냈냐고 막 물으려는 순간 그녀가 사과의 말을 했다. 미안했다고.

"괜찮아요. 미안해할 게 뭐 있어요."

"당신이 내게 해준 것이 뭐가 있냐고 화냈던 거, 내가 잘못했어요. 당신은 나를 나답게 만들어주잖아요. 고마워요."

나는 흐뭇한 표정을 감추기 위해 샴페인 잔으로 눈길을 돌렸다. 반쯤 남은 호박빛 액체 속에서 기포가 떠오르고 있었다. 기다린 보답을 받는구나. 사랑은 인내하는 자에게 찾아오는구나.

"나에게 궁금한 것 있어요?"

혜정이 물었다. 물론 많았다. 그러나 질문을 잘못하기라도 하면 지금 이 분위기를 깰지도 몰라 두려웠다. 그래서 겨우 나온 말 한마디.

"부모님이 뭐라고 불러요?"

"이름이 궁금해요?"

"나머지는 천천히 알고 싶어요."

그녀가 내 말뜻이 무엇인지 알아주기를 원했다. 영원히가 아니면 천천히라도, 우리 관계를 사랑으로 재정의하고 계속 이어나가고 싶다는 것을.

"혜정."

"예쁜 이름이네요."

"재미없어요. 다음부턴 그런 진부한 말 하지 말아요."

그렇게 처음이자 마지막으로 경고를 받았다.

그녀는 먼저 씻고 오겠다고 말하고 욕실로 사라졌다. 나는 초조한 심정으로 방 안을 서성거렸다. 커튼을 걷었다 치고, 테이블 위에 외국인 고객용으로 비치된 휴대폰 폴더를 열었다 닫았다. 메모지와 봉투가 담긴 파일 아래에 있는 서울 시내 가이드를 건성으로 읽었다. 욕실에서 들리는 물소리 때문에 자꾸 귀가 그쪽을 향했다. 어려운 시험을 치기 직전에 그렇듯이 화장실에 가고 싶기도 했다. 침대 쪽 사이드테이블에 있는 시계에서는 느릿느릿 일 분이 흐르고 또 흘렀다.

욕실문이 열리는 소리와 함께 그녀가 목욕 가운을 입고 나타났다. 샴페인 기운과 뜨거운 목욕물로 달아오른 얼굴을 하고서. 그녀는 장난꾸러기 어린아이처럼 종종걸음으로 달려가 침대로 몸을 쏙 집어넣었다. 이불 속에서 꾸물거리며 가운을 벗었다. 알몸이 되었을 것이다. "빨리 씻고 와요." 그 말에 등을 떠밀린 나는 아직 그녀의 자취가 감도는 욕실로 들어갔다. 거울에 비친 내 얼굴도 보통 붉어진 것이 아니었다. 나는 찬물로 몸을 씻으며 들뜬 기분을 가라앉히려 했다. 어쩌다 손끝이 사타구니 쪽을 스치자 그녀 손길이 닿은 줄 알았는지 아까부터 팽창과 수축을 반복했던 내 성기가 힘차게 일어나고 말았다. 초등학교 6학년 때 잡지에 나온 여자 비키니 사진을 보며 첫 자위를 하던 생각이 났다. 그때는 얼마나 우뚝 발기했는지 아랫배에 닿을 정도였다. 지금도 마찬가지였다.

나는 흥분한 것을 감추려고 가운을 잘 여미고 나갔다. 침대 머리맡에 있는 전등을 제외하고는 모든 불이 꺼져 있었다. 형만이 혜정과 처음으로 섹스하던 모습이 떠올랐다. 그처럼 일찍 끝내면 안 될 텐데. 내가 민우만큼 능숙하게 움직일 수 있을까. 이불을 젖히고 들어가자 그녀가 벌거벗은 두 팔로 나를 안았다. 그녀의 혀가 내 입술을 파고들어 따뜻한 타액을 전했다. 몸이 흐물거렸다. 나는 그녀를 더듬기 시작했다. 화면 속에서만 보았던, 상상 속에서만 애무해왔던 가슴과 허리와 엉덩이에 떨리는 손길을 가져다댔다. 꿈은 이루어진다. 잡념은 사라졌다. 나는 그녀의 몸을 마음껏 만졌다. 그녀의 그곳이 입을 벌려 열기를 토해내고 있었다. 이제 걱정 따위는 날아가버렸다. 벽에 튀어나온 못처럼 툭 솟은 성기가 그녀 허벅지에 걸렸다. 그녀가 신음하며 내 귓볼을 이빨로 물어당겼다. 나는 그녀 위로 올라갔다.

그녀가 거친 숨을 고르며 물었다.

"하고 싶어요?"

나는 그렇다고 했다.

"죽어도 좋을 정도로?"

"그럼요."

"내가 에이즈 환자라도, 나랑 할 거예요?"

*

나는 분명히 그렇다고 대답했다. 자기 암시를 거는 것이 결코 아니다.

혜정의 말은 에이즈에 관한 유명한 일화를 떠올리게 했다. 한 젊은 남자에 대한 얘기다. 어느 운수 좋은 날, 그는 나이트클럽에서 기가 막힌 미인을 만났고 함께 모텔로 갔다. 격렬한 섹스를 두어 판 벌이고 단잠을 자고 나니 여자는 이미 사라지고 없었다. 그녀가 목욕탕 거울에 붉은 립스틱으로 남긴 작별의 말은 환영 인사이기도 했다. '웰컴 투 에이즈.' 그는 병원에 가서 검사를 받았다. 몇 달 뒤 에이즈 양성 판정이 나왔다.[43]

---

43) 이 일화는 1990년대 초반 한국사회에서도 에이즈가 '죽음에 이르는 병'으로 대중들에게 공포심을 불러일으키기 시작했을 때부터 퍼졌던 것이다. 주인공인 젊은 남자는 누가 이야기하느냐에 따라 바뀐다. '친구의 친구' '친구의 친구의 형' '친구의 친구의 오빠' '친척 친구의……' 등등. 십여 년 전의 이야기가 단지 에이즈에 대한 공포를 반영하며 민담처럼 전승되고 있는 것인지 아니면 같은 사건이 계속 재생산되고 있는 것인지는 알 수 없다.

나는 그녀에 대해 전혀 모르고 있었다. 그녀의 이름만 겨우 알고 있을 뿐 그녀가 어디서 무엇을 하는지 정보가 없었다. 몇 시간 전에 보았던 유달리 초췌한 모습, 슬픔에 잠긴 모습이 모두 그 두려운 병과 연관이 있는 것만 같았다. 다른 가능성도 있었다. 단지 나를 시험대에 올린 것일지도 몰랐다. 내가 진심으로 그녀를 사랑하는지를 확인하기 위해서. 그래서 나는 용기를 짜내어 그녀를 원한다고 대답한 것이었다. 하지만 내 힘으로 어쩔 수 없는 부분이 있었다. 발기가 풀려버렸다. 나는 할 수 있다고 되뇌며 이미 물렁한 살덩어리로 변해버린 것을 그녀에게 넣으려 했다. 몸이 떨리고 소름이 돋았다. 피가 차갑게 식었다. 그녀도 마찬가지였다. 그녀는 내 가슴을 세차게 밀며 몸을 일으켰다.

차라리 그녀가 내게 실망했다면 그것으로 위안을 삼았을 것이다. 그러나 그녀의 눈빛은 지독한 경멸감으로 얼어붙어 있었다. 나 역시 그렇고 그런 족속의 한 사람일 뿐이라는 듯이. 그녀는 이불로 알몸을 감싼 채 옷가지를 하나하나 챙겼다. 나는 벌거벗고 누워 그저 바라보고만 있었다. 이대로 놔두면 그녀는 떠나버릴 테고, 다시는 붙잡지 못할 것이다. 그래, 이것은 시험에 불과하다. 그러니 남자답게 벌떡 일어나 그녀를 침대로 데려오자. 죽음보다 깊은 열정으로 그녀와 근사한 섹스를 하고 세상에서 가장 아름다운 사랑이 무엇인지 보여주도록 하자…… 하지만 입술이 떨어지지 않았다. 두려움으로 굳은 몸이 내 명령에 잘 따르지 않았다. 흰 터틀넥 스웨터 위로 그녀가 머리를 빼냈다. 그리고 코트를 가지러 옷장으로 갔다. 나는 가까스로 말을 꺼냈다.

"곁에 있어줘요. 그냥 꼭 안고만 있어요."

옷장 안에서 나오는 불빛을 등지고 선 그녀의 실루엣을 향해 나는 같은 말을 되풀이했다. 이번에는 좀더 간절한 목소리였다. 나는 그녀 얼굴이 비웃음으로 일그러지는 것을 똑똑히 볼 수 있었다.

"다시 발기할 때까지?"

그리고 문이 닫혔다.

*

혜정에게서는 아무 연락이 없었다. 알고 있는 휴대폰 번호로 전화를 걸자 "없는 번호이오니……"라는 메시지가 답했다. 나 역시 다른 남자들처럼 정리당한 것이었다. 나만은 예외일 것이라고 여겼던 일이었다. 그녀와 맺고 있던 공모자 관계가 나를 보호해줄 것이라 믿었다. 그러나 연인으로의 승격을 거부했을 때, 그녀와 나를 잇는 끈은 완전히 끊어져버렸다.

나는 비탄에 잠겨 사창가를 헤매는 조식과는 달랐다. 형만처럼 일부러 태연한 척 굴며 혜정의 대체물을 찾지도 않았다. 아무 일도 없었던 것처럼 의연하게 행동하자고 마음먹었다. 하지만 그뒤 한참 동안 세상은 나를 중심으로 돌아갔다. 1월이 되자 기온이 급강하했다. 빌딩 숲 사이로 버버리 코트 자락이 휘날리도록 강한 바람이 부는 날이면 행인들의 시선이 모두 움츠러든 나에게 쏠리는 것 같았다. 다들 나를 바라보며 저기 고독한 사람이 간다고 외치는 것 같았다.

내 얼굴을 감싼 불운한 기색을 읽었는지 종로나 강남 거리에서는 "도나 기에 관심 있으십니까?"라고 물으며 달라붙는 사기꾼들도 많았다. 그 말에 멈춰 서서 상대를 노려보면, 그는 내 잠재능력이 강해 보인다며 수련을 쌓으면 극대화할 수 있다고 말했다. 무시하고 돌아서면서도, 어처

구니없게도 한편으로는 솔깃했다. 정말 강해져서 나를 괴롭히는 감정들로부터 해방될 수 있을까? 지하철 승강장에서 열차를 기다리고 있으려니까 웬 자그마한 여자가 와서 성경에 대해 이야기를 좀 해보자고 했다. 내가 구원의 대상으로 보인 모양이다. 그녀가 처음 꺼낸 말이, 예수는 사랑으로 모두를 구원하고자 했다는 것이었다. 그렇다. 내게 필요한 것은 사랑이었다.

나를 향한 공격은 사방에서 계속되었다. 연애가 끝나면 늘 그렇듯이. 하지만 이번에는 어느 때보다도 강도 높은 공격에 시달려야 했다. 뿌린 만큼 거두리라. 드라마든, 영화든, 광고든 사랑의 기쁨과 아픔에 대한 온갖 대사와 노래들을 쏟아내며 내가 다시는 붙잡을 수 없는 존재에 대한 기억을 생생히 재현했다. LG카드 광고에서 배용준-이영애 커플[44]의 그림 같은 모습은 질투와 부러움을 동시에 불러일으켰다. 그들이 주고받는 '내가 언제나 당신 곁에 있다는 것을 기억하세요'라는 말은 얼마나 아릿했던지. 드라마 〈인어아가씨〉에서 장서희와 이주왕의 신혼살림은 또 어떤가. 아무런 대가 없이 나를 위해 무엇인가를 해주는 누군가와 평생을 함께한다는 것은 행복한 수감생활이다. 혜정이 요리한 음식을 함께 먹는 것은 쾌락에 가까운 즐거움이었다. 입가에 묻은 소스를 닦을 생각도 않고 "맛있죠?"라고 미술시간에 그린 그림을 부모에게 자랑하는 어린애처럼 천진하게 묻던 그녀 모습이 떠올랐다.

드라마 〈대망〉에서 사랑하지 않는 사람과 결혼하는 비련의 여주인공 이요원의 애틋한 눈빛을 보면 내 가슴까지 미어졌다. 후지필름 광고에서 김민희가 긴 생머리를 나부끼며 나를 바라보고 있으면 혜정과 눈을 처음

---

44) 2001년 이영애 한 사람으로 재미를 보았던 LG카드는, 이영애가 잦은 광고 노출로 약발이 떨어지자 2002년 들어 배용준을 파트너로 붙였다.

마주쳤을 때 느꼈던 아득함이 되살아났다. 카이걸 광고[45]에서 전지현이 배꼽티에 벨보텀 팬츠를 입고 서서 수줍은 소녀의 미소와 함께 섹시한 배와 허리선을 과시할 때는 홍대 클럽에서 무아지경에 빠져 춤을 추던 그녀가 떠올랐다.

눈이 내리던 어느 날에는 퇴근길에 버스를 타자 라디오 DJ가 "날이 춥죠?"라는 멘트를 하며 나를 겨냥해 실연의 아픔을 담은 노래를 틀었다.

벌써 코끝 시린 계절이 왔죠.
우리 헤어지던 그때처럼
조금 우습지만 그럴듯했었죠.[46]

신문에 실릴 광고의 색상에 문제가 있어 광고대행사 여자 어시스턴트의 휴대폰으로 전화를 거니, 그녀는 내가 들으라고 통화대기음을 원망의 노래로 설정해놓고 있었다.

아리아리요 날 두고 떠나가나요.
날 가지고 날 버린 게 사랑인가요.
아리아리요 날 두고 떠나간다면

---

45) 그 광고에서 전지현은, 세상에는 너무 재미있는 일이 많아 결혼 같은 것은 하고 싶지 않다고 말한다.
46) 장나라 2집의 〈아마도 사랑이겠죠〉. 음반산업협회 통계는 믿을 수가 없다지만, 그녀의 앨범은 2002년 10월 출시되자마자 CD만 17만 장이 팔리며 음반판매순위 1위에 올랐다. 처음에는 갖고 있지도 않은 섹시함으로 밀고 나가려다 한번 시행착오를 겪은 뒤, 이제는 '명랑소녀' 이미지로 남고생들의 절대적인 지지를 받고 있다. 일본 만화에서 멋진 남자들의 사랑을 독차지하는 귀엽고 발랄하고 실수투성이인 소녀…… 남자들이 찾는 영원한 소녀의 이미지……

내 가슴에 새긴 상처 책임지고 가—[47]

심신을 달래는 데 도움이 될까 싶어서 갔던 헬스클럽에서는 머릿속을 더욱 복잡하게 만드는 노래를 틀어 나를 쫓아냈다.

오랫동안 함께한 시간도 잘라버리고
너를 위해 길들여진 나를 지워버리고
니가 원한 게 이별이라면 우리는 여기까지야—[48]

인터넷에 접속해도 다를 바 없었다. Daum 메신저에는 궁합이 맞는 상대를 점지해주는 기능이 생겼다. 내 사주만 넣으면 나와 맞는 상대가 주르르 뜬다. 이메일 보관함에는 '당신의 이상형을 찾아주겠다'는 스팸 메일이 매일같이 쌓인다. 다들 사랑하지 못해, 사랑하게 만들지 못해 미친 것 같았다. 그렇게 하지 않으면 이라크에서 전쟁이 벌어지고 북한이 핵미사일을 발사하기라도 한다는 것일까. 나는 신문을 보아도 정치면과 국제면만 읽었고, 친구들에게도 늘 딱딱한 이야기만을 꺼내 분위기를 썰렁하게 만든다는 원성을 샀다. 구정에는 제주도로 내려가 차례를 지냈

---

47) 이정현 4집 'I Love Natural'에 실린 곡 〈아리아리〉. 그녀가 무대에서 노래하는 모습을 지켜본 이들은 그녀를 가리켜 '신기가 있는 것 같다'는 표현을 쓰곤 한다. 그 작은 체구에서 나온다고는 믿어지지 않을 만큼 폭발적인 힘이 느껴지기 때문이라는데…… 데뷔 때부터 남자에게 차여 한을 품는 여자 얘기를 줄기차게 노래하는 것을 보면, 에너지의 원천이 어디에 있는 것인지 궁금해진다.

48) '다이어트'라는 기묘한 제목이 붙은 김현정 5집의 〈단칼〉이라는 곡이다. 이정현처럼 그녀도 노래 대부분이 남자에게 차여 슬픔에 빠진 여자 얘기다. 여자가수들이 실연의 아픔을 담은 노래로 인기를 끌고, 남자가수들은 영원한 사랑을 꿈꾸는 노래로 인기를 끈다는 것은 흥미로운 차이점이다.

다. 다행히도 그때 대북송금 문제가 터져 화젯거리가 또하나 늘었다. 당첨금이 수백억원대로 뛰어올랐다는 신문기사를 읽고는 로또에 빠져보기도 했다. 시험 답안지 같은 로또 슬립 용지를 들고 은행창구 앞에 몰린 대열에도 꼈다. 한동안은 다들 돈 얘기만 떠들었다.

슬슬 기온이 올라 짧은 소매 와이셔츠를 꺼내게 되는 늦봄에 일어난 일이었다. 혜정이 예전처럼 불쑥 찾아와 초인종을 눌렀다는 것은 아니다. 회사 앞에서 나를 기다리고 있었다는 것 역시 아니다. 하지만 나는 그녀를 다시 볼 수 있었다. 우리가 더욱 가까워지는 데 다리를 놓았다고 할 수 있을지도 모르는 비디오라는 형식을 통해. 홍보대행사의 남자 어시스턴트가 심심할 때 보라고 CD에 담아 보낸 동영상 중에 '불멸의 연인'이라는 제목이 붙은 것이 있었다. 그냥 보기에는 두 남녀가 얼굴이 드러나지 않는 각도로 카메라를 맞추고 섹스하는 광경을 찍은 것에 불과했지만 매우 유명한 비디오였다. 들리는 말에 의하면 그들은 그 비디오를 유언장처럼 남기고 호텔방에서 동반자살했다. 출연한 여자의 몸이 무척 늘씬하고 마지막 장면에서 드러나는 여자의 옆얼굴이 꽤 예쁘다는 점도 관심을 끄는 요소였다. 그리고, 내 눈에 그녀는 분명히 혜정이었다. 남자의 정액을 얼굴에 뒤집어쓰고 의식을 잃은 표정으로 누워 있는 그 모습은, 내 곁에 누워 자위를 하면서 오르가슴에 도달했을 때의 그것이었다.

하지만 조식과 형만은 그 동영상을 보고도 아무렇지도 않았다. 형만은 "네가 이런 것을 웬일로 다 보내냐……"라고 말하면서 심드렁한 태도를 보였고, 조식은 "그거 봤어. 유명한 거잖아"라고 퉁명스럽게 반응했다. 정말로 그녀를 알아보지 못하는 것일까, 아니면 그저 모르는 체하는 것일까? 만약 혜정이 진짜 에이즈 환자였다면 형만과 조식은 남다른 비밀을 숨기고 있는 셈이다. 그들이 그 사실을 알고 있든 모르고 있든 간에 말이다. 이미 특급 비밀을 한 가지 갖고 있는 사람이라면 어떤 일에도 놀라지 않을 준비가 되어 있는지도 모른다.

나는 선호의 친구인 한 일간지의 경찰청 출입기자를 통해, 혜정이 자살한 것으로 추정되는 그 호텔에서 실지로 그러한 사건이 일어났었는지를 조사해보았다. 2003년 2월에 그런 사건이 있었다고 한다. 강남의 한 특급 호텔 스위트룸에서 두 남녀가 목을 매달고 죽었다. 하지만 신문에는 나지 않았다. 호텔측이 사건이 바깥에 새나가지 않도록 조용히 처리했기 때문이었다.

내 부탁을 받은 일간지 기자는 죽은 사람 이름도 알아냈다. 남자 이름은 호철, 여자 이름은 애정이었다. 나이는 남자가 29세, 여자가 26세. 혹시나 했지만 특별한 병은 없었다. "에이즈? 그러면 진짜 기삿감이죠." 그가 말했다. 하지만 좀더 상세한 정보를 캐내기는 어려웠다. 어디서 태어나 어디서 자랐고 가족관계는 어떠했는지, 살던 곳은 어디고 어떤 학교를 나왔으며 직업은 무엇이었는지. 홍신소에 의뢰해볼까 하는 생각도 해보았지만 이내 접었다. 바보짓 같았다. 어차피 속된 호기심을 충족시키는 일에 불과할 것이다. 게다가 그녀는 혜정이 아닐 수도 있었다. 설령 내가 관련 자료와 사진을 모두 입수한다고 해도 애정이라는 여자가 진짜 혜정인지를 증명하는 수단이 될지는 의문이었다.

내가 할 수 있는 일은 한 가지밖에 없었다. 내 직감에 따라 비디오 속의 여자가 혜정이라고 믿는 것이었다. 그리고 나는 그녀와 함께 있는 남자가 어떠한 사람인지, 그녀가 아름다운 사랑을 찾는 데 성공했는지 생각해보았다. 만약 크리스마스 이브에 내가 그녀를 붙잡았더라면 지금쯤 우리는 어떤 관계를 맺고 있을지, 그때 그녀와 섹스를 했더라면 얼마나 짜릿했을지를 머릿속에 그려보며 팔이 아프도록 자위를 했다. 나의 상상 속에서 혜정은 더욱 완벽해진다. 화면 속에서 남자가 그녀의 얼굴에 사정할 때 나도 굵고 진한 정액을 쏟아낸다. 그리고 컴퓨터 화면 속에서 오르가슴의 여운을 즐기고 있는 그녀를 멍하니 바라보면서, 내가 저 남자의 자리에 있었다면 과연 죽어도 좋을 정도로 행복한 기분이 들었을지 가만히 생각해보곤 한다. 그녀가 그토록 원했던 사랑, 존재를 뒤흔들어 예상할 수 없는 곳으로 던져버리는 강렬한 사랑, 내 남은 생애 동안 절대로 이룰 수 없을 것 같은, 세상에서 가장 아름다운 사랑을 그리며.

모나드적 삶의 윤리와 쿨한 인생

장은수(문학평론가)

우리는 이문환 소설과 함께 평원의 인간들이 살아가는 삶의 규칙들이 일그러지고 무너진 자리에서 눈알을 번득이는 맹수와 같은 존재들과 새롭게 '접촉' 하게 되며, 그 낯선 존재들이 구축해가는 새로운 삶의 '윤리' 를 미리 경험하게 된다. 이것은 그와 함께 우리가 '진화를 연습하는 것' 이기도 하다. 낯선 존재와의 접촉은 존재론적 불안을 불러일으키고, 불안은 일상의 경험으로 해독 불가능한 환각을 호출하며, 환각에 사로잡힌 존재들은 자신도 모르게 삶의 정상적인 궤도에서 어긋나버린다. 그것이 아무리 하찮은 것일지라도 불안, 즉 다가오는 삶의 위기를 환각으로써 살아내는 것은 고민하는 체하면서 아무것도 하지 않는 데에 비하면 진화를 훈련하는 것이다.

물은 그 속에 이미 꽃을 품고 있다.
— 가스통 바슐라르

　불현듯, 마른하늘에 치는 번개처럼, 예고 없이 쏟아지는 소나기처럼, 어둠 속에서 불쑥 모습을 드러내는 불청객처럼, 그렇게 갑자기 새로운 인간이 나타난다. 현실이 제 무게를 견디지 못하고 환각을 요청할 때, 필연이 제 길을 잃고 우연을 요청할 때, 평범함이 제 모습이 싫어져 기괴함을 요청할 때, 마치 가물에 물을 만난 물고기처럼 그러한 환각과 우연과 기괴함을 아무렇지도 않게 능란하고 익숙하게 살아내는 존재가 출현할 때, 어쩌면 다가올 붕괴를 예감하고 미처 자라지 않은 어깻죽지를 꿈틀거리면서 나는 연습을 했던 도마뱀들처럼 젊은이들이 미지의 움직임에 홀려 계획되고 예비된 삶에서 홀연히 이탈할 때 그 앞쪽에서 새로운 인간이 모습을 드러낸다. 언뜻 보면 그 젊은이들은 이치에 닿지 않는 짓을 천연덕스럽게 실행하는 부조리한 존재들처럼, 그러니까 이미 존재하는 합리의 눈으로는 해독 불가능한 마법의 존재들처럼 보일 것이다. 그 참을 수 없이 기괴하고 미칠 것처럼 낯선 괴물들이 이문환 소설의 공간을 가득 메우고 득실득실 자라고 있다.

새로운 종족, 기존의 언어가 전혀 예감하거나 포착하지 못했던 그러한 새로운 인류들이 나타나자마자 갑자기 기존의 익숙한 합리가 만들어낸 습관적 삶의 평원은 강렬한 힘에 의해 뒤틀리고 구부러져서 수많은 단층과 습곡을 탄생시킨다. 삶의 대지란 평평한 것이라고 믿는 낡은 존재들에게 단층과 습곡지대에 '서식'하는 괴물들은 비도덕적이고 사악하고 광기에 사로잡혀 있는 끔찍한 존재들처럼 보일 것이다. 그들은 불편하고 위협적이며 두렵고 이질적이다. 그 외계의 존재와 '접촉'하는 것은 "정확하고 규칙적"으로 살아가는 사람들에게는 "살아오면서 느낀 것 중 가장 혐오스럽고 불쾌한 감촉"과 마주치는 것이며, 결코 지워버릴 수 없는 "무시무시한 공포"(「20세기의 마지막 겨울」)이자 다시는 떠올리기 싫은 "불쾌한 경험"(「마술사」)이다. 평원의 어두운 부분에 무엇이 서식하는지, 그곳에 발을 딛는 것이 어떤 결과를 가져올지 알 수 없는 '우리'는 그 미지의 삶에 "잡아먹히고 말" 것을 두려워하여, 하이힐을 벗어들고 자신의 발목을 쥔 노숙자의 관자놀이를 때려서 살해한 혜정처럼, 과격한 "자기 방어 조치"를 취하게 된다. 그것과의 접촉 경험이 "살갗 위로 소름이 투둑투둑 튀어"(「20세기의 마지막 겨울」)오를 만큼 끔찍한 경험이기 때문이다. 이것은 일상성을 버거워하는 동시에 행복해하는 우리 비루한 현대인들이 타자에 대하여 보이는 근원적 과격성의 한 극단을 보여준다.

어쨌든 우리는 이문환 소설과 함께 평원의 인간들이 살아가는 삶의 규칙들이 일그러지고 무너진 자리에서 눈알을 번득이는 맹수와 같은 존재들과 새롭게 '접촉'하게 되며, 그 낯선 존재들이 구축해가는 새로운 삶의 '윤리'를 미리 경험하게 된다. 이것은 그와 함께 우리가 '진화를 연습하는 것'이기도 하다. 낯선 존재와의 접촉은 존재론적 불안을 불러일으키고, 불안은 일상의 경험으로 해독 불가능한 환각을 호출하며, 환각에 사로잡힌 존재들은 자신도 모르게 삶의 정상적인 궤도에서 어긋나버린다. 그것이 아무리 하찮은 것일지라도 불안, 즉 다가오는 삶의 위기를 환각으로써 살아내는 것은 고민하는 체하면서 아무것도 하지 않는 데에 비하면 진화를 훈련하는 것이다. 지금은 습곡에 빠졌다가도 평원으로 되돌아오는 희미한 길을 발견할 수 있지만, 어느 순간에는 길이 끊어지고 물이 막혀 습곡 안에서 영원히 살아야 할지도 모르지 않는가. 그렇다면 우리는 이 새로운 작가를 만난 것을 행운이라고 생각해야 할 것이다. 그의 소설과 함께 우리는 미래에 갑자기 닥쳐와 모든 것을 파괴하고 새로운 삶의 새벽을 여는 그때를 미리 연습하고 있는 것이니까. 다가올 진화를 예감하고 아직 아무도 움직이지 않는데도 홀로 날갯짓을 시작한 한 마리 도마뱀처럼 작가는 언어의 마법을 빌려 현재에서 미래의 삶을 살아가는 존재들을 포착한 것이 아닐까. 무라카미 류는 요시모토 바나나의 걸작 『N. P』의 해설에서 이를 '전적응'이라는 개념으로 설명했다. "이상한 짓을 하지 않으면 살아남기 어려운 종"이 있고, "선구란 고작해야 그런 것"임을 말이다. 일단 이렇게 생각해보면 우리는 이문환의 소설과 마주칠 때 겪게 되는 '당혹감'과 '낯섦'을 이해할 수 있을 것이다.

이문환 소설의 서사 전략은 지금까지 한국에 나타난 소설과는 거의 전적으로 구분된다. 거의 비현실로 느껴지는 위태로운 현실을 능숙하게 살아가는 그의 주인공들은 일상이라는 이미 붕괴되어 길이 끊어져버린 담장 위를 고양이처럼 날렵하게 달려가면서 이것저것을 순식간에 체험해낸다. 그들에게는 순간이 영원이며, 약간의 시간이 흐른 후에는 모든 현재의 경험은 "추억"(「세상에서 가장 아름다운 사랑」)이 되어버린다. 따라서 『호출』에 실린 소설들을 썼던 김영하처럼, 이문환 역시 짧은 시간에 모든 것을 간파하는 뛰어난 동체시력을 갖추지 않으면 안 된다. 그의 지나치게 예민한 동체시력은 느리게 흘러가는 모든 일상을 일그러뜨리고 기괴하게 보이게 만들고 비루한 일상을 살아가는 독자들을 놀라게 한다. 어느 날 갑자기 만난 남자의 명령을 거절하지 못해 창녀가 되는 여자(「마술사」), 손에 고무장갑이 달라붙어 끊임없이 설거지를 할 운명에 처한 서울 강남의 일급 호스티스(「럭셔리 걸」), 친구들 사이를 이리저리 옮겨다니는 여자를 경멸하거나 비난하지 않고 오히려 그 여자와 사랑을 이루려는 은밀한 욕망을 숨기지 않는 광고회사 카피라이터(「세상에서 가장 아름다운 사랑」) 등을 멀쩡하다고 할 사람이 어디 있겠는가. 하지만 이러한 인물들은 이문환 소설에서 솔숲 속의 소나무처럼 자연스럽다. 그의 소설들은 김영하가 『나는 나를 파괴할 권리가 있다』에서 단 한 번 넘어섰으며, 점차 넘어서기를 두려워했고 첫 소설집이 나온 이후에는 더욱 두려워하게 된 우연과 환각으로 가득한 음습한 비일상의 세계(그러나 어떤 의미에서는 진짜 일상의 세계)를 어떠한 두려움도, 거리낌도 없이 마음 내키는 대로 뻔뻔하게 그려내고 있다. 그러므로 그의 소설은 현실 안쪽에서 이미 자라고 있는 위대한 혼돈을 간파하고 그 속의 삶을 훌륭하고 멋지고 아름다운 방식으로 살아내는 투시력을 확보하고 있다는 점에서 백민석이나 박성원의 소설과 궤를 같이한다. 하지만 백민석이나 박성원의 인물들이 슬럼가를 배회하는 언더그라운드 소년들인 데 비하여 이문환의 인물들은 이미지 소비에 능숙하고 풍속의 첨단을 달리는 보보스 소년들이라는 점에서 그들과 구별된다.

어쩌면 팔찌와 귀걸이를 한 채 편의점 주변을 어슬렁거리던 윤대녕의 인물들이 그가 그려내는 인물들의 먼 삼촌뻘쯤 될지도 모른다. 하지만 윤대녕의 인물들이 도시적 삶의 불모성을 끊임없이 의식하고 그 바깥으로, 어쩌면 그 안쪽으로 어떻게든 벗어나려 하는 낭만적 충동을 가지고 있다면, 이문환의 인물들은 도회의 첨단 안쪽으로 파고들 뿐 결코 그 바깥으로 나가거나 심층으로 내려가려 하지 않는다는 점에서 근본적인 차이를 보인다. 그들의 삶에는 바깥이나 심연은 없다. 그런 구닥다리, 낡은 이분법에 근거한 상상력은 세상의 온갖 고뇌를 독점한 듯한 표정을 짓고 있지만 실제로는 현실의 아무것도 고민하지 않는 아저씨들이나 가진 것이다. 이문환은 바깥도 심층도 없이 표면 위를 미끄러지면서 '핫' 하고 '쿨' 한 삶을 살아가는 자기 세대를 순수하게 반영하고 있으며, 그것이 설사 미성숙의 결과일지라도 결코 그 삶을 포기하거나 그만둘 수 없다. 그 삶을 살아가는 순간에만 내가 죽어 있지 않고 살아 있음을 느낄 수 있기 때문이다. 마치 연어들이 거센 강물을 유유히 거슬러오르듯이, 그렇게 자연스럽게 이문환은 미지의 젊은이들이 가지고 있는 삶의 감각을 언어의 표면 위에 개화시키고 있을 뿐이다. 요컨대 이문환 소설은 어쩌면 지금까지 한국 소설이 한 번도 제대로 포착할 수 없었던 세대를 보여주고 있다. 그의 소설은 "삶의 진정한 의미를 스스로 만들어나가고 싶어하는"(「모나드」) 세대의 이야기이다. 이러한 세대는 송경아, 김연수, 김경욱 등 1990년대 초반 풍요의 세대가 차례로 문학적 공간에 등장하면서 비로소 세상의 주목을 끌게 되었다. 한국 사회에서는 처음으로 '개성'을 삶의 본질로 생각하는 그 세대가 자신들의 삶을 문학적으로 의미 있는 것으로 표현하자마자 집단주의적 삶의 윤리에 익숙했던 기성세대들은 그들의 작품을 향하여 '삶이 없다'거나 '심각함이 없다'고 비아냥거리거나 '소비대중문화에 물든 세태의 반영'이라는 천박한 관심의 대상으로 만들어 문학 공간에서 몰아내려 한 적이 있다. 그러나 역사가 증명하듯이 그러한 시도는 결코 성공한 적이 없는데, 새로운 세대가 자신의 느낌을 속이거나 타협하지 않고 진지하게 자신의 언어를 찾으려 하는 한 결국 그 낯설고 이상야릇한 감각이 현실이 되기 쉬운 까닭이다. 우리가 송경아나 김경욱의 소설에서 미약하게 흘러나오는 신호들을 읽어내지 못하고 헤매는 사이에 이문환은 그 신호들을 좀더 분명하고 뚜렷한 형태로 진화시켜 우리 앞에 던진 것이다.

"우린 사랑하는 사이야"라고 그녀는 말하곤 했는데, 조식은 과연 연인끼리는 상대의 삶에 간섭할 수 있는지를 확신할 수가 없었다.(「모나드」)

이 극단적 개인주의와 회의주의가 신선하지 않은가. 이 이상하고 낯설게 느껴지는 불확신은 새로운 세대들의 에토스(ethos)를 간결하게 표현하고 있다. 그것은 사랑을 빌미로 한 집단적 폭력에 대한 회의주의이며, '타자에 대한 완벽한 개입과 융합'이라는 사랑의 신화에 대한 공격적 해체이다. 사랑이라는 이름으로 타자의 삶에 개입할 수 있으며, 또 그러한 세상이야말로 살 만한 것이라고 믿는 세대에게 이러한 고민은 충격적이며 비현실적으로 보일 것이다.

그러나 그들에게 그렇게 보이든 말든, 새로운 종족들은 이러한 모나드적 인생을 쿨하다고 생각한다. 그들이 경멸하는 것은 "이기심에 따라 서로에게 상처를 주고, 겨우 자기가 관찰한 상대의 일부 모습만을 가지고 '난 너를 이해해'라고 당당하게 이야기"하는 자들이다. 이러한 삶의 상황은 확실히 '저주'처럼 보이기도 하지만, 여러 형제자매들이 득시글대는 방에서 빠져나와 각자 자신의 방에서 자란 세대들이 서로 상처를 주고받지 않기 위해 고안해낸 생존의 전략, 그러니까 진화의 산물일 것이다. 따라서 새로운 세대에게 '멋진 남자'의 이상형은 "수도승의 분위기"(「모나드」)를 풍긴다. 저잣거리에서 친구들과 어깨를 겯고 간이라도 빼줄 것처럼 친한 척하며 왁자지껄하게 어울리는 호남아는 낡은 인간의 전형이다.

기존의 소설들은 대개 혼자 사는 독신 남자(또는 여자)의 삶을 지하생활자처럼 추접스럽거나 기생오라비처럼 수상한 것으로 그려내었다. 그러나 이문환 소설의 독신 생활자는 "텔로니어스 멍크나 찰리 파커의 음악을 듣고, 조지프 콘래드와 피츠제럴드를 읽으며 타르코프스키나 왕가위의 영화를 감상한다. 에곤 실레의 화집과 리처드 에이브던의 사진집을 음미하고, 코카콜라나 닥터페퍼 혹은 하이네켄을 홀짝거리며 혼자 말들을 움직여 체스의 기보를 연구"하는 삶을 살아간다. 그들은 현대문명이 만들어낸 우아한 삶의 이미지를 한껏 소비함으로써 고아하고 정결하게 어떤 그늘도 없이 살아간다. 가끔 외로울 때에는 클럽에 나가 이성 또는 동성을 만나 섹스를 즐기면 그만이다.

그들이 살아가는 새로운 삶의 윤리는 구체적으로 다음과 같다. "모나드는 그 자체로 완벽한 개체로, 외부에서 어떤 영향도 받지 않고 오로지 스스로의 내적 원리에 따라 변화"하며, "바깥에서 다른 것이 들어오고 나갈 창문을 가지고 있지 않다". 이 철저하게 고독한 삶은 어떤 관점에서 볼 때에는 소외의 증거이며 문명의 타락일 수 있지만 어떻게 보더라도 한층 쾌적한 삶을 보장하는 방향 없는 진화의 산물이 틀림없다. "고독은 현대를 살아가는 사람이라면 누구나 짊어져야 할 삶의 전제 조건이자 일용할 양식이다. 타자의 존재를 인지함으로써 자신의 고독을 깨달을 수 있다. 고독을 깨닫는 과정을 통해 고독에 익숙해진다."(「모나드」)

다소 길게 인용했지만 이 문장을 쓰는 이문환의 손길은 더할 나위 없이 경쾌하다. 그 경쾌함은 단어들이 하나도 부자연스럽거나 잘못된 자리에 배치되어 있지 않고 자연스럽게 있을 자리를 찾아갔기 때문일 것이다. 고독이 현대적 삶의 전제조건이라는 것은 한없이 진부한 이야기이지만 그것이 일용 양식이라는 것은 재미있는 발상이 아닌가. 고독을 깨닫고 그것에 익숙해져야만 한다는 것은 끔찍해 보이지만, 그렇게 살지 않으려고 발버둥치는 것은 견딜 수 없을 만큼 추악한 것이고, 어쩌면 생존 자체를 불가능하게 할지도 모른다. 타자의 삶에 끼어들려고 매달리는 인간 따위는 기적이 일어나지 않는다면 더이상 자신의 유전자를 후세에 전달할 수 없을 테니까. 좀더 「모나드」를 읽어보면, 고독을 전제로 하지 않는 사랑, 완전한 결합을 위한 집착이 생겨나는 순간, 소통을 원하는 타자의 절박한 목소리에 응답하는 순간 모든 것이 파멸해버린다. 이제 "사랑하는 연인들은 제각각 그들만의 유일무이한 종교를 갖고 있다"라는 말은 흘러간 유행가처럼 비웃음의 대상이 되며, 작가는 사랑의 희망을 품은 채 가영의 집으로 달려간 조식을 가차 없이 죽음으로 밀어넣음으로써 그러한 낡은 이데올로기를 파멸시켜버린다.

'정확하고 규칙적'인 삶을 붕괴시킨 "변종 괴물" "지구의 평화와 인류의 안녕을 위해서는 없어져야 할 존재"(「20세기의 마지막 겨울」)와의 접촉은 이문환 소설의 인물들을 낯설고 끔찍한 불안 속으로 밀어넣는다. 그 불안으로 인하여 일상적 삶의 질서는 붕괴되고 새로운 삶의 흔적들이 돋을새김되면서 인생을 온통 이상한 방향으로 전환시킨다. 동시에 그러한 괴물들이 바로 미래에 비로소 제 모습을 드러낼 우리 자신이라는 것, 일상이란 손에 들러붙은 고무장갑처럼 추악하고 흉측한 괴물이며 "남자들의 욕망에 더 가깝게 디자인"된 '가짜 김남주'의 삶이, 그러니까 괴물로서 살아가는 것이 오히려 구원일 수 있다는 사실(「럭셔리 걸」)이 발견

된다. 그러니까 이문환 소설은 일상의 평온함과 괴물스러움, 미지의 삶의 괴물스러움과 기쁨 사이에서 두 겹으로 흔들리고 있으며, 그러한 삶의 비밀을 깨닫게 된 새로운 종족들의 생존술을 펼쳐놓고 있다. 그들은 다음과 같은 고뇌에 사로잡혀 있다.

> 그녀는 절망감에 미친 듯이 달려가 불을 켰다. 그가 없으면 그녀는 대체 어떻게 살아야 할 것인가? 누가 그녀를 이끌고 어떻게 할 것을 요구할 것인가? 만약 그가 진짜 마술사라면, 마술의 힘 없이 그녀는 비밀을 지키려는 시늉이라도 할 수 있을까? 여지껏 자신의 행동은 자의가 아니었다고 누구에게 뭐라고 변명할 수 있을 것인가? 그가 없으면 혜정은 단지 '음탕한 여자'에 불과한 것 아닌가?(「마술사」)

이 작품, 아마도 작가가 고등학교 때 썼을 것으로 짐작되는 등단작 「마술사」를 처음으로 읽었을 때 나는 대단한 충격을 받았다. 일상의 현실과 거의 비현실처럼 느껴지는 비일상의 현실을 대담하게 넘나들면서 거침없이 써내려간 이 작품은 발표 직후 상당한 문단의 주목을 끈 바 있다. 이 작품은 평범한 대기업 사원이었던 혜정이 어느 날 지하철에서 기이한 남자를 만나 처녀를 잃고 마침내 알 수 없는 힘에 이끌려 창녀가 되지만, 결국 자신에게 창녀가 될 것을 명령하던 그가 홀연히 증발해버림으로써 극도의 아이러니를 겪는 것을 그 줄거리로 하고 있다. 일상의 삶과 비일상의 삶, 대기업 사원으로서의 삶과 창녀로서의 삶, 자신이 비일상의 삶을 살아간다는 것을 타인들에게 들킬까봐 전전긍긍하는 혜정과 그 삶에 홀려서 산다는 것에 묘한 안도감을 느끼는 혜정, 그 둘 중에서 어떤 것이 진짜임을 알 수 없으며 우리에게 그 진정성을 가리켜 보여주는 존재도 사라져버렸다는 것은 혜정이 속한 새로운 세대가 처한 삶의 상황을 고스란히 드러내고 있다. 자신의 삶을 이성으로 증명하지 못하고 마술에 의존하여 해독할 수밖에 없는 극도의 불안이 그들의 삶을 지배하고 있다. 그것이 좀더 자라서 일종의 윤리적 틀을 얻게 된 것이 「모나드」의 가영이라면, 그것을 온몸으로 밀고 나간 것은 「세상에서 가장 아름다운 사랑」의 혜정일 것이다. 어쩌면 이 두 명의 혜정은 동일 인물일지도 모른다. 그녀는 놀라운 변신 능력으로 이문환 소설 곳곳에서 출몰하고 있는데, 작가는 그녀가 자신의 소설을 횡단하면서 생의 온갖 아름다운 불꽃들을 터트리는 것을 막을 수 없을지도 모른다.

「세상에서 가장 아름다운 사랑」은 이 소설집에 실려 있는 작품들 중에서 가장 높은 완성도를 가지고 있다. 조롱하는 듯한 기이한 어투로 쓰인 이 중편소설에서 이문환은 그가 파악한 현대와 그 현대를 살아가는 미지의 존재들의 억제할 수 없는 충동을 마음껏 보여준다.

화자인 나와 형만, 조식 등은 경영학과를 함께 졸업한 입학동기들이다. 나는 광고회사에서 기획자로 일하고 있으며, 형만은 공인회계사로 굴지의 회계법인에 다니고 있고, 조식은 게임 개발자로 PDA 회사에 나가고 있다. 한마디로 그들은 그럴듯해 보이는 직업을 가진 전문직 청년들이다. 여기에 아버지를 잘 만나 오렌지족으로 살아가는 민우, 식도락을 즐기면서 젊은 여자 사냥에 나선 사십대 사업가 등이 함께 여주인공 혜정의 애인으로 등장한다. '사십대 사업가'를 제외하면 나를 비롯한 청년들은 최첨단의 이미지들을 능숙하게 소비하면서 자신의 삶을 꾸려가는 '쿨'한 존재들이다. 혜정은 그들 모두의 애인이자 그들을 유혹하고 심판하는 여신의 이미지를 가지고 있다. 그녀는 키 크고 투명한 피부에 차분한 눈동자, 길고 검은 생머리를 뒤로 묶어 이마를 반듯하게 내보인 여왕 같은 기품을 가진 여자로서 형만의 애인으로 내 앞에 나타났고, 골반 뼈가 다 드러나는 데님 팬츠에 풀어헤친 머리, 달아올라서 애액을 듬뿍 머금은 음부처럼 축축하게 젖은 얼굴, 어깨에 캘빈 클라인 로고가 새겨진 흰 티셔츠 아래로 브래지어를 하지 않아 가슴의 윤곽이 뚜렷이 드러나는 옷차림으로 록카페에서 민우의 애인으로 내 앞에 나타났으며, 올리비아 핫세의 청순한 얼굴에 일본 AV 포르노 배우인 리나 사와구치의 몸매를 가졌고 폴로 티에 느슨한 면바지, 그리고 닥터 마틴의 워커를 신고 곱게 늘어뜨린 머리에 화장기 없는 얼굴의 대학생 같은 차림을 한 채 조식의 애인으로 내 앞에 나타난다. 이 엄청난 변신 능력을 가진 그녀에게 한눈에 반한 나는 그녀를 주인공으로 하는 기록영화의 스크립터가 된다. 그녀가 바라는 것은 "아름다운 사랑", 그러니까 "자신을 이 세상의 주인공으로 만들어주는 사랑, 그녀 자신을 사랑의 화신으로 만들어 온몸을 불사르게끔 하는 사랑"이다. 천사이자 악마이며 유혹자이자 유혹당하는 자인 혜정은 "그녀의 내면과 외면을 전부 아끼고 그녀를 위해 모든 것을 버릴 수 있는 사람"을 찾아나선 것이다. 그러나 우리는 이미 이러한 사랑이 모나드적 존재들에게는 불가능할 뿐만 아니라 치명적이라는 것을 알고 있다. 하지만 결국에는 그녀의 사랑을 얻어 최후의 승자가 되리라는 은밀한 욕망을 결코 숨기지 않은 채 나는 그녀가 행하는 사랑의 행위를 듣고 보고 기록하고 전달하는 메신저로서 그녀의 비밀을 공유해간다. 유사 보보스적인 형만의 사랑, 미숙하고 덜떨어진 조식의 사랑, 거품처럼 커졌다가 금세 가라앉는 민우의 사랑, 원조교제에 가까운 사십대 사업가의 사랑 등 그는 여신인 혜정을 매개로 하여 이 시대의 온갖 사랑들을 추체험해간다. 그러면서도 그는 혜정과의 섹스, 즉 진정한 사랑에는 이르지 못하고 고작해야 그녀의 손을 빌려 자위나 할 뿐이다. 하지만 주변 사람들과 "아름다운 사랑"을 이루지 못한 혜정은 차례대로 그들과 결별하고, 그럼으로써 기록자인 나에게도 사랑을 할 기회가 찾아온다. 크리스마스 이브에 특급 호텔에 방을 잡은 내가 혜정과 몸을 섞으려는 순간, 혜정은 이렇게 묻는다.

"하고 싶어요?"

나는 그렇다고 했다.

"죽어도 좋을 정도로?"

"그럼요."

"내가 에이즈 환자라도, 나랑 할 거예요?"

이 말을 듣는 순간 나의 발기가 풀려버리고, 혜정은 경멸하는 듯한 눈길만 남기고 영원히 나를 떠나버린다.

모나드적 존재에게 고전적인 의미의 사랑은 불가능하다. 그들은 거센 바다 위를 떠다니는 부표처럼 잠시 몸을 부딪쳤다가 헤어질 뿐이다. 그들에게 "존재를 뒤흔들어 예상할 수 없는 곳으로 던져버리는 강렬한 사랑"은 없다. 그러한 사랑을 원하는 순간 그들의 관계는 회복할 수 없는 파멸에 이르게 된다. 그렇다면 우리는 지금까지 인류가 전혀 경험하거나 상상할 수 없었던 방향으로 사랑을 연습해야 하는 것은 아닐까? 이문환의 소설은 사실 이 밑이 보이지 않는 질문 앞에서 부들부들 몸을 떨고 있다. 고독을 적극적인 삶의 윤리로 바꾸어 살아가는 새로운 인류를 두려움 없이 대면하는 데 성공했듯이 언젠가 그는 이 질문에 전혀 새로운 방식으로 답하는 종족들을 찾아낼지도 모른다. 그때까지 우리는 미지의 삶이 주는 충격과 공포를 견디면서 살아가야 할 것이다.

작가의 말

어떤 글을 쓰느냐는 질문을 받으면 "섹스와 폭력에 대해서요"라고 간단히 대답하곤 한다. 인상과 내용의 불일치랄까. 한 짓궂은 사람에게서 "정상위만 할 것처럼 생겼다"는 말을 들은 적이 있는데, 이모저모로 책에 머리를 파묻고 사는 모범생 타입으로 보이는지 내가 격투기와 섹스에 대한 화제를 꺼내면 의외라는 표정을 짓는 사람들이 많다. 하지만 그 두가지는 내 오래된 관심분야다.

내 소설에 대해서도 마찬가지로 반응하는 경우가 부지기수다. 학교 후배의 한 친구는 내 데뷔작인 「마술사」를 읽어보고는 "그 선배 이런 글을 쓸 것처럼 보이지는 않던데……"라고 말했다. 그렇다고 나를 사랑의 세레나데를 부르는 가인으로 여기진 않았을 텐데 말이다.

사람들의 예상을 깬다는 것은 즐거운 일이다. 누군가 내 글을 읽고 질색한다면 대단한 영광이겠지만, 안타깝게도 그런 일은 지금까지 일어나지 않았고 앞으로도 그럴 것 같다. 눈물은 흔하지만 경이로움이 결핍된 시대에 누군가를 놀라게 하거나 불쾌하게 만들기란 쉽지가 않다.

나는 중학교 시절 고도 벤이 쓴 노스트라다무스 예언 해석서에 심취한 나머지 1999년 8월 '공포의 대왕'이 강림해 정말로 지구가 멸망할 줄로만 믿었다. 결국 헛소리로 드러나긴 했지만, 그 당시의 내게는 정말이지 곧 다가올 미래의 현실이었다. 1980년대는 언제든 핵전쟁이 터져 지구가 반토막날 수 있는 냉전시대가 아니었던가. 그렇게 한번 절멸의 이미지에 사로잡힌 뒤부터는 텔레비전에서 어떤 뉴스를 봐도 놀랄 수가 없었다. 9·11 테러? 지구 멸망과는 스케일이 다른 사건 아닌가. 제2의 9·11? 이미 한번 크게 놀라지 않았나. 우리는 늘 대형 사고를 당할 위험에 노출되어 있지만 직접 체험하기 전에는 실감하지 못한다. 대형 사고나 사건 그 자체보다 훨씬 비극적인 상황이다. 타인의 비극은 더이상 우리와 공명하지 않는다.

폭력이라는 행위는 늘 타동사로 표현된다. 이에 대한 진술은 주어와 목적어, 가해자와 피해자를 전제한다. 폭력은 자신의 뜻을 타인에게 전달하는 가장 강력한 커뮤니케이션 방식이며, 모비드 앤젤(Morbid Angel)의 가사를 빌리자면 "모든 방황하는 자들을 어떤 운명으로" 인도하는 의지다. 내 데뷔작인 「마술사」 역시 그런 모티프에서 출발했다.

꽤 많은 사람들이 이 단편을 환상소설로 분류했다. 나 역시 졸지에 '환상소설' 작가로 간주되었다. 그러나 이 글은 엄연히 실화에 기초한, 언제 누구에게나 일어날 수 있는 일을 쓴 것이다. 대학에 입학한 첫해, 1995년 8월의 일이었다. 구약성서의 선지자 엘리야부터 현대의 알레이스터 크로울리 등 역대 유명 마술사들이 등장하는 책을 읽다가 실지로 독일에서 일어난 사건 — 언제 벌어졌는지는 정확히 기억나지 않는다 — 하나에 유독 눈길이 끌렸다. 한 최면술사가 평범한 중류층 부인을 조종해 성적으로 타락시키고, 심지어 그 부인으로 하여금 자기 남편을 살해하게 하려 했지만 결국 실패했다는 이야기. 최면술사는 경찰에 체포되어 사형에 처해졌고, 부인은 무죄로 풀려났다.

평범한 이십대 여자가 우연한 계기로 '새로운 세계'를 맛본다는 줄거리가 순식간에 떠올랐다. 이틀 뒤 원고지 150매 분량의 단편을 탈고, 일년을 묵힌 다음—그 동안 원고지 2천 매 가량의 장편을 썼는데 반응은 매우 나빴다—이듬해인 1996년 『세계의문학』 겨울호에 발표해 대단히 좋은 평가를 받았다. 지금 생각해보면 분에 넘치는 칭찬이었던 것 같다. 그뒤 나는 그 이상의, 아니 그만한 글을 써내는 데 실패했다. 물론 지금 보면 엉성하고 어설픈 부분이 수두룩한 작품인데도 말이다.

늘 그렇지만, 작품을 써놓은 뒤 다시 보면 아쉬운 부분이 잔뜩 보이게 마련이다. 멋모르고 글을 쓰던 대학교 시절과 달리 매일같이 글을 쓰고 데스크를 거쳐 수많은 구독자들에게 '품평'을 받는 기자생활을 하고 있는 지금은 더욱더 그렇다. 그래도 소설가라는 직업의 장점은 경험을 쌓고 고난을 겪을수록 고강한 내공을 가질 수 있다는 것이 아닐까 싶다. 앞으로는 부디 멋진 장편을 써내고 싶다.

등단한 지 벌써 육 년이 지났다. 이제 와서야 첫번째 작품집을 내니 소설가로서 본격적인 출발은 늦은 셈이다. 그러나 아예 책 한 권 내지 못하고 묻혀버리는 작가들도 부지기수이니 앞으로 소설가로 계속 남을 수 있는 큰 고비를 넘었다는 사실에 만족해야겠다. 나 혼자만의 힘으로는 여기까지 오지도 못했다. 많은 분들의 도움이 없었다면 이 책 역시 나올 수 없었다.

기자 초년병 시절 내 엉터리 원고를 붙잡고 글쓰기에 대해 기초부터 다시 가르치느라 골머리를 앓으신 서명숙 선배, 내가 직장을 그만두고 잠시 백수의 길을 걷고 있을 때 물심양면으로 지원을 아끼지 않은 시사저널 입사동기 고제규, 고재열과 후배 차형석, 신호철, '로맨스 그레이' 김재태 선배, 기자 겸 작가의 길을 걷는 데 늘 조언을 아끼지 않으시는 이문재 선배, 어디까지 도움을 받았는지 셈하기도 어려운 오랜 벗 송경아, 이지연, 노량진에서 재수하던 시절부터 대학 사 년간 함께 술과 음악을 즐긴 친구 최선호, 고교 시절 나보코프와 코진스키에 눈뜨는 계기를 마련해준 박광규님께 감사를 드린다.

또한 이 책의 출간을 도와주신 황종연 교수님, 교정과 편집에 세심한 수고를 아끼지 않은 문학동네 편집부 이상술씨. 육 년 전 가능성 하나만 보고 이십대 초반의 풋내기에게 등단 기회를 준 이영준 전 민음사 주간님. 어려운 해설을 맡아주신 장은수 황금가지 편집장님, 흔쾌히 추천의 글을 맡아준 김연수 선배, 멋진 사진을 찍어주신 차병선 기자께도 감사드린다.

그리고 무엇보다도, 잊을 만하면 사고를 치는 아들 때문에 고생이 많으신 부모님을 비롯한 우리 가족들에게 깊은 감사를 보낸다.

2003년 11월
이문환

럭셔리 걸
ⓒ 이문환 2003

초판인쇄	2003년 11월 15일
초판발행	2003년 11월 21일

지 은 이	이문환
책임편집	차창룡 조연주 이상술
펴 낸 이	강병선
펴 낸 곳	(주)문학동네
출판등록	1993년 10월 22일 제22-188호

주 소	136-034 서울시 성북구 동소문동4가 260번지 동소문빌딩 6층
전자우편	editor@munhak.com
전화번호	927- 6790~5, 927-6751~2
팩 스	927-6753

ISBN 89-8281-744-1 03810

www.munhak.com